U0164076

中國古典詩文(二)比較篇

陳友冰 著

目　　錄

古典散文比較

序

中國古典文學，詩與文爲量最多，成就也最大；而凡從事文學者，也必以詩歌散文爲初階，爲正途。

任何文類在發展初期，由於清新可喜，漸爲世人所愛。其後經歷不斷的錘鍊充實，愈益精進圓熟，產生傑出的作家與作品，也形成特有的創作方法與理論。這些作家與作品，得到當時及後世的喜愛欣賞，成爲學習取效的典範標竿。通過對這些作家作品的理解、品鑑與批評，文學乃能傳衍與進步。

文學不斷在發展，鑑賞批評也在不斷嬗進；傳習的方式與日俱新，記誦、朗詠、訓詁、校詮，已不能滿足現代讀者的饜求，而視野廣擴的比較研究，剖析深入的作品闡釋，和作家生活背景的適度分析，遂爲閱讀界最殷切的期盼。

安徽社會科學院文學研究所所長陳友冰教授，深研古典文學，尤致力於唐宋，論撰每出，輒爲時賢所推許；然而不以邃古爲已足，更繫心於古典名篇的現代闡析，以爲賴此乃可使古典以新貌示今人，使今人由新徑達古道。於是遂取名篇佳什之其類相從者，或舉其同，或揭其異；或較其短長，或論其精麤，或因時代背景的分殊而暢解其風格氣調，或由

作者境遇的差異而悉釋其詩旨文心。入深出淺，舉重若輕，文暢辭達，指近意遠，不僅合於一般文學愛好者的閱讀，實亦有裨專攻詩文者的礪礪。

方今之世，文化日益泛衍，文學多尚新變，而民族文化的根源，語文教育的基礎，實有賴於古典文學的傳承，使人人都能吸取前代文學的菁華，樹立真正的人格，從而建設和樂的社會，發揚優秀的民族精神。友冰教授心期於古之雅正，而功程於今之化通，此唯深造自得，能融古於今者乃克成之。萬卷樓將以其書陳於樂愛中國古典詩文的讀者之前，友冰教授，命為作序，而不能辭，乃略探其撰著之旨，並抒所感，願讀者研覽此書，於勝義紛披之際，能通古人之志，而尤盼能察友冰教授作成此書的用心。

楊承祖　庚辰冬月于台北五峯山麓

應當重視古典詩文的比較研究
（前言）

　　歌德曾說過一句名言：「永遠束縛在整體人的一個孤零的片段上，人也就把自己變成了一個片段。」對一個人的研究是如此，對一個作品的研究也是如此。只有通過對有某種聯繫的不同作家、不同作品的比較，甚至是跨地區、跨民族的不同作家、作品的比較，才能更爲準確地掌握這個作家突出的精神風貌，對這篇作品獨異的藝術特色，從而探求出我們人類獨有的精神產品——文學創作和鑒賞的規律來。出於這樣一個動機，世界上從事比較文學研究的學者們，無論是法國學者的「影響研究」，還是美國學者的「平行研究」都在從不同的角度力圖對上述問題作出回答。

　　大陸近年來比較文學的研究也開始活躍起來，有的高校成立了研究比較文學的專門機構，並出版了《比較文學》專刊，有的開設了比較文學專業課，北京大學在八十年代還有計畫地出版了一套比較文學研究叢書。但令人遺憾的是對古典作品，尤其是選入大中學校教材的古典文學作品的比較研究還沒有引起足夠的重視，至於把它引入課堂教學更談不上，而這種比較教學和研究，對改進我們的教法，加深對古詩文的理解，乃至擴大師生的視野，培養學生的能力，發展他們的

智力，都能起到較好的作用。下面即以選入大陸大中學教材的古詩文爲例，對比較教學和研究的意義、範圍和方法加以闡述。

一、比較教學和研究的意義

開展對古典作品的比較教學和研究，能起到以下幾方面作用：

第一、可以加深學生對教材的理解

一篇作品主題的確立，作者創作傾向的表現，是它的獨特藝術魅力之所在，我們如果就文論文，往往不能使學生得到深刻的印象，教師也往往不容易説得透徹。但我們如果採取比較的方法：找幾篇題材相同的作品，比較一下它們主題上的不同，研究一下它們形成不同主題的原因；再比較一下它們是如何圍繞不同的主題來選擇材料、安排結構、使用語言的，這樣無論是思想內容還是它的藝術技巧，都會給學生留下更爲深刻的印象，也便於學生進一步領會和掌握。

比如《六國論》，除教材中所選的北宋蘇洵的《六國論》外，蘇轍和元代的李楨也都寫了《六國論》。三篇《六國論》對六國破滅的原因有三種不同的解釋：蘇洵認爲「六國破滅，非兵不利、戰不勝，弊在賂秦，賂秦而力虧，破滅之道也」；蘇轍則認爲，六國破滅是因爲他們「慮患之疎，見利之淺，且不知天下之勢」；李楨則認爲六國和秦一樣暴虐，他們也想「爲秦所爲，且不施仁政」，所以天讓其滅。爲什麼同一歷史事件在不同作者筆下會得出不同的結論呢？這就與他們觀

察問題的角度有關，而這個角度又是由作者所生活的時代和他們對這個時代的不同認識所決定的。通過這樣的比較，學生對《六國論》的思想傾向就會加深了解，對作者的創造意圖也會更加清楚。通過比較我們還可以發現，這三位作者對六國破滅原因的解釋各執一端，實際上都是較為偏頗的，其方法都是抓住一點，引申發揮來以偏蓋全，但由於他們能選擇典型事件，精心安排結構，讓自己的論點持之有故、言之成理，因而具有很強的說服力。通過比較，使學生能更好的認識此文在組織材料、安排結構等方面的特色，這是大有幫助的。

再以選入教材的元人小令——張養浩《山坡羊・潼關懷古》為例。張養浩作為一個封建官吏，居然對歷代興亡下了這樣一個結論：「興，百姓苦；亡，百姓苦。」應當說是很難能可貴的。但為什麼說這是難能可貴的？它的思想意義究竟在哪些方面超過了同題材作品？如果我們把它與唐代詩人岑參的《東歸晚次潼關懷古》作一比較，就能加深對此的理解。岑參詩的全文是：「暮春別鄉樹，晚影低景樓。伯夷在首陽，欲往無輕舟。遂登關城望，下見洪河流。自從巨靈開，流盡千萬秋。行行潘生賦，赫赫曹公謀。川上多往事，淒涼滿空洲。」同張養浩的《山坡羊・潼關懷古》相比，他們雖然都在發思古之幽情，但張養浩的小令旨在哀傷民生疾苦，一針見血地指出封建政權與民眾的尖銳對立；岑參的詩卻是通過思慕先賢來抒發個人的失路之悲，表現封建文人有志難伸的精神苦悶。通過比較，我們對《山羊坡・潼關懷古》的思想意義

就會有較深的理解。

第二、有利於擴大學生的視野，突出語文教學的綜合性

語文這門學科除了工具性這個基本屬性外，還具有思想性和綜合性等特點，即既要對學生進行思想品德教育，又要進行聽、説、讀、寫等多方面的訓練。社會上所運用的各種文體，人類所積累的各種知識在語文教學中幾乎都能碰得到，所以在衆多的語文教改實驗中，幾乎都把加大閱讀量作爲提高語文教學質量的一個重要途徑。大陸中央教育科學研究所教改實驗小組在《實驗語文課本》的「説明」中，提出「要加大閱讀量」，認爲「多讀書是學習語文的一個重要方法。閱讀，没有一定的數量，就不會有一定的質量」；日本中學《現代國語》「編輯説明」中也提出要「擴大讀書領域，培養選擇圖書資料的能力」，並建議學校設立「可開闊視野的讀書室」，或「我們的圖書館」（日本三省堂株式會社版《中學校現代國語》新版第二册）。但語文教學的教時有限，怎樣才能在較短的時間内讓學生掌握較豐富的知識，準確把握作品間主要的不同之處，採取比較教學和研究則是一種較好的途徑。因爲通過比較，可以使學生開闊眼界，看到此文的論點並不是唯一正確的論點，還可以從另一個角度去闡述；此文的表現手法也不是唯一完善的手法，還可以運用别的手法去刻畫、去表現。另外，對這類題材也不一定只用這種體裁去表現，别的體裁也可以表現，而一旦變成另一種體裁，作品的結構和表現手法都會隨之發生變化，這樣可以使學生的知識領域開闊起來。

　　如，沈括的《雁蕩山》是篇説明文，作者站在科學考察的角度來觀察雁蕩山，力圖説明雁蕩山得名的由來和雁蕩諸峯形成的原因。但是，也可以用別的體裁來寫雁蕩山，也可以採用別的表現手法，開拓別的方面主題。如徐霞客的《遊雁蕩山日記》，作者以遊踪爲線索分日記載所見的雁蕩山奇特而秀麗的風光，表達他對祖國山河的無限激賞之情，同時通過攀崖涉險的描述，也反映出他那種知難而進、百折不回的追求精神。方苞的《遊雁蕩山記》則是篇議論文。選材上，雖然也是抓住雁蕩山的特點來著筆，但他的目的既不是解釋山的地形、地貌的形成原因，也不是想藉描繪名山秀水的奇異之景，來表現對祖國山河的熱愛和攀崖涉險的追求精神，相反地，他是要從中悟出人生的哲理，得出處世的箴言：一個人要想保持他天然的美德，只有遠避塵垢、持身危正，才能免受玷污。通過這樣的比較，可以開闊學生的視野，了解山水這個題材可以用不同的體裁來處理，而不同的處理方法，又是服從其創作目的、作品主題需要的。

　　明代戲劇家李漁的《芙蕖》與宋代學者周敦頤的《愛蓮説》之間也完全可以作這樣的比較。雖然它們的表現對象都是荷，但兩者的側重點、結構、語言都不相同。《芙蕖》是篇説明文，它主要是向讀者介紹芙蕖不同生長時期的不同形態、風韻和功用，從而使讀者對芙蕖的特徵、用途，獲得一個準確而又全面的印象。他在結構上採取分層叙述，從花到葉再到蓮和藕，逐一介紹，細細描摹，從視覺、味覺、觸覺、嗅覺幾個方面給人留下一個完整而又深刻的印象。語言上，它體現出

說明文的典型特徵。《愛蓮說》則是篇抒情散文，它主要通過
蓮「出污泥而不染，濯清漣而不妖」等特徵來表白自己的高
潔之志，直道之行，進而抒發他對世人爭名逐利、隨波逐流
的無限感慨。其結構則是圍繞藉蓮詠志這個主旨，全文分成
兩個部分：先寫愛蓮之因，再在此基礎上抒發感慨，重心放
在後一部分，語言上也更傾向於含蓄蘊藉，注重語言的感情
色彩。通過比較，不但加深了學生對課文的理解，同時對兩
種文體的不同特點也會留下較深的印象。

　　第三、有利於培養學生的能力，發展他們的智力

　　人民教育出版社中學〈語文〉（試教本）「使用意見」，
在談到「講讀課文」與「自讀課文」關係時，有這樣一段
話：「在語文教學中，讀課文可以看作是由講讀課通向課外
閱讀這個廣闊天地的橋梁。它不僅要讓學生鞏固和實踐從講
讀課中學來的閱讀知識和閱讀方法，而且要經過反覆練習養
成良好的習慣，形成自讀的熟練技巧。」也就是把由講讀
——自讀——課外閱讀，作為培養能力的重要途徑。于漪先
生把學生的能力培養概括為四種，即思維能力、想像能力、
觀察能力以及自學能力，並強調「自學能力是非常重要的」。
（〈怎樣做一個語文教師〉）而我認為，開展對語文教材的比
較研究，可以較好的達到上述目的。因為在學習過程中，學
生可以通過比較對象來加深對課文的分析理解；反過來，又
可以運用閱讀中獲得的知識和方法對比較對象進行解剖和研
究。因為它們之間既有共同點又有不同點，比起毫無關聯的
作品來能較好掌握分析的要領和方法。也就是說可以較好地

培養學生的能力，發展他們的智力。

例如白居易的《琵琶行》，詩人採取互相印襯、遞相詠嘆的藝術手法，塑造出情感互相交融的兩個主人公形象，成功地抒發了詩人悲傷抑鬱的情懷。詩中對琵琶女精妙的彈奏技藝的描繪，以及環境氣氛的出色渲染，由此而產生的感人藝術效果，也使詩人的詠嘆更令人信服，也更容易被讀者所接受。值得一提的是，白居易的《琵琶行》並不是當時唯一的一首關於琵琶女的詩，他的詩友元稹也寫了首《琵琶歌》，李紳寫了首《悲善才》，或是敘述琵琶藝人悲慘的生活遭遇，或是描繪其精湛的彈奏技藝，但其影響都遠非白詩可比。如果我們在教學中把這三首詩加以比較，讓學生找出其共同之處，再比較它們的不同之處，然後分析白詩能取得如此成就的原因所在，這對提高學生的鑒賞水平，養成他們的自學習慣，鍛鍊他們的分析比較能力，無疑是有所幫助的。

美國哈佛大學的菲力斯·威衛爾在談到閱讀理解的本質時曾說過一段頗有見地的話，他認為：「閱讀理解不是單一的技巧或能力，它是各種相互聯繫和相互依存的一系列技巧綜合的結果。」（《閱讀訓練和研究》華盛頓教育和福利衛生部教育學院1978年版）通過教材與有關作品的比較，對釐清閱讀過程中各種因素的相互聯繫、相互依存的關係，對提高學生的閱讀理解水平也是一種友誼的嘗試。香港的「中國語文」課也很重視學生思維能力的培養，其「中國語文科暫定課程綱要」規定：要「訓練學生把較抽象的思想和較複雜的事理用較精確扼要的語言表達出來」。我認為進行同類作

品比較，是培養學生思維能力，讓他們學會對具體作品進行抽象歸納，以至重新條理化的一個很好的途徑。

如王維的《送元二使安西》和高適的《別董大》這兩首同時代的送別詩，它們一抑一揚；一直率粗獷，一深婉含蓄；一熱烈奔放，一黯然神傷。雖然風格相反，情調異趣，但都達到了完美的藝術境界，成爲絕句藝術中的珍品。爲什麼同一題材可以用兩種截然相反的風格來表現，又都能獲得巨大的藝術成就？要分析這個問題，就必須把這兩首詩抽象化，通過分析比較，從中找出共同的規律來。例如，這兩首詩都善於描摹環境、渲染氣氛、以景襯情；都善於跳躍式選取典型鏡頭和使用高度凝煉的語言來直抒其情。這種抽象、分析、歸納以至重新條理化的思維訓練，無疑可以幫助發展學生的智力。

第四、有利於統一語文教學的「序」在閱讀教學中掌握
　　　寫作技巧，進行寫的理論指導

關於語文教學的「序」，一些有志於語文教改的朋友們作過許多有益的嘗試：有的主張「分類集中分階段進行語言訓練」；有的主張「以文章體裁極其表現方法組織單元，編寫教材」；有的主張「以作文教學爲中心，力求把閱讀課變成習作指導課」。這些主張，都在力求探索語文教學規律，使語文教學有利於提高學生的聽讀能力和表達能力，如何把這兩種能力結合起來訓練，這就是我們努力要尋求的「序」。我認爲，通過比較研究也可以使「序」的探求獲得一個新的途徑。爲了證明這點，我們首先來看看日本高中國語科關於

杜甫《登岳陽樓》一詩的教學設計：

1.理解五言律詩形式上的特點；

2.理解和玩味詩的表現手法的特點；

3.掌握詩的主題，了解作者的思想感情；

4.理解杜甫詩的特色；

本課的學習活動：1.——8.略

9.試提出以下問題以加深對內容的理解：

(1)提出「吳楚」這樣現實並不存在的國名，是依據怎樣的寫作意圖？

(2)「坤日夜浮」具體地說是描寫怎樣的情景？

(3)「親朋無一字」所叙述的是怎樣的狀況？

(4)「關山北」就作者來說是怎樣的場所？

(5)「憑軒」所描寫的是作者怎樣的狀態？

10.互相討論：作者在本篇寄託怎樣的意願？

考查：

(1)檢查學生對律詩的形式是否已充分理解；

(2)學生對作者的思想感情和詩的主題已準確掌握；

(3)要學生提交感想文以確定其欣賞能力深淺。

（岩手大學。遠藤哲夫《登岳陽樓》教學設計）

這個教學設計，主要是採用啓發討論的方法來加深學生對杜甫詩意的理解，採用寫感想文的方式把閱讀欣賞與培養寫作能力結合起來，這大概就是本課教學設計者心目中的

「序」。我認為，如果把杜甫的《登岳陽樓》與李白的《與夏十二登岳陽樓》加以比較，上述目的也許可以更好的達到。李白在登樓詩中心曠神怡，感到雁引愁去，山銜月來，於是下榻傳杯，乘風醉舞，飄然欲仙；杜甫在詩中卻是矚目洞庭，感到乾坤茫茫，老病孤舟，進而想到戎馬關山，家國多難，禁不住涕淚交流，黯然神傷。

這樣通過比較，對詩中流露的思想感情，對杜甫獨特的個性就會有較深的理解。另外，杜甫在詩中所採取的聯想、反襯手法，情景交融的布局，也更好地表現了杜詩沉鬱頓挫的藝術風格，突出了詩人強烈的現實精神。同樣地，李白在詩中所採取的誇張、擬人等手法，對偶、排比等句式，也更好地表現出詩人那種瀟灑豪放的浪漫氣質。這樣通過比較使我們在閱讀教學就能讓學生掌握寫作技巧，同時也進行了寫作方面的理論指導。由此看來，比較教學和研究對加深教材理解，對擴大學生的視野，對發展他們的智力，培養他們的能力，對統一語文教學的「序」，對在閱讀教學中幫助學生掌握寫作技巧都是不無幫助的。

二、比較研究的範圍和方法

語文教材的比較研究，可以從作品之間、作家之間和文藝領域之間這三個角度來進行。

(一)從作品角度

1.同題材但不同風格的作品：

通過比較，藉以掌握對同一題材的不同處理方法。如李

賀的《老夫採玉歌》與韋應物的《採玉行》，都是反映封建社會採玉工艱苦勞動和悲慘生活，表現詩人對民生的深深關注，但兩者在風格上卻截然相反：李賀的詩是奇譎詼詭的浪漫風格，詩中充滿了浪漫的誇張和神奇的想像，而韋應物的詩卻是客觀地描繪，如實地敍述，用現實生活的真實圖畫來控訴當時的社會，打動了古往今來成千上萬的讀者。

2.同風格但不同題材：

通過比較，從中探討創造上的共同規律。如唐代詩人王維的《鳥鳴澗》與英國十九世紀湖畔派詩人華茲華斯的《聽潭寺》，儘管這兩位詩人生於不同的國度，處於不同的時代，兩首詩又是不同體制，但在藝術風格上卻有許多共同之處：兩詩所選取的景物都疏淡而有韻致，所描繪的環境都靜謐而顯幽冷，所抒發的情懷都閒適而趨超脫。通過這些共同點的比較和分析，我們可以探討同一風格在創作手法上的共同規律。

3.同題材但不同主題：

通過比較，看看材料的處理是如何服從主題需要的。以上引用的《芙蕖》和《愛蓮說》、三篇《六國論》、三篇關於雁蕩山的散文皆是如此。

4.同主題但不同的表現手法：

通過比較，一方面可以讓學生看到題材處理上的千變萬化；另一方面，也可以讓學生學會如何從主題的需要出發來確定與之適應的表現手法。如惜別這個主題，高適的《別董大》就不同於王維的《送元二使安西》；柳永的《雨霖鈴》亦不同於

李白的《送友人》；都是談學習的重要，荀子的《勸學》也不同於尸子的《勸學》和顏之推的《勉學》。同樣地，屈原的《涉江》雖是一篇小型的《離騷》，但在表現手法上又不同於《離騷》；杜甫的「三離三別」雖是一個組詩，是反映安史之亂的一組歷史畫卷，但表現手法又各自不同。

(二)從作家的角度

1.不同時代、不同作家的不同作品有時會表現出相近的思想內容和藝術風格。如元代馬致遠的小令《天淨沙‧秋思》和唐代詩人顧況的《過山農家》、溫庭筠的《商山早行》，無論在內容上還是風格上都很相近，內容中有一定的繼承關係。同樣地,李白的《行路難》和鮑照的《擬行路難》；全祖望的《梅花嶺記》與謝翱的《登西臺慟哭記》之間也存在類似的聯繫。

2.同一作家在不同時期、不同體裁中也會出現不同的風格。如李清照在《如夢令‧常記溪亭日暮》表現的是一個充滿生活情趣的小鬧劇，語言清新又天真風趣，而在《聲聲慢‧行行覓覓》中卻又那樣哀苦無告、黯然神傷，究其原因作者的經歷和生活環境的改變有關。白居易的《賣炭翁》與《琵琶行》也是如此：一個是新樂府，一個是感傷詩；一個寫於元和之貶前，一個寫於元和之貶時。由於創作時期和處境不同，無論在語言上還是在情調上都表現出明顯的差別。

3.同一時代不同作家的同一題材作品也會呈現不同的形式和風格。我們上面列舉的三首琵琶曲就是如此。另外，黃宗羲的《柳敬亭傳》與吳梅村的《柳敬亭傳》、張岱的《柳敬亭說書》也是如此，他們都是明末作家，表現的對象又都是明

末説書藝術家柳敬亭，體裁又都是人物傳記，但由於作者要表現的主題不同，所以作品呈現出完全不同的表現角度和藝術風格。

㈢從文藝領域的角度

可以在文藝與哲學，詩歌與繪畫，文學與音樂之間作一些比較，如王維的《鳥鳴澗》與佛家禪宗思想以及唐代文人畫——南宗畫派的關係；蘇軾的《春江曉景》詩與惠崇《春江曉景圖》之間的關係；白居易的《琵琶行》詩與音樂的關係等，都可以列入比較的範圍。

俄羅斯詩人萊蒙托夫說得好：「許多平靜的河流都是從喧鬧的瀑布開始的。」語文教材的比較研究和教學還剛剛起步，要想成為廣大教師普遍接受的一種研究課題和教學方式開頭也應該有一場「喧鬧」，即要宣傳，要推廣，要解釋，要讓廣大教師了解，接受而樂於進行這種教學方式。當然，「喧鬧」之後更要扎扎實實從事這方面的實驗和研究。我想，這是當前語文教材和教學研究中一項重要任務。

古典詩詞比較

龍眠汪中題耑

在濃縮中開拓昇華

談幾首思鄉詩的繼承和創新

門有車馬客，駕言發故鄉。念君久不歸，濡迹涉江湘。
投赴袂門塗，攬衣不及裳。撫膺攜客泣，掩淚敘悲涼。
借問邦族間，惻愴論存亡。親友多零落，舊齒皆凋喪。
市朝互遷易，城闕或丘荒。墳壟日月多，松柏鬱茫茫。
天道信崇替，人生安得長。慷慨惟平生，俯仰獨悲傷。

——陸機《門有車馬客行》

旅泊多年歲，老去不知回。忽逢門前客，道發故鄉來。
斂眉俱握手，破涕共銜杯。殷勤訪故舊，屈曲問童孩。
衰宗多弟侄，若個賞池台？舊園今在否？新樹也應栽。
柳行疏密布？茅齋寬窄裁？經移何處竹？別種幾處梅？
渠當無絕水？不計總生苔？院果誰先熟？林花哪後開？
羈心只欲問，爲報不須猜。行當驅下澤，去剪故園菜。

——王績《在京思故園見鄉人問》

君自故鄉來，應知故鄉事。來日綺窗前，寒梅著花未？

——王維《雜詩》

　　思鄉，是中國古代詩人反覆詠歌的一個主題，也給我們留下了無數精美華章。稍有一點一中文學常識的人，誰不知道王維的「獨在異鄉爲異客，每逢佳節倍思親」，及馬致遠的「夕陽西下，斷腸人在天涯」？但就像一些偉大的創造發明是站在巨人肩膀上取得的一樣，這些精美的思鄉詩之間也有著延續和拓展、繼承和創新。這種關係，在上面三首思鄉名篇中表現得更爲典型。

　　這三首詩，都是抒發對故鄉的思念；三者的關係，在處理手法上就像電影中的搖景一樣，隨著攝影機的推近，取景框的範圍越來越小，框內的景物越來越集中，最後放大成一個特寫鏡頭——故鄉綺窗前的寒梅。下面我們集中比較一下：這三首詩在情感表達手法上，後者對前者是怎樣學習和借鑑的？在繼承之中又怎樣通過濃縮，使情節更集中、感情更深厚、風格更含蓄的。

一

　　陸機的《門有車馬客行》寫於羈留洛陽之時。陸機的祖父陸遜、父親陸抗都是東吳的名將，吳亡後，陸機閉門讀書，十年足不出戶。晉武帝太康末年，他與弟弟陸雲同被招到京師，從此被捲入司馬氏內部鬥爭漩渦，直到被害，一直未能再返回故鄉，這首詩就是抒發他對遠在江南的故鄉的深切思念，我們從詩中市朝易遷、城闕丘荒等感慨中是不難看出還挾有當年亡國的餘痛。

　　全詩二十句，基本上可分爲三個層次。前八句寫詩人急

於會見家鄉來客的慌亂動作和急迫心情，以此來表現詩人對故鄉的深切思念。這裡出現兩個場面：一是故鄉親人對詩人的牽掛，爲了知道詩人的近況，特意派人駕著車馬、跋涉江湘，千里迢迢來到洛陽；另一是詩人對故鄉親人的深情，詩人通過投袂而起、來不及穿戴、對客撫膺流淚這二個典型動作，來表現他當時的心情。其中的投袂而起和來不及穿戴是強調他急於見故鄉來客的迫切和慌亂。魏晉時代講究禮儀和風度，往往一舉手、一投足失度就會招來終身非議，特別像陸機這樣位尊又有聲望的名士就更要講究這些繁文縟節。但此時詩人竟顧不得舉止風度，居然投袂而起；也無心講究禮儀，換衣而不及裳就匆匆出來會客，這只能説明詩人把親情高高地放在個人聲譽和社會輿論之上。對客撫膺流淚更是一種思鄉真情的流露。既然説是車馬客，看來只是個送信的使者，但詩人竟把他當成親人，撫膺長嘆、涕淚交流，這大概是愛屋及烏吧！正是因爲詩人對故鄉、對親人貯滿深情，方會出現如此慌亂的動作，方會使者如此急切地詢問、盡情地傾吐自己的思鄉。以上是從詩人與親人兩個側面反映親情，表達詩人對故鄉的思念，此爲第一層。第二層是向車馬客詢問故鄉及親人的近況，其方法是把詩人的探詢與車馬客的回答糅合到一起來寫。詩人的詢問沿著這樣的思路：邦族情況、親友下落、故鄉風貌，由宗族到親友，從故人到故地，詢問一個接著一個，越問範圍越廣。這既是詩人對故鄉和親人深情思念的一種獨特的表達方式，也反映了遊子對故鄉、對親人的共同心聲。因爲一個久居外地的遊子詢問故鄉的情況，

往往是從自己最掛念的事問起，然後逐漸推開，事事都想問及，故鄉的一草一木對遠在外鄉的遊子來說，都有一種說不出的親切之感和思念之情。因此，詩人的這些詢問已超出個人情感的範疇，從而帶有普遍意義。但詩人得到的回答卻是邦族親友零落凋喪，故鄉也發生了巨變：當年「朝野歡娛、池台鐘鼓」，庾信哀的江南現在是「市朝遷易，城闕丘荒」，墳壟一天天增多，陵上的松柏也成了蔥鬱一片。儘管詩人在敍述的過程中沒有作過多的表白和品評，但通過描繪出的這一幅幅江南凋零圖，我們可以感覺到詩人的心在爲故鄉和親人抽搐和破碎；儘管詩人也沒有點破市朝遷易、城闕丘荒的原因，我們還是可以從中體察出東吳傾覆、國破家亡的難言之痛。詩的最後四句是第三層，是抒發聽到家鄉音信後的感慨。詩人認爲天道崇替、人生易老，這是大自然的規律，任何人也逃脫不了。這是在自我安慰，也是在故作解脫，聯繫江南親人的亡故和自己羈留北方的難言之隱，這種故作解脫之語就更令人心酸。據史載：陸機兄弟羈留北方時，家鄉音信斷絕，陸氏兄弟爲了打探家鄉和親人的境況，想了很多辦法，最後靠他的愛犬黃耳往來於南北才了此心願。所以，詩中反映的情況和表達的情感，是真實和真摯的。

從以上的分析來看，詩人表達思鄉之情的手法主要有三：一是選擇家鄉來客這個典型的情節，通過他接待客人時的慌亂急迫和親切的動作來表達他對故鄉的深切思念；二是通過對來客的一連串詢問來表現詩人對故鄉一切的關注，又通過來客的回答來展示故國的殘破和詩人由此而生的酸痛；

三是用故作解脫之語激起人們對詩人處境和詩人故鄉遭遇的
同情。

　　初唐詩人王績的《在京思故園見鄉人問》，在命題立意和
結構方式上都有意識學習和借鑑了陸機的《門有車馬客行》。
它的主題也是思鄉，也是以故鄉來客爲切入點，也是通過一
連串迫不及待的詢問，以及詢問後的感慨來表現自己的思鄉
之情，甚至在結構上也一樣，也是分爲三層：首先是欣逢故
鄉來客，自己殷勤接待，接著是一連串的詢問，是後抒發對
此的感慨。但要指出的是，《在京思故園見鄉人問》對《門有
車門客行》既有學習的借鑒，更有發展和創新，表現在主題
更加專一，情節更加集中，即在詩意的濃縮上下了一番功夫，
從下面的分析中即可看出這點。

　　王績詩的第一層雖然也是欣逢故鄉來客時，自己激動的
舉止和思鄉的心情，但場面更爲集中，線條也更粗放，它省
去了親人對己的掛念和來客的千里跋涉，專敍自己見到來客
時的激動舉止和感極而悲的情懷：開頭自敍離家日久老大不
歸，這似不及陸詩中從客人嘴中道出來得婉轉，見客時的舉
止表情也不及陸詩細膩生動，反映出王績詩風平淡疏野的一
面，但在表現對象上卻更專一，情節相對來說也更集中。

　　如果說詩的第一層，王詩和陸詩還互有軒輊，到了第二
層，王詩就明顯超越了陸詩。首先，王詩的內容更集中。陸
詩的第二層，主客問答雜糅在一起，既有主人的急切詢問，
也有來客的一一作答；內容上既要表現詩人對故鄉的深切思
念，又要表現故鄉的破敗，親友的凋喪。王績的詩則集中表

現他對故鄉的思念和關心：從自己子侄的近況到故園的池台的興廢，從園柳的疏密到院梅的開落，內容集中於對故園的關切，其思念之情表達得當然也就更爲充分。其次，王詩的主題也更專一。陸詩既表現了詩人對故鄉的思念，又暗抒東吳破滅、兄弟被迫北去的家國之恨。從後一題旨出發，他大力描繪今日江南的凋殘破敗：大族零落、城闕丘荒，市朝遷易、柏冢累累，充滿了朝堂鼎易、人世變遷的追懷和傷感。因此，場面拉得較大，人事糾合也較多。王績的詩則專抒懷鄉之情，而且把探詢的光束集聚於故園這個焦點上，作者所關心的是故園的池台茅齋、新竹疏柳，小渠寒梅、院果林花。據《舊唐書‧王績傳》：王績爲人淡泊清簡，「言不怨時，行不忤物」，人稱「樂天君子」，他與隱士仲長子光友善，同「結廬河渚，以琴酒自樂」。從這樣的品格和人生追求出發，他最思念的當然是故鄉的園林，尤其是園內的池台茅齋、竹柳寒梅了。通過這一聚光的焦點，不但集中抒發了詩人的懷鄉之情，而且也顯示出詩人的品格和追求。比起陸詩來，主題更專一，也多了一些品味。再次，王詩的手法也更巧妙。王詩的第二層，不但專問故園，而且還是一連串連珠炮式的詢問。這種急促的使人來不及回答的發問，生動地表現了詩人急於了解故園一切的急迫心情。這一連串發問在思路上也越問越細、追根求源，由故鄉的親友想到他們生活的故園，由故園再想到園內的池台、茅舍、林木，再由林木想到其栽種、灌溉、花果的開放和成熟，讓人感到詩人對故園的一草一木都有親切感，都是異常關心的，這樣，詩人對故園的情

感也就不言而喻了。

以上爲第二層，是全詩的主要部分，也是王詩對陸詩發展和創新的主要所在。接下去的第三層是抒發問後的感慨。與陸詩不同的是，他不再故作曠放、自我排解，而是坦率地流露真情，甚至要立即驅車還鄉，了卻心願。這種直接表露情感的方法，有它粗疏的一面，但在結構上卻更單純也更緊湊了。

二

從以上的分析可以看出，王績的《在京思故園見鄉人問》對陸機的《門有車馬客行》既有繼承又有創新。它的創新主要表現在情節更集中，主題更專一，結構上也更緊湊。

但王績的這首思鄉詩並非至醇至美：它的情感表達比起陸詩雖更爲坦率，卻也顯露出粗放的一面；結構上雖更單純、更緊湊了，但也顯出含蘊還不夠豐厚。也就是說，它還只是塊含有雜質的粗鋼，只有到了盛唐詩人王維的詩砧上，才鍛成繞指柔的百煉純鋼。王維的這首《雜詩》只有四句、二十個字。從數量上看，只有前兩篇詩作的四分之一和五分之一，但其含蘊卻顯得份外豐厚；在情感表達方式上也不像前兩首詩那樣面面俱到，但更顯得純美和餘味無窮；在結構上似更簡單甚至平淡，但推敲起來卻倍覺精巧。王維此詩如此境界的取得，當然與多種因素有關，但其中最主要的因素是採用了濃縮的手法：詩人在濃縮中精鍊主題,在濃縮中開拓詩境,在濃縮中增濃詩意。

　　首先，對接待故鄉來客的場面進行濃縮。描述：或轉述親人對己的惦記，或直抒自己對故鄉的思念，或細寫急於接見家鄉來客的慌亂動作，或描繪感極而悲的面部表情。但在王維詩中却濃縮爲兩句：「君自故鄉來，應知故鄉事」這種不加修飾的近乎口語的詢問，似乎過於平淡、過於質直，實際上却別有匠心，顯得詩味濃郁、意境深遠。因爲這是首小詩，僅有四句、二十個字，詩人却在詩的一開頭，就讓「故鄉」二字反覆出現，這樣一來）「故鄉」二字頓時充斥全篇，我們彷彿能感覺到：由於詩人整日把故鄉懸在心頭，因而一見故鄉來客，「故鄉」二字便不斷地脫口而出。尤其是下句「應知故鄉事」更是大巧之拙，從表面上看，似乎是廢話：上句已說「君自故鄉來」，當然會「知故鄉事」。但惟有這樣寫，方有一種類似兒童的天真和親切，也更能表現出詩人急於打探故鄉消息的急迫心情，也將詩人在特定環境下的情態、口吻表現的更加生動傳神。我們讀起來，似乎能感到這兩句是脫口而出，是詩人内心深長的鄉戀積鬱而成、噴薄而出。比起陸機和王績的那兩首思鄉詩，場面大大地濃縮了，但詩意也更加濃郁了。

　　其次，是對所探詢的故鄉之事進行濃縮。陸機詩中對所探詢之事範圍很廣，從親朋故舊到市場城闕，詩人都一一打聽，急於知道。王績詩中所探詢之事到比較集中，僅限於故園，但却更爲細致，對一池一台、一草一木都要細細追問，尋根究底。這種無所不問或一連串細問的題材處理方式，對表現詩人思鄉的情切和愛鄉的情深無疑是有益的，但相比之

下，王維的詩在題材的處理上卻更經濟，也更含蘊：它不像
陸詩那樣邊問邊答，也不像王績那樣一味細詢，而只問了一
句，「來日綺窗前，寒梅著花未？」詩人這樣處理有兩個好
處：一是使思鄉之情表現得更爲集中，也更典型。一個人對
故鄉的深厚感情，並不是一種抽象的概念，而是與故鄉的親
人和景物緊密聯繫在一起的，而這些人和物又往往組成一些
生活片段，讓遊子在回憶之中引發親切之感，激起思念之情。
這種片段，可能是重大事件，它給遊子留下了終生難忘的印
象；也可能是瑣屑的生活小事，它反覆地在遊子的眼前閃現，
讓人回味起來更有一種親切感，王維選擇的正是後一種片
段：這株寒梅開在故鄉的綺窗前，伴著詩人度過了青少年時
代，那寒梅的芬芳與書齋的墨香在綺窗前飄合在一起，送走
了詩人一生中最美好的時光，也記下了詩人家居時的苦惱、
甜蜜和希望，因此，這株寒梅成了詩人故鄉生活的象徵，也
成了詩人思鄉之情的集中寄託。另外，這是株梅樹，而且是
寒梅，寒梅那種傲霜鬥雪的不屈精神和冰清玉潔的高潔操守，
對青少年時代的詩人無疑是個激勵；對詩人不苟合取容、清
心寡欲性格的形成無疑是個促進，所以，當詩人踏上仕途、
嘗盡人生酸苦後，在回想起故鄉綺窗前的那株寒梅，就會心
神交會、倍覺親切。因此，用這兩句詩來代表鄉思，顯得既
集中又典型。二是使鄉思表現得更簡潔也更含蘊。「詩如看
山不喜平」，平鋪直敍、一覽無餘，會敗壞詩的韻味；直抒
其情、敞開心扇，弄不好就會影響詩的深度。那種長長清單
式的詢問，不一定比一兩個精心設計的鏡頭更能反映鄉情；

同樣地，那種邊問邊答的抒情方式也不一定比有問無答、情不外露更耐人尋味。王維的《雜詩》選擇的正是後一種表現方法。他只問了一句：「來日綺窗前，寒梅著花未」，便嘎然而止，既不寫客人的回答，更談不上對著花還是未對著花感慨的抒發。當然，讀者也不會那麼傻，真的去追問寒梅開沒開花？我們只會對詩人發問的深意悠然心會，只會從中體察到詩人那濃郁的鄉情和淡泊的操守，並會從中引發出無盡的遐想──詩的韻味，詩的深厚的含蘊，都從這個有問無答的結尾中綿綿地牽扯了出來。這也是王維的《雜詩》對前兩首詩的發展和創新吧！

從「日午鷄鳴」到「夕陽西下」

再談思鄉詩的繼承和創新

板橋人渡泉聲，茅店日午鷄鳴。
莫嗔培茗煙暗，卻喜曬穀天晴。
　　　　——顧況《過山農家》

晨起動征鐸，客行悲故鄉。
鷄聲茅店月，人迹板橋霜。
槲葉落山路，枳花明驛牆。
因思杜陵夢，鳧雁滿廻塘。
　　　　——溫庭筠《商山早行》

枯藤老樹昏鴉，小橋流水人家，古道西風瘦馬。
夕陽西下，斷腸人在天涯！
　　　　——馬致遠《天淨沙・秋思》

　　我國古代描寫鄉思和羈愁的詩詞中，馬致遠的小令《天淨沙・秋思》是較著名的一首。詩人通過尋常但又典型的景物，樸素但又凝練的語言，蕭索但又精緻的畫面，渲染出一派衰瑟、孤清的暮秋晚景，烘托出天涯遊子落寞的愁緒和綿

長的鄉思。無論是構思，還是語言和意境，都不愧是「秋思之祖」①。

黃河之水並非天上來，它是以喀喇崑崙作爲自己源頭的，巍峨的珠穆朗瑪峯也是以青藏高原作爲自己的底座。同樣的，這首「秋思之祖」也有它的文學淵源和基礎：無論是意境的醞釀、語言的熔鑄，還是畫面的選擇，它都是有所借鑑和繼承的。其祖本首先是顧況的《過山農家》②。

顧況，中唐時代一位頗關心民生疾苦的詩人，也是新樂府運動的前驅者之一。這首《過山農家》通過一組典型畫面和凝練的語言，表現了山間農家的勞動場面和生活情趣，也反映了詩人對農事的關心和對鄉居生活的嚮往之情。

這首詩的出色之處首先是構圖的精妙。詩的前兩句，詩人選用了六個詞組，把六種不同的景物巧妙地組織在同一畫面之中：「板橋」、「泉聲」，這是山間景象；「茅店」、「鷄鳴」這是農家特色；兩者合在一起就是「山間農家」。而「人渡」、「泉聲」，又緊扣一個「過」字點明詩人目睹此景的時間和原因。這六種景物組合在一起構成了詩題——「過山農家」，構思可謂精妙，這是其一；其二，六種景物之間也是動靜相乘、遠遠近相襯，構圖上顯得極爲協調。首句「板橋、泉渡、人聲」是遠景，是山間農家周圍的環境；第二句「茅店、日午、鷄鳴」則是近景，勾畫出山間農家的

---

①王國維《人間詞話》。

②一說此詩的作者是張繼。

典型特徵。首句中的「板橋」是靜態的，「日午、鷄鳴」則
是動態的。再從詩人的感官來看：「板橋」、「茅店」、
「日午」是視覺，「泉聲」、「鷄鳴」是聽覺，而「人渡」
則是視聽的結合，構圖確實精妙。其三，從整體構圖上看，
開頭兩句突現了山間農家並交代了農事的背景，爲下面描述
山間農事——「培茗」、「曬穀」抹好了底色，也爲表現山
農的情感——「喜」和「嗔」作好了準備。在整體構圖上：
前兩句是風景畫，後兩句是風俗畫；前兩句是青山綠水、農
家小舍，清幽而秀麗的自然風光，後兩句是金色的稻穀、碧
綠的茶園，寧靜而安定的生活景象。整個畫面前後映襯、互
相搭配，顯得異常和諧。

其次，這首詩的感情抒發也很精妙。顧況作爲新樂府運
動的前驅詩人，他關心農事、惦念民生。安史亂後，農村凋
敝、民生多艱：「女停襄邑抒，農廢汶陽耕」，「量空海陵
粟，貶乏衡水錢」③，詩人在其他的詩章中不止一次發過感
嘆。但在這首詩中，大概因爲此處地處深山，較少受戰亂影
響的緣故吧，使詩人在亂世之中看到了一點和平、安定的景
象，所以詩人此時的心情一反其他詩章中的憂鬱和傷感，顯
得喜悅而舒暢。值得一提的是，詩人並沒有把這種喜悅和舒
暢直接抒發出來，而是以代對方設想的排解、勸慰方式來表
達他對農事的關心，對和平、安定的農村生活的激賞：「莫
嗔培茗煙暗，卻喜曬穀天晴」。培茗，是用火烘烤茶葉。茶

③見《顧況詩集》卷三。

葉，特別是頭遍茶很柔嫩，因此烘培的火要猛，這樣茶葉收縮快，內裏的汁水方能保住，才能味濃，同時分量也不致損失過多，茶農稱此爲猛火殺青。「煙暗」則是火不旺的徵候，火不旺殺青效果自然不好，難怪茶農要「嗔」了。但是，煙暗的原因又是由於天晴之故。晴天的正午，光線強烈因而顯得火光微弱；另外，晴天風微也是「煙暗」的一個重要原因。總之，這當中既有視覺上的錯誤，也有實際上的火力減弱，而這皆由「天晴」、「日午」所致。那麼，詩人又爲什麼要勸山農「莫嗔」呢？因爲天晴可以曬穀，這對農家來說，可謂有得有失：製茶時損失一點，一年的糧食卻有了保障，得失相比，不應「嗔」而應「喜」，這是對山農的勸慰和排解，也反映了詩人對農事的關心和對安寧的農家生活的欣羨，其手法極爲精妙。

馬致遠的《天淨沙・秋思》在畫面選擇、結構安排和感情表達方式上，對顧況的《過山農家》皆有繼承，亦更有創新。首先，在畫面選擇上，他把顧詩中的六種景物擴展爲九個——「枯藤、老樹、昏鴉，小橋、流水、人家，古道、西風、瘦馬」，色調的搭配上更爲諧調，構圖上更爲精緻，也更典型。在這首小令中，詩人爲了表現天涯遊子的落寞和旅途生活的艱辛，他有意選擇一個深秋天氣，而且又是一個夕陽西下的傍晚，遊子周圍的景物則是枯藤、老樹、昏鴉，小橋、流水、人家。枯藤、老樹，本身就是蒼老的象徵，與晚秋的天氣，黃昏的暮色交疊在一起，更給人一種衰瑟之感。畫面中的昏鴉不僅是指黃昏歸來的烏鴉，而且兼指烏鴉。

本身的色調：烏鴉是黑的，暮色蒼茫之中色調就更顯得昏暗，何況這羣歸鴉又棲息在枯藤、老樹之上，就更加昏茫莫辨了。與此暗淡的色調和衰瑟的情感相反，下句「小橋、流水、人家」則小巧而鮮活：橋是小橋，水是流水，大自然的清新和秀美躍然紙上。這顯然是受了顧況《過山農家》「板橋、泉渡、人聲」的啓發，所不同的是：板橋、泉渡、人聲是三幅各自獨立的畫面，《秋思》中的景物雖增加了一倍，但卻有一個重心和落點——「人家」；《過山農家》的三幅畫是同一種底色——寧靜又富有生氣的山間景象，《秋思》中首句「枯藤、老樹、昏鴉」的基調是衰瑟暗淡，下句「小橋、流水、人家」則是小巧鮮活，上下句間構成了強烈的對比，而這正是詩人的用意所在：詩人就是要用到「人家」的鮮活、富有生氣來反襯遊子的蒼老和疲憊，用黃昏來臨時分「人家」的安居寧靜來顯示天涯遊子的孤獨和淒清。這就是《秋思》在構圖乃至情感表達上比《過山農家》的高明之處。南宋末年，詩人蔣捷有首詞描述自己在元兵追逼下的亡命生活，開頭就是「深閣垂簾秀，憶家人，軟語燈邊，笑窩紅透」，亦是用昔日的安居幸福來反襯今日的顛沛流離，用昔日黃昏親人團聚來反襯今日的孤苦淒清。最後，甚至說自己不如昏鴉：「羨寒鴉，黃昏後，一點點，歸楊柳。」④與《秋思》前兩句的手法如出一轍。

　　以上兩句是環境描寫，如果把這首小令比作一幕短劇的

④《賀新郎·兵後寓吳》見《竹山詞》。

話，以上兩句則是爲人物活動提供舞臺和場景，而第三句「古道、西風、瘦馬」則是人物粉墨登場。「古道」，一方面是強調此道存在的時間之久，古往今來不知目睹了多少遊子的離愁別緒；另一方面，「古道」二字也給人一種壓抑、低沉之感，與詩人浪迹天涯的灰暗心態也是一致的。「西風」二字的作用也是同樣，一方面點明季節，另一方面也暗示詩人的心態和感受。況且，在這西風古道上踽踽獨行的又是一匹瘦馬，馬獨行且羸弱，人的孤獨困頓自在言外，這也是詩人在構圖上的高明之處。

詩人在構圖上的另一個高明之處在於，他不但接承《過山農家》的手法，用精緻又富有特徵的景物來勾勒周圍的環境，而且還爲人物活動提供一個闊大而蕭疏的背景，並形成一個抒情濃郁又含蓄深沉的結句，這則是對《過山農家》的發展和創新。按說，詩人通過「枯藤、老樹、昏鴉」等九個偏正詞組，已相當生動準確地勾畫出一位浪迹天涯的遊子，在秋日黃昏的孤寂身影和西風古道上的獨特感受，但詩人百尺竿頭，又加上一個闊大的背景——「夕陽西下，斷腸人在天涯」。黃昏落日，這本身就是很傷感的，更何況又是瑟瑟西風中的秋日黃昏，更是一個滿腹愁緒斷腸人眼中的落日，這就顯得更加蒼涼和傷感了。我們可以想像一下：在暮鴉的陣陣聒噪聲中，一輪紅日漸漸收斂了它的光芒，緩緩地沉沒於天涯的盡頭。而在伸向天涯盡頭的古道上，一位疲乏的遊子，牽著瘦馬，傍著枯藤老樹，面對著小橋流水，發出一聲長嘆——這是何等蒼涼壯闊又精緻新巧的畫面！近人王國維說這

首小令「深得唐人絕句妙境」⑤，亦是指境界的闊大和格調的蒼涼而言。這首小令的特異之處還在於，它通過色調的搭配構成了一個異乎尋常的結尾。我們知道，這首詩的底色是暗淡低沉的，無論是枯藤老樹，還是昏鴉瘦馬，從動態到靜物都是冷色，但結尾卻是暖色——如血的夕陽，這似乎給西風古道帶來一點亮色，但給人的感覺恰恰相反：這更顯出黃昏的蒼涼和前景的暗淡。因爲在畫面上，全景式的昏暗反會不覺其昏暗，惟有在暗淡之中加一點亮色，才能反襯出周圍的昏暗。況且，這一點亮色還是夕陽的最後一脈餘輝，可以想像：當這一脈餘輝在地平線上消失之後，西風古道將會陷入無邊的昏暗之中，這位在夕陽西下時刻就已斷腸的遊子，將會何等的哀苦無告！至於這位斷腸人來自何處？將去何方？夕陽西下之後又寄宿何處？詩人隻字未提只是通過上述色調的對比來暗示，給我們留下無限想像的餘地。所以，從構圖的精緻和色調的含蘊來看，《天淨沙·秋思》對《過山農家》是既繼承又有創新的。

　　從結構安排來看，《天淨沙·秋思》比起《過山農家》也更爲巧妙。《過山農家》基本上分成兩個部分：前兩句描繪山農家周圍的環境，後兩句敍寫山間農事及其心情。《天淨沙·秋思》的字數與前者相差無幾，但結構上卻複雜得多。在總體結構上它分爲三層：前三句交代天涯飄零的季節、時間及遊子周圍的環境；第四句是給這幅天涯浪迹圖鑲上個闊大的

⑤王國維《人間詞話》。

背景；最後一句則直抒其情，點破愁思，交代主題。從小的層次來看，內中也有曲折迴旋之處，如第一層的三句「枯藤、老樹、昏鴉，小橋、流水、人家，古道、西風、瘦馬」結構、手法亦各有別：前兩句是描繪旅途之景，第三句則是寫旅途之人。而且，一、二兩句雖同是描景，景的色調、情韻也完全不同。「枯藤、老樹、昏鴉」是暗淡遲暮之景，「小橋、流水、人家」則是清新寧靜之氛，這兩句表面相反實則相成，從兩個對立的側面把天涯遊子暗淡低沉的心緒，和對溫馨的家庭生活的渴慕，生動準確地表現出來。另外，從層與層的關係來看，第一層與第二層雖同是描景，但第一層是近景、特寫，第二層是遠景、背景；第一層詩人用的是冷色，意在突出詩人灰暗低沉的心緒，第二層卻添上了一線暖色，反襯出更加渺茫暗淡的前景；第一層連用了九個偏正詞組，為全詩奠定了氛圍和基調，第二層再用三個主謂句來拓寬背景、加大場面、增濃氣氛。因此，從結構上看，他對《過山農家》是有所發展和創新的。

再從情感的表達方式上來看，《過山農家》表達的是對農家生活的眷戀和喜悅之情，所採用的是代對方設想的含蓄方式，但詩中的「嗔」、「喜」等詞卻道破了天機。《天淨沙·秋思》的情感表達，則主要通過景物的選擇和畫面的色彩來暗暗地流露，其表達方式更為深隱，韻味也更加悠長。如第一句中的「昏鴉」，其作用不僅在於點明時間和顯示出暗淡的色調，它還含有這樣的弦外之音：烏鴉在天黑時尚有巢可歸，而浪跡天涯的遊子卻不知歸宿在哪裏，所以連昏鴉都不

如，上面提到的蔣捷詞「羨寒鴉，黃昏後，一點點，歸楊柳」
亦即此意。小令中的「瘦馬」亦有深意：詩人有意不提人的
羸弱而只提馬瘦，這就使遊子的疲乏和内心的憂思，表現的
更爲含蓄和深沉。聯繫到上面提及的回巢「昏鴉」和小橋流
水邊的「人家」，詩人天涯淪落的孤獨和困乏就暗暗地但又
強烈地抒發了出來。從以上的分析來看，無論是構圖、色調，
還是情感的表達方式，《天淨沙・秋思》對《過山農家》都有繼
承，亦有發展和創新。

　　但是，《過山農家》的基調是喜，詩人對山農的生活環境
和勞動情形都傾注了關注和嚮往之情；《天淨沙・秋思》的基
調則是愁，是抒發淪落天涯的孤寂和愁緒。因此，從《過山
農家》到《天淨沙・秋思》，中間還應有一個情感上的過渡，
我認爲，這個過渡的津梁就是晚唐詩人溫庭筠的《商山早行》。

　　《商山早行》也是通過典型景物的選取和描繪，來表現旅
途的辛勞和客愁的，特別是頷聯顯得尤爲出色，他亦是選取
六種景物組成一幅山間旅行圖，以此來突顯行人旅途的辛勞，
顯得極爲生動形象。你看：投宿在荒村野店中的遊子被雞啼
催醒，匆匆起來趕路，擡頭望去，一鉤殘月還懸在西天，此
時趕路，可算得上是「早行」了。但是且慢，那山澗邊鋪滿
晨霜的板橋上，早印下了清晰的腳印。真是「莫道君行早，
更有早行人」了！這樣，就把《商山早行》這個詩題扣得很準。
同時，荒雞晨啼、殘月當空、秋霜鋪地，早行者的辛苦自在
言外。這首詩，無論從扣題的準確、典型景物的選取，還是
色調的諧和、畫面的精緻，可以説都受了顧況《過山農家》的

影響；但從另一方面看，他在季節特徵、修辭手法，尤其是情感基調上，與馬致遠的《天淨沙‧秋思》則極爲相近，只不過馬致遠的小令在其基礎上又有發展和創新：他把殘月當空改爲夕陽西下，把荒店鷄鳴改爲暮歸昏鴉，把秋晨寒霜擴展成西風、老樹、枯藤等一系列暮秋衰敗景象，並與從茅店板橋脫胎而來的「小橋、流水、人家」構成鮮明的比襯。於是，其景物的選取更爲典型，意境更爲精深，因爲在《商山早行》中，這位行人還有個茅店可以安身，在《秋思》中卻成了黃昏時刻踽踽獨行於西風古道上，無處可以安身的天涯淪落人。這種環境、氣氛、色調和人物，當然更能渲染出一種暗淡、遲暮的心態，更能表達出詩人的孤獨感和深長的鄉思。所以，我們可以這樣說：馬致遠的《天淨沙‧秋思》在構圖、修辭和情感的表達方式上，對顧況的《過山農家》和溫庭筠的《商山早行》皆有借鑑和繼承，在情感基調和意境氛圍上更接近於《商山早行》，這首「秋思之祖」正是站在巨人的肩膀上，才攀上思鄉詩的頂峯的。

金桔和土豆

談民歌《陌上桑》和一些仿作

日出東南隅，照我秦氏樓。秦氏有好女，自名爲羅敷。
羅敷善蠶桑，采桑城南隅。青絲爲籠繫，桂枝爲籠鈎。
頭上倭墮髻，耳中明月珠。緗綺爲下裙，紫綺爲上襦。
行者見羅敷，下擔捋髭鬚。少年見羅敷，脫帽著帩頭。
耕者忘其犁，鋤者忘其鋤。來歸相怨怒，但坐觀羅敷。
使君從南來，五馬立踟躕。使君遣吏往，問是誰家姝。
秦氏有好女，自名爲羅敷。羅敷年幾何？二十尚不足，
十五頗有餘。使君謝羅敷，寧可共載不？羅敷前致辭，
使君一何愚！使君自有婦，羅敷自有夫。
東方千餘騎，夫婿居上頭。何用識夫婿？白馬從驪駒。
青絲繫馬尾，黃金絡馬頭。腰中鹿盧劍，可直千萬餘。
十五府小吏，二十朝大夫。三十侍中郎，四十專城居。
爲人潔白晢，鬑鬑頗有鬚。盈盈公府步，冉冉府中趨。
坐中數千人，皆言夫婿殊。

　　　　　　　　　　　　　　——《陌上桑》

日出東南隅，照我秦氏樓。秦氏有好女，自字爲羅敷。
首戴金翠飾，耳綴明月珠。白素爲下裙，丹霞爲上襦。

一顧傾朝市，再顧國爲虛。問女居安在？堂在城南居。
青樓臨大巷，幽門結重樞。使君自南來，駟馬立踟躕。
遣史謝賢女，豈可同行車？斯女長跪對：使君言何殊！
使君自有婦，賤妾有鄙夫。天地正厥位，願君改其圖。

——傅玄《艷歌行》

楊柳送行人，青青西入秦。誰家采桑女，樓上不勝春。
盈盈灞水曲，步步春芳綠。紅臉耀明珠，絳脣含白玉。
回首渭橋東，遙憐春色同。青絲嬌落日，緗綺弄春風。
攜籠長嘆息，逶遲迤春色。看花若有情，倚樹疑無力。
薄暮思悠悠，使君南陌頭。相逢不相識，歸去夢青樓。

——劉希夷《采桑》

　　自《陌上桑》問世以後，曹丕、傅玄、蕭子范、顧野王、
王逮、劉希夷等漢唐文人皆有過仿作，但由於審美理想的不
同和藝術造詣的高下，無論在思想價值或表現手段上，這些
仿作和原作都存在著很大的差距，正像德國的歌德所說的那
樣：「莎士比亞給我們的是銀盤裝著金桔，通過學習，我們
拿到了銀盤，但裝進去的卻是土豆。」(《歌德談話錄》)下
面我想用仿作中有代表性的兩篇——傅玄的《艷歌行》和劉希
夷的《采桑》與原作做一比較，在一番高下得失的分析中，也
許可以從中發現應該如何去繼承優秀的遺產。
　　傅玄，晉武帝太康年間的著名詩人，現存詩百首左右，
集中十之八九都是對漢魏樂府的模擬，《艷歌行》是其中的一

篇。

　　劉希夷，初唐詩人，亦善彈琵琶。其詩以歌行見長，多寫閨情，辭意柔婉華麗多傷感，他仿《陌上桑》而作的《采桑》正是典型地反映了他創作上的這種特徵。

　　這兩首詩在藝術形式上，特別是在人物心理的描繪和景色的烘托上也有一定的可取之處，但總的來說，它們在審美情趣以及內容和形式的和諧一致上則大大遜色於《陌上桑》，這主要表現在以下三個方面：

　　一、在人物的身分和肖像描繪上，原作和仿作表現了不同的審美理想。

　　在漢樂府《陌上桑》中，秦羅敷是位美麗而勤勞的農家姑娘：詩作者採取了我國民歌的傳統手法來描繪她驚人的美麗。一是象徵烘托：「日出東南隅，照我秦氏樓。秦氏有好女，自名爲羅敷。」用升起的朝日來象徵羅敷正當韶華，用紅艷艷的色彩來渲染羅敷的無比新鮮，再用自名羅敷來交待她的美麗和自信。二是用誇張藻飾之法來強調羅敷服飾之精美：「頭上倭墮髻，耳中明月珠。緗綺爲下裙，紫綺爲上襦。」我們讀了這段，並不會感到這種華貴的裝飾與採桑女子相矛盾，因爲這是一種誇張的手法。在文學作品中，特別是在我國古典的民歌中，往往大肆鋪敍主人公的衣飾、用具之美，藉以表現主人公的外貌和心靈之美，如同爲漢樂府的《有所思》中描寫女主人公的信物是：「雙珠玳瑁簪，用玉紹繚之」；南北朝樂府《孔雀東南飛》中寫女主人公劉蘭芝的裝飾是：「足下躡絲履，頭上玳瑁光。腰若流紈素，耳著明月璫。」

以上兩位婦女，裝飾堪稱華貴，但她們也都是勞動婦女，爲了渲染主人公的美好，詩作者採用了誇張的手法。其目的，正像高爾基所說的那樣：「藝術的目的是誇張美好的東西，使它更加美好；誇大壞的——仇視人和醜化人的東西，使它引起厭惡。」（《高爾基論文學》）另外，這種誇張和藻飾有一個前提，它是建立在秦羅敷熱愛勞動這個美好品德基礎上的，是以充分肯定她勞動婦女身分爲前提特徵的。因這段誇飾之前，有這麼四句：「羅敷善蠶桑，采桑城南隅。青絲爲籠繫，桂枝爲籠鈎。」她是一位養蠶姑娘，她對自己的職業又很「善」，從「青絲」爲繫，「桂枝」爲鈎也反映她熱愛自己所從事的勞動，處處精益求精的職業特徵。因此上述的這段肖像描寫和人物身分交待，只能看成是民歌手們對勞動婦女一種誇張式的描繪，對勞動生活一種發自內心的讚美。

在傅玄和劉希夷的仿作中，出於自己的審美愛好，採桑工具的精美描繪不見了，採桑女的身分也不見了，詩人筆下的羅敷是個貴族小姐的形象。在傅玄的《艷歌行》中，她的穿戴是「首戴金翠飾，耳綴明月珠。白素爲下裙，丹霞爲上襦」。她的住處是「堂在城南居。青樓臨大巷，幽門結重樞」。她的愛好與職業不再是「善蠶桑」和「采桑城南隅」，只剩下驚人的美麗：「一顧傾朝市，再顧國爲虛。」劉希夷的《采桑》人物身分雖仍是「采桑女」，但詩中刪去了採桑的場面，改成了灞水邊遊春、傷春，所謂盈盈灞水曲，步步春芳綠」；「誰家采桑女，樓上不勝春」；「回首渭橋東，遙憐春色同。青絲嬌落日，緗綺弄春風」，身分和情調既像個待字閨中，

春情無限的少女，又像個良人遠去，惜春傷別的少婦，我們
似乎從她身上看到了遊園驚夢的杜麗娘、草橋懷春的崔鶯鶯
的影子，與那個熱愛勞動，對生活充滿信心，聰明，機智又
勇敢的民間採桑姑娘秦羅敷距離就很遙遠了。改變了歌頌的
對象，離開了勞動生活的謳歌，只能說明仿作者的美學趣味
與民歌手們已有了明顯的不同。他們是站在自己審美的立場
上來讚美自己心中的美好形象的，《陌上桑》這種樂府民歌形
式，只不過是他們藉以藏納貴族美學形象的軀殼罷了。

　　二、在人物性格特徵的塑造上，原作與仿作採取了不同
　　　　的態度。

　　《陌上桑》中的秦羅敷，不但勤勞美麗，而且不羨權勢，
不畏強暴，表現了民間女子富貴不能淫，威武不能屈的高尚
情操，這集中表現在她和荒淫貪婪的五馬太守的面對面鬥爭
之中，這位「五馬立踟躕」的「使君」，是漢代的刺史或太
守，具有很高的地位和權力，而秦羅敷則是個下層採桑女子，
置身於身世顯赫，僕從如雲的五馬太守包圍之中，卻毫不畏
懼，一口回絕：「使君一何愚！使君自有婦，羅敷自有夫。」
不但回絕，而且直接指斥這位炙手可熱的太守行為是愚蠢的，
羅敷不畏強暴的堅貞品格更加凸現了出來。

　　民歌的作者深深知道，在那個權勢者可以為所欲為的社
會裏，一個出身貧賤的弱女子要想保住自己的貞操，光憑勇
敢是不夠的，還必須「機智」，還要講究鬥爭策略，於是她
編造出一個「誇夫」的情節。羅敷把自己說成是有夫之婦，
而且丈夫還是個達官顯貴。為了使對方深信不疑，她繪聲繪

色地描繪出丈夫的聲威：「東方千餘騎，夫婿居上頭。何用識夫婿？白馬從驪駒」；有滋有味地誇耀丈夫的富貴：「青絲繫馬尾，黃金絡馬頭。腰中鹿盧劍，可值千萬餘」；煞有介事地編造了丈夫的履歷：「十五府小吏，二十朝大夫。三十侍中郎，四十專城居」；滿懷自豪地誇耀丈夫的品貌：「爲人潔白皙，鬑鬑頗有鬚。盈盈公府步，冉冉府中趨。」這段誇說，羅敷越說越高興，使君自然越聽越掃興。「座中千餘人，皆言夫婿殊！」喜劇便是在這種充滿勝利快感的哄堂大笑中結束。這是勝利的笑聲，它把羅敷聰明機智的性格特徵撥到了最亮點，當然，詩作者的愛憎也就從中鮮明地表現了出來。

必須指出的是，荒淫貪婪的五馬太守要與羅敷共載，這是以漢代的社會現實作爲依據的。東漢時代由於吏治腐敗，豪強橫行，達官大吏光天化日之下強虜民女，史不絕書。據史載，東漢大將軍梁冀就常常「遣客出塞，交通外圍，廣求異物，因行道路，發取妓女御者。而使人復乘勢橫暴，妻略婦女。」宦官左悟等更是「多取良人美女，以爲姬妾」（《後漢書》梁冀傳、單超傳）；所以羅敷誇夫這段不但突出地表現了秦羅敷不慕權勢，不畏強暴勇敢而機智的性格特徵，而且對當時的社會狀況進行了有力的揭露和抨擊，對今天的讀者也有一定的認識作用。

也許正因爲這段揭露性都較強，歷代文人在仿作時都無例外地把它刪除或改作。傅玄的《艷歌行》中，那個荒淫貪婪的五馬太守成了個彬彬有禮的君子，他不再是迫不及待地親

自上前調戲，而是「遣吏謝賢女，豈可同行車」，「賢女」二字似乎告訴我們，使君看中的並不是羅敷的美貌，而是她的賢德。《陌上桑》中那個堅強、挺立於五馬太守面前的機智的秦羅敷這時匍匐於權勢者腳下：「斯女長跪對，使君言何殊！」她的丈夫，也不是使羅敷引以自豪和使五馬太守懾服的「專城居」，而是個低賤的下等人：「使君自有婦，賤妾有鄙夫。」針鋒相對的指責和充滿想像力的嘲諷，也變成了規勸和希冀：「天地正厥位，願君改其圖。」這和蒼白無力的道德說教，只能當作是作者濃厚的封建正統觀念的反映，而不可能出自一個有個性又爽朗的採桑女子之口。

劉希夷的《採桑》走得更遠，它連使君醉心於羅敷之美要與之共載、被羅敷嚴辭拒絕這個基本情節都被改掉，變成眼前這位五馬太守就是自己遠遊歸來的丈夫，只不過是離家日久，相逢不識罷了。所以全詩以大量篇幅寫羅敷的春愁、相思和貴婦人百無聊賴、嬌弱無力之態；然後寫她和五馬太守的誤會：「薄暮思悠悠，使君南陌頭。相逢不相識，歸去夢青樓」，整日思念的人就在眼前，卻對面而不識，而使君也成了個失之交臂的正人君子，這樣羅敷就不再是不貪權勢，不畏強暴、勇敢而又聰明的採桑女，而是變成了多情多愁，嬌弱害羞的閨中思婦了。當然，樂府民歌中對漢代官吏的揭露抨擊，對漢代社會的揭露也隨著主人公性格特徵的改變而消失了。

三、在表現手法的選用上，原作與仿作也採取了不同的方式？

　　漢樂府《陌上桑》作爲我國古代一首傑出的民歌，在表現手法上給後人留下了許多值得師法的地方，特別是通過烘托、誇張、對比、虛擬等藝術手法，造成一種活潑詼諧的喜劇氛圍，如誇飾羅敷的衣著之美，虛擬一個「四十專城居」的「丈夫」來嚇退使君等，讀後都給人留下極其難忘的印象。特別是「行者觀羅敷」這一段，民歌中調動了烘托、誇張幽默等多種手法，使羅敷在這個充滿喜劇色彩的鏡頭中顯得更加光彩照人。民歌手們著意選擇不同的年齡：著帩頭的少年和捋髭鬚的長者，不同的身分，路過此地的挑擔者和在附近耕田的，描繪他們在羅敷驚人之美面前瞠目結舌的驚愕之狀，以及不自覺的下意識動作，而且這些動作又符合他們的職業特點和年齡特徵：「行者見羅敷，下擔捋髭鬚。少年見羅敷，脫帽著帩頭。耕者忘其犁，鋤者忘其鋤。」然後在這許多不同之中突出一個共同點：大家在羅敷面前都忘情失態，不能自已，以至耽誤了幹活。於是，羅敷的驚人之美與巨大的吸引力也就從中自然地烘托出來了。值得一提的是，有的現代作家在描寫人物時也繼承了我國文學史上這種傳統的表現手法，收到了良好的效果。如趙樹理在《小二黑結婚》中，就是採取此法來烘托小芹的美麗：「小芹今年十八了⋯⋯青年、小伙子們有事沒事，總想跟小芹說幾句話。小芹去洗衣服，馬上青年們都去洗；小芹上樹採野菜，馬上青年們也都去採。」用這種烘托陪墊的手法來表現主人公的美麗，是我國民間文學一種傳統的而又行之有效的表現手法。

　　但是，有些學者從正統的道德觀念出發，對這段描寫是

大搖其頭，認爲這會敗壞世風，使人情澆薄。他們把「來歸相怨怒,但坐觀羅敷」解釋成「緣觀羅敷,故怨怒妻妾之陋」（陳祚明《采菽堂古詩選》），於是羅敷反成了敗人家庭，壞人德性的風流女子。一些《陌上桑》的仿作者，也都有意識地對此進行删改，變成正面描繪或者乾脆删去。傅玄的《艷歌行》和劉希夷的《采桑》亦是如此。傅玄把這段精彩的描繪變成兩句話：「一顧傾朝市，再顧國爲虛，」這是個敗筆，首先它是漢武帝時代李延年《佳人歌》的翻版：「北方有佳人，遺世而獨立。一顧傾人城，再顧傾人國」，在創作上亦無新意；其次，這兩句與《陌上桑》中與行者、耕者，少年見羅敷時富有喜劇性的言語動作相比，顯得抽象而空泛，缺乏美的感召力。劉希夷的《采桑》乾脆把這個情節删去，改成弄春含情的郊遊：「回首渭橋東，遙憐春色同。青絲嬌落日，細綺弄春風。」儘管他想用青絲映日，細綺含風來暗示羅敷的驚人之美，但總缺少那種具體而真切的印象，更不能產生那種美引起轟動的喜劇效果。所以這兩首詩在表現手法上比起漢樂府《陌上桑》是有差距的。而這種差距又是由於審美理想不同，對事物認識方式的不同而決定的，是受他們的道德觀念所制約的，正如歌德所説的：「一個作家的風格是他内心生活的準確標誌。」（《歌德談話錄》）正因爲内心世界不同，漢樂府《陌上桑》與歷代文人的仿作採取了不同的表現手法。

《木蘭詩》與《木蘭歌》

　　唧唧復唧唧，木蘭當戶織。不聞機杼聲，唯聞女嘆息。問女何所思？問女何所憶？「女亦無所思，女亦無所憶。昨夜見軍帖，可汗大點兵。軍書十二卷，卷卷有爺名。阿爺無大兒，木蘭無長兄，願爲市鞍馬，從此替爺征。」

　　東市買駿馬，西市買鞍韉，南市買轡頭，北市買長鞭。朝辭爺孃去，暮宿黃河邊。不聞爺孃喚女聲，但聞黃河流水鳴濺濺；朝辭黃河去，暮至黑山頭。不聞爺孃喚女聲，但聞燕山胡騎聲啾啾。

　　萬里赴戎機，關山度若飛。朔氣傳金柝，寒光照鐵衣。將軍百戰死，壯士十年歸。

　　歸來見天子，天子坐明堂。策勳十二傳，賞賜百千強。可汗問所欲，「木蘭不用尚書郎，願借明駝千里足，送兒還故鄉。」

　　爺孃聞女來，出郭相扶將。阿姊聞妹來，當戶理紅妝。小弟聞姊來，磨刀霍霍向豬羊。開我東閣門，坐我西閣牀。脫我戰時袍，著我舊時裳。當窗理雲鬢，對鏡貼花黃，出門看火伴，火伴皆驚惶：「同行十二年，不

知木蘭是女郎。」

　　雄兔腳撲朔，雌兔眼迷離。兩兔傍地走，安能辨我
是雄雌？　　　　　　　　　——北朝民歌《木蘭詩》

　　木蘭抱杼嗟，借問復爲誰？欲聞所喊喊，感激強其
顏。老父隸兵籍，氣力日衰耗。豈足萬里行，有子復尚
少。胡沙沒馬足，朔風裂人膚。老父舊羸病，何以強自
扶。木蘭代父去，秣馬備戎行。易卻紈綺裳，洗卻鉛粉
妝。馳馬赴軍幕，慷慨攜干將。朝屯雪山下，暮宿青海
旁。夜襲燕支虜，更攜于闐羌。將軍得勝歸，士卒還故
鄉。

　　父母見木蘭，喜極成悲傷。木蘭能承父母顏，卻卸
巾韝理絲簧。昔爲烈士雄，今復嬌子容。親戚持酒賀，
父母始知生女與男同。門前舊軍都，十年共崎嶇。本結
兄弟交，死戰誓不渝。今也見木蘭，言聲雖是顏色殊。
驚愕不敢前，嘆重徒嘻吁。世有臣子心，能如木蘭節。
忠孝兩不渝，千古之名焉可滅？　——韋元甫《木蘭歌》

　　唐代韋元甫的《木蘭歌》是模仿北朝樂府《木蘭詩》的一首
文人詩。韋元甫，中唐時人，歷任尚書右丞、蘇州刺史等職，
大曆六年八月卒於揚州長史任上，《舊唐書》有傳。他的《木
蘭歌》與北朝民歌《木蘭詩》同收在宋郭茂倩編的《樂府詩集·
梁鼓角橫吹曲》中，合題爲《木蘭詩二首》。
　　《木蘭歌》四十二句，比北朝民歌《木蘭詩》少二十句。韋

元甫對民歌中不合己意者進行了刪改，又增添了自己極力要表現的內容。其增刪主要圍繞以下三個方面：

一、在人物形象上，使木蘭由勞動女性變為封建士大夫心目中的道德典範。

民歌《木蘭詩》最突出的一個成就，就是成功地塑造了木蘭這一不朽的文學形象。木蘭，是一個勤勞樸實的農家姑娘，也是一個慷慨從戎的「壯士」。在家、國家需要之時，她挺身而出，馳騁沙場，立下赫赫戰功；勝利歸來後，又謝絕高官厚祿返回家園，從事和平勞動。她愛祖國，也愛親人，通過她的獻身精神，使這兩種愛和諧地融合到一起。這是一個富有時代特徵的血肉豐滿的文學形象，體現了封建社會廣大勞動婦女要和男子一樣為國守疆的獻身精神，也反映了中華民族勤勞樸實、勇敢機智的種種美德。而在《木蘭歌》中，作者極力刪除木蘭身上富有生活情趣和勞動氣息的典型特徵，特別是不受封賞、不慕富貴的下層勞動者本色，相反卻增加了顯親揚名、愚忠愚孝等情節和大段迂腐的說教，千方百計把木蘭這一形象納入封建的道德信條之中，通過兩詩的比較我們就可以清楚地看出這點。

民歌中寫木蘭嘆息的原因是以下八句：「昨夜見軍帖，可汗大點兵。軍書十二卷，卷卷有爺名。阿爺無大兒，木蘭無長兄。願為市鞍馬，從此替爺征。」這一段文字既是人物思想感情的披露，也是故事產生背景的交待。作者把木蘭置於矛盾疊出的特定背景中：可汗點兵，這是一；軍情如火，這是二；老爺被征，這是三；木蘭無兄，無人可替代，這是

四。這樣一環扣一環，在國家有難，家中無男的矛盾面前，木蘭代父從軍就成了衛國保家的唯一辦法，也是木蘭慷慨報國又體貼親人的獻身精神的必然結果。這樣，以木蘭爲代表的中國勞動婦女不畏險阻、富於自我犧牲精神的高貴品德也就從中表現了出來。但在韋作的《木蘭歌》中卻變成了這樣的八句：「老父隸兵籍，氣力日衰耗。豈足萬里行，有子復尚少。胡沙沒馬足，朔風裂人膚。老父舊羸病，何以強自扶。」用「老父隸兵籍」代替民歌中「昨夜見軍帖，可汗大點兵。軍書十二卷，卷卷有爺名」，似乎更爲簡潔，但卻沒有了軍情如火的氣氛，木蘭代父從軍也失去了緊迫感，國與家的矛盾也失去了尖銳性。與此刪削相反，韋作中增加了「老父羸病」、「氣力衰耗」，不堪逆「朔風」、踏「胡沙」，行「萬里」等內容，作者的本意是要強化矛盾，突出老父難以從軍、木蘭代父的必要性，實際上卻帶來了以下三個方面的弊端：

第一，在民歌中，邊地艱苦、老父羸病等情形是在後來的情節之中，或是通過自然環境的客觀描繪（如「朔氣傳金柝，寒光照鐵衣」來形象地顯示）；或是通過巧妙的暗示（如「爺孃聞女來，出郭相扶將」就暗示了老人的身體羸弱，行走不便），這樣既形象生動，構思上也勻稱精巧。韋作的這種處理方法顯得抽象空洞，也使詩意重複雷同。

第二，民歌中木蘭對老父的愛表現得很深沈。它通過停機嘆息等動作來暗示木蘭的憂慮之深，又讓木蘭否認自己有憂慮（「女亦無所思，女亦無所憶」）來反襯木蘭對老父的

體貼，而韋作卻讓木蘭直接説出，情感顯得膚淺露骨，不利於塑造木蘭純樸、穩重、深思熟慮等性格特徵。

第三，民歌中强調可汗點兵、軍情緊急，國家處於危難之中，木蘭通過一番考慮，「願爲市鞍馬，從此替爺征」，這不僅是愛父，也是愛國，這兩者共同組成了木蘭代父從軍的基本出發點。韋作只强調老父羸弱，反複交待木蘭替父考慮，這勢必削弱了木蘭愛國的一面，使木蘭變成了一個單純的「孝女」，而不是個慷慨從戎、爲國獻身的巾幗英雄了。

韋作對木蘭形象的改變，集中表現在木蘭歸來時和歸來後等情節的處理上。

民歌中有個情節，詳細描敍了木蘭歸來不受封賞、急於還家的情形：「歸來見天子，天子坐明堂。策勳十二轉，賞賜百千强。可汗問所欲，木蘭不用尚書郎。願借明駝千里足，送兒還故鄉。」這段描敍把木蘭代父從軍的動機表露得明白無疑，也把木蘭的精神境界昇華到最高點。她從軍，不是爲了忠君；她苦戰，也不是爲了祿位；她依戀的是故鄉的田園和那夜作晨起的耕織生活，她將在親人的團聚和「著我女兒裝」中得到最大的歡樂和慰藉。民歌的作者越是用誇張的手法渲染天子對木蘭策勳之高，賞賜之厚，就越能看出木蘭不受封賞、要求還鄉的難能可貴，就越能表現出木蘭樸實勤勞、不戀富貴的本色。而在韋作中，這段整個地被删去，相反卻加上一些宣揚愚忠愚孝、顯親揚名的情節和議論：

一是在木蘭返家後，增加了爲父理絲簧和親戚持酒慶賀兩個情節。在民歌中，木蘭返家這一段是寫得相當有聲有色、

生氣益然：父母姐弟都來相迎又各具情態；木蘭回到闊別十年的閨房急匆匆地換裝打扮，既突出了木蘭從軍衞國又保家這一主題，又表現了木蘭對故鄉對親人的感情和恢復女兒妝時的興奮。而在韋作中只用「父母見木蘭，喜極成悲傷」一句敍述枯燥地帶過，卻讓木蘭一回家就「卻卸巾轉理絲簧」，十年鞍馬勞頓回家不休息這且不說，連自己日夜思念的閨房也不看「雲鬢」、「花黃」等女兒裝也不著就來彈琴娛親，這未免太不近情理、缺乏生活真實感了。這種違背生活真實的處理方法出於作者的創作思想，是要突出「木蘭能承父母顏」這個愚孝觀念。當然，民歌中的木蘭身上也有忠與孝的成分，但不是主要成分，更不是唯一成分。民歌的作者把歌頌的重點放在國和家有難，木蘭不顧個人安危慷慨從戎、艱苦轉戰又不慕富貴這種勞動本色上，這與韋作是不同的。

　　不僅如此，韋元甫唯恐別人不了解此創作意圖，又特意在詩的結尾加了四句議論：「世有臣子心，能如木蘭節。忠孝兩不渝，千古之名焉可滅？」在作者看來，木蘭之名之所以能千古不滅，就在於她能恪守爲臣之道，既盡忠又盡孝。比較一下民歌中木蘭見天子時，自稱「兒」而不稱「臣」，不受封賞、拒絕高官等情節就可以看出，韋作已把木蘭由一個我國古代勞動女性變成了他心目中的封建道德典範了。

　　二、在藝術形式上，韋作把民歌豐富多彩的表現手法變
　　　　得呆板和單調。

　　民歌中爲了塑造木蘭這位帶有傳奇性的英雄形象和表現她那近乎神話式的卓著功勳，作者調動了多種藝術手法，如

繁簡結合的結構，對比映照描敍和誇張、反複、排比、頂針等多種修辭手法，因而顯得人物形象豐滿生動，故事情節曲折動人，極富有浪漫主義色彩。而在韋作中繁複的鋪排被刪削了，變成了單一、呆板的結構方式；誇張、頂針等民歌中常用的修辭手法不見了，代之以簡略的敍述，甚至是枯燥的說教，下面我們再作一些比較：

民歌《木蘭詩》的開頭是「唧唧復唧唧，木蘭當戶織。不聞機杼聲，唯聞女嘆息」。這裡運用了擬聲和映襯的表現手法。「唧唧」是摹擬促織的鳴叫聲，木蘭在戶內織，促織在窗下鳴，用促織不停的鳴叫聲來暗示木蘭是一個勤勞的農家姑娘，而這位素日手不停梭的木蘭今日卻停杼了，只剩下促織的鳴叫聲。這種擬聲和映襯顯示出木蘭憂思之聲，也爲全詩提出了個懸念，會引起讀者對木蘭爲何停杼、憂思什麼的探尋和設問。在韋作中，以上這四句壓縮成「木蘭抱杼嗟」一句，辛勤勞動的場面不見了，機杼聲與促織聲互相映襯的對比手法也不見了，只剩下「抱杼嗟」這個單調的神情動作。

至於木蘭嘆息的原因，民歌中是用設問設答的方式來表現的：「問女何所思？問女何所憶？女亦無所思，女亦無所憶。」這種設問設答的方式一方面可以突出父母對子女的關心，表現了爺娘要弄清女兒心事的急切心情，更顯示出家庭氣氛的溫暖和諧。另一方面，木蘭越是急忙否認、故作没事狀，也越能表現出木蘭對父母的體貼和沈著穩重的性格特徵（這也許是木蘭男裝十年未被發覺的主要原因吧）。民歌中這種巧妙的表現方式在韋作中卻變成了一種敍述式：「借問

復爲誰，欲聞所喊喊，感激强其顏。」其中的「借問」和「欲聞」可能發自父母，但父母問女兒，用「借問」和「欲聞」這類客套，家庭親人之間的親切感和無拘束氣氛也就没有了。至於「感激强其顏」則是作者的客觀敍述，比起木蘭的急忙否認之言及神態，當然也顯得枯燥和空洞。

在結構上，民歌《木蘭詩》是詳略結合，詳則報詳，略則極略。詳處調動誇張、鋪敍、排比等藝術手段大肆鋪陳、細細描敍；略處大跨度地三言兩語一筆帶過，高度概括。詳與略的原則是爲突出主題服務，努力塑造爲國獻身又不慕富貴的巾幗女英雄形象。而韋作的《木蘭歌》則是平鋪直敍，在詳略處理上顯然不及民歌。如木蘭出征前的準備，民歌中是大肆鋪排，不厭其詳：「東市買駿馬，西市買鞍韉。南市買轡頭，北市買長鞭。」當然，買戰馬和馬具，不一定要跑遍東西南北四市，但這樣一鋪排，就把木蘭出征前緊張繁忙的氣氛渲染了出來，既突出了木蘭主動從軍、慷慨報國的積極性，也顯示了軍情如火、出征的緊迫感，與前面的「軍書十二卷」暗暗呼應。在節奏上也顯得活潑跳躍、優美對稱。它與漢樂府《江南》：「魚戲蓮葉東，魚戲蓮葉西。魚戲蓮葉南，魚戲蓮葉北」手法相類。韋作中表現出征前準備的僅有一句：「秣馬備戎行。」秣馬，馬從何來？備戎行，如何準備？皆極爲抽象。接下去的兩句「易卻紈綺裳，洗卻鉛粉妝」更是敗筆。且不説「紈綺裳」是否符合農家姑娘的身分，從結構上看，這裡點破了她女扮男裝的身分，歸來後又寫她「卻卸巾幗理絲簧」及舊伙伴相見時的驚愕，就顯得語意重複，情

節上缺乏新鮮感和傳奇感，可見該詳的地方它卻略，該略的地方它又詳。

描寫征途這部分也存在類似的情形。民歌中是這樣描繪的：「朝辭爺孃去，暮宿黃河邊。不聞爺孃喚女聲，但聞黃河流水鳴濺濺；朝辭黃河去，暮至黑山頭。不聞爺孃喚女聲，但聞燕山胡騎聲啾啾。」這裡運用了對比、對偶、反複和逐層遞進四種修辭手法，形象地表現出一個乍離家門、遠赴疆場的少女對征途生活的強烈感受。對故鄉的思念、對親人的懷念和對戰鬥生活的嚮往，交織成一種極其複雜的感情。特別是「不聞爺孃喚女聲」這句在兩段中反複出現，更是形象地寫出木蘭初離父母時那種悵惘和依戀的心情。另外，詩人採用這種逐層遞進的方法來細敘木蘭離家遠征的心緒，由家門到黃河，由黃河到黑山，像電影中的場景一樣慢慢拉長過去，越行越遠，顯得情意纏綿，給人留下無限回味的餘地。再者，這兩層之間是工整的對偶，字數、句式皆相同，也增加了詩歌的節奏感和旋律美。而在韋作中，出征過程只有簡略的兩句：「馳馬赴軍幕，慷慨攜干將。」出征的路線，沿途的風情，尤其是木蘭觸景而生的悵惘依戀之情都統統不見了，這當然大大削弱了詩的形象性和感染力。

民歌《木蘭詩》不但詳處很詳，該略的地方也很簡略。一個征途寫了八句，而十年的戰鬥生涯卻只用了六句：「萬里赴戎機，關山度若飛。朔氣傳金柝，寒光照鐵衣。將軍百戰死，壯士十年歸。」詩中通過這三組特寫鏡頭，高度概括了從出征到歸來的這次軍事行動的全部過程，之所以要把這個

過程作簡略處理，也是出於主題的需要。因為這首詩的主題是要突出木蘭代父從軍的獻身精神和功成歸來不慕富貴的高尚情操，並不在於表現木蘭的英勇善戰和赫赫戰功，所以詩中把重點放在出征前和歸來後，對戍守和戰鬥生活處理得很簡略。在韋作中，雖也只有六句，但因前面不詳，也就不顯此處之略，其概括的平庸和缺乏形象性更在其外了。所以在表現手法上，韋作是不及民歌《木蘭詩》的。

　　三、在語言上，韋作把生動活潑的民歌風采變得更加符
　　　　合文人口味。

　　民歌《木蘭詩》的語言異常豐富多彩，有樸素自然的口語，也有精妙絕倫的律句，它們統一在生動活潑的民歌基調上，具有很濃郁的民歌特色。如描寫木蘭歸家這段：「爺孃聞女來，出郭相扶將。阿姐聞妹來，當戶理紅妝。小弟聞姐來，磨刀霍霍向豬羊」，在句式和詞語的選擇上都極富特色。在句式上，它採用排比的方式，渲染出一個氣氛熱烈的喜劇場面，這裡有勝利歸來的喜悅，有久別重逢的歡欣，也有骨肉之間發自內心的情感上的溝通。詩人把多種情感，富有特徵的舉動集中在這一組排比之中，不但使畫面顯得跳躍歡快、富有濃厚的生活情趣，而且也說明了木蘭從軍的英勇行為，不但給國家帶來了安定，也給家庭帶來了歡樂——既是衛國，也是保家，這樣就深化了主題。在遣詞上，作者注意到親人的不同身分和年齡特徵，扣住了最能表現他們各自特徵的行為動作。父母是「相扶將」，這三個字既表現出父母年老體衰的身體特徵，也表現出他們聞女歸來不顧體衰、急切出郭

相迎的心理特徵；阿姊是「理紅妝」，這是少女的心理特徵和見客前的習慣動作，以示她把妹妹的歸來看得很隆重。當然在此也有言外之意：正是木蘭脫下女兒裝，披上戰時袍，才使得阿姊能在家鄉過著女兒生活。沒有木蘭的「寒光照鐵衣」，就不可能有阿姊的「當戶理紅妝」。這種暗喻對比更加突出了木蘭從軍的重大意義。寫小弟是「磨刀霍霍向豬羊」，又是殺豬，又是宰羊，我們從霍霍的磨刀聲中彷彿看見了這個家庭的喜慶氣氛和小弟聞姊歸來那種樂不可支的樣子。另外，我們從這個富有農家風味和男子漢特徵的磨刀聲中也會深深感覺到：在木蘭慷慨赴敵、十年轉戰的戎馬生涯中，小弟已長大成人，挑起了家庭生活的重擔，木蘭之功也就不言而喻了。

遺憾的是，這段精彩的描繪在韋作《木蘭歌》中則全部刪去，代之以空洞枯燥的兩個敍述句：「父母見木蘭，喜極成悲傷。」且不說阿姊和小弟的表情動作全然不見，無法烘托出整個家庭的喜慶氣氛。就從描繪父母的表情來看，語言上也無法同民歌相比，民歌中父母心喜卻不言喜，而讓這種喜從「出郭」和「相扶將」這兩個動作中流露出來。「出郭」寫相迎之遠，「相扶將」寫行走之艱。正是這兩個似乎矛盾的舉動把父母的喜悅及迫不及待的心情表現了出來。

對木蘭進屋一段描寫的處理也類此。民歌中連用了四個「我」字：「開我東閣門，坐我西閣牀。脫我戰時袍，著我舊時裳」。這四個「我」字，反映出木蘭對久別的閨房那種既熟悉又新鮮的心理感覺，再通過「開」、「坐」、「脫」、

「著」、「理」、「貼」等六個急切而忙亂的動作，異常逼真地刻畫出木蘭在十年男裝後要恢復自己女兒本色的急切心情。當然，木蘭那種不貪戀富貴、保持普通勞動婦女本色的可貴品格，也從這急切而又忙亂的動作中暗示了出來。而在《木蘭歌》中，這段生動的描繪卻改成了「昔爲烈士雄，今復嬌子容」。什麼樣的「嬌子容」，我們不甚了了，如何「復」的，也看不出這個變化過程。況且，嬌子之容與勞動姑娘的本色也有很大的差距，只不過它符合文人的口味罷了。類似的語言上的改動在韋作中還很多，如口語「火伴」改成「舊軍都」，「阿爺」改成「老父」，「嘆息」改爲「嗟」，甚至兩兔傍地，難辨雄雌這個民間生動的比喻也改成了「驚愕不敢前，嘆重徒嘻吁」這種文人式的感慨。確實，兩者在語言上的高下優劣是非常明顯的。

最後要指出的是，從民歌《木蘭詩》變成文人詩《木蘭歌》，木蘭由一個不慕富貴、慷慨報國的我國古代勞動女性變成愚忠愚孝、一心顯親揚名的封建道德楷模，以及由此而帶來的作品結構、語言、表現手法等方面的變化，是由下面兩個主要因素所決定的：

第一，兩詩的時代背景和時代風尚不同。

《木蘭詩》是北朝民歌。北朝時代，由於社會動亂，漢儒所建立的一套儒學體系這時也不再具有過去那麼大的約束力和號召力，特別是北朝大多數是少數民族入主，對儒家的華夷之辨和封建正統倫理也多有否定，再加上各民族的互相交融，思想行爲的互相影響，在時代潮流的衝擊下，社會風氣

也有所變化，婦女的社會地位和活動範圍也不同於儒家倫理
約束很嚴的南方。顏之推在《顏氏家訓》中曾作過這樣的比
較：

江東婦女，略無交遊。其婚姻之家，或十數年間未
相識者，唯以信命贈遺，致殷勤焉。鄴下風俗，專以婦
女持門戶，爭訟曲直，造請逢迎，車乘填街衢，綺羅盈
府寺，代子求官，爲夫爭曲，此乃恆代之遺風乎？南間
貧素，皆事外飾，車乘衣服，必貴整齊；家人妻子，不
免飢寒。河北人事，多由內政，綺羅金翠，不可廢闕；
羸馬頓卒，僅充而已。

這段記載比較了南北的不同社會風尚，指出北方風俗無
論在經濟地位或社會交往上，女人都占重要地位。同爲北朝
樂府的《李波小妹歌》還直接記載了北方婦女的尚武精神。這
些都是木蘭能夠代父從軍，老父又能允諾其從軍的社會基礎，
也是木蘭武藝高超，能夠功勳著稱的時代條件。而韋元甫寫
《木蘭歌》的時代就不同了。唐代由於社會安定、經濟繁榮，
統治階級有時間也有精力來研究文治，儒學這個替封建政權
服務的有效工具又一次被揮動起來。唐太宗命顏師古考定五
經，頒於天下令人學習，孔穎達著《五經正義》，陸德明著《經
典釋文》，對儒家經典作出統一的定解。有助於當時的崇儒
社會風氣，《舊唐書·儒學傳序》中曾這樣描繪：「是時四方
儒家，多抱負典籍雲會京師，儒學之盛，古昔未之有也。」

儒家的忠孝觀、顯親揚名的功名觀滲透到各個方面，當然也會在韋元甫改作《木蘭歌》中流露出來。

第二，與韋元甫的思想主張和生活道路有關。

《木蘭詩》是北朝民歌，儘管其中有文人加工的痕迹，它的主流畢竟是民間的情感，反映的是大衆的好惡，其感情是健康而質樸的。而韋元甫又是個行爲刻板、深諳吏道的封建官吏，仕途又很順利，因此他思想的主流必然是忠君盡孝、顯親揚名。關於韋元甫的文藝主張和詩歌創作，因《全唐詩》中只收他的這首《木蘭歌》，我們無法從其他方面比較，但從《舊唐書》他的本傳中也可看到一點端倪。

傳中說他「少修謹」等品格來看，他是恪守儒家信條的；從他一帆風順的仕途來看，他對君王是報知遇之恩的；從他「以吏術知名」「精於簡牘」等文字功力來看，他從事創作必然趨於文字雖簡但枯燥板滯，缺少文學的誇張、排比等表現手法,這些思想特徵和創作特徵,也必然會在《木蘭歌》的創作中自覺或不自覺地表現出來。

情相似而調相異

談陶淵明的兩首田園詩同異

少無適俗韻，性本愛丘山。
誤落塵網中，一去三十年。
羈鳥戀舊林，池魚思故淵。
開荒南畝際，守拙歸園田。
方宅十餘畝，草屋八九間。
榆柳蔭後簷，桃李羅堂前。
曖曖遠人村，依依墟里煙。
狗吠深巷中，雞鳴桑樹巔。
戶庭無塵雜，虛室有餘閒。
久在樊籠裏，復得返自然。

——陶淵明《歸園田居》(一)

結廬在人境，而無車馬喧。
問君何能爾？心遠地自偏。
采菊東籬下，悠然見南山。
山氣日夕佳，飛鳥相與還。
此中有真意，欲辯已忘言。

——陶淵明《飲酒》(五)

　　一個偉大作家的作品，就像一個繁花似錦的花園，內中雖有一種能代表季節特徵的花卉，但總是五彩繽紛、千姿百態，呈現出多種風格和情趣。陶淵明的兩首詩《歸園田居》(一)和《飲酒》(五)就是開放在同一花圃上，但又格調迥異的兩朵鮮花。這兩首膾炙人口的詩篇有不少共同之處：它們的寫作時間相近，都是陶淵明在義熙元年（公元 405 年）辭去彭澤令歸隱田園後的作品；主題也相似，都是通過對淳樸的田園生活的詠歌，來表現詩人恬淡的情趣和高潔的志趣，以此反襯他對塵囂的厭棄和對官場的憎惡。但在表現的角度和採用的具體手法上，二者又有明顯的不同。

　　一、在表現角度上，《歸園田居》著重描繪客觀環境，藉客觀來表現主觀；《飲酒》則著重寫詩人對客觀環境的主觀感受，側重於內心世界的探求和主觀意念的表達。

　　《歸園田居》寫於他辭去彭澤令的第二年，詩人從「身爲形役」紛擾混濁的官場回到了久已盼望的故鄉田園。清新的空氣、寧靜的村居、純樸的鄉民以及那單純但又充滿樂趣的躬耕生活，在這個受盡官場齷齪之氣的詩人眼中，一切都顯得那麼美好。爲了表現他一旦擺脫了世俗塵網羈絆後輕鬆快慰之情，詩人極力地鋪寫田園風光的寧靜美好，村居生活的清幽醉人，以景襯情，借物抒志。首先，詩人總括介紹村居的全貌：「方宅十餘畝，草屋八九間」，這是居所；「榆柳蔭後簷，桃李羅堂前」，這是周圍的環境。住宅周圍有十多畝地，今天看來也許不算少，但在當時來説已是較清貧的人

家了，因當時田畝面積小，產量又低，和他當彭澤令時「令
兩頃五十畝種秫，五十畝種粳」(《晉書‧陶潛傳》)的土地
規模相比，更是「守拙」和「安貧」了。住宅周圍種的是榆
柳和桃李，這既使周圍的環境顯得很清幽，對農家來說也很
適用。因榆柳是農家常用之材，桃李則是鄉村最愛種的果樹，
因為它結實早，可供度春荒。以上是近景。下面的「曖曖遠
人村，依依墟里煙。狗吠深巷中，雞鳴桑樹巔」則是遠景，
是詩人在村居生活中的所見所聞。所見的是依稀可辨的村落，
裊裊上升的炊煙；所聞的是深巷犬吠、桑巔雞鳴。通過這幅
有形有聲的鄉村風俗畫，不但表現出詩人內心的恬淡和愉悅，
而且村落內繁富的音響也反映出詩人內心的充實。接著詩人
又從宅外寫到室內：「戶庭無塵雜，虛室有餘閒。」「無塵
雜」不僅是指斷絕交遊、戶庭潔淨，無車馬盈門之煩，也暗
喻內心的純淨，摒除了塵俗的雜念；「有餘閒」則是無塵雜
的必然結果。這樣，詩人擺脫塵俗後輕鬆快慰之情，便從畫
面中暗暗地流露出來。最後，詩人加以點破：「久在樊籠裏，
復得返自然。」由於有上面一系列田園生活畫面的描繪，這
個結論就顯得自然而順當，很有說服力。由此看來，詩人熱
愛大自然，厭惡黑暗官場，樂居田園的主觀情感，主要是通
過村居的住宅、村落環境、室內情形等幾方面的客觀環境描
繪表現出來的。

　　《飲酒》則迥然不同，它主要是通過主觀感受來抒發他避
塵俗、愛自然的純真情感，通過內心的探求來尋找忘言之境。
詩的一開頭就是人生哲理的探求、內心世界的表白：「結廬

在人境，而無車馬喧。問君何能爾，心遠地自偏。」它擺出
了一種似乎很矛盾的現象：生活在塵俗之中卻無塵俗中常有
的煩擾和嘈雜，這是什麼原因呢？詩人沒有像《歸園田居》那
樣通過客觀環境的描繪來借景抒情，而是直接作答：「心遠
地自偏。」只要自己的內心世界遠離塵俗，即便是身居鬧市
也會靜如古井水，即「大隱隱於朝」。「心遠」二字是全詩
的主腦所在，「乃爲一篇之骨」（吳淇《六朝選詩定論》），
它不但造成了結廬人境而不聞車馬之聲的心內之境，也支配
著以下六句的描景和抒情：「采菊東籬下，悠然見南山。」
東籬採菊，偶爾擡頭，看見了悠然的南山。這兩句妙在詩人
無意見山而自見，詩人悠然自得的心境與渾融幽靜的南山融
成了一個整體，主觀的情感化進了客觀的感受之中，從而進
入物我兩忘之境，道家的崇尚自然和魏晉的玄學，都可從這
兩句之中得到領悟和印證。接下的兩句「山氣日夕佳，飛鳥
相與還」似乎是在描景，但實際上仍是在闡發生活哲理，圖
解作者所領悟的人生「真意」。這幅圖畫所要告訴我們的
是：鳥日出而飛，日夕而返，完全委運自然，那麼我如像飛
鳥一樣縱浪大化之中，以盡百年之限，不也欣然自得嗎？詩
人從大自然和諧的景象中感到萬物皆各順其本性、各得其所，
這正與他歸田適志的主觀情感相吻合，所以他感到「此中有
真意」。在任其自然的詩人看來，既然已探尋到真意所在，
了然於心，也就不必追求如何表達了，所以他說「欲辨已忘
言」。總之，詩人從「心遠」這個立場出發，經過包括飛鳥
在內的大自然的啓示，終於達到了欲辨忘言的「真」的最高

境界。由此看來，這首詩重在抒發詩人的主觀感受，闡釋生活哲理，同重在通過客觀的描繪來暗暗流露主觀情感的《歸園田居》相比，完全是兩種不同的表現角度。

二、在具體的手法上，《歸園田居》主要採用反襯對比之法，顯得直樸坦露；《飲酒》多用比興之法，顯得玄遠高深。

從題目來看，《歸園田居》的標題與內容是一致的。詩的前八句寫他歸田之因，後十二句寫歸田之樂，始終圍繞在「歸園田居」來描景和抒情，標題本身就直接了當地反映了作者的理想和願望。而《飲酒》的題目就有點言在此而意在彼，題為「飲酒」，實思「遠禍」，宋人詩話曾點破其中奧妙：「此未必意真在酒，蓋時方艱難，人各懼禍，惟托於醉，可以粗遠世故。」（《石林詩話》）酒在他的詩中像神奇之泉，藉此遠避塵俗，也藉此發玄遠之思。從詩中所發的感嘆和議論如「心遠地自偏」、「此中有真意，欲辨已忘言」來看，也多自然之趣，玄理之妙，闡釋者多生活哲理和人生真諦，顯得玄妙而高深。

另外，《歸園田居》多用反襯對比之法。詩人藉對歸隱生活的嚮往來反襯他對紛擾塵世的厭棄；用田園生活的美好來反襯官場的黑暗腐敗。全詩十二句明顯地可分為前後兩個部分，而且形成鮮明的對比：詩人把官場看成是「樊籠」、是「塵網」，自己是「羈鳥」、是「池魚」，而田園生活則是「舊林」、是「故淵」，自己一旦擺脫官場羈絆，就如同鳥出樊籠、魚返故淵，感到無比的輕鬆和喜悅。通過對比，詩

人把自己的愛和憎、厭棄和追求都直接而坦率地告訴了讀者，顯得直樸而坦露。

《飲酒》卻不是這樣，詩人對自己要表現的、要追求的只作些啓示，並不完全明白地道出，而是讓讀者去思考、去想像，而且這些啓示底蘊都很深厚，極富哲理。如詩人所追求的「真意」就始終沒有道破，只説它存在於「采菊東籬下」和「山氣日夕佳」這兩組畫面之中，需要我們細細地去玩味和體察。「采菊東籬下，悠然見南山」兩句，關鍵在「悠然」二字，它形象地體現了詩人的主觀情感與客觀景物自然契合的過程。如果不是「悠然見南山」而是有意「望南山」，人爲地去尋求「真意」，則失自然之趣。宋代的蘇軾已注意到這一點，他説：「因採菊而見山，境與意會，此句最有妙處。近歲俗本皆作『望南山』，則此一篇神氣都索然矣。」（《東坡題跋》卷三）「飛鳥」兩句也是如此，詩人只告訴我們山間的傍晚是美好的，鳥到傍晚也飛回來了，這當中亦有「真意」。這個「真意」就像我們上面所分析的那樣，也需讀者去體察和玩味，詩人並沒有直接告訴我們。

最後要指出的是，詩人在這兩首詩中採用不同的表現方式，這不只是個藝術技巧的問題，亦與他的生活道路和當時的政治形勢有關。《歸園田居》寫於義熙二年（公元406年）。頭一年的十一月，陶淵明才辭官歸田。此時，他對田園生活感到無比新鮮，對剛剛擺脱塵網羈絆，也感到無比興奮。所以此時的詩人像羈鳥奔向舊林，像池魚返回故淵，懷著無比的興奮和喜悅，寫下這篇《歸園田居》。也正因爲剛返田園不

久，對農村認識才剛剛開始，從中得到的陶冶也不像後來那樣的深透，所以他對田園生活的描繪，還偏重於村居的外表，從屋內到住宅前後。出現在筆下的也是最富田園特色的桃李柳榆、雞鳴狗吠。《飲酒》寫於義熙十三年（公元417年），這時，他在農村已整整生活了十二個年頭，特別是義熙十年以後，他就一直生活在貧困之中，「被服常不完，三旬九遇食」，甚至到了出門乞食的境地。艱苦的鄉居生活使他對現實的認識更清楚了，感情也歷練得更爲凝重和深沉。他不再注目和詠歌已司空見慣的桃李柳榆，而是去尋覓、去讚頌更富有性格的花中隱逸者——東籬黃菊；他也不再對深巷犬吠、桑巓雞鳴感到新鮮，而是把他的意趣寄託到日夕的山氣、倦還的飛鳥之中，從中闡釋更爲深刻的人生哲理，這就使《飲酒》比《歸園田居》表現得更深沉、更富有哲理。另外，這時劉裕已掌握實權，隨著劉裕篡晉步伐的加快，誅殺異己的事件愈演愈烈。政治上險惡的空氣也不允許詩人像當年那樣坦率地敞開心扉，公開表白對黑暗官場的鄙棄，只有用含蓄寄興之法，發言玄遠，曲折表現與《歸園田居》相類的主題。這也是《飲酒》與《歸園田居》表現方式不同的原因之所在。

唐代三首《琵琶曲》比較

潯陽江頭夜送客，楓葉荻花秋瑟瑟。
主人下馬客在船；舉酒欲飲無管絃；
醉不成歡慘將別，別時茫茫江浸月。
忽聞水上琵琶聲，主人忘歸客不發。
尋聲闇問彈者誰？琵琶聲停欲語遲。
移船相近邀相見，添酒迴燈重開宴。
千呼萬喚始出來，猶抱琵琶半遮面。
轉軸撥絃三兩聲，未成曲調先有情。
絃絃掩抑聲聲思，似訴平生不得志。
低眉信手續續彈，說盡心中無限事。
輕攏慢撚抹復挑，初為《霓裳》後《六幺》。
大絃嘈嘈如急雨，小絃切切如私語；
嘈嘈切切錯雜彈，大珠小珠落玉盤。
間關鶯語花底滑，幽咽泉流水下灘。
水泉冷澀絃凝絕，凝絕不通聲暫歇。
別有幽愁闇恨生，此時無聲勝有聲。
銀瓶乍破水漿迸，鐵騎突出刀槍鳴。
曲終收撥當心劃，四絃一聲如裂帛。

東船西舫悄無言，唯見江心秋月白。

沈吟放撥插絃中，整頓衣裳起斂容。

自言本是京城女，家在蝦蟆陵下住。

十三學得琵琶成，名屬教坊第一部。

曲罷曾叫善才伏，妝成每被秋娘妬。

五陵年少爭纏頭，一曲紅綃不知數。

鈿頭雲篦擊節碎，血色羅裙翻酒污。

今年歡笑復明年，秋月春風等閒度。

弟走從軍阿姨死，暮去朝來顏色故。

門前冷落車馬稀，老大嫁作商人婦。

商人重利輕別離，前月浮梁買茶去。

去來江口守空船，繞船月明江水寒。

夜深忽夢少年事，夢啼妝淚紅闌杆。

我聞琵琶已嘆息，又聞此語重唧唧！

同是天涯淪落人，相逢何必曾相識！

我從去年辭帝京，謫居臥病潯陽城；

潯陽地僻無音樂，終歲不聞絲竹聲。

住近溢江地低濕，黃蘆苦竹繞宅生；

其間旦暮聞何物？杜鵑啼血猿哀鳴。

春江花朝秋月夜，往往取酒還獨傾。

豈無山歌與村笛？嘔啞嘲哳難為聽。

今夜聞君琵琶語，如聞仙樂耳暫明。

莫辭更坐彈一曲，為君翻作《琵琶行》。

感我此言良久立，卻坐促絃絃轉急；

凄凄不似向前聲，滿座重聞皆掩泣。
座中泣下誰最多？江州司馬青衫濕。
　　　　　　——白居易《琵琶行》

琵琶宮調八十一，旋宮三調彈不出。
玄宗偏許賀懷智，段師此藝還相匹。
自後流傳指撥衰，崑崙善才徒爾為。
閩聲少得似雷吼，纏絃不敢彈羊皮。
人間奇事會相續，但有卞和無有玉。
段師弟子數十人，李家管兒稱上足。
管兒不作供奉兒，拋在東都雙鬢絲。
逢人便請送杯盞，著盡功夫人不如。
李家兄弟皆愛酒，我是酒徒為密友。
著作曾邀連夜宿，中碾春溪華新綠。
平明船載管兒行，盡日聽彈無限曲。
曲名無限知者鮮，《霓裳羽衣》偏婉轉。
涼州大遍最豪嘈，六么散序多攏捻。
我聞此曲深賞奇，賞著奇處驚管兒。
管兒為我雙淚垂，自彈此曲長自悲。
淚垂杆撥朱絃濕，水泉嗚咽流鶯澀。
因茲彈作《雨霖鈴》，風雨蕭條鬼神泣。
一彈既罷又一彈，珠幢夜靜風姍姍。
低回慢弄關山思，坐對燕然秋月寒。
月寒一聲深殿磬，驟彈曲破音繁並。

百萬金鈴旋玉盤，醉客滿船皆暫醒。

自茲聽後六七年，管兒在洛我朝天。

游想慈恩杏園裡，夢寐仁風花樹前。

去年御史留東臺，公私蹙促顏不開。

今春制獄正撩亂，晝夜推囚心似灰。

暫輟歸時尋著作，著作南園花坼萼。

胭脂耀眼桃正紅，雪片滿溪梅已落。

是夕青春值三五，花枝向月雲含吐。

著作施樽命管兒，管兒久別今方睹。

管兒還爲彈《六幺》，《六幺》依舊聲迢迢。

猿鳴雪岫來三峽，鶴唳晴空聞九霄。

逡巡彈得《六幺》徹，霜刀破竹無殘節。

幽關鴉扎胡雁悲，斷弦砉砉層冰裂。

我爲含凄嘆奇絕，許作長歌始終説。

藝奇思寡塵事多，許來寒暑已經過。

如今左降在閒處，始爲管兒歌此歌。

歌此歌，　　　　　　寄管兒。

管兒管兒憂爾衰，爾衰之後繼者誰？

繼之無乃在鐵山，鐵山已近曹穆間。

性靈甚好功猶淺，急處未得臻幽閒。

努力鐵山勤學取，莫遣後來無所祖。

　　　　　　——元稹《琵琶歌》

穆王夜幸蓮池曲，金鑾殿開高秉燭。

東頭弟子曹善才，琵琶請近新翻曲。
翠蛾列坐層城女，笙笛參差齊笑語。
天顏靜聽朱絲彈，衆樂寂然無敢舉。
銜花金鳳當承撥，轉腕攏絃促揮抹。
花翻風嘯天上來，裴回滿殿飛春雪。
抽絃度曲心聲發，金鈴玉佩相磋切。
流鶯子母飛上林，仙鶴雌雄唳明月。
此時奉詔侍金鑾，別殿承恩許召彈。
三月曲江春草綠，九霄天樂下雲端。
紫髯供奉前屈膝，盡彈妙曲當春日。
寒泉注射隴水開，胡雁翻飛向天沒。
日曛塵暗車馬散，爲惜新聲有餘嘆。
明年冠劍閉橋山，萬里孤臣投海畔。
籠禽鎩翮尚還飛，白首生從五嶺歸。
聞到善才成朽骨，空餘弟子奉音徽。
南譙寂寞三春晚，有客彈絃獨淒怨。
靜聽深奏楚月光，憶昔初聞曲江宴。
心悲不覺淚闌干，更爲調絃反覆彈。
秋吹動搖神女佩，月珠敲擊水晶盤。
自憐淮海同泥滓，恨魄凝心未能死。
惆悵追懷萬事空，雍門感慨徒爲爾。

　　　　　　　——李紳《悲善才》

唐代有三首表現音樂非常出色的詩：韓愈的《聽穎師彈

琴》、李賀的《李憑箜篌引》和白居易的《琵琶行》，它們分別
描繪琴、箜篌、琵琶這三種樂器，都各自攀上了該領域最高
藝術境界，給詩人的生前身後帶來了極大的藝術聲譽。尤其
是白居易的《琵琶行》，不但詠歌於「士庶、僧徒、孀婦、處
女之口」①，而且流傳到少數民族地區，乃至遠播海外，所
謂「童子解詠《長恨曲》，胡兒能吟《琵琶》篇」②。甚至這種
詩歌體裁，也被尊為「元和體」，成為當時人們爭相模擬的
典範。有意思的是，白居易的《琵琶行》並不是當時唯一的一
首描繪琵琶藝術的詩，至少他的詩友元稹和前輩李紳就寫過
同題材的詩，他們也並非等閒之輩：李紳是新樂府運動的開
創者，元稹則和白居易齊名，並稱「元白」，「元和體」又
稱「元白體」。但為什麼白居易的《琵琶行》聲名遠播？而李
紳、元稹的琵琶曲除了文學史家和文學愛好者之外，則很少
有人知曉？探究一下其中的原因，比較一下它們之間的得失，
這對於探討文學創作規律和加深對白詩《琵琶行》的理解，都
是很有幫助的。

一

　　元稹的詩叫《琵琶歌》，是寫給一個叫管兒的琵琶藝人的。
詩中對琵琶女出色的彈奏技藝和美妙的音樂境界都有很精到
的描繪，例如：用「霜刀破竹無殘節」來形容音樂上流暢的

---

①《與元九書》，見《白居易集》卷45
②唐宣宗《弔白居易》見《全唐詩》卷4

境界，用「冰泉嗚咽流鶯澀」來形容冷澀的境界，用「月寒一聲深殿磬，驟彈曲破音繁並」來描寫重彈和快彈，把本來是抽象的不可捉摸的音樂語彙表現得具體可感；另外，作者又用「因茲彈作《雨霖鈴》，風雨蕭條鬼神泣」來烘托彈奏時的氣氛，用「低回慢弄關山思，坐對燕然秋月寒」來描繪彈奏者的情態，用「百萬金鈴旋玉盤，醉客滿船皆暫醒」來誇張彈奏的效果；以上這些，比起白居易的《琵琶行》中類似的描寫並不遜色，甚至還給後來的白詩直接的啓發和影響。但在反映現實的深度和給人心靈的震撼上，二者就無法相提並論了。元稹詩的最後一段説：「我爲含凄嘆奇絶，許作長歌始終説。藝奇思寡塵事多，許來寒暑已經過。如今左降在閒處，始爲管兒歌此歌。歌此歌，寄管兒。管兒管兒憂爾衰，爾衰之後繼者誰？繼之無乃在鐵山，鐵山已近曹穆間。性靈甚好功猶淺，急處未得臻悠閒。努力鐵山勤學取，莫遣後來無所祖。」這段的意思無非是擔心管兒精湛的技藝後繼無人，勉勵後進鐵山努力學習，繼其絶藝。内中雖提到自己「左降」和「塵事多」，但只是作爲至今才得以爲管兒作歌的原因交待，它與詩中女主人公的人生遭遇沒有共通處，甚至毫無關連。因此，它只是一首純粹描繪音樂的詩，所抒發的也是對琵琶藝人精湛技藝的嘆服，以及對後繼者的希冀。白居易《琵琶行》的社會意義卻要廣泛得多，思想價值也要深刻得多，至少表現在以下三點：

第一、白居易爲我們塑造出一個技藝超羣但又身世凄苦的風塵女子形象，有意識突出她的技藝與身世、才華與地位、

「今年歡笑復明年」的青春與「暮去朝來顏色故」的晚年、重利輕別離的商人和夜來守空船的商人婦之間尖銳的矛盾和對立，從中看到這個社會的不合理、不公正，從而引起我們對這個壓抑人才、摧殘人才、毀滅人才社會制度的憤怒和抗爭。在白居易之前，南朝樂府和李白的《長干行》、《江夏行》等詩作裡，也出現過商人婦的形象，但偏重於抒情而少具體的人生記錄，所抒之情又主要是獨處的寂寞或愛情的忠貞，諸如「感此傷妾心，坐愁紅顏老」，「相迎不道遠，直至長風沙」③；「悔作商人婦，青春常別離。如今正好同歡樂，君去容華誰得知」④；「風流不暫停，三山隱行舟。願作比目魚，隨歡千里游」⑤。

而在白詩中，作者卻相當完整細緻地描述了琵琶女大半生的經歷，從「十三學得琵琶成」「一曲紅綃不知數」到「門前冷落車馬稀，老大嫁作商人婦」，再到流落天涯、獨守空船，幾乎是在爲這個下層歌女立傳。這一方面表明：詩人隨著江州之貶，政治地位的改變，他更加接近下層民眾，更加關注小人物，尤其是有才華卻又被摧殘、被毀滅的小人物的命運。另一方面，隨著中唐以來城市經濟的繁榮發展，市民階層逐漸在社會生活中嶄露頭角，他們的經歷和命運也必然被一些接近現實的作家所關注，這是時代生活和文學潮

③《長干行》見《李白詩選》14 頁
④《江夏行》見《李白詩選》27 頁
⑤《三洲歌》見郭茂倩《樂府詩集》卷 48

流的召喚。白居易爲我們塑造了一個豐滿又完整的琵琶女形
象，描繪了她傑出的技藝，滿懷同情地寫出了她的才華和遭
遇之間巨大反差，傳達出這類人物的「幽愁闇恨」，不但反
映了作家對現實的正視和接近，也在向當時的文學界以及後
人傳達這樣一個信息：隨著社會生活的變化和角色的置換，
文學創作的題材和表現對象將要發生重大的變化：市民階層
的生活與人物在以後的文學中將佔越來越大的比重，傳統的
抒情言志的詩歌也將逐步讓位於敘事文學，隨之而來的將是
傳奇、話本、乃至雜劇的勃興。在此之後陸續出現的《柳氏傳》、
《霍小玉傳》以及《錯斬崔寧》、《鬧樊樓多情周勝仙》乃至《青
衫淚》等優秀作品中，已完全可以掂量出這隻時代知更鳥的
價值。

　　第二、白居易在對琵琶女的生活遭遇和命運悲嘆中，又
穿插進自己無辜遭貶、流落天涯的遭遇和感慨。憲宗元和十
年（公元 815 年），淄青節度使李師道等派人往京師長安，刺
殺了力主削藩的宰相武元衡，刺傷了御史中丞裴度，當時在
東宮任贊善大夫的白居易立即上書「急請捕賊，以雪國恥」，
想不到這種忠勇之舉卻被權貴們視爲「越職言事」，又加上
白居易的母親因看花墜井而死，誣之者說白居易詩集中有《賞
花》和《新井》詩，「甚傷名教」，於是，白居易由正六品左
贊善大夫一下貶爲從九品的江州司馬。當然，導致白居易被
貶的真正原因，還是他在此期間所寫的使當權者「扼腕」、
「切齒」的新樂府，白居易自己心中對此也很清楚，所以他
在被貶後寫給元稹的信中說自己是「始得名於文章，終得罪

於文章」⑥。《琵琶行》詩前有一序，序中交代了他與琵琶女相遇的經過，在記述琵琶女傾訴其坎坷遭遇後，作者接著寫道：「予出官兩年，恬然自安，感斯人言，是夕始覺有遷謫意。」也就是說，作者由此及彼，自然地也很自覺地把自己的命運與琵琶女的命運縮合在一起，從而發出「同是天涯淪落人，相逢何必曾相識」的深沉感慨。這種感慨，既不是單純個人失意的悲歌，也超出一般封建文人對下層民眾的憐憫和同情。它是一種超越身分的同病相憐，也是不同社會地位的男女之間感情的共鳴和心靈的互通，而是一種同調和知音之間的理解和尊重。這在封建社會中，顯然具有民主性和進步性。換句話說，這也正是此詩巨大思想價值。過去，有的學者不明白如此處理的動機和價值之所在，或是指責這種縮合是有失身分：如「男兒失路雖可憐，何至紅顏相爾汝」⑦，「隔江琵琶自怨思，何預江州司馬事」⑧；或是對此曲加以掩蓋：南宋的洪邁謂此詩並非「真爲長安故娼所作」，樂天之意，不過是藉此「直欲抒寫天涯之恨爾」⑨。這些指責和迴護，也從反面證明了「同是天涯淪落人，相逢何必曾相識」這種思想觀念是極爲難得的。在文學史上，它成了後來柳永、晏幾道、周邦彥、姜白石等人的戀詞，蔣防、許堯佐、沈亞

---

⑥《與元九書》，見《白居易集》卷45

⑦查愼行《敬業堂詩集》

⑧戴復古《石屛詩集》

⑨《容齋隨筆》卷7

之等人傳奇乃至宋人話本、元人雜劇中不同等級人們溝通、理解、結合的理論依據。在某種程度上，它已成爲人與人之間結識和溝通的「共名」。從這個意義上說，《琵琶行》中這兩個人物形象的交相輝映，其價值已超越了詩歌的本身，而具有了歷史和思想的永久意義。

第三、白居易在塑造這兩個人物形象時，所採用的手法也是對傳統的比興寄託手法的繼承和創新。屈原的美人芳草，開藉喻寄託作者操守情感之先河，曹植的《美女篇》、杜甫的《佳人》藉美女的被棄和佳人的流落來寄寓身世之感和憤懣之情，但惜其叙事成分太少，人物形象也就談不上生動。相比之下，《琵琶行》中的描寫和叙述具體、豐富得多。詩中的人物由一個變成了兩個，將賓顯主隱、借賓喻主的傳統手法變爲作者内心感慨的直接抒發：從「我從去年辭帝京」起，詩人用十六句、一百四十二字將自己貶出京師，淪爲江州司馬後的生活環境、心情作了充分的描述和盡情的傾訴。另外，傳統的客觀代擬也變成了主觀直接傾訴，詩人讓琵琶女自述其學藝的經過，青春的容顏和高超的技藝所帶來的春風得意；再述其年老色衰後的門前冷落和嫁爲商人婦，空船獨守於秋江之上的孤獨與淒涼，正如前所述，簡直是一篇小型的自傳。更爲特殊的是，詩人還有意識地讓這兩個人物互相映帶、交叉比襯，形成統一的共同形象來突現主題：一個是琵琶藝人，一個是江州司馬；一個是彈者，一個是聽者；一個是賓，一個是主——這是不同。但兩人都是淪落天涯、孤獨哀怨；都是無人理解、有才難用、有志難伸；都有一個輝煌

的過去和有一個屈辱的現在——這是同。不同是明寫，同是暗寫；寫不同是爲了襯托和突出同。於是，「同是天涯淪落人，相逢何必曾相識」這個帶有理性光輝的結論就水到渠成、必然顯現了。這樣，無論是在內容的豐厚，還是主題的深刻上，白居易的《琵琶行》顯然要比元稹的《琵琶歌》勝過一籌。

二

李紳的詩叫《悲善才》，是寫給當時著名的琵琶演奏家曹保保的。曹保保曾爲御前供奉，擅用右手「抹」和「挑」，與當時擅用左手「攏」和「撚」的王芬並稱爲「王左曹右」。在人物之間的烘托映襯，以及對傳統比興手法的繼承發展上，《悲善才》與《琵琶行》是一致的，詩人在序中説：「自余經播遷，善才已没，因追感前事，爲悲善才」，表明其創作意圖是同情琵琶藝人曹保保晚年的不幸遭遇，並藉以抒發自己宦海播遷之愁緒，詩的最後寫道：「自憐淮海同泥滓，恨魄凝心未能死。惆悵追懷萬事空，雍門感慨徒爲爾。」這與《琵琶行》序中所云「遷謫意」以及詩中所云的「同是天涯淪落人」如出一轍，只不過更多了一些惆悵和無奈。詩人的遭遇與琵琶藝人的身世也能做到互爲表裡、互相映襯：「明年冠劍閉橋山，萬里孤臣投海畔。籠禽鎩翮尚還飛，白首生從五嶺歸」，這是詩人被貶失意之悲和生還歸來的僥倖；「聞道善才成朽骨，空餘弟子奉音徽。南醮寂寞三春晚，有客彈絃獨凄怨」，這是琵琶高手身後的冷落和蕭條。像《琵琶行》一樣，主客之間是互相映襯、情感相通的，而且也是

一種超越身分地位的同病相憐，一種知音之間的互相理解和
尊重以及對不公正社會的共同憤爭。不足的是：詩中缺少對
琵琶藝人精湛彈奏技藝的出色描繪。詩人雖然也採用了誇張、
比襯等藝術手法，像「花翻風嘯天上來，裴回滿殿飛春雪」、
「寒泉注射隴水開，胡雁翻飛向天没」等比喻，也很精彩並
具有想像力，但總的説來抽象的結論多，具體的形象少；主
觀的抒發多，客觀的描叙少；直接表現多，烘托映襯少。例
如，詩人用「三月曲江春草綠，九霄天樂下雲端。紫髯供奉
前屈膝，盡彈妙曲當春日」來交代曹保保彈奏琵琶的時間、
地點和給人的總體印象，儘管他稱此是「妙曲」，誇張成
「天樂下雲端」，但並未能給人以鮮明生動的視覺和聽覺形
象。同樣地，詩人在開頭用「翠娥列坐層城女，笙笛參差齊
笑語。天顔靜聽朱絲彈，衆樂寂然無敢舉」來誇張曹保保彈
奏琵琶的吸引力和震懾力，也採用了比襯的手法，但如再看
看白居易《琵琶行》中彈奏前的描寫：「千呼萬喚始出來，猶
抱琵琶半遮面。轉軸撥絃三兩聲，未成曲調先有情。絃絃掩
抑聲聲思，似訴平生不得志。低眉信手續續彈，説盡心中無
限事。」兩者相較，白詩更側重於人物形態的描繪和内心世
界的刻劃，李詩則顯得浮泛和平淡。

那麼，白居易的《琵琶行》在音樂的描繪上究竟有那些成
功之處？它對突顯作品主題、增强作品感染力起了什麼作
用？下面對此作一具體分析：

第一、它在中國詩歌史上首次爲我們表現了一個樂曲的
完整演奏過程。如前所述，李賀的《李憑箜篌引》和韓愈的《聽

穎師彈琴》也是音樂中的神品，但《李憑箜篌引》通過神奇的想像來誇張音樂巨大的感染力，《聽穎師彈琴》則妙在運用種種通俗又生動的喻體來表現繁富的音樂境界。從表現樂曲的演奏過程來看，它們都旨在擷取一個片斷，強調剎那間的感受。白居易的《琵琶行》則為我們表現了《霓裳》和《六幺》的完整演奏過程，讓我們從中窺測出這兩首唐代宮廷大曲的結構規模和旋律節奏。《霓裳》又叫《霓裳羽衣舞》，傳說是唐明皇夢遊月宮所聽的仙樂，醒來後憑記憶譜成此曲；《六幺》又叫《錄要》、《綠幺》，是唐代組曲中的精華部分。

　　詩人把樂曲的彈奏過程分為彈奏前、彈奏中、彈奏後三個部分。「轉軸撥絃三兩聲」以下八句寫彈奏前：「轉軸」一句是寫調絃，三兩聲即調好了絃，是暗示其彈奏的嫻熟和技藝的高超；「未成曲調先有情」則是寫彈奏前情緒的調動和蘊釀，可見其感人之處不僅在於指法的嫻熟，還在於感情的全部投入，後者更是樂曲能打動人的關鍵所在。「絃絃掩抑聲聲思，似訴平生不得志」是介紹樂曲的感情基調和主旨，暗示這將是一個哀婉動人的樂章；「低眉信手續續彈，說盡心中無限事」是總寫彈奏者的表情和其演奏目的。這樣，演奏尚未開始，我們對樂曲的基調、演奏者的表情、彈奏的主旨及其高超的技藝已有了總體的了解。彈奏中又分兩個樂章：「大絃嘈嘈如急雨」以下八句寫第一樂章；「別有幽愁闇恨生」兩句寫樂章中的間歇；「銀瓶乍破水漿迸」以下四句寫第二樂章及尾聲。在這一部分，詩人調動了比喻、誇張、通感等多種藝術手法，將抽象的不可捉摸的音樂語匯表現得

具體可感，對此手法，將在下面作介紹。「東船西舫悄無言」
以下四句寫彈奏後的氛圍和演奏者的舉止表情：「東船西舫
悄無言」是在暗示受其感染者不僅是詩人及其同夥，而是泊
於秋江之上的衆多聽衆；「唯見江心秋月白」是寫聽衆沉溺
於樂境之中的痴迷和如夢初醒之狀；「沈吟放撥」這個動作
和前面的「猶抱琵琶半遮面」一樣，形象地描繪出琵琶女遇
知音後欲吐心聲，但限於今日的身分又難以直吐的矛盾心
理；「整頓衣裳起斂容」則是一番內心矛盾後作出的決斷，
預示著即將開始的傾訴將是異常沉重的。通過以上的描述，
我們對這兩首唐代宮廷大曲的規模結構、旋律節奏以及彈奏
者的動作表情、心理變化都有了較爲全面的了解，這不僅在
中國詩歌史上有首創之功，在中國音樂史上也有較高的史料
價值。

　　第二、詩人運用多種藝術手法，將抽象的不可捉摸的音
樂語彙變得具體可感、可視、可觸、可摸。首先是運用一些
生動貼切又富於創造性的比喻，妙在這些比喻又都是人們在
日常生活習見的事物和景象，如急雨、私語、裂帛、大珠小
珠、花間鶯語、水下流泉、銀瓶崩裂、鐵騎突進等，詩人匠
心獨運，稍加搭配，便點鐵成金，平凡中見神奇，如用暴風
驟雨來形容重彈，情人私語來形容輕彈，再用「大珠小珠落
玉盤」來形容重彈與輕彈的交錯，所產生的音樂效果就不止
是聽覺，而且有視覺和觸覺了。同樣地，詩人用花間鶯語來
形容音樂上的流暢輕快之境，用水下流泉來形容樂境中的滯
澀和阻斷，伴隨著聽覺和視覺的還有觸覺上水的寒冷和花的

芬芳。至於「銀瓶乍破」和「鐵騎突出」這兩個形象的比喻，所產生的也不只是急遽感和鏗鏘聲，同時還帶來了氣勢和聲威。

其次，詩人還有意使樂曲中不同的聲調、旋律、節奏形成對比和映襯，以此來強化人們的視聽感受。動與靜、澀與滑、急與緩、利落與延續，詩人幾乎都是對比著加以表現的。以兩個樂章的結尾爲例：第一樂章的結尾是舒緩和延續，所謂「水泉冷澀絃凝絕，凝絕不通聲暫歇」，給人的印象是餘音裊裊，不絕於耳。第二樂章的結尾則是乾脆利落，所謂「曲終收撥當心劃，四絃一聲如裂帛」，給人以陰霾頓收、束氣如雷之感。兩種不同的收束方式，給人截然不同的音樂感受。從整個樂章來看，也幾乎全是在動靜對比中交錯進行：從「大絃嘈嘈如急雨」到「凝絕不通聲暫歇」是由動到靜，由有聲到無聲；接著的「銀瓶乍破」和「鐵騎突出」又由無聲到有聲，化靜爲動，變細宮清商爲黃鐘大羽，在高亢急促的快彈中將全曲推向高潮，然後又嘎然而止，乾脆利落的收撥後又復歸於出奇的靜，如此對比映襯、交錯反覆，構成了一首五音繁會的樂章，這正是《琵琶行》久吟不衰的主要原因所在。

第三、善於烘托渲染，強化彈奏的藝術效果。此中亦有兩法：一是用聽衆的感受來烘托琵琶彈奏者的高超技藝。如寫詩人送客溢浦口，未聞琵琶聲之前，是「醉不成歡慘將別」，忽聞琵琶後則是「主人忘歸客不發」，以主人的忘卻世事和客人的驚愕失語來反襯樂聲的精妙，孔子說他聞韶

樂後三月不知肉味，大概即此意蘊。又如「東船西舫悄無言，唯見江心秋月白」，寫樂曲演奏結束後，聽衆仍沉浸在樂曲所表達的哀怨和淒苦之中，忘了自己，也忘了周圍的一切，然後如大夢初醒，環顧四周，那時如急風飄雨，時如幽咽水泉的樂聲早已消失，惟有聽衆呆坐於小舟之中，四面是秋月的清輝和浩蕩的江流——。詩人以聽衆的如醉如痴來烘托樂境的出神入化，這與民歌《陌上桑》中以觀者的忘情失態來烘托秦羅敷的驚人之美，可謂有異曲同工之妙。至於「座中泣下誰最多，江州司馬青衫濕」更是深一層的烘托和映襯：通過琵琶女身世的自述和詩人處境的自白，此時的淚已不只爲樂曲而落，已成爲兩位天涯淪落人心靈溝通的「源頭活水」；它所要表達的也不僅是對琵琶藝人高超技藝的讚許，也是對那個壓抑人才、摧殘人才的不公正社會的抗爭，而這正是《琵琶行》的主旨和該詩描繪深刻性之所在。

　　詩人的另一個手法是用演奏周圍的環境來烘托和映襯。《琵琶行》中，從開頭的楓葉荻花、瑟瑟秋江到琵琶女的江口空船、寒江秋月，再到詩人居處的黃蘆苦竹、血鵑哀猿，無不在構造一個淒苦幽怨、孤獨傷感的氛圍，與「絃絃掩抑聲聲思」的樂曲基調和「似訴平生不得志」的主旨相和鳴。爲了強化樂曲的演奏效果，詩人還有意讓秋月成爲演奏的主要背景，讓它在詩中前後出現了三次，構成三種不同的意象，表達三種不同的意蘊。第一次是在演奏前：「醉不成歡慘將別，別時茫茫江浸月」，用以渲染友人離別時淒清迷離的氛圍，爲下面的「忽聞水上琵琶聲，主人忘歸客不發」做好反

襯和鋪墊；第二次是在演奏結束時：「東船西舫悄無言，唯見江心秋月白」，是用秋江的空曠來反襯聽眾如夢初醒時的恍惚，用秋月的清亮來反襯聽眾在樂曲消失後的痴迷；第三次是寫琵琶女今日的處境：「去來江口守空船，繞船月明江水寒」，以相伴惟有秋月來寫琵琶女之孤單，也暗扣上句之「守空船」；以寒江來暗示琵琶女內心的淒涼，也爲琵琶女的身世自述作了形象的總結。這種有意識、有層次地以景語表達情境的藝術手法，無論是李紳的《悲善才》還是元稹的《琵琶行》都是欠缺的。我想，這也是白居易《琵琶行》在藝術上獲得如此成功的另一個重要原因。

春蘭秋菊 一時之秀

談唐代兩首送別詩的不同風格和手法

渭城朝雨浥輕塵，客舍青青柳色新。
勸君更盡一杯酒，西出陽關無故人。

————王維《送元二使安西》

千里黃雲白日曛，北風吹雁雪紛紛。
莫愁前路無知己，天下誰人不識君。

————高適《別董大》

王維的《送元二使安西》與高適的《別董大》是風格和情調
迴然相異的兩首送別詩。它們一抑一揚；一直率粗獷，一深
婉含蓄；一熱情奔放，一黯然神傷。但有意思的是，它們雖
然情調相反、風格迴異，卻都達到了至臻至美的藝術境界，
成爲我國古典詩歌中的珍品，受到歷代的稱譽。高棅稱讚《別
董大》是「筆補造化天無功，讀後令人心胸爲之寬廣」①；
李夢龍描繪《送元二使安西》在人們中間所引起的震動時說：
「此辭一出，一時傳誦不足，至爲三疊歌之。後之詠別者，

———————————

①高棅《唐詩品彙》。

千言萬語，殆不能出此意之外，必如是方可謂之達耳。」②

為什麼同一題材可以用兩種截然相反的情調來表現，又都獲得了極高的藝術聲譽呢？我想，從藝術表現手法上來進行一番探討無疑是十分有益的。

一、都善於描摹環境，渲染氣氛，以景來襯情。

《送元二使安西》是首送友人往邊疆去的詩，唐代從長安往西去的，多在渭城餞別。從長安到渭城，約有一天的路程。值得注意的是詩人並沒有從長安送別、携手而行寫起，而是寫這對友人相依相伴一天之後，第二天清晨在渭城分手時的情景。

像一齣抒情的獨幕話劇，它首先為主人公的出場安排了恰如其分的時間、地點和演出時必不可少的道具及場景。我們可以概括一下：時間，一陣小雨剛剛停下的清晨；地點，渭城青青的客舍邊；場景，明朗遼闊的天宇，自東向西輕塵不起的驛道，傍在客舍邊的青青的新柳。此時、此地、此景，都抹上了濃郁的抒情色彩，都暗寓了依依惜別的無限深情。在這一組場景中，詩人所選擇的雨是「朝雨」，早晨的雨往往是短暫的，所謂「驟雨不終朝」，它不會造成像杜甫在彭衙道上的那種窘況：「一旬半雷雨，泥濘相牽攀。既無御雨備，徑滑衣又寒。」③相反它倒可以帶來兩個好處：一是冲去了空氣中的灰塵，使空氣更加清新，天空也更加爽

---

② 李夢龍《麓堂詩話》。

③ 杜甫《彭衙行》，見《杜詩詳注》。

朗；二是它沾濕了地面的塵土，使大地也顯得份外潔淨。並
且這場「朝雨」又是「浥」而不是「灑」，這在遣詞上是很
精到的，因唯有如此，方可渲染出離別前的氣氛：天公有情，
爲遠行人準備了一個清朗的早晨和潔淨的道路。這也寓示
著：分離的時刻不可避免地到來了。

　　如果説詩的第一句是天公有情、催客上路的話，那麼第
二句就是楊柳依依留人難行了。客舍，本來就是個充滿離恨
和鄉愁的場所。剛毅的范仲淹曾在這裏做過「黯鄉魂，追旅
思」的故鄉夢，豪放的李太白也在這裏發過「低頭思故鄉」
的長嘆，何況眼前的這座客舍還掩藏在青青的柳色之中呢？
詩人在描繪青青的柳色時，著重強調了它的「新」，這個
「新」字在表情達意上可以起到以下幾重作用：一是與上句
在意境上緊密相連。輕盈的細雨不光是潔淨了天空，沾濕了
塵土，而且也滌去了柳葉上的塵垢，使柳枝顯得更加新鮮光
潤；二是用柳的新枝來暗寓新別。古人有折柳贈別的習俗。
遠在漢代，人們送客到長安附近的灞橋時，就折柳相贈，所
謂「長安陌上無窮樹，唯有垂楊管別離」④。人間的無數的
離別，使得柳枝長條折盡。但現在是柳色青青又抽新枝，新
的離別又將開始，又要增添新的愁緒了；三是用「新」字來
襯托離情別緒之深，古人由於恨別而怨天尤人，甚至遷怒到
楊柳，恨楊柳不解人意，人因離別而形容憔悴，它卻青色照
舊，所謂「無情最是章臺柳，長條折盡還依舊。哪管人離愁，

---

④劉禹錫《楊柳枝》，見上海人民出版社《劉禹錫集》。

碧葉伴歸舟」。由此看來這「柳色新」不光是點綴了離別之景，使這個場景更加新鮮潔淨，而且本身就暗寓了依依難捨的離別之情。

　　高適的《別董大》前兩句也是這樣，先製造出一種濃郁的氣氛，爲詩人感情的抒發提供一個很合適的環境。董大，即唐玄宗時著名的琴師董庭蘭，他彈琴的技藝很高，詩人李頎曾寫了首《聽董大彈胡笳兼寄房給事》，對他精湛的彈奏技藝作了出神入化的描繪。他同詩人同樣是在北方分別，但由於高適在詩中所反映的感情不同於王維：它不是通過依依難捨的情態，深婉含蓄的語言來表達朋友之間情誼的深厚與真摯，而是以開朗的筆調、豪邁的語言來直抒胸臆，勸勉和激勵對方。爲適應這種抒情上的需要，他選擇的時間和場景就不再是朝雨、輕塵和那青青的楊柳；而是那無邊的黃沙，昏暗的天地，呼嘯的北風中傳來陣陣長空雁叫，飛雪正紛紛揚揚地飄落下來。就在這荒涼而又壯闊的北國風光之中，詩人正在送別他的友人。

　　這種荒涼而又壯闊的場景和氣氛，爲抒發情感起了很好的襯托作用：首先是很好地襯托出離別者暗淡的心境。董庭蘭離別了自己的知己高適，要到一個沒有知己的遙遠的地方去。這種心境本來就是很凄涼的了，更何況離別之際又是北風肆虐，雨雪霏霏，即將踏上的征程又是黃沙漫漫，撲朔迷離。那陣陣的長空雁叫，不正是董庭蘭暗淡而又迷茫的心緒共鳴嗎？其次，這也更好地襯托出送別者豪放的情懷和磊落的胸襟。面對著荒涼而又壯闊的北國風光，詩人同董庭蘭暗

淡而迷茫的心緒相反，他的情懷是異常開朗而壯闊的。這與詩人的慷慨氣質相吻合，也同開闊廣漠的環境相協調，使人讀後耳目爲之一新，情感爲之一震，收到很好的抒情效果。

二、都善於跳躍式地選取典型鏡頭，和使用高度凝煉的語言來直抒胸臆。

兩首詩都是絕句，而且前兩句都已用來寫景（當然景中亦有情），因此能讓詩人感情馳騁的天地就只剩下後兩句十四個字了。要在這較小的容量中納入豐富的情感，就只有從高度凝煉中尋找出路。兩首詩基本上都是採取這樣的做法：一是大幅度地跳躍，以此來擺脫繁文縟節，捨棄一般過程的敍述，從一系列的送行場面和動作中只攫取最感人的鏡頭和最富於情感的瞬間；二是直抒胸臆，把內心深處的情感，通過兩句最感人肺腑的語言，讓作者直接表白出來。這種沖決感情閘門、不能自抑的表白，使感情的抒發顯得更真摯、更豐富。

《送元二使安西》是一下子從環境描寫跳到餞行場面的煞尾。宴前、宴中的場面一概捨去，只留下餞席即將結束時主人的一句勸酒辭：「勸君更盡一杯酒，西出陽關無故人。」其中「更盡」二字說明酒已喝了許多，還在勸飲，而且還要喝乾——「更盡」。這一方面點明了朋友之間的情誼，所謂「酒逢知己千杯少」；另一方面，作者的千言萬語也都寄託在這臨別前的最後一杯酒中，所謂「功名萬里外，心事一杯中」⑤。這裏有對友人遠去他鄉的慰藉，有對友人良好的祝願，也有自己依依惜別的深情。詩人把所有這些豐富而又複

雜的感情，錘煉、濃縮成爲一個最富有情感特徵的動作：
「勸君更盡一杯酒」，緊接著又用「西出陽關無故人」一句
對這一動作作了真摯而又坦率的解說。「西出陽關」點明了
友人的去向，也是作者送別時心情沉重的一個主要原因。因
爲唐代的陽關之外，還是個「絕域茫茫更何有」的窮荒之地
⑥，在當時人的眼中，關內關外完全是截然不同的兩個世界。
王維自己就曾說過：「絕域陽關道，胡沙與塞塵。三春時有
雁，萬里少行人。」⑦友人要到這樣一個使人望而卻步的地
方去，這就使臨別的祝願、惜別的深情也都帶上了現實的內
涵，從而顯得更爲深厚。「無故人」三字是對兩人之間友誼
的誇張表現，詩人站在唯一知己的角度，想像友人西出陽關
之後思故人而不得見的情形，內心更覺沉重，因此還是趁友
人尚在，再勸一杯，好讓他在最後一杯酒中把自己的情意帶
出陽關，一直伴隨在身邊吧。

　　總之，這兩句詩，一個是富於情感特徵的凝重動作，一
個是脫口而出的內心表白，使主客雙方的惜別之情達到了飽
和點，也使詩人所要抒發的情感顯得分外的集中和強烈。因
此在歷代爲此詩譜寫的樂曲中，對這兩句都倍加強調，反覆
詠嘆。如元代無名氏的《大石調・陽關三疊》把「勸君更盡一
杯酒」在一個樂段中重覆了三遍⑧。據說，當伴奏的笛子吹

----

⑤⑥高適《送李侍御使安西》、《燕歌行》，見劉開揚《高適詩集編
　　年箋注》，中華書局 1981 年版。

⑦王維《送劉司直赴安西》，見高步瀛《唐宋詩舉要》。

出最後一迭高音時「管爲之破」，可見這兩句所表達的感情之強烈了。

　　比起《送元二使安西》，《別董大》中的後兩句「莫愁前路無知己，天下誰人不識君」，則顯得豪爽和壯闊。「莫愁」的前提是承認有愁。愁從何來？一是惡劣的氣候，旅途的艱辛使人憂愁；二是友人的分離，異鄉的孤寂使人憂愁；三是（也是最重要的一點）這位藝術家的藝術本來就不被人理解，現在要到一個更少知音的窮荒之地去，就更使人憂愁。如前所述，董庭蘭的琴技是極爲高超的，但在當時賞識者卻甚少。詩人崔珏曾寫到：「七條絃上五音寒，此藝知音自古難。惟有河南房次律，始終憐得董庭蘭。」⑨看來賞識董庭蘭技藝並始終不變的，只有當時的宰相房琯。當然，從高適的贈別詩來看，詩人對他也是很器重的。現在要離開這兩個能了解自己的人，到一個沒有知音的異鄉去，無盡的愁緒自在不言之中了。但面對別者的這種困境和愁緒，送者的反應卻與別者相反，不是同愁而是「莫愁」。這「莫愁」二句是對友人的勸勉和鼓勵：你的技藝是高超的，天下哪個不知道你董庭蘭呢？在這許多知道你的人中間，還愁沒有知己嗎？這不但對身懷絕技而無人賞識的音樂家是很好的安慰和激勵，而且也使送別雙方從惡劣的氣候和離別的傷感中掙脫出來，精神不禁爲之一振，胸懷不禁爲之一廣。這比李頎在另

---

⑧隋樹森《全元散曲》。

⑨見《全唐詩》第 14 冊。

一首詩中安慰董大的話：「長安城連東掖垣，鳳凰池對青瑣門。高才脫略名與利，日夕望君抱琴至。」⑩無論是襟懷，還是格調，都明顯地勝過一籌。另外，這「莫愁」二句也是詩人本身氣質和襟懷的自然流露。高適爲人胸襟開闊，志向遠大。友人李頎說他是「五十無產業，心輕百萬資」⑪。他的詩歌也多反映了這種豪宕慷慨之情。殷璠《河嶽英靈集》評高適的詩是「多胸臆語，兼有氣骨」。他的這種氣質和志向也經常在送別詩中表現出來。如他的《送李侍御赴安西》：「行子對飛蓬，金鞭指鐵驄，功名萬里外，心事一杯中。虜障燕支北，秦城太白東。離魂莫惆悵，看取寶刀雄。」面對著一位將去荒涼絕域的友人，他仍然是那樣豪情激盪，表現出一種強烈的功名事業心。所以說，高適在《別董大》後兩句中對友人的勸勉和激勵，實際上也正是詩人自身壯志豪情的流露。

　　總之，這兩首詩雖然風格迥異，情趣各別，但由於採取了一些共同的藝術手法，所以把送別這個題材都表現得異常淋漓盡致，宛若春蘭秋菊，雖異時、異趣，但在百花譜中皆爲一時之秀。

---

⑩⑪李頎《聽董大彈胡笳兼寄語房給事》、《贈別高三十五》，見高步瀛《唐宋詩擧要》。

形態相似　神情殊異
談《回鄉偶書》及幾首同題材詩

少小離家老大回，鄉音無改鬢毛衰。
兒童相見不相識，笑問客從何處來？
　　　　——賀知章《回鄉偶書》（其一）

離別家鄉歲月多，近來人事半消磨。
惟有門前鏡湖水，春風不改舊時波。
　　　　——賀知章《回鄉偶書》（其二）

別期漸近不堪聞，風雨蕭蕭已斷魂。
猶勝相逢不相識，形容變盡語音存。
　　　　——蘇軾《逍遙堂別子由》

寂寂東坡一病翁，白頭蕭蕭滿霜風。
兒童誤喜顏色在，那知一笑是酒紅。
　　　　——蘇軾《縱筆》

　　上面四首小詩，賀知章的兩首《回鄉偶書》和蘇軾的《縱筆》都是抒發久別歸來的滄桑之感，《逍遙堂別子由》則是對

《回鄉偶書》（其一）立意的反撥。但是，它們在讀者心中的文學價值卻並不相同：《回鄉偶書》（其一）千百年來傳乎樂章，佈在人口，甚至孩子們都能熟記成誦，另外三首則恐怕除了一些文學愛好者和專家外，就很少有人提及了，其原因何在？我想主要可能有以下幾點：

　　第一，《回鄉偶書》（其一）所反映的思鄉之情既真實又帶有普遍性。

　　人總是愛他的故鄉的，就像一位詩人所形容的那樣：「儘管他鄉的水更甜、山更青，他鄉的少女更多情」，都改變不了他對故鄉的思念。而且離鄉的時間愈久，這種思鄉之情就愈強烈、愈深沉，一旦能夠返鄉，自然欣喜異常，感慨良多，《回鄉偶書》（其一）所反映的正是人們對故鄉的這種極普遍又極純真的感情：客居異鄉的寂寞，對故鄉的深沉思念，踏上故鄉土地那一刹那間的強烈衝動，全都從這四句小詩中表現出來。賀知章貴爲太子賓客，一生仕途都頗爲順利，告老還鄉時，玄宗特將鏡湖剡川一帶賜給他養老，臨行時，「帝賜詩，皇太子百官餞送」①，真可說是衣錦榮歸。難得的是，詩中既看不到富貴驕人的志得意滿之狀，也沒有鄉人恭候的庸俗場面，洋溢於字裏行間的，只是一個普通遊子返家時的真實的感受，正是這種真實的感受，引起了有類似遭遇的讀者的共鳴。

　　當然，我們強調這首詩反映的感情帶有普遍性，並不意

────────────

①見《新唐書・隱逸傳》。

味著這首詩只是一般地反映了人們普遍的情感和普遍的特徵，作爲一首優秀的抒情小詩，它還典型地表現了詩人自己獨有的一些情感特徵，這從詩的一、二兩句中就可見其一斑。

一是離家時間之久——「少小離家老大回」。

詩人是武則天證聖年間（公元 695 年）進士，在此之前就離開了家鄉，當時還不到三十歲。當天寶三年（公元 744 年）告老還鄉時，已八十多歲了。所以詩人在首句就用「少小」與「老大」對舉，以示離家時間之久，這就意味著詩人這次回鄉的不同尋常，是少小離家，老大才回，其間足足相隔了五十餘年，從而爲這次回鄉塗上了一層不平常的色彩，也爲下句「兒童相見不相識」埋下了伏筆。

二是思鄉感情之篤。

隨著歲月的流逝，一個人會從青年漸漸走向老年，而久居在外的遊子，則因思鄉的緣故，可能會使這一變化更加快一些，所謂客愁催人老。《回鄉偶書》（其一）第二句中的「鬢毛衰」三字正反映了歲月加客愁給詩人容顏帶來的巨大變化：當年兩鬢青青的小夥子現在已經成了兩鬢衰頹的老人。這個「衰」，不僅是頭髮稀疏，而且也包含著顏色上的變化——白髮蒼蒼了。但大變之中也有不變，那就是「鄉音無改」。詩人離家多年而鄉音未改，這不能不說是詩人對故鄉執著思戀的結果。因此，如果說「鬢毛衰」是反映了那些久客積愁的遊子共同特徵的話：那麼，「鄉音無改」就是帶上了詩人的主觀色彩和個人特徵。他通過一句之中的「鄉音無改」和「鬢毛衰」相對舉，形象地抒發了詩人久而愈深、

老而彌篤的鄉土之情。

　　詩人這種强烈的個人感受是用一種含蓄的方式抒發出來的，在這首詩中，無論是離鄉的別緒，還是思鄉的苦情，或是人事的變化，都不是公開的説出？直接地抒發，而是含蓄地加以表現的：詩人用「少小離家老大回」來暗示離家時間之久，用「鬢毛衰」來暗示人生變化之大，用「鄉音無改」來含蓄地表現自己對故鄉的感情始終不變。

　　比較起來，《回鄉偶書》（其二）就不及前詩了：首句「離別家鄉歲月多」是直道離家之久，次句「近來人事半消磨」則直抒人生變化之劇，因而顯得平泛，也過於直露，況且也沒有把詩人的獨特感受表現出來。

　　蘇軾的《逍遙堂別子由》也有同樣之敝，兄弟間的傷別之情由第一句「別期漸近不堪聞」直接道出，第二句「風雨蕭蕭已斷魂」則是對此進一步環境渲染和氣氛烘托，不但缺少含蓄和機趣，也未很好地寫出這對極富才華又飽經憂患的兄弟獨特的人生感慨，因而顯得平泛。俗話説：「文如看山不喜平」，平泛和直露，正是這兩首詩不及前者的第一個原因。

　　第二，《回鄉偶書》（其一）能選擇一件富有情趣的生活小事，來表達自己踏上故土時的激動心情。

　　唐朝的另一位詩人王維在一首《雜詩》中，爲了表達遊子對故鄉的深切思念，安排了一個特定的場面，詢問來人故鄉的寒梅是否開花：「來日綺窗前，寒梅著花未？」顯得既情切又集中。賀知章的《回鄉偶書》（其一）也有異曲同工之妙。我們可以想像，詩人一踏上故鄉那既熟悉又陌生的土地時，

故鄉的一切都讓他目不暇接，使他百感交集，但詩人並沒有對這些全面鋪寫、一一表達，而是選擇了一個富有戲劇性的小鏡頭：一羣天真活潑的孩子圍了上來，好奇地打量著這位不速之客，嬉笑著問他從何而來，全詩也就在這有問無答的「笑問」中結束。這樣的寫法，全少有以下兩個好處：

　　一是使回鄉的場景更生動感人，情感的表達更爲含蓄。詩人不是客，故鄉的孩子卻把他當成了客；詩人執著地不改鄉音，兒童卻仍是「相見不相識」，這真叫他既吃驚又傷心，但如細細一想，這又是很自然的事，因爲是「少小離家老大回」，而且又是「鬢毛衰」，這就難怪「兒童相見不相識」了，這兩句詩既從形象上強化和補充了前兩句詩，又隱藏著情感上微妙的起伏和變化，那種久客傷老、世事滄桑的人生感慨，也就從中暗暗地流露出來。

　　二是在結構上，使全詩顯得更加活潑生動，餘味無窮。詩的一、二句寫詩人回到闊別已久而又日夜思念的故鄉，讀者以爲詩人將要對此時此地的心情大書特書，那知他卻筆鋒一轉，有意避開正面描繪，而從故鄉孩子的眼中來寫自己的形象。這不但使全詩結構顯得迴旋曲折、活潑生動，而且當全詩在這有問無答的發問中結束時，也給讀者留下了無窮餘味。

　　蘇軾的兩首詩所缺少的正是這種富有生活情趣的小鏡頭。在《逍遙堂別子由》中，雖然直接套用了賀詩「猶勝相逢不相識，形容變盡語音存」，但仍是作者嘴中的主觀議論，而不是生動的描述；再說表現的角度也沒有變換，缺少賀詩

生動活潑的場面和富有情趣的問話。《縱筆》雖然寫了個小鏡頭，卻是個誤會：兒童誤以爲詩人青春依舊，哪知卻是醉中的酡顏。寫的很幽默，也較生動，但兒童那種天真稚氣、憨直可愛的語言卻不見了，並且仍是從詩人口中道出，章法上也缺少曲折性。

第三，《回鄉偶書》（其一）語言詼諧放達，感情健康開朗，因而樂爲人道。

我國古代描寫羈旅鄉愁的詩詞不下千篇萬章，其中也不乏膾炙人口的名篇，范仲淹的《漁家傲》把鄉思寫的那麼悲壯，馬致遠的《秋思》把遊子寫的那麼凄苦，宋之問的《渡漢江》又把返鄉時的心情寫的那麼膽怯和慌亂，但像《回鄉偶書》（其一）這樣把久客返鄉的情形寫的如此生動幽默，把世事滄桑的感慨寫的如此放達開朗，實不多見。詩人以詼諧而放達的語言冲淡了他心中的遲暮之感，又以富有生活情趣的小鏡頭使讀者更多地感受到他返鄉的欣慰。因此，在他返鄉的喜與愁中，在兒童們出人意料但又在情理之中的發問中，有種開朗健康的基調和積極樂觀的人生態度。而《回鄉偶書》（其二）在這點上就顯得不足了，他用鏡湖波舊與人事消磨對舉，發出物是人非的慨嘆，在表達方式上顯得直露，調子也過於低沉。至於蘇軾的兩首詩，則是反其意而用之，貌似曠達，實則悲涼，雖然它真實地反映了蘇軾兄弟在連續的政治打擊之後的内心感受，但過於抑鬱和衰弊，在人生感受和生活情趣上，難以引起廣泛的共鳴。我想，這可能是它們不如《回鄉偶書》（其一）的第三個原因。

形相類而味相異

談王之渙的《涼州詞》和高適的唱和詩

黃河遠上白雲間，一片孤城萬仞山。
羌笛何須怨楊柳，春風不度玉門關。
——王之渙《涼州詞》

胡人吹笛戍樓間，樓上蕭條海月閑。
借問落梅凡幾曲，從風一夜滿關山。
——高適《和王七聽玉門吹笛》

　　王之渙和高適是盛唐詩壇上兩位傑出的邊塞詩人，也是
志趣相投、風格相類的一對詩友。在他們的交往中，有兩首
關於玉門關聞笛的唱和詩。王之渙的那首叫《聽玉門關吹笛》，
又叫《涼州詞》①，詩曰：「黃河遠上白雲間，一片孤城萬仞
山。羌笛何須怨楊柳，春風不度玉門關。」高適的和詩叫《和
王七聽玉門吹笛》，詩云：「胡人吹笛戍樓間，樓上蕭條海
月閑。借問落梅凡幾曲，從風一夜滿關山②」。

──────────

①岑仲勉《唐人行第錄》。
②此詩錄自《全唐詩》。《高常侍集》卷八中題為《塞上聽吹笛》，前
　兩句作「雪淨胡天牧馬還，月明羌笛戍樓間」。

這兩首詩題材相同,寫的都是玉門關聞笛;形式也相同,都是七言絕句,押相同的韻,但藝術上卻自有高低。王之渙的詩當時就「傳乎樂章、布在人口」③,之後又被編出個旗亭畫壁的傳奇④,甚至被評爲唐人絕句中的壓卷之作⑤。而高適雖然是位傑出的邊塞詩人,他的《燕歌行》等詩也堪稱不朽之作,但這首和詩除了唐詩愛好者和文學研究工作者外,卻很少有人知曉,究其原因,大概有以下幾個方面:

一、在選材上,王之渙的《涼州詞》以黃河、羣峯作爲背景,顯得境界闊大、意態閑遠,而高適的和詩卻就城寫城,以樓襯樓,因而顯得畫面逼仄,氣勢不足。

《涼州詞》的主題是詩人通過所聽到的哀怨的笛聲,反映久戍不歸的征人對故鄉的思念,表現詩人對戍卒的深厚同情。但詩人在寫笛聲之前,先以一個塞外荒涼壯闊的背景作爲烘托和鋪墊。首句「黃河遠上白雲間」,就用豪邁高遠畫面,把我們領進雄渾而又蒼涼的大西北。蒼莽的黃河橫在腳下,順著那滔滔的波濤溯源西望,越望越遠,越望越細,漸漸地與地平線連到一起,鑽進了那縹緲的白雲之中。「遠上白雲間」五個字,不但抓住了遠眺這個特點,而且意態閑遠,把背景布置得很壯闊。它與李白的「西嶽崢嶸何壯哉,黃河如絲天際來」有異曲同工之妙。此外,這句不光鋪墊了雄渾的

③靳能《王之渙墓誌銘》,引自傅璇琮《唐代詩人叢考》。
④薛用弱《集異記》。
⑤胡震亨《唐音癸籤》。

背景，也暗寓了行軍的路線：戌卒們渡過黃河到涼州，出玉門關再一直向西，愈走離家鄉愈遠，再望望那萬里河源，仍在縹緲的白雲之中，不見盡頭，河長路更長，這樣就為下面抒發離鄉之愁提供了張本。

第二句「一片孤城萬仞山」，點明了戌守之處的地理環境。城是孤城，已顯得異常清冷寂寞了，況且這座孤城又在萬仞山中，就更顯得形勢孤危，氣氛荒涼了。這句中的「孤」，不光是地理形勢之孤，同時也暗寓了戌卒心境之孤；萬仞羣山環抱著一座孤城，既使背景顯得悲涼壯闊，也有力地暗示了關山重重，有家難歸。下文的思鄉之情就在這一基礎上油然而生。

由此看來，詩人在抒情之前用黃河、層巒作為背景，確實使畫面顯得雄渾悲壯，為後面的感情抒發提供了很好的基礎。

高適的和詩所缺少的正是這個雄渾而悲壯的背景。他寫關上聞笛，起句就是「胡人吹笛戌樓間」，而且四句也都寫的是笛聲。由於缺少背景的鋪墊和烘托，就使得畫面逼仄、氣勢不足。

二、在意境上，王詩較含蓄、有寄興，顯得寬廣而深厚，
　　相比之下，高詩卻顯得單薄一些。

如果說，「黃河遠上白雲間，一片孤城萬仞山」構成了雄壯而蒼涼的圖畫，為全詩感情的抒發準備了一個壯闊背景的話，那麼「羌笛何須怨楊柳，春風不度玉門關」兩句，在意境上則顯得含蓄深厚，寓不盡之意於言外。

《折楊柳》是北方邊塞地區流行的一支歌曲，屬北朝樂府鼓角橫吹辭曲，主要是用來表現送別和思鄉之情的。在西北邊塞孤城中，聽到用羌笛吹奏的哀怨又熟悉的《折楊柳》，這一方面點出了西北邊塞的地理特徵和戍卒們的鄉愁，另一方面也透過「楊柳」二字使人們感受到詩人的深遠用意：它暗示了士卒離鄉時與親人分別的情形，因爲楊柳的本身就是送別的象徵，所謂「楊柳枝，芳菲節，可恨年年贈離別」⑥；它也暗示著三月江南「楊柳依依」的春色，面對飛沙撲面、青少黃多的塞上孤城，戍卒們產生「笛中聞折柳，春色未曾看」⑦的哀怨也就是十分自然的了。由久戍不歸而生思鄉的哀怨，這正是征人們當時真實的思想感情，詩人卻偏偏說成是「何須怨」。這個「何須怨」雖僅僅三字，但表達的意思卻很深刻：它包含著征人們對久戍不歸邊塞生活的不滿，但又不便直接道出的複雜感情；它也包含著詩人對戍卒既同情，但又無能爲力，只好寬慰排解的良苦用心。因此顯得内容深厚、意深而詞婉。

第四句「春風不度玉門關」形象地交待了邊塞春天如此荒漠的原因，把由於地勢高寒而造成的春天遲來，想像成是春風不願來。春風爲什麼不願來呢？表面上看，是因爲這裏有一座關隘——玉門關。但内中還蘊有更深一層意思，即：春風也象徵著皇家的恩澤。春風不到，不但使塞外春遲，而

---

⑥許堯佐《柳氏傳》，引自張友鶴《唐人傳奇選》。

⑦李白《塞下曲》。

且也使征人久戍不歸，正如明代學者楊慎所言，這句是「言恩澤不及於邊塞，所謂君門萬里也」⑧。

　　高適的《和王七玉門關聞笛》在意境上也有可取之處。如次句「樓上蕭條海月閑」，詩人用「蕭條海月」來襯托戍卒的孤獨和傷感，用「閑」字來反襯戍卒征戍之苦。特別是結句「從風一夜滿關山」，把傾吐征人愁思的笛聲放到一個廣闊的畫面之中，也顯得較有氣勢。但在深厚含蓄上就不及王詩了。高詩中笛子吹奏的曲調爲《梅花落》，這個曲調與贈別懷鄉之情的聯繫沒有《折楊柳》那樣緊密，地理特徵也沒有《折楊柳》那樣明顯。另外梅花與春天的顏色、離別之寓意也沒有楊柳那樣典型，因此它的內在感情就不及王詩深厚。至於作爲詩的結句來說，王詩是另換一個角度，解釋春色來遲的原因，內含不盡之意，而高詩則仍順著第三句的思路進行想像和誇張，因此顯得較爲單調。

　　三、在章法上，王詩宛轉曲折，詩風迭宕，而高詩相比
　　　　之下卻失之於平直。

　　王之渙的《涼州詞》，在章法上大有講究，前兩句是寫景，展示一幅蒼莽而壯闊的邊塞圖畫。後兩句是抒情，通過聞笛這個典型情節抒發征人久戍不歸的鄉愁，和詩人對他們的同情和寬慰。這樣先景後情，由物到人，用黃河、白雲、羣峯、孤城、戍卒、笛聲構成一幅既壯闊又蒼涼的畫面，而且在這幅畫面中，景與情，物與人，詩人與戍卒又是交融在一起的。

⑧楊慎《升菴詩話》。

前兩句固然是寫景，但這個景壯闊又蒼涼，雄渾又單調，這已暗寓了一種既令人陶醉又讓人茫然若失的情調，使景物描寫中亦有感情的抒發。下面兩句是抒情，但情中有景，情與景交融在一起，顯得格外蒼涼悲壯。另外通過「何須怨」、「春風不度」等詞句，把征人與詩人複雜的内心世界也描畫了出來，使全詩顯得意深詞婉，迭宕多姿。

　　高適的和詩中亦有景和情：戍樓、海月、關山爲其景，「借問」一句露其情，從章法上講也有可取之處。但從全詩的主要傾向來看，是以敍事爲主：「胡人吹笛戍樓間」寫吹笛人的身分和地點，「樓上蕭條海月閑」寫吹笛時周圍的氣氛；第三句「借問落梅凡幾曲」是對吹奏者的詢問，而「從風一夜滿關山」則是以虛構的想像和誇張來答詢。因此通篇是敍述描寫一次《梅花落》的吹奏經過，固然從中也透露出了征人的怨愁和詩人的感慨，但從手法上來看，似乎平直了一些，不夠深婉曲折，當然也就缺乏王詩那種巨大的藝術魅力了。

觀獵與出獵

王維的《觀獵》與蘇軾的《江城子‧密州出獵》比較

風勁角弓鳴，將軍獵渭城。
草枯鷹眼疾，雪盡馬蹄輕。
忽過新豐市，還歸細柳營。
回看射鵰處，千里暮雲平。

——王維《觀獵》

老夫聊發少年狂，左牽黃、右擎蒼；錦帽貂裘，千騎卷平岡。爲報傾城隨太守，親射虎，看孫郎。　　酒酣胸膽尚開張，鬢微霜，又何妨。持節雲中，何日遣馮唐？會挽雕弓如滿月，西北望，射天狼。

——蘇軾《江城子‧密州出獵》

一

　　有兩首表現同一場面的詩詞，一是王維的詩《觀獵》，另一是蘇軾的詞《江城子‧密州出獵》。王維的《觀獵》寫於開元盛世，蘇軾的《江子城‧密州出獵》寫於宋神宗元豐二年（公元1079年）冬，兩者相距了三百多年，而且一是詩，一是詞，體裁也不一樣，但在創作思想、表現手法、作品風格上卻有

不少共同之處，我們通過這些相似之處的比較，可以從中窺探出某種文學創作的規律和某一場面的共同處理手法。

首先，兩篇作品的創作思想相似，都力圖表現出一種激昂豪宕之情，慷慨報國之志，内中滲透著民族自豪感和對自己才幹的自信心。蘇軾的《江城子・密州出獵》劈頭就說：「老夫聊發少年狂。」四十歲的人開口就稱「老夫」，好像顯得衰頹，但「少年狂」三字卻使一個四十歲的中年人出現一種少年人的精神狀態。由此看來自稱「老夫」只不過是太守的地位和「鬢微霜」的外貌使其然罷了。他的内心卻是熱血少年的狂熱勁頭。這個「狂」，也不光是指能夠像十八歲的孫權那樣親自射虎，表現出少年人既勇猛又冒失的行爲特徵，更重要的是指壯心不老、初衷不變。蘇軾在二十歲左右就極力反對避寇遷都，力主對内行寬仁之政，通上下之情，以平定西北邊患爲己任（見《策斷二十三》、《平王論》等），四十歲當密州太守後仍然期待著「持節雲中，何日遣馮唐？」，希望實現「射天狼」的平生之志，所以這個「狂」正是他對自己的才幹充滿自信心的表現，也是他爲國立功、平定邊患滿腔熱情的流露。王維的《觀獵》中也滲透著這種慷慨報國之志，豪宕激昂之情，只不過他表現得要含蓄一些，他通過一位將軍的狩獵場面來表現當時軍人英勇豪邁的氣概，以此來反映當時社會尚武崇勇的時代精神，通過對這種氣概和精神的歌頌和讚賞，側面表現自己豪宕激昂之情、慷慨報國之志。

其次，是在這種創作思想的指導下，兩篇作品都呈現一

種雄渾而豪放的藝術風格。《觀獵》中那迎風飛鳴的箭鏃，急掠而過的蒼鷹，輕捷急馳的駿馬，飲羽而墜的大鵰，都是一幅幅動景，給人一種氣勢飛動的感覺。而那一掠而過的新豐市，萬蹄奔鑽的細柳營，尤其是那暮雲千里蒼莽的平野，又給人一種蒼莽壯闊之感；不僅整個畫面顯得很開闊，而且格調也很高亢，我們從那迎風作響的弓矢和那踏著殘雪輕捷的馬蹄聲中，似乎聽到了詩人慷慨報國的激昂心聲；我們從那類似周亞夫的整肅的軍營和那類似斛律光的高超射技中，又似乎可以看到詩人立功揚名的自負和自信。蘇軾的《江城子‧密州出獵》也是這樣，詞人寫出獵的場面是「左牽黃，右擎蒼，錦帽貂裘，千騎卷平岡」。這幾句既交待了狩獵者的身分、裝備，又形象地勾勒出太守出獵時威武雄壯的場面，你看馬蹄踏踏，犬吠鷹揚，上千名隨從簇擁著錦帽貂裘的太守席捲了平岡，特別是「卷平岡」的「卷」字，更是出色地勾畫出獵手們漫山遍野而來的雄偉氣勢。詞人寫主人公的壯志是「親射虎，看孫郎」，「會挽鵰弓如滿月，西北望，射天狼」，一是射虎，一是射天狼，都表現了這位鬢微霜而心猶壯的密州太守之豪情和壯志。其中射虎是實，射天狼是虛；射虎為眼前之景，射天狼為心中之志；今日射虎正是為著將來射天狼，所以通過詞人著意安排的兩次表白，把主人公要求立功邊塞的創作意圖很坦率地流露了出來。

第三，這種創作意圖的確定和豪放雄渾格調的形成有著類似的背景。《觀獵》是王維早年的作品，當時由於國力的昌盛和對外戰爭的頻繁，在社會上普遍瀰漫著一種民族自豪感

和對國力的自信心。這種自豪感和自信心通過民族的尚武精神集中體現了出來。當時不但「關西世家子」和「幽并遊俠兒」等職業軍人以「男兒本自重橫行」自許，就連一些文弱書生也感到「寧爲百夫長，勝作一書生」，要以從軍來博名取功。王維的《觀獵》既是這種時代尚武精神的體現，内中也滲透著詩人早年的美學理想。王維年輕的時候很有進取心，想爲國爲民做一番事業，他歌頌過「動爲蒼生謀」的輔臣，也嘲笑過「窗間著一經」的腐儒；他有個「報國取龍廷」的雄心壯志，也有個「濟人然後拂衣去」的豪俠之態。他早年曾寫過一首詠歌遊俠兒的詩：「新豐美酒斗十千，咸陽遊俠多少年。相逢意氣爲君飲，繫馬高樓垂柳邊。」也可以看作是他本人豪宕情懷和獻身精神的流露。所以在《觀獵》中，詩人的創作意圖和格調正是這種時代精神的產物，正是由詩人早年功名事業心所決定的。蘇軾在寫《江城子‧密州出獵》時雖然在政治上遭受了挫折，但他報國之志未衰，對自己的才幹充滿自信心，仍滿懷希望自己被再度起用；特別是當時王韶用兵西夏接連取得勝利，這對一貫主張抗擊外辱的蘇軾更是一種極大的鼓舞。熙寧五年，宋神宗起用王韶經營熙河。王韶的戰略是「欲取西夏,當先復河湟」（《續資治通鑑》），避開東北正面戰場，繞到西夏的西南腹地湟州、西寧州一帶，從背後進襲。依當時的情況來看，王韶的這個方略是正確的。所以神宗一旦採用王韶的策略，對西夏的戰爭便一改過去的被動局面，進展很順利：熙寧四年「青唐大首領俞龍河率其屬十二萬口內附」；熙寧五年，「破蒙羅角,抹耳水巴族」；

熙寧六年，在五十四天內向前挺進一千八百多里，收復河湟等五個州；熙寧七年，王韶「破四蕃結河川族，斷西夏國通路，進臨寧河」，四年用兵，收復了河湟一帶大片領土，從腹部對西夏構成了威脅，這真是對西夏用兵以來前所未有的大好形勢。而蘇軾在如何處理邊患這個問題上，一直是反對那種屈辱求和，苟且偷安的妥協政策的，他認爲「今國家所以奉西北之虜者，歲以百萬計，奉之者有限，而求之者無厭，以勢必至於戰。戰者，必然之勢也」。(《策別》十六) 所以王韶經營熙河，在抗擊西夏取得較大軍事勝利時，作者感到無比的歡欣鼓舞，強烈的愛國之情和功名事業心，使他暫時放下了政見上的不合和個人遭遇上的不快，寫了這首有名的《江城子‧密州出獵》，用亢奮的情調、飛動的氣勢表達了自己被西北勝利所鼓舞起來的克敵之情、報國之志。與此同時，蘇軾還寫了首《祭常山回小獵》詩，記述了同一件事，抒發了同一種情，詩的最後兩句是「聖朝若用西涼簿，白羽猶能效一揮」，在西北大捷的鼓舞下，富有愛國之心、報國之志的蘇軾這時真是摩拳擦掌，躍躍欲試了，這也正是他在《江城子‧密州出獵》中表現出豪宕情懷和雄渾風格的重要原因。

第四，這兩首詩詞都採取了白描的藝術手法。《觀獵》中無論是描繪將軍的形象，還是勾勒圍獵的場景，都沒有什麼鏤刻雕琢的句式，也沒有什麼華麗濃艷的語言，它採取白描的手法，句式平直，語言淺切。但淺白中藏著豐富的含蘊，平直中含有精巧的思致。如寫將軍狩獵的場面是「草枯鷹眼疾，雪盡馬蹄輕」。鷹眼疾和馬蹄輕，這似乎是在讚頌鷹和

馬，實際上是在襯托將軍的輕快、敏捷，這也反映了將軍的精神狀態。因為這「輕」和「疾」都是通過將軍的內心感覺體現出來的，這種意在此而言在彼的表現手法，也使章法上增加一種映襯的美感。再從語言上來看：「草枯」和「雪盡」是寫圍獵時的景色，也暗暗點明了季節是雪已盡而草尚枯的初春時分。另外「枯」與「疾」，「盡」與「輕」，也有著內在的聯繫。草枯，鷹眼視線之內無所遮蔽，更顯其疾；雪盡，馬蹄踏處無所阻滯，更覺其輕。所以這兩句，看似淺白，內實深綺；外似平直，內實豐厚。此詩的最後一句「千里暮雲平」也是如此。「千里」二字不但點出出獵範圍之廣，場面之壯，而且也襯托出將軍在邈遠的地平線上目力所向的那種開朗的氣質、豪宕的胸襟。特別是一個「平」字，把蒼茫的暮色和廣袤的大地粘接在一起，更顯得精煉和形象。所以儘管「千里」和「平」是一些很普通的詞，但在此詩中卻異常生動傳神，這正是此詩在白描上的功力。

　　蘇軾的《江城子・密州出獵》也是以白描見長。詞的開頭幾句「老夫聊發少年狂，左牽黃、右擎蒼；錦帽貂裘，千騎卷平岡」，就是很精彩的白描。「錦帽貂裘」寫出了密州太守的富貴之態，但這個富貴太守卻「左牽黃、右擎蒼」，身分與行為動作顯得不協調，這不協調產生於「狂」，由於這種狂態心理才產生這種不協調的行為動作。而且這種少年狂態又是一個年為「老夫」的人所發出的，這又增加了一層不協調。但如細加分析，這種行為動作又正是當時的蘇軾內心情緒的必然爆發，蘇軾雖自稱「老夫」，實際上不過四十歲，

只不過貶謫生活使他增添了遲暮之感，但壯志未遂並不意味
著他雄心已泯，歲月虛添也並不能使他熱情冷卻，一遇適當
機會，内心的壯志和熱情還會突發出來。這次「祭常山回小
獵」，「聊發少年狂」正是這壓抑已久的内心情感爆發。
「聊發」不但點破了當時的情緒，而且也説明是偶一為之。
這樣使「老夫」與「少年狂」，「錦帽貂裘」與「左牽黃、
右擎蒼」這些似乎很有矛盾的現象很好地統一在一起，所以
這幾句看似矛盾，實則協調；看似「聊發」，實則必然；看
似淺白，實則奇巧，這也是詩人白描手法的功效。

二

　　《觀獵》與《江城子・密州出獵》畢竟是兩位不同時代，不
同經歷的作家的作品，又加上體裁和表現角度的不同，所以
儘管兩人有著相似的創作動機和近似的藝術風格，兩篇作品
的差異也是明顯的。通過不同之處的比較，對我們如何處理
題材，如何使風格多樣化，也能提供有益的借鑑。
　　首先，兩篇作品選擇的角度不同：《觀獵》強調「觀」，
詩人採取旁觀的角度來描述一次將軍的狩獵活動。鳴角弓，
射大鵰是寫將軍的射技；鷹眼疾、馬蹄輕是寫將軍的内心感
覺；過新豐、歸細柳營是寫將軍的行蹤，詩人始終沒有露面，
詩人要表達的立功邊塞的壯志和慷慨報國的熱情，都是通過
壯闊的畫面和將軍的行為側面透露出來的。另外，《觀獵》描
述了一次狩獵的完整過程，開頭兩句點出打獵的季節、地點
和獵者的身分，中間四句具體地描繪出獵的經過，最後兩句

111

寫狩獵結束歸來的情形。蘇軾的《江城子・密州出獵》則是強
調「出」，描繪詩人親自出獵時的場面，抒發自己當時的感
慨：「老夫聊發少年狂」是寫出獵時的心境，「左牽黃、右
擎蒼；錦帽貂裘，千騎卷平岡」是突出自己出獵時英武身姿
和壯闊氣勢，「爲報傾城隨太守，親射虎，看孫郎」則是抒
發他對民衆的情意和强烈的自信心。在結構上，也沒有像《觀
獵》那樣描繪狩獵的全過程，只是渲染了一下出發時的壯闊
場面和自己的英武身姿，然後就轉入感慨的抒發，至於出獵
的時間、地點，出獵的路線、經過及其收穫、結果，我們都
不得而知，這也是和《觀獵》明顯不同的地方。

　　其次，兩者的情感表現方式也不同。蘇軾的《江城子・
密州出獵》採取直接抒情的方法，使詩中的豪放之情顯得外
露而坦蕩。詞中除上闋有幾句描述外，其餘皆是内心情感的
直接抒發。如下闋的一開頭就是人生感慨：「酒酣胸膽尚開
張，鬢微霜，又何妨。」蘇軾爲人豁達，不以物爲念，值此
獵後歸來的酒酣耳熱之際，更覺膽氣豪邁、胸襟寬廣。對於
胸襟寬廣的人來說，歲月流逝並不會使他悲觀消沉，相反倒
會激起他更强烈的事業心，所謂「烈士暮年，壯心不已」，
所以他認爲「鬢微霜，又何妨」。那麼，何妨指的是什麼呢？
這就是下面的「持節雲中，何日遣馮唐」，即不會妨礙他爲
國建功立業，時時期待著朝廷能夠任用他，使他能像漢代的
雲中太守魏尚那樣去做一番轟轟烈烈的事業，一旦這一天到
來，他就可以大顯身手「會挽鵰弓如滿月，西北望，射天狼」。
這裏有期待，也有自慰；有豪情抒發，也有對未來的信心。

　　總之，詩人採用直接抒情的方法，一層進一層地把自己的壯志、自己的心緒、自己的渴望都明白地盡情地抒發了出來。王維的《觀獵》與其正好相反，詩人的豪宕之情是通過一幅幅客觀的畫面，一個個別人的動作側面表現出來的，他採用的手法不是直接抒情，而是客觀地描寫和敘述。如詩的五六兩句「忽過新豐市，還歸細柳營」，表面上看純是客觀的敘述，但內中卻滲透著詩人的主觀情感，因為新豐是個出美酒的地方，也是個豪俠聚飲之地，至於細柳營則是漢代名將周亞夫屯兵之所，以皇帝也不能隨便出入的嚴明軍紀炳彪於史冊之上。王維著意點出這兩處，言外之意是極其明顯的，這位將軍剛強矯健，任俠豪放，他的軍紀又嚴明整肅，這正是盛唐時代文人心中完美的軍事將領形象，也是時代尚武精神在日常生活中的體現，再加上這兩句中又用「忽過」和「還歸」來形容狩獵隊伍在長安城郊來回穿插，將軍的矯健，獵騎的敏捷就給人留下更為生動的形象，詩人的主觀感情滲透得也更加充分。

　　《觀獵》中敘述是這樣，描寫也是這樣的。如結尾的「迴看射鵰處，千里暮雲平」就是如此。詩中著意點出「射鵰」是在於讚美將軍像北齊斛律光一樣具有勇猛而高超的「射技」，「回看」意味著這次狩獵活動已經結束，將軍已射中大鵰，這時是帶著興奮的餘波和緊張回味來回望當時狩獵之所。那麼，是在什麼時候，什麼地方射鵰的呢？詩中未提，但我們從「風勁角弓鳴」的首句已知道將軍確曾引過弓，從「鷹眼疾」「馬蹄輕」等暗示中又知道他也完全有可能射中

鵰。也許就在「忽過新豐市，還歸細柳營」的馳驅之中射中
的吧。這樣就使全詩顯得虛虛實實，藏而不露，給讀者留下
想像的餘地。另外，從「回看射鵰處，千里暮雲平」這幅畫
面來看也顯得壯闊而蒼莽，將軍的英雄之姿，豪宕之情即暗
合在這幅圖畫之中。當然，其中也包孕了詩人的主觀情感。
由此看來，《觀獵》中雖也表現激宕情懷，但他是通過敍述和
描寫來側面滲透；《觀獵》的風格雖也是豪放的，但這種豪放
風格表現得卻很含蓄，這和《江城子・密州出獵》那種直接抒
情，坦蕩而外露的情感表達方式是明顯不同的。

千古惟有謫仙詞

談唐代幾首詠廬山瀑布詩

日照香爐生紫煙，遙看瀑布掛前川。
飛流直下三千尺，疑是銀河落九天。

           ——李白《望廬山瀑布》

虛空落泉千仞直，雷奔江海不暫息。
千古長如白練飛，一條界破青山色。

           ——徐凝《題廬山瀑布》

若到江州二林寺，遍遊未應出雲霞。
廬山瀑布三千仞，劃破青山始落斜。

           ——曹松《送僧入廬山》

方丈紅泉落，迢迢半紫氛。
奔流下雜樹，灑落出重雲。
日照虹霓似，天青風雨聞。
靈山多秀色，空水共氤氳。

           ——張九齡《湖口望廬山瀑布水》

　　《望廬山瀑布》是唐代大詩人李白的一首名作。全詩以飛動的氣勢，誇張的言辭，出人意表的想像，把巍峨神奇、紫煙繚繞的香爐峯和那飛流直下、噴雪濺珠的黃崖瀑描繪得神采飛動、瑰麗壯觀，流露出這位謫仙不羈的個性和沖決一切的精神力量，從而成爲詠歌廬山瀑布的絕唱。宋代的大詩人蘇軾對這首詩推崇備至，稱之：「帝譴銀河一派垂，千古惟有謫仙詞」①。

　　值得玩味的是：詠歌廬山瀑布的詩，古往今來不下千百篇。就唐代來説，李白之前的張九齡，李白之後的徐凝、曹松，都寫過詠歌廬山瀑布的詩章，但衆探龍穴而只有李白獨獲驪珠，曹、徐等人非但不能與之頡頏，有的甚至成爲洗滌不盡的憾事，所謂「飛流濺沫知多少，不與徐凝洗惡詩」②。因此比較一下唐代這幾首詠廬山瀑布的詩，探討一下他們的得失，是件很有意義的事。

　　一、李白的《望廬山瀑布》之所以成爲千古絕唱，首先在於他根據主題的需要，以如椽之筆改造材料、人化自然。

　　《望廬山瀑布》的開頭兩句是：「日照香爐生紫煙，遙看瀑布掛前川。」詩中的「香爐」指的是香爐峯；「瀑布」，指的是廬山一絕黃崖瀑。廬山的東南有兩條瀑布：一條位於鶴鳴峯上，叫馬尾瀑，呈「之」字型，上細下粗，彎曲扭擺，狀如馬尾；另一條即黃崖瀑，在行龜峯上，呈「一」字型，

①②《蘇東坡集・題廬山瀑布》

從半空飛瀉而下，狀如白練懸空，蔚爲壯觀。歷代詠歌的廬山瀑布大都指此。由此看來，黃崖瀑與香爐峯並無關係，李白爲什麼要把兩者組織到同一畫面中去呢？我想可能出於以下三個原因：

第一這是爲突出主題而採取的一種獨到的選材方式。廬山西南諸峯，除了海拔 1417 公尺的大漢陽峯外，就數香爐峯高峻、雄偉了，它下尖上圓，端莊肅穆，猶如一只頂天立地的香爐端放在那裡。把黃崖瀑寫成由香爐峯前飛濺而下，就顯得背景更爲高闊，氣勢也更爲雄渾。

第二，這樣寫也更富有浪漫情調，更能引起讀者的想像。通過上面兩句詩，我們彷彿看見一座頂天立地的香爐端放於雲層巒叠障之上，縷縷白煙裊裊升起，飄渺於青山之上、藍天之下，在紅日的輝映下化成一片片紫色的雲霞。就在這蒸騰的紫霧之中，一條巨大的白練從空中懸垂而下，激起千岩濺珠、萬壑雷鳴。這香爐紫煙好像是人間對上蒼的祝禱，那懸垂的白練又好似上蒼對人間的答謝，從而使此詩更富有浪漫的色彩和神奇基調。

第三，把香爐峯與黃崖瀑聯在一起，使這幅精心勾勒的畫面上，既有青翠的山巒，又有紫色的烟霞，再配上噴雪濺珠的飛瀑，而這一切又都在紅日的映照之下，顯得光影搖曳、閃爍明滅，顯得更加燦爛多姿，爲此詩增加了色彩美。

那麼，詩人爲了上述的需要，把香爐峯和黃崖瀑疊合在同一畫面之中，這是否完全出於主觀的想像，而違背了客觀事理呢？不！他既不像王維《雪裡芭蕉圖》那樣全爲寫意，也

不像李賀《大堤曲》那樣有違事理，他這樣處理有一定的依據，也極有分寸：

一是出於特定的觀瀑角度。人們觀瀑，一般是從秀峯的圍門向北，越過龍潭，沿觀瀑亭拾級而上，從文殊峯山腰由東南向西北觀瀑，這樣，黃崖瀑所在的行龜峯就與其後的香爐峯疊合到一起了。由於視覺上的差異，黃崖瀑似乎就從香爐峯前直掛而下了。

二是詩人在用詞上極有分寸，既讓你產生錯覺，又無任何把柄。詩人首先用「遙看」，因爲是遠遠看去，兩山才會重疊在一起，瀑布才會掛到香爐峯前。另外，詩人又用了「前川」二字，暗中點明瀑布並不在香爐峯，而是在峯前的山坡上。有的注本把瀑布說成在香爐峯上，正是把詩人苦心孤詣點出的「前川」二字給忽略了。可見一個平時不顧細節的浪漫詩人，有時也會很有機心。

由此看來，李白將香爐峯和黃崖瀑組織到同一畫面之中，既是處心積慮，又無懈可擊。非香爐峯不能顯出瀑布之神奇，非瀑布不能賦予香爐峯生命的動態感，兩者的結合，使畫面神奇壯美、突兀生動，敷上一層浪漫的色調。這正是李詩在選材上的高明之處，也是徐凝、曹松等人詩作不足之處。

中唐詩人徐凝詠廬山瀑布的詩，場面不能算小，描寫也還生動，特別是「一條界破青山色」，把瀑布的氣勢、色調形容得都很夠味，所以清代的詩論家袁枚稱之爲「佳語」③。

③袁枚《隨園詩話》卷 1。

但由於沒有闊大而神奇的背景作襯託，老是在瀑布本身轉來轉去，因此顯得畫面逼窄、氣度孱弱。蘇軾貶之爲「惡詩」，雖不無偏激之處，但也不爲無因。

　　晚唐詩人曹松的《送僧入廬山》，內容上倒不是一味寫瀑布，而定在瀑布之外又寫了東林寺和西林寺，它們也都在雲霞（紫煙？）的籠罩之中。可惜的是，東、西二林寺與廬山瀑布之間並沒有什麼內在的聯繫，前者沒有成爲後者的背景和映襯，後者也沒有使前者顯得更加神奇躍動，兩者在畫面上沒很好地交融在一起，「瀑布」這個中心詩題在畫面上也沒有得到凸顯，以至兩景相隔，形單影孤，缺乏李白《望廬山瀑布》那種氣勢和神韻。

　　二、李白的《望廬山瀑布》之所以成爲千古絕唱，還在於
　　　　結構的精妙、手法的多樣。

　　此詩的四句，各臻其妙，而且一脈相連，互爲因果。首句寫香爐峯，這是瀑布的背景。香爐峯「其峯尖圓，煙雲聚散，如博山香爐之狀」④，其「孤峯秀起，游氣籠其上，則氤氳若香煙」⑤。詩人抓住香爐峯的形狀和煙雲聚散的特點，出爲「日照香爐生紫煙」之妙句，不僅化靜爲動，而且爲其抹上一層神奇變幻的色彩。在布局上，他也爲那個想落在天外的妙句「疑是銀河落九天」作好了鋪墊。因爲，如果沒有這個紫煙繚繞、神奇變幻的背景，就不可能產生銀河從天而落的幻覺和聯想。詩的第二句正面點出瀑布，如果說首句是

---

④⑤宋・樂史《太平寰宇記・廬山》

化靜爲動力，那麼此句則是化動爲靜，它不僅像幅山水畫垂懸於觀衆眼前，而且還幻覺似的描繪出遊客在注目凝神的瞬間彷彿出現的靜止狀態，這種感覺只有「遙看」才會產生。在整體結構上，它是第四句那種感覺產生的原因。因爲是遙看，才會有銀河落九天的整體感，也才會出現全景式的長卷；也惟其是「遙看」，也才會有「疑是」那種疑幻疑真之感和「落九天」的盡收眼底。

　　至於三四兩句，更是誇張、聯想等浪漫手法的綜合運用。沒有「飛流直下三千尺」這個極度的誇張，就不能襯托出香爐峯的高峻，也就不能描摹出黃崖瀑的壯觀，而這個極度的誇張又不像「燕山雪花大如席」那樣不合情理，因爲前面兩句已對香爐峯的高峻和瀑布的壯觀作了一番描繪，爲這句極度的誇張作好了鋪墊，因此不但不覺得不合情理，反倒對黃崖瀑的壯觀之景更有種真切生動之感。如果誇張只到此爲止，還不足以顯示出詩人手法的高超，因爲通過此句只能看出瀑布的壯觀，卻未能體現出瀑布的神奇，而李白的詩向來是以神奇飄逸著稱的。因此，在極度的誇張之後，詩人又加以神奇的聯想：這不是人間的瀑布水，而是銀河從九天而落。在我國古代詩詞中關於銀河的描寫卻也不少，有的把它想像得寬廣難渡，所謂「明河可望不可親，安得乘槎一問津」⑥；有的把它想像成清淺可涉，所謂「河漢清且淺，相去復幾許？」⑦但所有這些都是就銀河的本身來想像的，像李白這

⑥王嘉《拾遺記‧嚴君平》

120

樣，把地上的瀑布與天上的銀河聯想到一起，把瀑布飛懸想像成銀河下瀉，實屬少見。但惟有如此，方能在壯觀的黃崖瀑上又添一層神奇飄逸的色彩，加濃了整首詩的浪漫氣氛；也惟有如此，方能顯出李白這位「謫仙人」的特殊色彩，使人從瀑布的形象中感受到李白那種豪邁不羈的個性和冲決一切的精神力量。

比較一下唐代其他幾首詠廬山瀑布詩，儘管它們各有特色，但在結構的精妙和手法的多樣上是不及李詩的。張九齡的《湖口望廬山瀑布水》很注意山水相映、色調搭配，也有一些精妙的想像，如「萬丈紅泉落，迢迢半紫氛」，把瀑布的形、色、聲都表現得可聞可見，但如與李詩一比，就明顯覺得氣勢不足，只能給人一種秀媚之感而無壯闊之態，無論是誇張或想像，都不及李詩豪放。徐凝和曹松詠廬山瀑布的詩在手法上也有獨到之處，像「千古長如白練飛，一條界破青山色」，「廬山瀑布三千仞，劃破青山始落斜」等比喻和誇張，把瀑布之美、之壯都作了出色的描繪，但是，它們缺乏李詩那種「疑是銀河落九天」的奇特又浪漫的想像，因此也就缺乏李詩那種「筆落驚風雨」的豪宕之態和「詩成泣鬼神」的奇逸之氣。

三、李詩成爲千古絕唱，還在於遣詞命意的準確生動。

《詩人玉屑》云：「七言詩第五字要響」，李白的《望廬山瀑布》可作爲範例。首句的「生」字，不但活畫出香爐峯

⑦《古詩十九首·迢迢牽牛星》

在紅日映照之下紫霧繚繞、冉冉升騰之狀，而且也化靜爲動，賦予本來無生命的山峯以生命的動態感。次句的「掛」字也很精到。因爲是「遙看」，瀑布的飛瓊濺珠之狀和雷奔鼓鳴之聲就不好細摹，而「掛」字卻能將瀑布的懸垂之狀，很形象地表現出來，這樣既符合「遙看」，又體現出壯觀，因爲只有大自然造化的神力才能將這三千尺瀑布「掛」起來；也只有「遙看」，才能覺察出是「掛前川」。如果拿張九齡的《湖口望廬山瀑布水》與之相較，張詩中的「奔流下雜樹」、「天青風雨聞」就顯得不夠真實了。湖口在九江東面的彭澤縣境內，離廬山秀峯約二十五里，站在湖口怎麼能見到「雜樹」，聽到瀑布發出風雨之聲呢？如果說這是詩人的想像，或詩家常用的散點透視之法，不能責之以不真實的話，至少可以說沒有很好展現出「望」「遙看」的特色。

　　李白詩的第四句中「落」字也很精妙，他既寫出了瀑布的下瀉之狀，顯得很有氣勢；又暗寫了山勢之高，給人一種高曠的空間感受。總之，全詩中這三個第五字，不但生動形象，而且音調鏗鏘，符合「讀起來要響」這個七絕創作規律，而這正是徐凝、曹松兩人的七絕所缺乏的。

　　李白的《望廬山瀑布》除了第五字響亮形象外，其他的字詞也很精到且富有美感，如「飛流直下」四字，不但富有氣勢，也寫出了瀑布的形態、流向、速度、落差等，顯得準確而形象。特別是「遙看」和「疑是」兩個詞組，不但寫了廬山，也寫了詩人，把一個豪邁不羈、瀟灑飄逸的詩人形象和敢於沖決一切的內在精神力量融入青山飛瀑之中，做到物我

交融、物我爲一，「不知何者爲我，何者爲物」⑧。在詩中，我們彷彿看到，在香爐峯前的紅日紫氛中，在懸垂於天地間的千丈飛瀑前，詩人在遙看、在觀察、在驚嘆、在讚美——，通過「遙看」「疑是」等詞組的運用，不但爲我們勾勒出一幅雄偉、神奇的廬山瀑布圖，也活畫出一個「一生好入名山遊」的豪宕不羈、神采飄逸「謫仙人」的形象，這正是張、徐、曹等詠廬山瀑布詩所不具備的。因此，兩者之間的差距，就像仙品和凡物一樣，儘管形似，内在的神韻卻迴異。

⑧王國維《人間詞話》

萬方多難的悲歌和浮想聯翩的期待

談李、杜的兩首登岳陽樓詩

昔聞洞庭水，　今上岳陽樓。
吳楚東南坼，　乾坤日夜浮。
親朋無一字，　老病有孤舟。
戎馬關山北，　憑軒涕泗流。
　　　　　——杜甫《登岳陽樓》

樓觀岳陽盡，　川迥洞庭開。
雁引愁心去，　心銜好月來。
雲間連下榻，　天上接行杯。
醉後涼風起，　吹人舞袖迴。
　　　　——李白《與夏十二登岳陽樓》

　　李白與杜甫，這一對中國詩壇的雙子星座都曾先後登過
岳陽樓，時間都在秋季，也都留了一首出名的登樓詩。讀後
我們就會發現，這兩首詩無論是主題，還是情調和風格都明
顯地不同。這種不同的情調和風格究竟是如何表現出來的，
造成這種不同的原因又是什麼？這是我們這篇文章所著重要
分析比較的。

一

杜甫的《登岳陽樓》通過登樓所望和洞庭風光的欣賞、讚頌來抒發個人飄泊、家國多難的憂傷情懷，從而表現出詩人憂國憂民的崇高情感。鑒於這樣一個主題，詩的基調是蒼涼沉鬱，感慨遙深，詩材的選擇著眼於眼前所見的實景，和大地上真實存在的客觀事物。全詩八句，基本上可分為登樓之因、登樓所見、登樓所感這三個層次，這也是一首敘事詩的基本結構。

詩的一、二兩句寫登樓之因。洞庭湖是我國最大的淡水湖，岳陽樓是江南三大名樓之一。對此樓此湖，杜甫早就心馳神往，當詩人遠在夔州時，就寫過這樣的詩句：「今我不樂思岳陽，身欲奮飛病在床。美人娟娟隔秋水，濯足洞庭望八荒」（《寄韓諫議注》），在病中、在遠方尚對岳陽樓思念不已，現在到了岳陽，而且登上了早已神往的岳陽樓，心中當然是異常興奮，感慨萬千了。所以一開篇詩人就用「昔聞」「今上」對舉，寫出對此樓的嚮往和今日登樓興奮心情。接著詩人就寫登樓所見。古人寫登樓所見基本有兩種方法：一是如實描繪，如白居易的登廬山詩：「江山細如繩，溢城小於掌」，另一是想像虛擬，如李白寫登廬山詩：「登高壯觀天地間，大江莽莽去不還。」杜甫對此的處理則在此二法之外，既有現實的描繪又雜以虛擬想像，這就是「吳楚東南坼，乾坤日夜浮」。前一句寫洞庭湖把東南吳楚分作兩半，這是寫地理，以此突出洞庭湖的闊大；後一句是說明星辰都在洞

庭湖中浮動，這是寫天象，以此突出洞庭湖的渾茫，這兩句確實把雄渾壯闊，氣象萬千的洞庭風光準確而又形象地概括出來。據方回《瀛奎律髓》介紹：杜甫的這一名句被寫在岳陽樓的毬門右壁,左壁是孟浩然的詠洞庭名句:「氣蒸雲夢澤，波撼岳陽城」，結果「後人自不復敢題也，劉長卿有句云『疊浪浮雲氣，中流没太陽』世不甚傳，他可知也」。我認爲，杜甫的這一名句不僅超過了劉長卿，而且也超過了孟浩然，這有以下三點理由：其一，杜詩的氣象更闊大，境界更雄渾，它所分開的是整個東南吳楚之地而不只是氣蒸雲夢這個湖澤；它所吞没的是日月星辰，也不僅是撼動湖邊的一個城池；其二，杜詩的景情更爲交融，特別是那個「浮」字，不僅生動形象地寫出「日月之行，若出其中；星漢燦爛，若出其裡」（曹操《東出夏門行》）的壯闊渾茫景象，而且也暗寓了個人生活顛簸飄流之感，清人浦起龍說這兩句「已暗寄遼遠漂流之象」（《讀杜心解》）這樣理解是對的；其三，也是最重要的一點，就是既有現實的描繪，又有在現實基礎上的想像和誇張。《水經注·湘水》記載洞庭湖曰：「湖水廣圓五百餘里，日月若出没於其中」，所以詩人所描繪的「吳楚東南坼，乾坤日夜浮」也可以說是寫實，但詩人不可能看遍吳楚之地。日月星辰也不可能真的浮在水面上，所以他又是誇張和想像，只不過這種誇張和想像是建立在真實的基礎上，所以不易爲人覺察罷了。

　　以上四句是寫登臨之因，登臨所見，是敍事和描景；下面四句是寫登樓所感，是言志和抒情。作爲一個不朽的名篇，

它的上下層之間或者說描景與抒情之間不但做到了情景交
融，而且簡直渾爲一體，又意旨深厚、富於變化。詩人有意
通過以下三個方面映襯和暗示，來達到上述的境界：用岳陽
樓頭天地的寬廣來襯托個人天地的狹偏；用山川的壯麗，大
自然的美好來比襯社會的動亂、民生的淒苦；用洞庭湖橫坼
吳楚、浮沈乾坤的闊大懷抱來暗示詩人身遭流離卻心憂天下
的廣闊胸襟。詩人首先寫個人的生活，這是登攬的興奮之後，
必然會引起的人生嘆喟：「親朋無一字，老病有孤舟。」上
句寫出了詩人對親人的惦念，也寫出了己身的孤獨感，杜甫
在洛陽還有個家，在東西兩京也還有幾畝薄田，這次出川，
就是準備「便下襄陽向洛陽」的，但在這「北望秦川多鼓
鼙」的兵荒馬亂之中，不但回家願望無法實現，而且親人的
音信也全無。杜甫在湖南鍾離有個親妹妹，本來也還可以相
濡以沫，但由於「良人早歿諸孤癡」，貧困之中也早斷了音
信。所以「無一字」三字既反映出戰亂之中親人之間的實際
狀況，也反映出詩人惦念之中的酸楚，當然也更能反襯出詩
人自身的孤獨。這種孤獨感通過對句中的「孤舟」二字直接
道破。應當說「孤舟」二字用得是恰到好處。因爲獨倚孤舟，
飄泊異鄉，這本身就是生活苦難的典型概括，但詩人傑出的
現實主義詩筆並不滿足於此，他又通過兩個渠道使這典型的
概括更深入一層。首先，他在「孤舟」之前又加上「老病」，
使這種孤獨感表現得更爲酸楚，杜甫這時已五十七歲，從三
十八歲入川至今，已在外鄉整整飄流了近二十年，再加上杜
甫的身體一直不好，早在長安困守時便患上了肺病和惡性瘧

疾，在成都又患上風痺，出川之前，病狀加重，到岳陽一帶時已是右臂偏枯，左耳失聰，牙齒也已半數脫落，一個人在老病之中，更需要朋友慰藉和親人照料，但眼前只有孤舟與詩人陣日厮守，這當然更增添了飄泊異鄉的孤獨和傷感。其次，他用「親朋無一字，老病有孤舟」與頷聯「吳楚東南拆，乾坤日夜浮」形成鮮明的比襯。表面上看，頷頸兩聯畫面一壯闊一偪仄，似極不相稱，其實內部關係甚緊。因爲背景畫面的空闊，往往更能反襯景中人物的孤獨飄零之感，如北朝民歌「念吾一身，飄然曠野」，柳永的《雨霖鈴》：「念去去，千里煙波，暮靄沈沈楚天闊」，都是藉廣闊的空間來反襯飄零者的孤獨。這種手法的好處正如浦起龍所道破的：「狹處不苦，能狹則闊境愈空。」（《讀杜心解》）

但是，詩人如果把登樓之感僅僅停留在個人遭遇的感慨和個人生活的愁嘆上的話，還不足以表現詩人的那種「萬國皆戎馬，酣歌淚欲垂」（《雲安九日鄭十八攜酒陪諸公宴》）的憂國憂民胸懷，也不足以使這首詩成爲名垂千古的絕唱。於是詩人在個人的哀歌之後，又把他關注的眼光移向了國家紛飛的戰火，於是他那同情人民的淚水又一次奔湧了出來：「戎馬關山北，憑軒涕泗流。」上句具體是指當時唐王朝與吐蕃的戰事，據《資治通鑑》記載：大曆三年「八月，吐蕃十萬衆寇靈武；丁卯，吐蕃尚贊摩二萬衆寇邠州，京師戒嚴……九月壬申，命郭子儀將兵五萬屯奉天，以備吐蕃」（《唐紀四十》），早在出川前的代宗廣德二年（公元764年），杜甫就對西山吐蕃的隱患表示過憂慮（見《登樓》：

「北極朝廷終不改，西山寇盜莫相侵」），現在不幸爲之言中，再加上安史之亂，造成了「萬國盡征戍，峯火被崗巒」的動亂局面。所以這時詩人的淚超出了個人的愁嘆，變成對國家前途的憂慮，人民遭遇的感傷，有的評論家把詩人憑軒流涕解釋成由於吐蕃寇靈、邠，京師戒嚴，詩人有家難歸，這就有點委曲詩人的心胸和情懷了。

　　總之，這首詩由登臨斯樓，讚頌壯闊雄渾的洞庭風光起，到抒發個人飄泊感受，流露對國家人民苦難的關切終。詩人的情感始終是圍繞著壯麗的山川，動亂的社會，苦難的人生在奔湧。在表現方法上，也基本上是一種寫實的手法。他所描繪的，基本上是岳陽樓頭所見之景；他所抒發的也是由眼中之景和己身經歷所生之情，內中雖然有想像和誇張，但也是在客觀景物描繪的基礎上，始終未離開真實存在的事物。這樣決定的藝術風格就是沈鬱而頓挫。詩人筆下的景象是壯闊的，但卻是一種悲壯；詩人的感情也是深厚的，但深厚得有點鬱暗，而且這種感情，起伏跌宕，顯得心潮難平，這種起伏情感使此詩形成一種錯落的結構和頓宕的風格。

　　李白的《與夏十二登岳陽樓》無論是主題、情調和風格都與杜甫的《登岳陽樓》迥然不同。此時的李白已從流放夜郎的途中突然被召回，在大喜過望之際，他那「報明主」、「濟蒼生」的強烈功名事業心又死灰復燃了。這首登樓詩主要表現他當時喜悅，他的追求與期待，至於樓頭的景色，洞庭湖的浩渺，早已不在他意中了。基於這樣的創作思想，他的表現手法是浪漫的。通過樓前景物的擬人化和一連串的想像，

把詩人當時的心境，以及他的自負與期待作了最好的暗示與表白。當然這種功名事業心的原動力也是他救蒼生、安社稷的主觀願望的體現，但在形式上，人民的苦難、社會的動亂卻隱去了，詩的基調是喜悅和輕鬆的，感情上是自負與期待，下面我們對這首詩的主題與主題的表現方法也作一些簡略的分析：

這首五律基本上可分爲三個層次：一、二兩句爲第一層，主要是讚頌岳陽樓和洞庭湖的壯闊雄偉，詩人認爲岳陽樓爲天下樓觀之最，這當然帶著誇張的成份；下句寫洞庭湖在廣闊的平野上鋪開，這句雖較爲平實，但已暗寓登臨二字，因如不登高，是無法體會到「川迥」，也無法看到湖水平鋪的。頷聯的「雁引愁心去，山銜好月來」則是寫登樓所見。寫雁是爲了點明季節；寫月是爲了交待登臨時間，而愁心引去，好月迎來，這就與當時的心緒有關了。因爲這時李白剛遇赦不久，心裏充滿了喜悅也充滿了希望，正如他當時在一首詩所形容的那樣「五色雲間鵲，飛鳴天上來。傳聞赦書至，卻放夜郎回……暖氣變寒谷，炎煙生死灰。」（《經亂離後，天恩流夜郎，憶舊遊書懷，贈江夏韋太守良宰》）所以當年「我愁遠謫夜郎去」的愁緒已隨歸雁而去，青山又爲詩人送出一輪好月。詩人的喜悅之情、輕鬆之感通過他刻意選擇的景物充分地流露了出來。尤爲出色的是，詩人爲了更好地渲染他的喜悅之情，還把青山和秋雁擬人化，賦予它們人的情感，讓它們也爲詩人助興，特意爲詩人引去愁心，銜出好月來，這樣就使描景之中塗上一層浪漫的色彩。

　　以上四句是寫岳陽樓大觀和登臨時所見，基本上屬於敍
事。但與杜詩不同的是敍事之中已流露出强烈的主觀感情，
描繪之中也染上一層擬人化的浪漫色彩。下面四句是抒情，
詩人乾脆脱離現實的土地，在想像的天界中去翱翔、去追求、
去實現自己在現實中還沒有實現的理想。李白這次遇赦，固
然是由於宋若思等的營救，但主要還是由於乾元二年三月關
內大旱，唐代宗爲了救災而進行的一個大赦天下的例行公事，
但天真的李白卻以爲朝廷看中了他的文章，要重用他了，他
在遇赦途中寫的《自漢江病酒歸，寄王明府》中就產生過這種
幻想：「今年救放巫山陽，蛟龍筆翰生輝光。聖主還聽《子
虛賦》，相如卻欲論文章。」在《與夏十二登岳陽樓》中，這
種在人間没有實現的幻想在雲間卻實現了，詩人把自己比成
徐穉、周璆那樣的高士，受到以太尉陳蕃爲代表的朝廷的禮
重，並進一步想像受禮遇時的情景：九重之上、傳杯而飲，
一杯接一杯地開懷暢飲，固然説明詩人的興致之高，但傳杯
不停，恐怕也説明了禮遇之重。詩人的想像繼續向下展開：
酒喝醉了，恰又吹來可人的涼風，於是舞袖擺迴、也不知是
風吹動的，還是人的醉步蹣跚的結果，整首詩也就在這想像
的喜悅和愜意的醉舞中結束。至此，一個喜不自勝，在輕鬆
之中又有所期待的天真自負的自我形象表現得極爲生動。當
然，這種期待與追求，是一種積極向上的功名事業心的表現，
但由於詩人是站在雲端，因此，離開那「戰血依舊流，軍聲
動至今」的苦難大地，已經很遠很遠了。在表現方法上，他
也不再像杜甫《登岳陽樓》那樣，著眼於客觀景物的描繪，著

力於對當時社會的感慨抒發，社會苦難的感慨抒發，而且致力於表現自我，抒發自我的情感，表白自我的追求與期待。當然，我們從詩人的自我中可以看出封建社會有志之士的共同遭遇這個「大我」；詩人的期待與追求也是當時士大夫文人一種很典型的情感，但應當承認，在主題、基調與表現方法上與杜甫的《登岳陽樓》是明顯不同的。

二

造成這兩首登岳陽樓詩在主題、基調和表現方法上明顯地不同，我想主要有以下三個方面原因：

第一，兩首詩的寫作背景不同。

杜甫的《登岳陽樓》寫於飄泊羈留岳陽之際。安史之亂後，三十八歲的杜甫歷盡辛苦由陝甘入川，後又在四川境内的閬州、錦州、梓州、雲安、夔州一帶輾轉流離，不但生活上飢寒交迫，弄得詩人困頓不堪，而且那種「苦搖求食尾」的屈辱生活對詩人的身心更是一種極大的摧殘，正如詩人所自問的那樣：「胡爲飄泊岷漢間，干謁王侯頗歷抵」（《寄狄明府棟濟》）。所以詩人一直夢想著結束動亂，回到家鄉：「此身哪老蜀，不死會歸秦。」官軍收復河南河北給了他契機，也燃起了他歸家的希望之火。大曆三年春（公元768年），杜甫離開夔州，出瞿塘峽，想取道荆襄歸赴洛陽，但安史之亂的結束並不意味著動亂的結束，吐蕃入寇，逼進京師，使杜甫歸家之夢成爲泡影，湖南臧玠之亂，又使他只能避亂到岳陽的一條船上，在這種背景下登上岳陽樓，天地的

壯闊，山河的壯麗只能更加引起詩人的孤獨之感，飄泊之愁，當然也更容易與產生憂愁的根源——社會動亂聯繫起來，於是這位人民的詩人就把自己的命運與國家、民族的命運扭結在一起，對著浮沈的日月，浩然的湖水流下了憂傷的淚，唱出了慷慨的歌。

李白的《與夏十二登岳陽樓》則完全產生在另一種背景下，其原委要推溯到安史之亂爆發之時。天寶十四年安史之亂爆發，李白由宣城避亂至廬山屏風疊。次年冬，永王李璘以平叛為號召由江陵率師東下，過廬山時堅請李白參加幕府。不料李璘暗懷和他哥哥唐肅宗爭奪帝位的野心，不久即被消滅，李白也因附逆罪遭逮捕下潯陽獄。在友人的援救下，他雖保住了性命，卻判處長流夜郎。在那嚴霜般的政治形勢下和「世人皆欲殺」的輿論聲中，這位經常爽朗大笑的詩人至此也發出無聲的啜泣：「平生不下淚，於此泣無窮」（《江夏別宋之悌》），往日那無拘束的瀟灑舉止現在也變得戰戰慄慄，如履薄冰，這從他在流放前後所寫的《萬憤詞》、《百憂草》、《留別龔處士》等詩作中皆可看到。但當李白流放到白帝城附近時突然傳來佳音：特赦放還。這個出乎意料的消息使這位滿腔愁緒的詩人頓時心情變得歡暢：「願掃鸚鵡洲，與君醉百場。嘯起白雲飛七澤，歌吟綠水動三湘」（《自漢陽病酒歸，寄王明府》），又是歡歌又是醉舞，詩人簡直興奮得有點手舞足蹈了，在興奮之中，這位素有抱負的詩人甚至產生天真的想法：「今聖朝已舍季布，當征賈生，開顏洗目，一見白日，冀相視而笑於新松之山耶」（《江夏

送倩公歸漢東序》），似乎朝廷已重視起李白的才幹，像當
年對賈誼一樣公車特徵，馬上就要實現自己「使寰宇大定，
海縣清一」的政治理想了。抱著這個幻想，他在江夏一帶逗
留多時，又在洞庭、瀟湖一帶遲回一年多，專等「五色雲間
鶴」從朝廷銜來好消息，《與夏十二登岳陽樓》就是在這樣的
背景之下寫成的，詩中的輕鬆之感，喜悅之態以及對朝廷的
期待通過濃郁的浪漫色彩明顯地流露了出來。

第二，兩人的氣質不同。

李白爲人感情熾烈且易於波動，個性鮮明且喜自我表露，
他熱愛生活，喜歡追求，幾乎什麼樣的生活都體驗過，但什
麼生活也沒有使他獲得過滿足。從這種個人氣質出發，他的
作品往往帶有強烈的自我表現的主觀色彩。他要入京求官，
就宣稱：「仰天大笑出門去，我輩豈是蓬蒿人」；求官失敗，
就大呼「大道如青天，我獨不得出」；他要訴説委曲，就會
有「我欲攀龍見明主，雷公砰訇震天鼓」；他要求仙，就會
有「仙人撫我頂，結髮受長生」；他要飲酒，就有「洛陽董
糟丘，爲余天津橋南造酒樓」，甚至認爲天下如沒有李白，
酒就會賣不掉：「夜臺無李白，沽酒與何人？」同樣地，他
要剗君山、挾洞庭、登雲臺、凌紫冥，彷彿天下萬物都爲詩
人的意志所左右，萬物都隨著詩人的情感所轉移。詩人要強
烈地表現自我，而現實生活又是萬方多難，不像詩人想像中
的那樣瑰麗，也根本無法實現他的理想與追求，因此他只能
多用想像、幻想、神遊，把自己的理想寄託在天界，讓自己
的才幹壯志在這個最廣闊的空間中得到揮灑。《與夏十二登

岳陽樓》正明顯地體現了詩人的上述氣質。詩人輕鬆喜悅時，雁爲之去愁，月也成了好月，空闊的天界成了施展詩人才幹的壯麗舞臺。在那裏，詩人受到禮遇，理想得以實現，酣歌醉舞之中，詩人的平生願望也得到了最大的滿足。

　　杜甫的個人氣質就明顯不同，他關注著現實，執著地追求著人生。他的肩上擔負著生活的重擔，也負擔著人民的苦難，因而步履顯得尤爲艱難。他的胸中裝載著個人壯志難伸的積鬱，也裝載著萬方多難的國運，因而顯得分外的沈重。困頓之中，他會和百姓站在一起，發出「朱門酒肉臭，路有凍死骨」的憤強控訴；即使生活相對安定時，他也仍然沒有忘記「無兒無食」的窮苦婦人和無歡顏的寒士。所以在《登岳陽樓》一詩中，在天高地迥，悅目賞心之際，他並沒有忘記周圍的苦難現實，從自己遭遇，從國家命運等不同角度唱出了時代悲壯的歌，這種觀察事物的態度和操縱感情的方法與詩人的個人氣質是分不開的。

　　第三，文學風格不同

　　杜詩的文學風格，正像他夫子自道也爲歷來所公認的是「沈鬱頓挫」。時代環境的急遽變化，個人生活的窮愁困苦，思想感情的博大深厚以及表現手法的沈著蘊藉，使他形成了這種現實主義的文學風格。他的目光，也是盡力搜尋著周圍所發生的一切；他所抒之情，一般是沈鬱而悲壯，而且與所敘之事、所描之景吻合在一起。他有時也寫自我，但並不追求自我的表現，而是力求與那個時代，人民的命運融爲一體，在《登岳陽樓》詩中，他通過浮沈的乾坤來透露自己的飄泊之

感，把個人的生活遭遇與戎馬關山，萬姓瘡痍緊緊聯繫在一起，正是這種文學風格的反映。

　　李白詩歌的文學風格正好相反，在感情表達上不是掩抑收斂，而是一瀉無餘。在主客關係上，是以詩人的情感來改造客觀環境；在表現手法上，不是現實的客觀描繪，而是浪漫的誇張和想像，往往給人一種神奇超邁、飄然欲仙的感覺。在《與夏十二登岳陽樓》中，詩人首先以輕鬆喜悅之情改造了當時萬方多難的客觀事實，接著，興高采烈的詩人便直接躍入想像的天界，在一連串的神遊想像之中，把詩人的追求，詩人的才華，也把詩人的天真、得意淋漓地盡情表現了出來。

更為壯浪恣肆的抒情風格

談李白與鮑照的兩首《行路難》

　　金樽清酒斗十千，玉盤珍饈值萬錢，停杯投著不能食，拔劍四顧心茫然。欲渡黃河冰塞川，將登太行雪滿山。閒來垂釣碧溪上，忽復乘舟夢日邊。行路難，行路難，多岐路，今安在？長風破浪會有時，直掛雲帆濟蒼海。

　　　　　　　　　　　　　　　　——李白《行路難》㈠

　　對案不能食，拔劍擊柱長嘆息。丈夫生世會幾時，安能蹀躞垂羽翼？棄置罷官去，還家自休息。朝出與親辭，暮還在親側。弄兒牀前戲，看婦機中織。自古聖賢盡貧賤，何況我輩孤且直。　　——鮑照《擬行路難》㈥

　　杜甫曾這樣稱讚過李白的詩：「白也詩無敵，飄然思不羣。清新庾開府，俊逸鮑參軍。」（《春日憶李白》）這幾句詩高度肯定了李白的詩歌地位，準確地概括出李白的詩歌風格，也指出了李詩的文學淵源——深受六朝著名詩人庾信和鮑照的影響，綜合吸收了庾、鮑的清新俊逸風格。鮑照字明遠，是位出身於寒族的有志之士，他不滿劉宋詩壇的形式主義文風，也爲了與壓抑人才的門閥制度抗爭，他用古題樂府

的形式寫了許多揭露現實、抒發壯志、悲憤慷慨、骨力遒勁的詩篇，成了六朝文壇上爲數不多的「發唱驚挺」、「傾炫心魂」（沈德潛《説詩晬語》）的傑出詩人。作爲這種詩風的繼承者，李白著意吸收了鮑詩豪宕俊逸的風格，並用他獨特的生活經歷和驚人的藝術感受加以進一步的開拓和創新，從而形成更加壯浪，也更爲飄逸的抒情風格。我們如果比較一下鮑照的《擬行路難》（六）和李白的《行路難》（一），就可以明顯地看出其中繼承和創新的軌迹來。

鮑照的《擬行路難》是根據樂府古題《行路難》擬作的，共十八首，並不是同一時期的作品。其中的第六首主要是抒發詩人在門閥制度的壓抑下有志難遂的憤慨，並通過棄官還家這個決絕的舉動，來表現他對上層士族的強烈不滿和反抗。詩中爲我們塑造了一個性格鮮明、感情強烈的抒情主人公形象：他有理想、有才幹，想振羽翼作垂天之雲，但黑暗的現實又使他的理想和抱負不可能實現，他那耿直倔強的個性又使他不願隨波逐流、作阿諛奉迎之態。因此，在食不下嚥的強烈悲憤中，他決心以古聖賢爲榜樣棄官還家，清貧自守，對士族門閥採取堅決不合作的態度。詩人通過強烈的感情抒發和深沈的自我表白，把一個有才幹、有抱負、耿直倔強、清貧自守的有志之士的形象表現得極爲鮮明生動。

李白的《行路難》無論在主題確立、材料選擇還是情節的安排上，對鮑照的《擬行路難》都有師承和借鑑，而且抒情色彩更爲濃郁，詩歌風格更爲壯浪。詩中那豐富多彩、轉換不定的景象，那起落無端、變幻無常的情感，那恣意逞情、不

拘一格的快人快語，把這首氣氛濃郁的抒情詩變成了一幅目
亂神迷、搖曳不定的七彩圖畫，變成了一首五音繁會、起伏
迭宕的交響樂章。同時，比起《擬行路難》中的抒情主人公來，
《行路難》中的抒情主人公感情更爲豐富而複雜：在他身上，
愁嘆與振奮，追求與失望，夢想的熱烈與現實的冷酷，世途
的坎坷與内心的坦蕩，眼前的灰暗與光輝的理想，這些矛盾
對立的事物和情感竟如此和諧、如此完美地統一在他的身上，
從而使抒情詩在主人公的情感和表現方式上達到一個前所未
有的高度。可以説，李白師法鮑照，又超越了鮑照，攀上了
抒情詩的頂峯。

下面我們來比較一下，李白的這首《行路難》究竟在哪些
手法上師承鮑照又超越了鮑照，從而形成一種更爲壯浪恣肆
抒情風格的？這對探索抒情文學的發展規律，對教師的教學
和學生的習作，我想都是不無幫助的。

一、李白的《行路難》在結構上更加起落無迹、變化無端。

作爲一首抒情詩，鮑照的《擬行路難》首先具有一個多變
的結構，以適應情感變化的需要，它基本上有三番變化：内
心苦憤、食不下嚥，不甘於光陰流逝、老大無成，這是其一；
由壯志難伸變爲不願去伸，由欲振羽翼到甘願退守田園，這
是其二；由自己的遭遇想到古代聖賢，由古代聖賢的貧賤又
想到自己孤直的必然結果，這裏既有牢騷不平又有自我安慰，
這是其三。詩人通過這種一變再變的結構，來反映詩人變幻
不定的情緒和起伏難平的心潮，收到了較好的抒情效果。

李白的《行路難》首先在結構上師承了鮑照，而且爲了表

現自己那種超邁絕塵的感嘆和更加變幻莫測的情感，在結構層次上更加多變，感情上跳躍的幅度也更大。全詩十二行分成了六個層次，緊緊圍繞著理想與現實，主觀與客觀的劇烈矛盾衝突，反覆地多層次加以表現。開篇突兀而來，結尾出人意料，中間感情上大幅度跳躍，都體現了起落無迹、變化無端這一結構上的特色。詩的開頭四句：「金樽清酒斗十千，玉盤珍饈值萬錢。停杯投箸不能食，拔劍四顧心茫然」，完全是對鮑照《擬行路難》開頭兩句「對案不能食，拔劍擊柱長嘆息」的學習和模仿，但表現得更為誇張，更富有氣勢。詩人用「金樽」、「玉盤」顯示餐具的貴重，用「清酒」「珍饈」示其酒饌精美，對此豪奢酒宴，曾說過「人生得意須盡歡，莫使金樽空對月」的詩人，此時此刻大概要開懷暢飲了吧，但出人意料的卻是「停杯投箸不能食」。詩題是「行路難」，開頭卻寫個豪奢的宴會，這出人意料；而豪奢的宴會上又出現個「停杯投箸」、「拔劍四顧」的場面，這更出人意料。作者通過「停杯」、「投箸」、「拔劍」、「四顧」這四個連續的動作，把一個內心苦悶、憂形於色又無路可走的抒情主人公一下子呈現於讀者的眼前。這種場面上的突兀而來、大開大闔，感情上的大幅度跳躍，實是源於鮑照又勝於鮑照的。

那麼，造成主人公食不下嚥的原因是什麼呢？詩人拔劍四顧又在尋求什麼呢？鮑照的《擬行路難》是直陳其情：「丈夫生世會幾時，安能蹀躞垂羽翼？」嘆息人生短暫，希望能及時而動，一飛沖天，內心世界敞露得很坦率，但也傷於平

直。李白的《行路難》則通過比喻，表現得更爲憨厚：「欲渡黃河冰塞川，將登太行雪滿山。」這種含蓄的比喻把詩人無路可走的困窘表現得很形象，同時也與《行路難》的詩題更加契合。既然是無路請纓，那就歸隱吧，鮑照的《擬行路難》就是順著這個思路寫下去的：棄官而去，還家休息，侍親弄子，拙守田園，詩人從中嚐到了親人相聚的歡樂，也把歸隱生活的安逸寧靜與官場的昏暗，暗中作了對比。但在李白的《擬行路難》中，詩人那更爲壯浪而變幻的風格、情感，使詩的結構既沿著這個思路又不全按這個思路進行，有時甚至倒轉船頭、截然相反。當它順著這個思路寫到窮途歸隱、閒居垂釣這個封建社會正直士大夫的必然歸宿後又突然一轉：「閒來垂釣碧溪上，忽復乘舟夢日邊」。詩人借用呂尚渭水垂釣和伊尹乘舟夢日這兩個典故，夢想自己也像當年的伊尹和呂尚一樣，被明主周文王和成湯拔識於窮途之中，去實現自己「使寰宇大定，海縣清一」（《代壽山答孟少府移文書》）的政治理想。但天寶年間的唐玄宗已不是當年開元盛世時的一代英主了，儘管詩人有著伊尹、呂尚那樣的才智，要實現這個理想也只能在夢中。於是詩人又從熱烈的想往跌到現實的冰水之中，當詩人以急促的節拍高喊著「行路難，行路難，多歧路，今安在」時，他對現實的感嘆和控訴，他對理想的追求和探尋已達到情感上的沸點。但使人萬料不及的是在強烈的感嘆和高聲的吶喊後，又突然出現一個寬舒、平緩的結尾，在長長的嘆息聲中，又翻出高亢的理想之聲：「長風破浪會有時，直掛雲帆濟滄海。」詩人寄希望於未來，相信總

會有那麼一天，理想的翅膀將衝破現實的陰霾，詩人將在執著的追求之後，實現自己夢寐以求的政治理想。此時詩人的情感就像是三峽的激流，在一番迴旋衝蕩以後突然撞開巫峽、飛下巴州，出現一個豁然開朗的天地。全詩由沈悶的開篇，幾經轉折跳躍，突變成一個意想不到的結尾，充分體現了結構上變化無端這一特色，確實是源於鮑照又超過了鮑照。

二、李詩的畫面更加豐富多彩、瞬息萬變？

鮑照的《擬行路難》爲了表現主人公有志難伸的悲憤和不苟合取容的耿直性格，攝取了許多富有形象性和生活情趣的鏡頭：對案不能食的憂鬱神情，拔劍擊柱的悲憤動作，踠躞垂翼的苦悶不平之狀，把一個胸有大志但又橫遭壓抑的有才之士的理想、苦悶，無處施展又無處發洩的精神狀態表現得淋漓盡致。同樣地，弄兒牀前、看妻織布、朝出暮還在親側等一個個富有生活情趣的鏡頭，又把詩人清貧自守的耿介孤直性格和追求內心平和安寧的精神狀態，描繪得極爲生動傳神。並且，前後這兩組畫面又構成了鮮明的對比：前者是感情激越、悲憤憂悶，後者是寧靜平和、安逸溫馨。通過這兩組畫面，我們似乎看到一隻一心想搏擊長空的兀鷹，拖曳著鎖鏈，身受著箭鏃，使牠無法振翅高飛。牠只好退到窠巢的一角，一面舐著身上的血污，一面爲窠巢內的溫暖瞇起了眼睛，但有時也還會向長空投以銳利的一瞥，因爲牠畢竟沒有忘卻長空，身上的血液也畢竟沒有冷卻。

鮑照在《擬行路難》中選擇畫面、組織場景的方法，對李白的《行路難》有直接的啓發，正像胡應麟所指出的那樣，鮑

照是「上挽曹劉之逸步，下開李杜之先鞭」(《詩藪》)，只
不過李白以他那天馬行空般的才思，使選擇的畫面更加豐富
多彩，組織的場景更加瞬息萬變。《行路難》中，那玉盤珍饈
的豪奢宴會，寒光閃閃出鞘的寶劍；冰封的黃河，雪埋的太
行；清清的碧溪，鮮艷的朝陽；高掛的雲帆，浩瀚的大海，
一幅幅色彩鮮明、氣氛濃郁的畫面在不停地閃過，景象瞬息
萬變，令人目不暇接。與此相應的主人公的身分也在不停地
變換：一會是豪奢宴會上的賓客，一會是拔劍四顧的志士；
一會是風塵跋涉的行人，一會是臨溪垂釣的隱士；一會是行
將受命的賢臣，一會又是乘風破浪的健兒。這種場景和身分
的不停變換，對強化這首詩的抒情色彩，使它形成比《擬行
路難》更爲壯浪恣肆的風格起到以下兩個作用：

　　首先，場景的不停變換，使這首詩的場面更壯闊，氣魄
更宏大，抒情色彩也更濃郁。金樽玉盤，清酒珍饈，這是一
個宴飲的場面；停杯投箸、拔劍四顧，這是一個單人的動作，
在畫面上一是近景，一是個人的特寫鏡頭。突然間鏡頭一下
子拉遠，畫面也頓時拓寬，出現了黃河、太行，而且冰封雪
阻，欲渡不能，欲登無徑，行路之難在這幅大自然畫面中得
到了最形象的解說。詩人巨大的藝術才力和他那激越澎湃的
詩情，又使他不可能局限在現實的畫面之中，於是鏡頭又從
現實推向往古：清清的璠溪，近日的風帆，詩人的理想和追
求越過了現實的阻隔，在這幅往古圖畫中得到了實現。最後，
詩人又爲我們勾畫出一幅高掛雲帆直馳滄海的政治遠景圖，
詩人的壯志、胸襟和對人生的信念都從這幅圖畫中完美地表

現了出來，當然畫面也從往古跳越了現實，直接對接了未來。

其次，人物身分的不停變換，使詩人的想像力更加充分地發揮，自我表現的色彩更加濃烈。在《行路難》中，詩人把多種身分集於一身，使他們成爲詩人情感的外化，自我形象的投影。當他要抒發有志難伸的精神苦悶時，就把自己比成對案難食、拔劍四顧的狷介之士；當他感慨世途艱難時，又把自己想像成冰封黃河渡口，雪埋太行山中的行人；當自信戰勝苦悶時，他又變成了爲君所重的呂尚和伊尹；當他對前途的樂觀替代了眼前的消沈時，他又成了乘風破浪的趄趄健兒。形象不斷地變化，從現實到夢境，從上古到未來，從眼前投著到大海長風，詩人的想像力跨越了時空的界限得到了最大的發揮，詩人強烈的自我表現色彩，也通過這古往今來的不同身分得到了最充分的表現，這正是鮑照《擬行路難》所不及的。

三、李詩的語言更爲壯浪恣肆、不拘一格。

鮑照的詩歌語言，曾被明代的詩論家胡應麟稱爲「汰去浮靡，返於渾樸」(《詩藪》)，在鏤金錯採形式主義詩風猖獗的六朝，鮑照以他清新而簡約的文字，質樸而平實的語言在文壇上獨樹一幟，對矯正六朝之弊、恢復《詩經》傳統起了很大的作用。但爲了矯枉，有時也過正，特別是抒情詩，如寫得過於簡樸平實，缺少華彩和想像，就勢必要影響抒情氣氛的形成，也就缺少那種驚心動魄的情感力量。李白的《行路難》既繼承了鮑詩清新的語言和内在的骨力，同時又以他奔騰澎湃的情感和出人意表的想像爲詩的語言增添了華彩，

顯得更爲壯浪恣肆。例如詩人在慨嘆政治坎坷、理想受阻時，便連聲大呼「行路難，行路難，多歧路，今安在」，直接坦率地表白內心的憤慨和焦慮。這四句音節短促、節奏急迫，很好地抒發出詩人在理想受阻時壓抑不住的焦燥不安之情，這種直陳方式當然是受鮑照《擬行路難》的啓發和影響，但在這四句之前，詩人又用兩個充滿想像的貼切比喻來寫行路之難，這就是鮑詩所缺乏的了。「欲渡黃河冰塞川，將登太行雪滿山」這兩句比喻，不但緊扣詩題，賦予樂府古調以新的內涵，而且黃河冰封、太行雪滿，欲渡不能，欲登不得這幾句在語言上也極富華彩和想像力，增加了作品壯浪恣肆的抒情氣氛。

　　其次，李白的《行路難》還能不拘一格化用典故，使畫面更瑰麗，抒情色彩更濃郁。如開篇的「金樽清酒」四句，前兩句是截取曹植的名句「歸來宴平樂，美酒斗十千」，後兩句是化用鮑照《擬行路難》的開頭「對案不能食，拔劍擊柱長嘆息」，但比鮑詩更加生動形象，因爲鮑詩只說「對案不能食」，李白卻在詩中加上了不能食的兩個具體動作——停杯、投箸；同是拔劍，鮑詩是擊柱長嘆息，李白卻是四顧心茫然，既寫了手中的動作也寫了內心的感受。四顧之中畫面也顯得更爲開闊，更有一種悲壯感。另外，像呂尚垂釣、伊尹夢日等典故，劉宋宗慤「願乘長風破萬里浪」等豪語，李白都很自然地化用到詩中。這種不拘一格駕馭語言的本領，顯示了李白海涵地負的藝術功力，這也是他的《行路難》師法鮑照詩作又超越鮑照詩作的一個重要原因。

時空的濃縮與延展

盧綸兩首《塞下曲》的對立創意

其一

鷲翎金僕姑，燕尾繡蝥弧。
獨立揚新令，千營共一呼。

其三

月黑雁飛高，單于夜遁逃。
欲將輕騎逐，大雪滿弓刀。

——盧綸《塞下曲》

　　古典詩詞的描景、狀物、言志、抒情，都離不開時間和空間。空間是人、物活動或存在的環境和背景，時間則是人、事進行的次序和流程。沒有它們，人或物就失去了依存，就無法構成畫面，當然也就無法描景、狀物、言志、抒情。如何處理時空變化，往往成為詩作高下的關鍵，甚至決定著它的成敗。在這方面，中唐的邊塞詩人盧綸則是位高手。在他的詩作中，時而將時空濃縮，時而將時空延展，其間雜以空間位置的轉換，物體大小的伸縮，時間流程的延展和剎那時

的凝固，從而構成紛繁多姿的藝術畫面，生動形象地凸現著詩人的創作意圖，其《塞下曲》可以說是這方面的傑出代表。

　　盧綸，字允言，河中蒲州（今山西永濟縣）人，中唐時代著名的大曆十才子之一，約生於玄宗開元二十五年（公元737年）前後，屢舉進士不第，後依權相元載，補閿鄉尉，累遷密縣、昭縣令。大曆十二年，元載得罪賜死，盧綸亦被拘捕，後得昭雪，於德宗貞元元年（公元783年）被河中府元帥渾瑊聘爲判官，供職長達十年之久，這在唐代詩人即使是邊塞詩人中也是極爲少見的。盧綸是大曆十才子中唯一的邊塞詩人，他之所以能在邊塞詩中把戰爭寫得那麼真實又充滿殘酷意味，詩風又如此渾樸豪宕明顯不同於其他才子的清麗衰瑟，與這十年的軍幕生活關係極大。其傳世之作《塞下曲》即作於此時。《塞下曲》一共六首，是和張僕射《塞下曲》的，所以又名《和張僕射「塞下曲」》。張僕射即張延賞，德宗貞元三年官至左僕射同平章事。盧綸的和詩共六首，分別描寫發號施令、射獵追敵、奏凱慶功等軍中生活，其表現手法也各不相同。其中的第三首「月黑雁飛高」和第一首「鷲翎金僕姑」在創意上正好相反：前者在空間上是逐步濃縮，時間上則不斷延展；後者則是在空間上逐漸拓展，時間上則是一個特定的瞬時。下面即從時空兩個側面對此加以分析比較。

一

　　《塞下曲》中這兩首詩的對立創意，首先表現在空間位置的處理上。第三首所採取的是逐漸縮小之法，並輔之以空間

畫面的不斷轉換和移動。它描述的是一次對偷逃敵人的追擊
行動：

> 月黑雁飛高，單于夜遁逃。
> 欲將輕騎逐，大雪滿弓刀。

　　這是一個月黑風高的深夜，逃跑的是單于和他的部屬。
單于是古代匈奴族的領袖，這裏代指西突厥的首領，據此可
知戰鬥的地點是在青海湖邊的茫茫沙原上。詩中首先出現的
是畫面的上部——廣闊的天宇，這是一個月黑風高之夜。月
黑，為單于的潛逃提供了方便，也給我軍的追擊增加了困難；
「雁飛高」從情節上看是個暗示：單于的潛逃再詭祕，還是
驚動了宿雁，大雁撲楞楞地驚起高飛，也必然引起我方的警
覺。因此，如果說「月黑」是為「單于夜遁逃」埋下了伏筆，
那麼「雁飛高」則為我軍的「輕騎逐」提供了張本，兩者在
情節上關合得絲絲入扣。從畫面上看，高飛的大雁向天際不
斷地延展，也使畫面的上部在不斷擴張。接著詩人由天空轉
入地面，由背景集中到畫面中的人物：敵方和我方。先是敵
方的「單于夜遁逃」，然後是我方的「欲將輕騎逐」，此間
又採用了空間轉換之法，類似現代電影技術的鏡頭切換，由
逃遁的單于移向追逐的輕騎。這種表現手法的好處是能從不
同的視點去表現同一件事物，也更容易形成一種畫面的動態
感，從而給人一個更清晰也更逼真的藝術感受。在盧綸前後
的一些傑出詩人也多採用這種空間濃縮和畫面移動、轉換之

法，如王維的「明月松間照，清泉石上流。竹喧歸浣女，蓮動下漁舟」；①杜甫的「風急天高猿嘯哀，渚清沙白鳥飛回。無邊落木蕭蕭下，不盡長江滾滾來。」②等皆是如此。盧綸這首《塞下曲》在空間濃縮上更有其出色之處：它略去了正在追逐單于的我方「輕騎」的羣像，甚至也沒有人物的肖像和形體動作的具體描繪，而是把畫面直接濃縮到「輕騎」們手中的武器——積滿飛雪的「弓刀」上。在這裏，詩人巧妙地運用了一個視覺原理：視野越來越縮小時，視野中的物體卻越來越放大。詩人在空間位置的處理上，先是月黑風高的長空，縮至地面上的人物；再由敵我雙方縮至我方，最後縮至將士們手握的武器「弓刀」，讓這把積滿飛雪的「弓刀」橫亙於天地之間，充塞著整個畫面！我們設想一下：將士們的弓刀上積滿飛雪，身上的鎧甲豈不被冰雪積滿？盛唐的邊塞詩人岑參描述西北嚴寒之中將士們的戰鬥生活是「馬毛帶雪汗氣蒸，五花連錢旋作冰」③，那是用戰馬身上的冰雪來暗示征戰的艱苦和將士的豪情。盧綸吸收了前輩詩人的創作成果又有所創新，把戰馬置換成弓刀，這樣濃縮成的空間更小，讓我們在吟詠之中反推過去：既然弓刀上滿是冰雪，將士們的鎧甲上、坐騎上豈不也滿是冰雪？整隊的輕騎豈不是正在頂風冒雪、勇往直前？何況弓刀本身就是英武的象

---

①《山居秋暝》見《王右丞集》。

②《登高》見《杜少陵集詳注》。

③《走馬川行奉送封大夫出師西征》見《岑嘉州集》。

徵！因此，從表面上看，空間在成十、成百倍地縮小，實際上，將士們的英姿和豪情卻在成十、成百倍地放大，而這正是此詩的主旨所在，也正是詩人如此空間處理的目的所在。

值得一提的是，比盧綸稍後的柳宗元在他的名詩《江雪》中，幾乎完全承襲了這一手法：

千山鳥飛絕，萬徑人蹤滅。

孤舟蓑笠翁，獨釣寒江雪。

畫面由上部的千山移至地上的萬徑，再由萬徑縮至一葉扁舟，再縮至舟上的一位漁翁，最後濃縮到漁翁手中的一根釣竿之上，寫足了寒江獨釣的「獨」字。詩人的孤獨、高潔也就從這無限縮小的視野，卻又被無限放大以至充塞了整個畫面的釣竿上凸顯了出來。中唐的另一位詩人李益的《受降城聞笛》：「回樂峯前沙似雪，受降城外月如霜。不知何人吹蘆管，一夜征人盡望鄉」，也是把畫面逐漸濃縮，最後集中到一支蘆笛，使視野中的物體無限放大，主題從中得以充分體現。我們尚不知道柳宗元、李益的詩作是否直接受了盧綸此詩的啓發，但我們至少可以說，他們的上述詩作出於同一原理，也收到了相類似的效果。

與第三首相反，《塞下曲》的第一首採用的則是空間逐漸拓展之法：

鷲翎金僕姑，燕尾繡蝥弧。

　　獨立揚新令，千營共一呼。

　　「鷲翎」是鷹的健羽；「金僕姑」即利箭，春秋時，魯莊公曾「以金僕姑射南宮長萬」；「鷲翎金僕姑」指用鷹的健羽裝飾的箭。「繡蝥弧」是飾有繡帶的帥旗，「燕尾」則是形容帥旗的前部似燕尾。詩人意在表現一位號令千軍、英姿勃發的軍中統帥，描繪他在發號施令時千營共呼的聲威，但落筆卻從一支箭寫起，讓這支飾有鷲翎的金僕姑充塞著整個畫面；然後，將畫面逐漸向外拓展，在箭頭的上部展現出一面飾有繡帶的燕尾型帥旗——燕尾繡蝥弧；然後，畫面再由上向下拓展，帥旗下站著一位正在發號施令的將軍——獨立揚新令。「獨立」二字不只是形容這位將軍所處的位置，更表現出他殺伐決斷的剛勇之態；詩人不說施令或發令，而說「揚新令」，其動作幅度和空間位置自有向上和向下之別，況且所「揚」者又是「新令」，看來又是一番新的軍事部署了。「千營共一呼」從情節上是對將軍揚新令的呼應，暗示這是一位千軍共仰的主帥，其新令也得到將士們的普遍歡迎。從空間構圖來看，則是由物到人，由個人到全體，由帥旗下的將軍到呼應的千軍萬馬，畫面伴著「共呼」的巨大聲浪，延展向無限的空間。將軍的聲威，將士的豪情，上下的同心，皆從這由物到人、由點到面、逐漸拓展已至無限的畫面中得到了充分的體現。這種空間位置逐漸拓展的手法與第三首「月黑雁飛高」正好相反，但卻殊途同歸，對題旨的表達皆收到了很好的效果。

　　盧綸之前，盛唐詩人劉方平有首《春怨》，用的也是這種空間拓展之法：「紗窗日落漸黃昏，金屋無人見淚痕。寂寞空庭春欲晚，梨花滿地不開門」。詩中首先出現的是黃昏中的一扇小窗，讓我們想像詩中的女性大概就在窗下苦守獨坐；然後，畫面由小窗拓展到整個房屋，這位臉上掛滿了淚痕的女性也由我們的揣想之中，直接走到我們的面前：「金屋無人見淚痕」。至於為何流淚？為誰流淚？當然仍需我們去想像，但題目「春怨」已給了我們足夠的暗示。接著，詩的空間位置進一步拓展，從住房擴大到室外的庭院，但其內容仍與前面幾句緊密呼應：用「春欲晚」呼應首句的「日落漸黃昏」，用「寂寞空庭」呼應次句的「無人」。至於最後一句不僅在詩意上是個暗示，空間位置上也是進一步拓展：那飄落的梨花不只是落滿了院內，恐怕也飄過了緊閉的院門，散落到院外了吧！落花尚可飄出院門，人卻被緊閉院內、寂寞窗下，終日以淚水洗面，即使是「金屋」，又有什麼生活的意趣呢！作者以此手法寫足了「春怨」這個題旨。宋人有詩「春色滿園關不住，一枝紅杏出牆來」，兩者的內涵完全相同，只是在表達上宋詩更為顯豁一些。盛唐詩人劉方平此詩的手法極其所取得的成就，對中唐的盧綸，不可能不產生影響。

二

　　《塞下曲》中的這兩首詩，在時間上也採取了對立的創意。
　　第三首「月黑雁飛高」採用的是時間延展之法。所謂時

間的延展，即是從某一特定的時刻出發，或向前追溯，或向後延伸，或兼而有之，造成一種歷史的縱深感和畫面的廣闊感，從而使詩人某一時刻的特定情緒得以擴展，涵蓋面更廣，社會意義更爲普遍。盧綸之前的杜甫，就是位運用此法的高手，他的一些名作，像《閣夜》、《登岳陽樓》、《發潭州》、《九日》等皆是將時間前後延伸，從而產生一種「雄蓋宇宙」④的胸懷和深沈的歷史滄桑感。例如這首《閣夜》：

歲暮陰陽催短景，天涯霜雪霽短宵。
五更鼓角聲悲壯，三峽星河影動搖。
野哭千家聞戰伐，夷歌數處起漁樵。
臥龍躍馬終黃土，人事音書漫寂寥

詩人從特定的時刻——西閣冬夜寫起，在描繪了三峽之夜銀河澄澈、江天輝映的壯偉美景，然後，將時間推溯到八年來的安史之亂：「野哭千家聞戰伐，夷歌數處起漁樵」，使閣夜這一特定的時刻融入了時代的氛圍；之後，再將時間延展到六百多年前的三國時代，慨歎當年的英雄諸葛亮、公孫述都終歸黃土，充滿一種世事變遷、人生苦短的滄桑感，使詩人在閣夜的感慨產生了一種普遍意義，這就是時間延展手法的價值所在。

盧綸的「月黑雁飛高」在時間處理上亦是採取延展之

---

④胡應麟讚語，見《詩藪》。

法。詩人首先選擇一個特定的時間——一個沒有月色的夜晚，再具體到一個特地的時刻：大雁驚起高飛之時。從末句的「大雪滿弓刀」我們可以得知，月黑的原因是由於彤雲密布；正因爲彤雲密布、昏黑莫辨，單于才會藉此「夜遁逃」。但「夜遁逃」又並非無跡可尋、神不知鬼不覺，因爲他畢竟驚起了宿雁，使之高飛。在情節上，「單于夜遁逃」與「雁飛高」一個是因，一個是果；在時間上，兩者也是一前一後，相繼發生。「雁飛高」在情節上還帶來另一個結果，那就是我方的「輕騎逐」。發現單于遁逃有多種可能，但大雁的驚飛肯定是其中一個重要原因，因爲對於有軍事素養的邊防將士來說，宿雁夜驚意味著敵人定有軍事行動。所以在情節上，「單于夜遁逃」與「雁飛高」皆是「欲將輕騎逐」之因，但在時間處理上，「欲將輕騎逐」則只能是「單于夜遁逃」的後續，這樣，前面三句在時間上就形成了延展：在月黑之夜這個特定的時刻，單于藉此而遁逃；單于的遁逃驚起了宿雁，也被百倍警惕中的我軍將士發覺，於是開始了輕騎的追逐。敵酋的狡猾，我軍的警覺，戰鬥條件的艱苦以及戰勝艱苦所必備的英勇和豪邁，都從這不斷延續著的時間流程中自然地流露了出來。至於結句「大雪滿弓刀」在空間處理上如前所述是個特寫，在時間處理上則是刹那間的停滯，其目的是讓我們緩緩地凝視著這個特寫鏡頭，慢慢地咀嚼著邊塞征戰的艱苦，和體味著從中流露出的英勇豪情。詩人將時間凝滯在這個瞬間而沒有再延續下去，因爲其結局完全可以推斷出來。岑參在《走馬川行奉送封大夫出師西征》一詩中推斷其結局

是：「料知短兵不敢接，車師西門佇獻捷」，那是明白地道破，此詩則是讓我們去懸想。這種時空的交織和配合，是此詩成爲不朽之作的另一個，也是更爲重要的一個原因。

《塞下曲》的第一首「鷲翎金僕姑」在時間處理上恰好相反，它截取的是一個特定的時刻——軍中主帥正在發號施令而且獲得全體將士回應之時。爲了宣揚主帥的聲威，他的巨大影響力和號召力，以及全營將士同仇敵愾的英武豪邁之氣，詩人將這一時刻分解成四個側面來展示。從空間位置來看它是逐漸拓展，但從時間位置上來說，則出現在同一個特定時刻。

第一個側面是一支利箭——「鷲翎金僕姑」。這是在暗示人物的身分，是一位腰掛翎箭的武將，其中也給我們留下了想像的餘地：既然腰掛翎箭，肯定會臂挽硬弓，也定是頂盔貫甲，所以這個側面意在顯現這位將官的英武之姿。「燕尾繡蝥弧」則是進一步暗示人物的身分和地位：他不但是一位武將，而且是位軍中的主帥，你看他的身後，就是一面飾有繡帶的燕尾型帥旗。盧綸另有一首《從軍行》⑤，也是描繪一位旗下的將軍：「卷旗收敗馬，斷磧擁殘兵」。只不過是位敗軍之將，所以是「卷旗」，而《塞下曲》中的這面帥旗卻是舒展成燕尾狀，所以其意氣也就不是衰瑟而是高揚了。前面這兩個畫面主要是側面的烘托和映襯，著眼點是物；從第三句起，則對這位軍中主帥直接進行描繪，著眼點是人的

---

⑤見《全唐詩》卷278，亦作李端詩，題爲《塞上》。

動作和氣勢。「獨立揚新令」是表現這位主帥發號施令時的動作。正如前所述，詩人著意強調一個「揚」字，這是一個幅度很大的向上動作，表現了他的內在氣度和昂揚精神，這與李白的「揚波噴雲雷」、「溺馬揚沙，卷濤殺人」⑥有異曲同工之妙。末句「千營共一呼」則是渲染「新令」下達時的效果，強調的是「新令」的巨大震撼力和強烈感染力，以及上下同心迸發出的壯志豪情。第三首「月黑雁飛高」在時間上的處理方式是：前三句在時間上不斷地延續和拓展，第四句來個剎那間的凝聚；此詩則剛好相反：前三句是幾乎同時發生的一個事件的不同側面，第四句則讓這一事件在時間上有個延續：我們可以想像，那同仇敵愾的呼聲會響徹雲霄、餘音嫋嫋，也會震撼大地，回盪於千山萬水之間。由此可見，詩人在時間處理上手法的多樣和刻意的經營。

⑥《古風》（三）、《天門山銘》，見《李太白集詳注》。

妙在若即若離之間

《惠崇春江曉景圖》與蘇軾的題畫詩

竹外桃花三兩枝，春江水暖鴨先知。

蔞蒿滿地蘆芽短，正是河豚欲上時。

——蘇軾《惠崇春江曉景》

　　這首詩是元豐八年（公元 1085 年）爲惠崇和尚的《春江曉景圖》而作。惠崇是北宋初年一位著名的詩僧，也是一位出名的畫家。據《圖畫見聞志》記載，他是福建建陽人，擅長鵝、雁、鷺鷥等花鳥小景，所作「寒汀煙渚、瀟灑虛曠之象，人所難道」。他所作的《春江曉景圖》共兩幅，一爲鴨戲，一爲雁飛，蘇軾均有題詩。值得玩味的是，這兩幅《春江曉景圖》俱已失傳，而題畫詩卻獨自流傳下來，尤其是這首題鴨戲圖的詩，九百年來流播人口、吟誦不衰。要解釋這種喧賓奪主的奇特現象，只能從這首詩的本身去找原因。

　　蘇軾的這首七絕，把惠崇的「小景」畫轉化爲「寫景」詩。它通過對早春江上典型景物的描繪和想像，表現了春天給大自然帶來的勃勃生機和給詩人帶來的盎然情趣。詩的首句「竹外桃花三兩枝」即扣住了早春這一特色。桃花，本來就是春天的象徵，現在桃花只開三兩枝，更顯其春早。從佈

局上看，詩比畫也更爲別緻，詩人是要詠歌畫面上的春江，
卻先詠岸上之景——點綴於竹林之外的三三兩兩桃花。這一
閑筆，不僅使詩意更爲波消，畫面分出了層次，而且點點桃
花綴於青青竹林之外，也更顯得疏淡雅緻，富有情韻。

　　「春江水暖鴨先知」是畫面的主體，也是個特寫鏡頭。
鴨生性愛水，一年四季多與水相伴，特別是寒冬過後，堅冰
初融，鴨羣乍入春水更顯得歡暢。用鴨戲於水來表現春江，
這很典型，也顯露出畫家的獨具慧眼。但畫面畢竟是靜態的，
它只能用線條和色彩作用於人的視覺，通過想像和聯想來表
達畫家的創作意圖。它畫春水，無法直接表現出水的溫度；
它繪鴨羣，也無法表現牠們的知覺。因此，直接道破「水暖」，
直接點出「鴨先知」，正是蘇軾題畫詩的功勞，也是詩人的
高明之處。因爲正是「水暖鴨先知」這短短五字，使一幅靜
態無生命的畫變成了一首動態有生命的詩。我們彷彿看到鴨
羣拍打著翅膀，嬉戲在融融的春水之中，也彷彿聽到牠們那
「呱呱」的歡叫聲在宣告春的到來。面對這蘇醒的萬物，充
滿生機的大自然，詩人的心中也充滿了春的氣息，激盪起盎
然的情趣，這層含意，是靜態的無聲的畫所無法直接表現的。
另外，我認爲「春江水暖鴨先知」還有更深一層的含蘊，它
會給我們啓迪，使我們聯想起某類生活哲理，即任何事物的
發生、發展、變化都會有一個徵兆，這個徵兆又往往會通過
某一特定事物予以渲洩和表露，如「一葉落知天下秋」，暴
風雨前的低氣壓；再如，地震前的鳥奔獸突。自然的、社會
的、生理的、政治的，人類社會的各方面都存在著「春江水

暖鴨先知」，這種哲理含蘊更是惠崇的畫面所無法喻示的。

　　詩的第三句再從畫的主體到陪襯，由點到面，這就是「蔞蒿滿地蘆芽短」。蔞蒿又叫白蒿，是一種春天長出來的野草；蘆芽，即蘆葦的嫩芽，生於池沼和江灘上。詩人在詠歌了畫面的主體鴨戲之後，又來寫陪襯的蔞蒿和蘆芽，這不僅使畫面顯得廣闊和深邃，也不僅是爲了再次點出早春的季節特徵和江邊的地理環境，更重要的是爲了引出第四句：「正是河豚欲上時。」河豚是一種江魚，頭圓口小，背褐腹白，有劇毒，但處理得好也是一種難得的美味。據說江邊人家請人吃河豚，無論多麼尊貴的客人也要付一文錢，表示是自願買來吃的，吃死責任自負。所以吃河豚，不但有美味佳肴帶來的口腹之樂，還有種冒險感帶來的強刺激，這是其他美味所沒有的。河豚在早春時節由海入江，沿江上溯，俗稱「抱上水」。蘇軾詩中所說的「欲上時」，一方面是指早春河豚「抱上水」這一季節特徵，也還含有此時正是河豚肥美上市之時。因河豚以江邊的蔞蒿、蘆芽爲食，既然已「蔞蒿滿地蘆芽短」，那也必然是河豚肥美正上市之時了。梅聖俞有首《河豚》詩云：「春洲生荻芽，春岸飛揚花。河豚於此時，貴不數魚蝦」，也是道出了蘆芽嫩和河豚肥之間的聯繫。從詩的布局上來看，最後一句突破了畫面上的時空界限，寫出了不屬於畫面但又與畫面存在必然聯繫的情形——河豚欲上時，發揮了文學特有的想像功能。詩人憑藉自己的想像力，使惠崇的畫面繼續向前延伸，表現出更加豐富的內涵和更吸引人的生活情趣。前人總結題畫詩的主要經驗是「其法全在

不粘畫上發論」。蘇軾的這首題畫詩正是和原畫保持了不即不離、若即若離的關係，既是對這幅鴨戲圖的鑑賞和評品，又是它的擴大和延伸，因此不論這幅畫存與不存，這首詩都足以流傳不朽。

通過以上比較，我們可以看到，蘇軾的題畫詩高於惠崇《春江曉景》畫的主要原因有以下幾個方面：

首先，惠崇的畫所表現的是春江曉景的一個典型側面，用萊辛的話來說，就是用線條和色彩來摹仿物體的動作發生的一個瞬時（《拉奧孔——論詩與繪畫的界限》）。蘇軾的題畫詩卻是用更細、更清晰，也更誇張的詩筆來集中體現這個側面中一個典型鏡頭，而且他把繪畫與鑑賞結合起來，對畫面的精妙之處細加點破，讓讀者直接感受到內中之美。

其次，蘇軾的詩把畫中一個凝固的瞬時變成一個有內在聯繫的連續過程。他用自己的感受把這幅靜態無生命的畫變成動態的有生命的詩，加濃了春的氣息，並注入了詩人激盪的情懷。

最後，蘇軾的詩發揮了抒發、想像等文學獨有的功能，一方面把繪畫中無法道破之意直接抒發出來，另一方面又對畫面加以擴展和延伸，加大了原畫的表現力。

我想以上三點可能就是蘇軾這首題畫詩能單獨流傳下來，而且經久吟誦不衰的主要原因。

古典散文比較

龍眠汪中題耑

文章是需要形象和氣勢的

三篇《勸學》比較

學不倦，所以治己也；教不厭，所以治人也。夫繭，舍而不治，則腐蠹而棄。使女工繰之，以爲美錦，大君服而朝之。身者，繭也，舍而不治，則知行腐蠹；使賢者教之，以爲世士，則天下諸侯，莫敢不敬。是故子路，卞之野人；子貢，衛之賈人；顏涿聚，盜也；顓孫師，駔也；孔子教之，皆爲顯士。夫學，譬之猶礪，昆吾之金而諸父之錫，使干越之工鑄之爲劍，而弗加砥礪，則以刺不入、以擊不斷；磨之以礱礪，加之以黃砥，則其刺也無前，其擊也無下。自是觀之，礪之與弗礪，其相去遠也。今人皆知礪其劍而不知礪其身，夫學，身之砥礪也。

夫子曰：車惟恐地之不堅也，舟惟恐水之不深也。有其器，則以人之難爲易；夫道，以人之難爲易也。是故曾子曰：父母愛之，喜而不忘；父母惡之，懼而無怨。然則愛與惡其於成孝無擇也。史鰌曰：君親而近之，至敬以遜，貌而疏之，敬無怨，然則親與疏其與成忠無擇也。孔子曰：自娛於隱栝之中，直己而不直人，以善廢而不邑邑，蘧伯玉之行也。然則興與廢其與成善無擇也。

屈侯附曰：賢者，易知也。觀其富之所分、達之所進、窮之所不取，然則窮與達其與成善無擇也。是故愛惡、親疏、廢興、窮達皆可以成義，有其器也。

恒公之舉管仲，穆公之舉百里，比其德也。此所以國甚僻小，身至穢污，而爲政天下也。今非比志意也，而比容貌；非比德行也，而論爵列，亦可以卻敵服遠矣。農夫比粟，商賈比財，烈士比義，是故監門、逆旅、農夫、陶人，皆得與焉。爵列，私貴也；德行，公貴也。奚以知其然也？司城子罕遇承封人而下，其僕曰：「承封人也，奚爲下之？」子罕曰：「古之時謂良人者，良其行也；貴人者，貴其心也。今天爵而人良其行而貴其心，吾敢弗敬乎？」以是觀之，古之時謂貴，非爵列也；時謂良，非先故也。人君貴於一國而不達於天下，天子貴於一世而不達於後世，唯德行與天地向弊也。爵列者，德行之舍也，其時息也。詩曰：「蔽芾甘棠，勿剪勿敗，召伯時息。」仁者之時息，人不敢敗也。天子諸侯，人之所以貴也；桀紂處之，則賤也。是故曰：爵列，非貴也。今天下貴爵列而賤德行，是貴甘棠而賤召伯也，亦反也。夫德義也者，視之弗見，聽之弗聞，天地以正，萬物以偏。無爵而貴，不祿而尊也。

鹿馳走無顧，六馬不能望其塵；時以及者，顧也。土積成嶽，則梗楠豫章生焉；水積成川，則吞舟之魚生焉。夫學之積也，亦有時生也。未有不因學而鑒道，不假學而光身者也。

——尸子《勸學》

君子曰：學不可以已。青，取之於藍，而青於藍；冰，水爲之，而寒於水。木直中繩，輮以爲輪，其曲中規；雖有槁暴，不復挺者，輮使之然也。故木受繩則直，金就礪則利，君子博學而日參省乎己，則知明而行無過矣。

故不登高山，不知天之高也；不臨深谿，不知地之厚也；不聞先王之遺言，不知學問之大也。干、越、夷、貉之子，生而同聲，長而異俗，教使之然也。《詩》曰：「嗟爾君子，無恒安息。靖共爾位，好是正直。神之聽之，介爾景福。」神莫大於化道，福莫長於無禍。

吾嘗終日而思矣，不如須臾之所學也；吾嘗跂而望矣，不如登高之博見也，登高而招，臂非加長也，而見者遠；順風而呼，聲非加疾也，而聞者彰。假輿馬者，非利足也，而致千里；假舟楫者，非能水也，而絕江河。君子生非異也，善假於物也。

南方有鳥焉，名曰「蒙鳩」。以羽爲巢，而編之以髮，繫之葦苕，風至苕折，卵破子死。巢非不完也，所繫者然也。西方有木焉，名曰射干，莖長四寸，生於高山之上，而臨百仞之淵。木莖非能長也，所立者然也。蓬生麻中，不扶而直；白沙在涅，與之俱黑。蘭槐之根是爲芷，其漸之滫，君子不近，庶人不服。其質非不美也，所漸者然也。故君子居必擇鄉，遊必就士，所以防邪僻而近中正也。

物類之起，必有所始。榮辱之來，必象其德。肉腐

出蟲，魚枯生蠹。怠慢忘身，禍災乃作。強自取柱，柔自取束。邪穢在身，怨之所構。施薪若一，火就燥也；平地若一，水就濕也。草木疇生，禽獸羣焉，物各從其類也。是故質的張而弓矢至焉，林木茂而斧斤至焉，樹成蔭而衆鳥息焉，醯酸而蜹聚焉。故言有召禍也，行有招辱也，君子慎其所立乎！

積土成山，風雨興焉；積水成淵，蛟龍生焉；積善成德，而神明自得，聖心備焉。故不積蹞步，無以至千里；不積小流，無以成江海。騏驥一躍，不能十步；駑馬十駕，功在不舍。鍥而舍之，朽木不折；鍥而不舍，金石可鏤。螾無爪牙之利，筋骨之強，上食埃土，下飲黃泉，用心一也。蟹六跪而二螯，非蛇蟺之穴，無可寄託者，用心躁也。是故無冥冥之志者，無昭昭之明；無惛惛之事者，無赫赫之功。行衢道者不至，事兩君者不容。目不能兩視而明，耳不能兩聽而聰。螣蛇無足而飛，梧鼠五技而窮。《詩》曰：「尸鳩在桑，其子七兮。淑人君子，其儀一兮。其儀一兮，心如結兮！」故君子結於一也。

昔者，瓠巴鼓瑟，而沈魚出聽，伯牙鼓琴，而六馬仰秣。故聲無小而不聞，行無隱而不形。玉在山而草木潤，淵生珠而崖不枯。爲善不積邪，安有不聞者乎？

學惡乎始？惡乎終？曰：其數則始乎誦經，終乎讀《禮》；其義則始乎爲士，終乎爲聖人。真積力久則入，學至乎沒而後止也。故學數有終，若其義則不可須臾舍

也。爲之，人也；舍之，禽獸也。故《書》者，政事之紀
也；《詩》者，中聲之所止也；《禮》者，法之大分，類之
綱紀也，故學至乎《禮》而止矣，夫是之謂道德之極。《禮》
之敬文也，《樂》之中和也，《詩》、《書》之博也，《春秋》
之微也，在天地之間者畢矣。

　　君子之學也，入乎耳，箸乎心，布乎四體，形乎動
靜。端而言、蠕而動，一可以爲法則。小人之學也，入
乎耳，出乎口。口耳之間，則四寸耳，曷足以美七尺之
軀哉？古之學者爲己，今之學者爲人。君子之學也，以
美其身；小人之學也，以爲禽犢。故不問而告，謂之傲，
問一而告二，謂之囋。傲，非也；囋非也，君子如嚮矣。

　　學莫便乎近其人。《禮》、《樂》法而不說，《詩》、《書》
故而不切，《春秋》約而不速。方其人之習君子之說，則
尊以徧矣，周於世矣！故曰：學莫便乎近其人，學之經
莫速乎好其人，隆禮次之。上不能好其人，下不能隆禮，
安特將學雜識志，順《詩》、《書》而已耳！則末世窮年，
不免爲陋儒而已。將原先王、本仁義，則禮正其經緯蹊
徑也。若挈裘領，詘五指而頓之，順者不可勝數也。不
道禮憲，以《詩》、《書》爲之，譬之猶以指測河也，以戈
舂黍也，以錐飡壺也，不可以得之矣。故隆《禮》，雖未
明，法士也；不隆禮，雖察辯，散儒也。

　　問楛者，勿告也；告楛者，勿問也；說楛者，勿聽
也；有爭氣者，勿與辯也。故必由其道至，然後接之；
非其道則避之。故禮恭而後可與言道之方，辭順而後可

與言道之理，色從而後可與言道之致。故未可與言而言謂之傲，可與言而不言爲之隱，不觀氣色而言謂之瞽。故君子不傲、不隱、不瞽，謹順其身。《詩》曰：「匪交匪舒，天子所予。」此之謂也。

百發失一，不足謂善射；千里蹞步不至，不足謂善御；倫類不通，仁義不一，不足謂善學。學也者，固學一之也。一出焉，一入焉，涂巷之人也；其善者少，不善者多。桀、紂、盜跖也；全之盡之，然後學者也。

君子知夫不全不粹之不足以爲美也，故誦數以貫之，思索以通之，爲其人以處之，除其害者以持養之。使目非是無欲見也，使耳非是無欲聞也，使口非是無欲言也，使心非是無欲慮也。及至其致好之也，目好之五色，耳好之五聲，口好之五味，心利之有天下。是故權利不能傾也，羣衆不能移也，天下不能蕩也。生乎由是，死乎由是，夫是之爲德操。德操然後能定，能定然後能應。能定能應，夫是之謂成人。天見其明，地見其光，君子貴其全也。

——荀子《勸學》

自古明王聖帝，猶須勤學，況凡庶乎？此事徧於經史，吾亦不能鄭重，聊舉近世切要以啓悟汝爾。士大夫子弟，數歲以上，莫不被教。多者或至《禮》傳，少者不失《詩》論。及至冠婚，禮性稍定，因此天機，倍須訓誘，有志尚者遂能磨礪，以就素業；無履立者自茲墮慢，便爲凡人。人生在世，會當有業：農民則計量耕稼，商賈

則討論貨賄，工巧則致精器用，伎藝則沉思法術，武夫則慣習弓馬，文士則講習經書。多見士大夫恥涉農商，羞務工伎，射則不能穿禮，筆則才記姓名。飽食醉酒，忽忽無事，以此銷日，以此終年。或因家世餘緒，得一階半級，便以爲足，全忘修學。及有凶吉大事，議論得失，蒙然張口，如坐雲霧；公私宴集，談古賦詩，塞默低頭，欠伸而已。有識旁觀，代其入地，何惜數年勤學，長受一生愧辱哉！

梁朝全盛之時，貴遊子弟多無學術，至於諺云：「上車不落則著作，體中何如則秘書。」無不熏衣剃面、傅粉施朱，駕長簷車，跟高齒屐，坐棋子方褥，憑斑絲隱囊，列器玩於左右，從容出入，望若神仙。明經求第，則雇人答策；三九公讌，則假手賦詩。當爾之時，亦快士也。及離亂之後，朝市遷革。詮衡選舉，非復曩者之親；當路秉權，不見昔時之黨。求諸身而無所得，施之世而無所用。被褐而喪珠，失皮而露骨；兀若枯木，泊若窮流；鹿獨戎馬之間，轉死溝壑之際。當爾之時，誠駑材也。有學藝者，觸地而安。自荒亂以來諸見俘虜，雖百世小人，知讀《論語》、《孝經》者，尚爲人師；雖千載冠冕，不曉書記者，莫不耕田養馬。以此觀之，汝可不自勉邪？若能常保數百卷書，千載終不爲小人也。

夫明六經之旨，涉百家之書，縱不能增益德行、敦勵風俗，猶爲一藝，得以自資。父兄不可常依，鄉國不可常保，一旦流離，無人庇蔭。當求諸自身爾。諺曰：

「積財千萬，不如薄伎在身，」伎之易息而可貴者，無
過讀書也。世人不問愚智，皆欲識人之多、見事之廣，
而不讀書，是猶求飽而懶營饌，欲暖而惰裁衣也。夫讀
書之人，自羲農以來，宇宙之下，凡識幾人，凡見幾事？
生民之成敗好惡，固不足論，天地所不能藏，鬼神所不
能隱也。
　　　　　　　　　　　　　　　——顏之推《勉學》

　　一說到「勸學」，人們自然會想起荀子的《勸學》。是的，
只要是稍微有一點文學常識的中國人，誰不知道「青出於
藍」、「冰寒於水」這類既深刻又形象的比喻呢？但在我國
的古文中，寫「勸學」的並不只荀子一人。其中影響較大的：
在荀子之前，有尸子的《勸學》；在荀子之後，有顏之推的《勉
學》。尸子名尸佼（約公元前 390～前 330 年），晉國人
（一說魯國人），戰國時代法家代表人物。主張法治，曾參
與商鞅變法，商鞅被害後逃亡入蜀。著有《尸子》，今已佚，
唐代魏徵等人編纂的《羣書治要》中輯有尸子的《勸學》等十三
篇。顏之推，南北朝時北齊人，字介，籍貫琅琊臨沂，當時
著名的學者。著有訓誡弟子的《顏氏家訓》，歷來被奉爲治家
修身之寶典，《勸學》即是其中的一篇。這三篇《勸學》都旨在
闡明學習的重要性和作用，指出學習的方法和應採取的正確
態度。但從其文學價值和影響的深遠來看，荀子的《勸學》承
前啓後，遠在另外兩篇之上。究其原因，我想可能有以下三
個方面：

　　一、大量淺顯、貼切的比喻使本來很枯燥的說理變得生

動而形象，使人愛看而且耐看。

劉勰在談到比喻作用時說：「觀夫興之託喻，婉而成章，稱名也小，取類也大。」①荀子的《勸學》正是採用多種比喻使這篇言論婉而成章，通過日常小事，來說明深刻大道理的。當然，尸子和顏之推的《勸學》，尤其是尸子的《勸學》，也運用了很多比喻，但相比之下，荀子的《勸學》卻具有尸子和顏之推的《勸學》所不具備的兩個特點：

一是用人們習見的自然現象和生活現象反覆設喻，可見可聞。通俗易懂，因而具有較大的說服力。荀子的《勸學》中有數十處運用了比喻，而且這些比喻都是發生在讀者身邊的自然現象和生活現象，親眼可見、親耳可聞，因此也倍覺真實可信。例如，作者在論述學習重要性時就用了一連串這樣的比喻：先用「青出於藍」和「冰寒於水」這兩個人們習見的自然現象為喻，說明只有通過學習，才能後者居上；再用「輮以為輪」「雖有槁暴，不復挺者」這個人們生活中習見的現象為喻，說明學習能改變人的氣質和秉性；最後，又用「木受繩則直，金就礪則利」這個通俗的比喻讓人們悟出對於明辨是非和提高道德修養的重要性。作者在闡述學習的功用時，同樣是運用通俗淺顯的比喻來達到此目的：他先用登高見遠和順風聲彰這兩個生活常識，來說明借助於外物可以進一步發揮自己的技能；再用靠車馬致千里和假舟楫絕江河這兩個通俗的比喻，來說明利用外物還可以克服自己的弱點

①劉勰《文心雕龍》「比興」。

和不足。作者列舉大量人們非常熟悉的比喻之後，再點出自己要答出的結論：「君子生非異也，善假於物也。」讀者既然覺得例子真實可信，當然也就會相信作者的結論了。荀子在闡述學習的方法及應採取的態度時也是如此：作者認爲，要想在學習上取得成就，首先就要注意知識的積累，這樣才能由不知到知，由知之甚少到知之甚多。作者舉積土成山、積水成淵，積蹞步至千里、積小流成江河爲例，這些事例同樣是發生在人們的日常生活之中，因而也更感到真實可信。

二是這些比喻生動形象，已不僅是說理論證中的一個比附，本身已成爲論文中不可分割的一個組成部分，這也增强了論説文的形象性和感染力。

錢鍾書先生曾指出，比喻在詩歌和論説文中的作用是不同的：說理文中的比喻只是用來説明道理，道理説明了，比喻就可以放棄。而且，只要能説明道理，可以用這個比喻，也可以用那個比喻，比喻本身並不是道理。而詩中的比喻往往構成詩的形象，成爲不能棄割的一個主要部分。所以，説理文中的比喻是「義理寄宿之蘧廬也，樂餌以止過客之旅亭也」；而「詩之喻，又情歸宿之苑裘也，哭斯歌斯，聚骨肉之家室也」。②荀子《勸學》中的比喻已不是單一用作比附的「蘧廬」和「旅亭」，而變成了「苑裘」和「家室」，成了《勸學》中一個主要組成部分，本身就是論點的延伸，而不僅僅是個例證。從全文的結構上看，除了開頭一句「君子曰：

②《管錐篇·周易正義·乾》。

學不可以已」以敘述的方式提出論點外，全文基本在比喻中
展開。比喻既是論據，也是論證，甚至本身就是論點的延伸。
從比喻的生動形象性來看，它更是這篇論說文生動感人的主
要原因。例如，在談到學習要用心專一時，荀子舉螃蟹和蚯
蚓爲例，這兩種爬行動物在先天條件上，螃蟹要優越得多，
牠有六跪二螯，蚯蚓卻既無爪牙之利，又無筋骨之强，但具
有諷刺意味的是：先天條件不足的蚯蚓卻能上食埃土，下飲
黃泉；先天條件優越的螃蟹卻無處存身，只好寄居在蛇蟺之
穴。本來，蚯蚓掘洞、螃蟹寄居，這都是生物的本能和生存
適應性的表現，荀子卻賦予這種生物屬性以社會意義，而且
解釋成都有一定的主觀意識——都想掘洞，蚯蚓先天條件差，
但用心專一，所以獲得成功；螃蟹先天條件雖好，但浮躁不
專，只好寄居。這樣，不但把成功與否的關鍵在於學習態度
這個道理闡述得生動形象，而且，這個比喻千百年來已深入
讀者心中，成爲兩種不同學習態度的代表，因此，這個比喻
所產生的感染力和說服力就不是其他例子所能代替的。同樣
地，像用「積土成山」、「積水成淵」來比喻知識積累的重
要性；用登高望遠、順風聲彰來說明學習、借鑑的重要作用，
千百年來，這些比喻的本身也成了努力學習和借鑑的同義語。
在《勸學》中，比喻中的此物與彼物、喻體與本體幾乎混而爲
一，其結果所產生的無比形象性和巨大感染力，是荀子《勸學》
獲得如此成功的重要原因。

　　尸子的《勸學》和顏之推的《勉學》，對學習的重要性、學
習的方法和態度等方面的認識與荀子相差無幾，尤其是尸子

的《勸學》，在一些問題的提法和論述角度上，對後來的荀子
具有啓發和影響，但他們在比喻的運用上不如荀子，因此，
其文章的形象性和感染力也就不如荀子的《勸學》。

顏之推的《勉學》缺少荀文大量的比喻，尤其是從不同角
度反覆進行的博喻。顏文主要是通過自己耳聞目睹的一些事
例，如當朝故實、歷代名人言行以及自己對一些社會現象的
思考來教育本家子弟。例如，在談到學習重要性時，作者列
舉自己耳聞目睹的梁朝貴族子弟在社會動亂前後的處境爲
例：動亂前，這些貴族子弟養尊處優，整日游手好閒，根本
不屑於讀書；動亂後，他們所仗恃的冰山倒了，賴以優遊的
社會地位也不存在了，本身又沒有真才實學，只好替人家耕
田養馬，反不如那些有點知識的「小人」，由此可見學習和
掌握知識的重要性。在論及學習成功與否在於能否堅持而不
在於年齡大小時，作者又列舉歷代名人加以佐證：孔子五十
學《易》，魏武帝老而彌篤，曾子七十而學，荀子五十始遊學
等，他們開始學習的時間雖晚，由於堅持不懈，皆成大儒。
這些事例有一定的可信度，也增強了文章的說服力，但畢竟
沒有發生在讀者的周圍，那些歷史名人苦學的故事離我們也
很遠，有的人物如皇甫謐、袁遺等，一般讀者更是陌生，因
此，就無法像荀子《勸學》那樣，使讀者在大量通俗、淺近的
比喻中，產生一種親切、熟悉感，因而也削弱了文章的感染
力。

尸子的《勸學》倒是使用了大量的比喻，其中有的比喻如
積土成山、積水成川，劍要砥礪、鹿馳無顧等既通俗又生動，

而且對後來的荀子有直接的啓發，但究其大多數比喻來看，則不夠通俗、淺顯，運用史實和典故較多，不如荀子《勸學》直接來自生活，通俗生動。如荀子在論述後天學習重要性時用了「青出於藍、冰寒於水」、「木受繩則直，金就礪則利」等一連串生活事例作喻，而尸子在作同樣論述時，所作的比喻就不那麼通俗淺近了：

　　　昆吾之金而誅父之錫，使干越之工鑄之爲劍，而弗加砥礪，則以刺不入、以擊不斷；磨之以礱礪，加之以黃砥，則其刺也無前，其擊也天下。自是觀之，礪之與弗礪，其相去遠也。今人皆知礪其劍而不知礪其身，夫學，身之砥礪也。

　　比較起來，荀子的比喻通俗淺切、簡潔明快；尸子的比喻冗長拖沓，而且加上了「昆吾之金」、「誅父之錫」、「干越鑄工」之類典故，就更不如荀文明白易懂。再如對學習作用的論述，同樣是談借物的重要，荀子舉登高博見、順風聲彰，假輿馬至千里、假舟楫絕江河等日常生活事例作喻，而尸子則以曾子、孔子、李克等人關於親疏、窮達、愛惡等論述爲喻，說明「道」在人的品德修養中的重要作用。同是比喻，一個是生活實例，淺顯生動；一個是訓誡之言，抽象枯燥。這也是尸子的《勸學》不如荀子《勸學》影響深遠的一個重要原因。

　　二、排比、對偶的大量使用所產生的充沛氣勢。

　　文學作品是需要情感和氣勢的，正像狄德羅所説的那樣：「没有感情這個品質任何筆調都不可能打動讀者。」③荀子是很講究作品形式美的，他認爲作品就像珠玉一樣，如果没有鮮艷而閃光的外在形式，那就不美，也就不值得珍貴了，所謂「珠玉不睹乎外，則王公不以爲寶」④，在《勸學》中，正是通過大量的對偶和排比所產生的形式美，使此文產生了充沛的氣勢，具有很强的藝術感染力。

　　《勸學》中的對偶和排比，作者精心安排成以下幾種形式：

　　一是把同類事物鋪排在一起，從同一個角度反覆加以强調。如論述知識要靠積累時，作者用了一連串排比：「積土成山，風雨興焉；積水成淵，蛟龍生焉」、「不積蹞步，無以至千里；不積小流，無以成江海。騏驥一躍，不能十步；駑馬十駕，功在不舍」這一連串的比喻，形成一股强大的牽引力，迫使讀者順著作者的思路推論下去，得出作者要得出的結論。

　　二是把兩種相反的事物組成喻體，讓兩者之間形成鮮明的對照，讓讀者的取捨變得簡單明瞭。例如在論述學習態度時，作者把騏驥和駑馬、朽木和金石、蚯蚓和螃蟹放在一起加以對比；在論述借鑒重要性時，把終日而思與和須臾所學、歧望和登高這兩種不同的方法加以對比，使人明白能否獲得

---

③《論戲劇藝術》。
④《荀子集注・天論》。

成功，並不在於先天的條件，而在於後天持之不懈的努力，在於善於學習。爲了增強說理的力度和氣勢，作者不但把這種事物間的對比用在一句之中，而且還在段與段之間展開對比，形成磅礴的氣勢，也增強了文章的說服力。如「積土成山」與「不積跬步」這兩段之間就是如此：前一段從正面說明知識積累的重要性，後一段從反面指出不注重知識積累將導致的後果。這樣一正一反，不但把作者要表達的論點明確的擺在讀者的面前，而且氣勢很足，具有無可辯駁的說服力。

三是在喻體對比組合方式上，靈活富有變化：有時先正後反，有時先反後正；有時一連串的正；有時一連串的反，讀起來抑揚頓挫，毫無板重凝滯之感。如在論述學習要專一時，作者先引用兩組對偶：「騏驥一躍，不能十步；駑馬十駕，功在不舍。鍥而舍之，朽木不折；鍥而不舍，金石可鏤」這兩組對偶都是先反後正，先否定錯誤的做法，再肯定正確的做法。然後，再列舉蚯蚓和螃蟹這組先正後反的對偶句，先肯定正確的做法，再否定錯誤的做法。這樣，先反後正再先正後反，把學習要專一這個論點闡述得明白透徹，而且在句式上也靈活多變。

四是在大量運用排比對偶句式的同時，又兼用散句，既整齊對偶又顯得錯落有致，增加了文章的節奏感和聲韻美。如文章開頭，作者引用君子之言作爲全文的論點，這是散句；然後再駢散相間：先是「青出於藍」、「冰寒於水」對偶句式，繼而是「木直中繩」等散句，再用「木受繩則直，金就礪則利」對偶句，這樣交錯使用對偶和散句作爲論據，說明

後天學習的重要性，最後以一個散句作結：「君子博學而日
參省乎己，則知明而行無過矣」。這樣駢散相間，顯得文氣
跌宕，有一種曲折掩映之美。這種美感正如唐代詩僧皎然所
指出的那樣：「高手述作，如登衡巫，睹三湘鄢郢之盛，縈
迴盤騰，千變萬態：或極天高峙，卓焉不羣，氣勢騰飛，合
沓相屬；或修江滾滾，萬里無波，歘出高深重複之狀。」⑤
這種沛然之氣和跌宕之勢，正是荀子《勸學》千百年來具有如
此巨大文學魅力的第二個原因。

　　尸子和顏之推的《勸學》所缺少的正是這種由對偶排比所
形成的澎湃氣勢，和由駢散相間所形成的跌宕文氣，因而缺
少那種巨大的文學感染力。尸子的《勸學》雖也有對偶和排比，
但接下去便是冗長的論述，無意間冲淡了前面的對偶和排比
所產生的氣勢，何況其對偶和排比的本身又缺少變化，顯得
很單薄。如在論述德行重要性時，作者也用了排比：「農夫
比粟，商賈比財，烈士比義」，但接著便是關於義理的冗長
闡述：「是故監門、逆旅、農夫、陶人，皆得與焉。爵列，
私貴也；德行，公貴也。奚以知其然也？」接下來，敘述了
一個名叫司城子罕的人的故事，藉以說明評價一個人要看德
行而不能看爵列。這樣，就使本來已很單薄的排比淹沒在冗
長的道理闡述和故事敘述之中了。顏之推的《勉學》更少對偶
和排比，通篇幾乎都是訓誡，間或雜以歷代名人言行和當代
人物故事，文章雖不乏生動之處，但從文章的磅礴氣勢和曲

⑤《詩式》。

折掩映的行文之美來看，則顯得貧弱和板滯了。

三、謹嚴的結構、精當又周密的論證所產生的說服力。荀子的《勸學》在立論上很是精闢獨到。文章一開頭，就引用君子之言作為論點：「君子曰，學不可以已。」引用君子之言來立論，意在確立論點的權威性；把「學不可以已」作為《勸學》總的論點首先提出，這就很精當獨到，因為它用五個字高度概括了人們對學習所應持的態度，成為統率全文的總綱。下面幾段，則圍繞這一總綱，從學習的意義、作用、方法、態度等不同側面加以述論。在論證方法上則是分層論證，一層闡明一個方面問題，而層與層之間又是步步深入、環環緊扣，使作者要闡明的中心論點越來越使人信服。如在第一層，作者用青出於藍、冰寒於水來說明一個人博學修身的重要性。那麼，怎樣才能博學修身、做到「知明行無過」呢？作者在第二層中緊承這個問題，用假輿馬致千里、假舟楫絕江河為喻，指出要想博學修身就必須善於借鑑、善於假物。明白了學習的目的、意義，並不等於就可以搞好學習，因為還有個方法和態度問題，所以在第三層，作者又深入一步，以積土成山、積水成淵為喻，說明學習的方法在於積累；又用騏驥與駑馬、朽木與金石的對比為喻，說明學習的正確態度應該是持之以恒、鍥而不捨。作者就這樣步步深入、環環緊扣，把「學不可以已」這個道理闡釋得十分透闢，具有極強的說服力。還想指出的是，荀子的《勸學》不僅全文圍繞總論點結構嚴謹而有條理，就是每段小論點，在論證上也是前後照應，顯得周到而又完備。例如，第一層的開頭提出中心

論點，接著用一連串的比喻來論證，最後用「君子博學而日參省乎己，則知明而行無過矣」來收束，與開頭「君子曰」形成照應，結構上顯得完備而嚴謹。第二層也是如此：作者先提出「終日而思，不如須臾之所學」，肯定了學習的重要作用，然後連用比喻說明「善假於物」的重要，最後用「君子生非異也，善假於物也」來收束，此句不但是前面博喻的必然歸結，也與上層的開頭和結尾處所提及的君子言行連成一氣，使全文脈絡貫通，顯得周密而完備。

顏之推的《勉學》在論點的精到、論證的嚴謹和論據的形象性等方面似都不及荀子的《勸學》。顏文一開始，就提出「自古明王聖帝，猶須勤學，況凡庶乎？」以此作爲全文的論點。以貴賤來判定學習態度，這和後面所提到學習重要性是可以顯親揚名一樣，都反映了作者思想上庸俗的一面，因此論點的本身就不如荀子的《勸學》深刻和具有普遍性。另外，顏文在論證上也顯得較爲鬆散。《勉學》選自《顏氏家訓》，家訓所記載的是作者對本家弟子的談話，它的特色是不刻意修飾、口語化，比較隨便，使人讀起來有種親切感。但這種行文方式所帶來的弱點，是僅圍繞一個大致範圍漫談，胸中之念信口道出，作爲論説文則顯得不夠嚴謹。如作者在第一層提出論點，指出學習的重要性，第二層則舉自己所見所聞的梁朝故事來證明，但這些故事只能説明：一個人如失去了優越地位，又沒有知識就會陷入困窘之中，假如我們反問一句：一個人如果沒有失去優越地位，或者雖失去優越地位但並不困窘，是不是就不需要學習了呢？因此論證顯得不夠周密完

備，只適用於朝代更迭較頻繁的南北朝時期，缺乏普遍的涵蓋意義。第三層談學習方法，作者認爲自己的或身邊的經驗不足爲訓，提出要向賢者和古人學習。向賢者和古人學習固然重要，但自身和周圍的經驗更爲鮮活、更加親切，讀者不會因爲敬畏而產生距離感，覺得高不可攀。因此，從論證上來看，顏之推的《勉學》也不如荀子的《勸學》全面和具有普遍性。

尸子的《勸學》在論點的精當和論證的周密上，比起荀子的《勸學》毫不遜色，但由於大量引用聖賢之言和歷史典故，因此不如荀文通俗易懂、形象簡潔。讀者不易消化吸收的情形下，這當然會影響它的說服力。

面對秋光的不同人生態度

宋玉《九辯》與歐陽修《秋聲賦》比較

一

悲哉秋之爲氣也，蕭索兮草木搖落而變衰。憭慄兮若在遠行，登山臨水兮送將歸。泬寥兮天高而氣清，寂寥兮收潦而水清。憯悽增欷兮薄寒之中人。愴怳懭悢兮去故而就新；坎廩兮貧士失職而志不平。廓落兮羈旅而無友生，惆悵兮而私自憐。

燕翩翩其辭歸兮，蟬寂寞而無聲；雁廱廱而南遊兮，鵾雞啁哳而悲鳴。獨申旦而不寐兮，哀蟋蟀之宵征。時亹亹而過中兮，蹇淹留而無成。

二

悲憂窮慼兮獨處廓，有美一人兮心不繹。去鄉離家兮來遠客，超逍遙兮今焉薄？

專思君兮不可化，君不知兮其奈何！蓄怨兮積思，心煩憺兮忘食事。願一見兮道余意，君之心兮與余異。車既駕兮朅而歸，不得見兮心傷悲。

倚結軨兮長太息，涕潺湲兮下霑軾。忼慨絕兮不得，

中瞀亂兮迷惑。私自憐兮何極，心怦怦兮諒直。

三

皇天平分四時兮，竊獨悲此凜秋。白露既下百草兮，奄離披此梧楸。去白日之昭昭兮，襲長夜之悠悠。離芳藹之方壯兮，余萎約而悲秋。

秋既先戒以白露兮，冬又申之以嚴霜。收恢台之孟夏兮，然焰傺而沈藏。葉菸邑而無色兮，枝煩挐而交橫；顏淫溢而將罷兮，柯彷彿而萎黃；梢櫹槮之可哀兮，形銷鑠而瘀傷。惟其紛糅而將落兮，恨其失時而無當。擥騑轡而下節兮，聊逍遙以相羊。歲忽忽而遒盡兮，恐余壽之弗將。

悼余生之不時兮，逢此世之狂攘。澹容與而獨倚兮，蟋蟀鳴此西堂。心怵惕而震蕩兮，何所憂之多方！仰明月而太息兮，步列星而極明。

四

竊悲夫蕙華之曾敷兮，紛旖旎乎都房；何曾華之無實兮，從風雨而飛颺！以為君獨服此蕙兮，羌無以異於眾芳。

閔奇思之不通兮，將去君而高翔。心閔憐之淒慘兮，願一見而有明。重無怨而生離兮，中結軫而增傷。

豈不鬱陶而思君兮，君之門以九重！猛犬狺狺而迎吠兮，關梁閉而不通。皇天淫溢而秋霖兮，后土何時而

得漉！塊獨守此無澤兮，仰浮雲而永歎。

——宋玉《附九辯》（選四）

　　歐陽子方夜讀書，聞有聲自西南來者，悚然而聽之，曰：「異哉！初淅瀝以蕭颯，忽奔騰而砰湃，如波濤夜驚，風雨驟至。其觸於物也，鏦鏦錚錚，金鐵皆鳴；又如赴敵之兵，銜枚疾走，不聞號令，但聞人馬之行聲。」余謂童子：「此何聲也？汝出視之。」童子曰：「星月皎潔，明河在天，四無人聲，聲在樹間。」

　　余曰：「噫嘻，悲哉！此秋聲也，胡爲而來哉？蓋夫秋之爲狀也：其色慘澹，煙霏雲斂；其容清明，天高日晶；其氣慄洌，砭人肌骨；其意蕭條，山川寂寥。故其爲聲也，淒淒切切，呼號憤發。豐草綠縟而爭茂，佳木葱蘢而可悅；草拂之而色變，木遭之而葉脫；其所以摧敗零落者，乃其一氣之餘烈。

　　夫秋，刑官也，於時爲陰；又兵象也，於行用金，是謂天地之義氣，常以蕭殺而爲心。天之於物，春生秋實。故其在樂也，商聲主西方之音，夷則爲七月之律。商，傷也，物既老而悲傷；夷，戮也，物過盛而當殺。

　　嗟乎！草木無情，有時飄零。人爲動物，惟物之靈，百憂感其心，萬事勞其形，有動於中，必搖其精，而況思其力之所不及，憂其智之所不能，宜其渥然丹者爲槁木，黟然黑者爲星星。奈何以非金石之質，欲與草木而爭榮？念誰爲之戕賊，亦何恨乎秋聲！

童子莫對，垂頭而睡。但聞四壁蟲聲唧唧，如助余
之歎息。

——歐陽修《秋聲賦》

中國古典詩文中對秋的感受，基本上有這樣三種類型：
一種認爲秋天是美好的，風霜高潔，碩果纍纍，是個金色的
收穫季節。白居易的《憶江南》：「山寺月中尋桂子，郡亭枕
上看潮頭」；王安石的《桂枝香》：「正故國晚秋，天氣初肅。
千里澄江似練，翠峯如簇。征帆去棹殘陽裏，背西風，酒旗
斜矗」，就屬這種類型。第二種正好相反，認爲秋天是個衰
瑟的季節，充滿了人生的傷感，如李清照那首著名的《聲聲
慢》：「滿地黃花堆積，憔悴損，如今有誰堪摘？守著窗兒，
獨自怎生得黑！梧桐更兼細雨,到黃昏點點滴滴」；還有《紅
樓夢》中那首《秋窗風雨夕》：「秋花慘澹秋草黃，耿耿秋燈
秋夜長。已覺秋窗秋不住，那堪風雨助淒涼」。第三種則是
既看到秋的衰瑟、人生的易老，但又有「不以物喜，不以己
悲」的曠達和超越。如潘岳的《秋興賦》，既「嗟秋日之可哀
兮，諒無愁而不盡」又「悟時歲之遒盡兮，慨俛首而自省」，
「逍遙乎山川之阿，放曠乎人間之世。優哉游哉，聊以卒歲」。

歷代抒發秋日感慨的詩文中，宋玉的《九辯》和歐陽修的
《秋聲賦》具有不可替代的價值和地位。宋玉的《九辯》是悲秋
之文的源頭，歐陽修的《秋聲賦》不僅開散體賦之先河，而且
其中流露的情感和闡釋的人生哲理也能給人深深的啓迪。從
所抒發的情感類型來看，兩文雖皆沒有超出上述的範圍，但

在格調、結構語言及表達方式上，皆有其傑特之處。因此，把它們放在一起加以比較，看看它們是如何從不同的山道攀上悲秋詩高峯的，這無論是從加深對這兩個名篇的理解，還是作爲今日創作的借鑒，都不無幫助。

一

宋玉的《九辯》和歐陽修的《秋聲賦》雖然都是悲秋，但兩文的感情基調並不相同，圍繞主旨的情感線索也有很大的區別。

歐陽修的《秋聲賦》寫於嘉祐四年（公元1059年）秋，時年五十三歲。從至和元年（公元1054年）起，歐陽修在仕途上進入平坦的順境，幾乎年年都有升遷：當年八月，由同州知州遷爲翰林學士，不久又兼史館修撰；嘉祐元年，改判太常寺兼禮儀事，攝太尉事，不久又加輕車都尉，進封樂安郡開國侯，加食邑五百戶；嘉祐二年轉諫議大夫攝禮部侍郎，後又兼判尚書禮部，十二月又權判三班院；嘉祐三年，再兼龍圖閣學士、侍讀學士，權知開封府；嘉祐四年，轉給事中，同提舉在京諸司庫務。十月，攝侍中行事，加護軍，食實封二百戶。特別是嘉祐二年、四年歐陽修兩次知貢舉，主持進士試，爲實現其選拔人才和推行其文學主張提供了極大的便利，歐陽修在北宋詩文革新運動中的領袖地位，亦從此奠定。但就像登山一樣，一個人在登山的途中可能會不畏崎嶇、勇往直前，但到了山巔以後，就會有一種失落和疲憊感。而且慶曆新政的失敗，無論是對他的社會理想還是個人生活都產

生了極大影響。慶曆五年二月，改革派的代表人物范仲淹、富弼、韓琦、杜衍等相繼被罷免，保守派代表人物呂夷簡重新執政，歐陽修因上表抗爭而遭政敵嫉恨①，更可惡的是，政敵們是通過所謂「甥女張氏案」來誣陷歐陽修的人格，達到他們在政治打擊中所達不到的目的。

　　歐陽修有個妹妹嫁給張龜正，張龜正去世後，其妹攜張龜正前妻所生的孤女來投靠歐陽修。其孤女長大後，嫁給了歐陽修的遠房侄兒歐陽晟，張氏女後來與歐陽晟的男僕陳諫私通。事發後，審理此案的權知開封府事楊日嚴為了討好政要，竟指使辦案人員在張氏供詞中牽連歐陽修，從而誣陷歐陽修與張氏也有曖昧關係。由於缺乏證據，加上監勘者天良未泯，所以盡管楊日嚴與朝廷政要聯合施壓，審勘者三易其人，誣陷陰謀終未得逞。就這樣，當局仍以歐陽修用張氏資財買田這一「卷既弗明，辯無所驗」②的無據之斷將歐陽修削官降職，貶為滁州太守。此時歐陽修方三十九歲，但從他到滁州的第二年寫的《醉翁亭記》來看，不但已是「蒼顏白髮，頹乎其間」幡然一老翁，而且自稱「醉翁」，聲稱要「醉中遺萬物，豈復記吾年」③，心態上也近乎老年了，可見此事對他身心打擊之大，甚至使他的人生志向也發生了變化。就

---

①《論杜衍、范仲淹等罷政事狀》見《歐陽修全集》「表奏書啓四六集」卷2。

②《宋史·歐陽修傳》、《歐陽文忠公集》「附·年譜」。

③《醉翁亭記》、《題滁州醉翁亭》見《歐陽修全集》。

在這一年夏天，他有封給同道者尹洙的信，説了他此時思想的變化：「修往時意銳，性本真率。近年經人事多，於世俗間，漸以耐煩」，並建議尹洙對仇家抱怨，「亦聽而行，不需計較曲直」④。所以，即使以後的仕途一帆風順，再也看不到當年那個銳意進取、真率任事的歐陽修了。加上嘉祐以後國勢日衰，積弊更重又改革無望，他更產生清心寡欲、知足保和、與世無爭的人生態度。所以嘉祐年間，一方面是朝廷對歐陽修不斷地加官進爵，另一方面則是歐陽修不斷地辭讓，懇求能放外任閒居。嘉祐二年，朝廷將他由判太常寺兼禮儀事升爲諫議大夫攝禮部侍郎，他卻上書要求回家鄉附近的洪州任地方官，理由是身體不好：「迫於衰病，眼目昏暗，腳膝行步頗艱」⑤；嘉祐三年，再升至龍圖閣學士、侍讀學士，權知開封府，他又連續上書《辭侍讀學士箚子》、《再辭侍讀學士狀》、《辭開封府箚子》請辭，理由除了身體不好外，又加了兩條：「講說經義，博聞彊記，矧復非臣所長」，「臣素以文辭專學，治民臨政，既非所長」⑥；嘉祐四年，轉給事中，同提舉在京諸司庫務，他又兩次請辭並三次上奏，要求放外任去洪州任知州。《秋聲賦》就是在這樣的背景下寫成的。賦中由淒切悲涼的秋聲寫到蕭殺寂寥的秋景，由草木經秋而催敗零落寫到人事憂勞使身心受到戕害，疲憊而衰老，反映作者在大自然規律面前的傷感和無奈。文章至此，與傳

---

④《與尹師魯書》見《歐陽修全集》「居士外集」卷17。
⑤⑥《乞洪州箚子》見《歐陽修全集》「表奏書啓四六集」卷2。

統的傷秋之文並無多大的差別。但作者的高明之處在於，他並沒有停留在傷秋歎老這個認識層面上，而是繼潘岳的《秋興賦》後，對秋的本義作進一步探索，對人事來一番自我反省：春生秋實，物過盛而當殺，這是自然之理；況草木無情，與人事無關。「百憂感其心，萬事勞其形」，物欲的無止盡追求，是加速人衰老的主要原因。因而，人不必悲秋、恨秋，怨天尤人，而應當自省。這是作者人生追求的轉向，也是作者生命意識的昇華。再加上精彩的闡釋和精美的結構，從而使此文超越了同類作品，獲得了歷代的盛譽。

由於史料的匱乏，關於宋玉及《九辯》的情況，我們知道得很少。只知道他是戰國時期的楚國人，大約與楚辭作家唐勒、景差同時。他出身低微，曾為楚王小臣，遭奸佞讒害而被黜失職，從此窮困潦倒、抑鬱終生。宋玉是屈原之後最著名的楚辭作家，據《漢書・藝文志》記載，有辭賦十六篇，今篇目已不可考。蕭統的《文選》載有《風賦》、《高唐賦》、《神女賦》、《登徒子好色賦》、《對楚王問》五篇，但後人多有爭議，唯一能確定為宋玉之作的，只有這篇《九辯》。

《九辯》是藉用古代樂調之名來「發憤以抒憂」。作者描寫了深秋季節在嚴霜催逼之下萬木凋零的衰瑟景象，反複抒發了在這蕭殺淒涼的氛圍中失職的惆悵和不平，羈旅的孤獨和寂寞，美人遲暮的歎謂和報國無門的憤慨。此詩的傑特之處在於：它把草木在嚴霜催逼之下的凋零，與人生的失意、美人的遲暮聯繫了起來，使草木之秋與人生之秋融而為一，藉悲秋以悲己，這在中國辭賦史上是個獨創，他對潘岳的《秋

興賦》、傅亮的《感物賦》、沈約的《愍衰草賦》、庾信的《傷心賦》乃至歐陽修的《秋聲賦》都有直接的啓發和影響。「搖落深知宋玉悲，風流儒雅亦我師」，杜甫這兩句詩可以説是代表了歷代文人對其悲秋之作的推崇。

宋玉的《九辯》雖是歷代傷秋之作的源頭，但後來者亦可居上。歐陽修的《秋聲賦》在題旨上明顯不同於《九辯》：歐陽修的人生傷感是他達到事業頂峯後反省，也是他人生追求的轉向——由追逐世俗的功名轉爲知足保和、清心寡欲，更是他對生命價值的徹悟；人的衰老是由於憂勞——「百憂感其心，萬事勞其形」；是由於人們費心費力去思慮那些實際上達不到的目標——「思其力之所不及，憂其智之所不能」。這是由自身的欲望所造成的，與季節時令無關，「亦何恨乎秋聲」！在情感線索上，歐文是由傷感到思索到徹悟，最後得出個秋聲與人事無關的結論，不必去傷秋、恨秋。宋玉的傷感則是在追求的過程中求而不得所造成的：他想得到楚王的重用，卻因小人挑撥而關梁不通；他想占據要津做一番事業，但卻貧士失職廓落無依；他想堅守志向獨善其身，但昏暗冷酷的現實又總是讓他心潮難平。於是，他時而悲憤時而惆悵，時而希冀時而失望，時而怨恨時而迷茫，而且一直沈浸於其中難以自拔。秋的搖落衰瑟只不過是觸發他上述情感的契機，加深他憂傷的環境因素，而且秋色與己情一直同調，沒有歐文那種反省轉折和超越解脱。

二

　　兩文在結構、語言、表現手法和抒情方式上也各有特色。

　　第一、結構上。

　　宋玉的《九辯》分爲九章，每章雖各有側重，但貧士失職、嗟卑傷時這個主旨卻在其中不斷地被重覆，秋天的衰瑟、凋零也不斷地加以渲染，呈現出一種回環往復的結構方式。當然，這種往復回環也不是簡單的重覆或顛倒，而是順著詩人的思路漸進層深，但始終沒有離開上述的主旨：詩的首章由秋氣的悲涼起興，抒發貧士失職、獨處無友的深悲。這是點題，也是全詩的基調。第二章上承「坎廩兮貧士失職而志不平」，抒寫自身的遭遇，發出「專思君」而「君不知」的哀歎。第三章則上承第一章，再次悲秋，傷悼草木在嚴霜催逼之下的枯朽和凋零；第四章則上承第二章，再次感歎與君主難以遇合。三、四兩章雖分別是一、二兩章的重覆，但其中亦有漸進：第三章在悲秋之中滲入了自己生不逢時的哀愁，自悲自憐之中含有對時世的強烈不滿，情感上有所強化；第四章在慨歎與君主難以遇合的同時，也道出了其中的原委——小人的讒陷，使君門九重、關梁不通。從第五章起，抒慨的重心由悲秋兼悲己轉爲集中抒寫己悲，情感的程度和範圍也有所加深和拓展。第五章結合自身遭遇，訴說世道昏暗，並由此拓展到世上賢才遇合之難。第六章在繼續抒發尋出路而不可得的苦悶的同時，又表白要遵先賢之遺教，寧窮處而守高，決不苟且以求榮。第七章則由自然之秋過度到人生之

秋，慨歎自己年歲漸老，事業無成，與前面的一、三兩章斷
而復續。第八章與第七章的手法相同，只不過他承接的是二、
四兩章，再次痛斥讒人蔽明、昏君誤國。最後一章提出自己
的政治主張和對現實的態度，以欲遠去又不忍遠去，欲忠君
愛國又無法實現自己理想這極度的矛盾結束全篇。

　　從以上的分析可以看出：全詩圍繞著悲秋和悲己之不遇
這個主調，在結構上由悲秋起興，先是悲秋與悲己相襯相合，
逐漸由悲秋過度到悲己。這當中又有反復回環，並在反復回
環中將要抒發的情感逐漸拓廣和加深。其情感的線索是：詩
人雖欲追求卻前途茫茫，雖欲潔身自好卻始終機務纏身，雖
欲超越卻始終未能擺脫，這種情感上的矛盾表現在結構上是
往復回環卻一脈相承，其中沒有轉折和情感上的真正超越。

　　與宋玉的《九辯》有所不同，歐陽修的《秋聲賦》在結構上
卻有轉折和波瀾：全文緊扣著一個「聲」字，由自然之秋寫
到人生之秋，有聲之秋寫到無聲之秋；由對秋的傷感過度到
對秋的理性分析，最後產生對人生自省——人事憂煩造成了
自我衰老，「亦何恨乎秋聲」！全文圍繞這一情感變化過程
分爲三層：第一層以多種比喻來描摹淒切悲涼的有聲之秋；
第二層從「色、容、意、氣」四個方面來寫秋狀，描摹之外
又加議論，強調的是秋天肅殺的威力，並從「四時、陰陽、
五行、五律」等多種角度來闡釋造成秋天肅殺的原因。在情
感的悲憫之外已注入理性的分析，爲下一層的自省和超越作
好了鋪墊。第三層則用無情的草木和有情的人類作對比，指
出人沒有金石之固卻有著無窮的憂勞，這是造成人過早衰老

的主要原因，與秋聲無關。這是文章的主旨所在，在結構上由對有聲之秋的悲憫轉爲對無聲之秋的自省，在情感上則是由哀怨到曠達的跨越。線索清晰而沿直線發展，沒有《九辯》中的那種反復回環。

第二，由於情感的基調不同，兩文的表現手法也各別。

首先，宋玉的《九辯》採用直接抒情和間接抒情兩種方式，而以間接抒情爲主。全賦除了最後兩章是直接痛斥讒人蔽明、昏君誤國，提出自己的政治主張和表白對現實的態度外，其餘皆是用自然之秋來觸發和暗示人生之秋：用衰瑟淒涼的秋景來融會他對人生、對社會、對前途、對君王的傷感和失望，用白露嚴霜對草木的催逼來象徵小人的讒毀造成君門九重、津梁難通；用衆鳥登棲、鳳凰失所來比喻貧士失職、壯志難遂。並且，作者有意採用多種事物形成複喻，來反復抒發自己的情懷，如用美人、芳草、鳳凰、騏驥等比喻自身，用鳧雁、猛犬、浮雲、嚴霜、白露等來比喻小人或黑暗勢力；用關梁不通、后土不滂、圓鑿方柄、浮雲蔽月來比喻君臣難以遇合，以此造成複沓和回環，更好地表達出作者的紛亂思緒和執著追求。

歐陽修的《秋聲賦》則主要是直接抒情，而且是以感慨、議論的方式直接加以表白。如作者從「色、容、意、氣」四個方面描寫秋狀後，來了段抒情：「故其爲聲也，淒淒切切，呼號憤發。豐草綠縟而爭茂，佳木葱蘢而可悅；草拂之而色變，木遭之而葉脫；其所以摧敗零落者，乃其一氣之餘烈」。這段抒情，實際上是對上述描寫的一個形象説明。緊接之後

又是一段議論，從四時、五刑、五音等角度分析秋天爲什麼蕭殺的原因。最後一段對無聲之秋的感慨，更是蘊含著對人生的領悟和超脫，與其説是抒情，毋寧説是人生哲理的闡發，使此賦在抒情之中帶上思辯的色彩。

其次，兩文的狀物方式也不同。宋玉的《九辯》是以細膩而繁複的筆觸具體地進行描述。首章開頭一句「悲哉秋之爲氣也」爲全賦定下一個傷感的基調，然後圍繞這個「悲哉」從物我兩個方面來反複細描：「我」是貧士失職、廓落無友、去故就新、登山臨水送將歸；「物」則細寫了燕、蟬、雁、鵾雞、蟋蟀等蟲鳥在蕭索秋風中的情態，描繪出極其濃郁的悲秋氛圍。以下各章，也是反複細寫了秋風、秋雨、秋霜、秋露、秋草、秋月等秋天的自然景象，以此來烘托貧士的去國之悲。特別是第三章，作者從樹木的枝、葉、顏色、形體多方面來描繪「白露既下百草」後草木的奄離萎約之狀，顯得具體而細膩。後來曹植的《贈白馬王彪》以秋景襯哀情的手法，尤其是第四章對秋風下寒蟬、歸鳥、孤獸的反複細描，完全是受了宋玉這種狀物手法的影響。

歐陽修的《秋聲賦》也善狀物，只不過他的手法更爲多樣：既有具體的細描，也有總體的概括；既有直接的描繪，也有間接的比喻；有時將一種抽象的感覺表現得具體可感，有時又將具體的景象提升爲論析的抽象。秋聲，是作者對秋的一種感覺，或者説是對秋的一種總體印象，秋聲究竟什麼模樣，應當説是很抽象的，但作者卻通過直接的描繪和間接的比喻，將抽象的不可捉摸的秋聲變得具體可感。「初淅瀝

以蕭颯，忽奔騰而砰湃」，「其觸於物也，鏦鏦錚錚，金鐵
皆鳴」，這是直接的描繪；「如波濤夜驚，風雨驟至」，
「又如赴敵之兵，銜枚疾走，不聞號令，但聞人馬之行聲」，
這是間接的比喻。如果説此賦的首段狀物是將一種抽象的感
覺表現得具體可感，那麼第二段則是將具體的景物提升爲論
析的抽象。秋的氣象、秋的色彩是具體可感的，但作者爲了
要透過表象認識秋的本質，便抛開了秋的具象，而從「色、
容、氣、意」四個方面來解析秋狀：「其色慘澹，煙霏雲斂；
其容清明，天高日晶；其氣慄冽，砭人肌骨；其意蕭條，山
川寂寥」。 將具體的景象提升爲論析的抽象，然後再由抽
象到具體，細描淒淒切切的秋聲帶來的草木零落之狀；最後
又由具體到抽象，用四時、五刑、五音來解釋秋氣蕭殺的原
因，使全賦帶上思辯的色彩。

　　再次，歐陽修的《秋聲賦》虛實相生，多用對比之法。

　　《秋聲賦》中有三種對比：一是無聲之秋與有聲之秋，即
自然之秋與人生之秋的對比。自然之秋是其色慘澹，煙霏雲
斂；其容清明，天高日晶；其氣慄冽，砭人肌骨；其意蕭條，
山川寂寥。淒淒切切、呼號憤發，噫嘻悲哉！人生之秋是渥
然丹者爲槁木，黟然黑者爲星星。二是情感上的前後對比。
前面突出的是「悲」，爲草木在秋聲中的摧敗零落之狀而傷
感；後面則突出「悟」，認識到秋聲是「天地之義氣，常以
蕭殺而爲心」，「物過盛而當殺」。前面是感性的投入，後
面是理性的解脱。三是智者與愚者的對比。《秋聲賦》中有兩
個人物：作者和童僕。讀者和論者往往忽略了這個童僕，對

作者精心安排的結尾一段也往往僅從結構上欣賞。實際上這是作者有意安排的對比，用作者對秋聲的敏感和童僕對秋聲的麻木，來表現智者的痛苦和這種痛苦不被世人所理解：作者對方來的秋聲馬上就感覺到不同——「異哉」！要小童立即去查看；小童則麻木而愚鈍，出去轉了一圈，回來說：「星月皎潔，明河在天，四無人聲，聲在樹間」。作者經過一番思索，認識到人事與秋聲無關，從傷感中解脫出來，當他把自己的領悟向小童解說時，小童則「莫對，垂頭而睡。但聞四壁蟲聲唧唧，如助余之歎息」。這不僅像有的論者所分析的那樣使文章顯得波俏，也不僅是使文章結尾餘味無窮，還應當有內容和情感上的考慮，他是要表明：作者對人生的思考和解脫並不被世人所理解，他的歎息中還有智慧的痛苦和孤獨者的傷感。

《秋聲賦》在對比之中還採取了虛實相生之法：無形的秋聲是虛，波濤夜驚，風雨驟至，金鐵皆鳴，赴敵之兵是實；其淒淒切切、呼號奮發之聲是虛，其色、容、氣、意的描繪是實；秋是刑官、是兵象、是商音的理解是虛，而「草拂之而色變，木遭之而葉脫」是實；由盛到衰的人生過程是虛，「渥然丹者爲槁木，黟然黑者爲星星」是實。這種虛實相生的寫法，使文章不會停留在描述這個層面上，還有理性的解析和概括，加大了文章的深度。

第三，兩文對賦體文學的貢獻也各不相同。

宋玉的《九辯》不僅開悲秋之先河，也是騷體賦向漢代大賦過度的標誌。此賦以抒發主觀的悲慨爲主，句中或句尾帶

有虛字「兮」，這是騷體的典型特徵。況且，痛君主之不明
和斥小人之讒毀這個主旨，賦中的部分內容乃至一些段落和
句子，與騷體的代表之作——屈原的《離騷》也非常相近。如
一、二章中的草木搖落之歎和美人遲暮之悲，與《離騷》中的
「惟草木之零落兮，恐美人之遲暮」；騏驥、鳳凰和燕雀、
浮雲之連喻也是《離騷》中常用手法；「何時俗之工巧兮，背
繩墨而改錯」，「堯舜之抗行兮，瞭冥冥而薄天」，「憎慍
惀之修美兮」以下四句，與《離騷》則完全相同。但《九辯》在
結構、語言風格和描寫方法上已開始發生了一些變化，它並
不是完全的騷體，而帶有後來漢代大賦的某些特徵。其題目
「九辯」乃借用古樂調之名，全文分為九個部分，這與《離騷》
以內容為篇名不同。⑦在章法上，則參用了散文的句法，由
參差錯落而形成峻急之氣，描寫也更為具體。如第一章的開
篇即是散文式的感歎句：「悲哉秋之為氣也，蕭索兮草木搖
落而變衰」，而不是《離騷》那種整齊的偶句：「帝高陽之苗
裔兮，朕皇考曰伯庸；攝提貞于孟陬兮，惟庚寅吾以降」。
隨後，句子的長短也隨意變化，形成一種磊落不平的慷慨之
音。正如孫鑛所言：「《九辯》以變屈子文法，加以參差錯落
而多峻急之氣」⑧。另外，在描寫上，作者具體細致地描寫
了燕、蟬、雁、鶂雞、蟋蟀等蟲鳥在蕭索秋風中的情態，以

---

⑦司馬遷將「離騷」解為「離憂」，王逸解為「別愁」，分別見
　《史記。屈原列傳》、《楚辭章句》。

⑧孫批《文選》。

此來烘托和暗示詩人貧士失職、去故就新之悲，也與屈賦中的景物只取其比喻之義大不相同。相反，倒與漢代大賦的形成標誌——枚乘的《七發》相近：在結構上，枚乘的《七發》以吳客與太子討論病源，陳説奇聲、奇味、騎射、遊宴、校獵、觀濤六事分爲七段；在語言上亦多散體，在描述上多鋪排。由此可見，《九辯》在賦的發展史上是功不可没的。

　　歐陽修的《秋聲賦》則是文賦成熟的標誌。在賦的發展史上，由騷體而到西漢的大賦，再到東漢的抒情、詠物小賦，繼之六朝的駢賦和唐代的律賦。有宋以來，由於「宋人多議論」，所以宋賦進一步向散體化方向發展成爲文賦。文賦當然不始於歐陽修，在歐陽修之前，就已有張詠的《聲賦》，葉清臣《松江秋泛賦》，宋祁的《傲驢賦》等散體賦。但是，歐陽修的《秋聲賦》以他那深邃的思想、出色的文筆後來居上，成爲宋代文賦的代表。在語言上，《秋聲賦》或駢或散，行文非常自由。而且描寫時用駢偶，敍述和議論時用散體，呈現出一定的規律性。在手法上，將描寫、敍事、議論、抒情融爲一體，使以狀物抒情見長的賦體文學帶上了未有過的思辯色彩。同時，無論是駢是散，皆不再講究用韻格律，在聲韻上也呈現散體化傾向。日人鈴木虎雄評價歐陽修在中國賦史上的地位時説：「自律賦除去排偶、限韻二拘束」，「成文賦開山之功」⑨誠不爲過。

──────────

⑨見《賦史大要》。

《世說新語‧周處》
與《晉書‧周處傳》

　　周處，字子隱，義興陽羨人也。父魴，吳鄱陽太守。處少孤，未弱冠，膂力過人，好馳騁田獵，不修細行，縱情肆欲，州曲患之。

　　處自知爲人所患，乃慨然有改勵之志，謂父老曰：「今時和年豐，何苦而不樂耶？」父老嘆曰：「三害未除，何樂之有！」處曰：「何謂也？」答曰：「南山白額猛獸，長橋下蛟，并子爲三矣。」處曰：「若此爲患，吾能除之。」父老曰：「子若除之，則一郡之大慶，非徒去害而已。」

　　處乃入山射殺猛獸，因投水搏蛟，蛟或沈或浮，行數十里，而處與之俱，經三日三夜。人謂死，皆相慶賀。處果殺蛟而返，聞鄉里相慶，始知人患己之甚。

　　乃入吳尋二陸，時機不在，見雲，具情以告，曰：「欲自修而年已蹉跎，恐將無及。」雲曰：「古人貴朝聞夕改，君前途尚可，且患志之不立，何憂名之不彰！」處遂勵志好學，有文思，志存義烈，言必忠信克己。

——《晉書‧周處傳》

　　周處年少時，凶強俠氣，爲鄉里所患。又義興水中有蛟龍，山中有邅迹虎，並皆暴犯百姓，義興人謂爲「三橫」，而處尤劇。或說處殺虎斬蛟，實冀「三橫」唯餘其一。處即刺殺虎，又入水擊蛟，蛟或浮或没，行數十里，處與之俱，經三日三夜。鄉里皆謂已死，更相慶。竟殺蛟而出，聞里人相慶，始知爲人情之所患，有自改意。

　　乃至吳尋二陸，平原不在，正見清河，具以情告，並云：「欲自修改，而年已蹉跎，終無所成。」清河曰：「古人貴朝聞夕死，況君前途尚可，且人患志之不立，亦何憂令名不彰邪？」處遂改勵，終爲忠臣孝子。

——《世説新語・周處》

　　周處，晉代一位死於邊事的名臣。關於他少年時代爲民除害、勇於自新的事跡,曾有兩處文字作過介紹：一是《晉書》中的《周處傳》，另一是劉義慶《世説新語》中的《周處》。前者是人物傳記，後者則是初具雛形的軼事小說。由於兩者的體裁要求不同，尤其是主筆者文字上的高下，所以儘管記載的對象都是周處，故事的內容也相近，但對材料的取捨、結構的安排卻大相逕庭。下面把兩文作一簡單對比，然後再作分析：

《晉書・周處傳》	《世説新語・周處》
一、生平介紹	一、生平介紹

周處，字子隱，義興陽羨人也。父魴，吳鄱陽太守。處少孤。

無。

二、年少時表現

未弱冠，膂力過人，好馳騁田獵，不修細行，縱情肆欲，州曲患之。

二、年少時表現

周處年少時，凶強俠氣，爲鄉里所患。

三、鄉人對其態度

處自知爲人所患，乃慨然有改勵之志，謂父老曰：「今時和年豐，何苦而不樂耶？」父老嘆曰：「三害未除，何樂之有！」處曰：「何謂也？」答曰：「南山白額猛獸，長橋下蛟，并子爲三矣。」處曰：「若此爲患，吾能除之。」父老曰：「子若除之，則一郡之大慶，非徒去害而已。」

三、鄉人對其態度

義興水中有蛟龍，山中有遭迹虎，並皆暴犯百姓。義興人謂爲「三橫」，而處尤劇。或説處殺虎斬蛟，實冀「三橫」唯餘其一。

四、殺虎斬蛟過程

處乃入山射殺猛獸，因投水搏蛟，蛟或沈或浮，行數十里，而處與之俱，經三日三夜。人謂死，皆相慶賀。處果殺蛟而返，聞鄉里相慶，始知人患己之甚。

四、殺虎斬蛟過程

處即刺殺虎，又入水擊蛟，蛟或浮或没，行數十里，處與之俱，經三日三夜。鄉里皆謂已死，更相慶。竟殺蛟而出。聞里人相慶，始知爲人情之所患，有自改意。

五、改過自新

乃入吳尋二陸，時機不在，見雲，具情以告，曰：「欲自修而年已蹉跎，恐將無及。」雲曰：「古人貴朝聞夕改，君前途尚可，且患志之不立，何憂名之不彰！」處遂勵志好學，有文思，志存義烈，言必忠信克己。

五、改過自新

乃至吳尋二陸，平原不在，正見清河，具以情告，並云：「欲自修改，而年已蹉跎，終無所成。」清河曰：「古人貴朝聞夕死，況君前途尚可，且人患志之不立，何憂令名不彰邪？」處遂改勵，終為忠臣孝子。

　　從以上的比較可以看出，《晉書・周處傳》一開始先簡要介紹周處的表字、籍貫和家世，作為史書中的人物傳記，這樣的交待是必不可少的。而《世說新語・周處》中上述文字卻一應全無。因為《世說新語》是以記言或記事為主的軼事小說，它的特色是以片言隻語和一兩個富有特徵的典型動作來表現人物性格特徵和精神面貌，以此來反映當時社會對此的態度和作者的評價看法。它記敘人物集中而精當，開後來以記敘軼聞雋語為主的筆記小說之先河，但究其本身還只具備小說的雛形，對人物的身世、生平卻缺少必要的全面介紹，這點不及傳記文學，但在記述周處年少時的表現和鄉人對其態度時，卻顯露出選材的集中、精當、主題的突出、鮮明等許多優點，而這是《晉書・周處傳》所不及的。如《晉書・周處傳》在記述周處年少時的表現用了二十來字寫得較細：「膂力過人，好馳騁田獵，不修細行，縱情肆欲」，而《世說新語・

周處》卻只用了四字「凶強俠氣」。這四個字用的確實簡潔
而精當。首先，他準確而全面地概括了周處的性格特徵，雖
只四個字，卻分爲兩個方面：「凶強」，是強調周處性格中
消極的一面，也是造成「爲鄉里所患」的主要原因；「俠
氣」，卻是他性格中積極的一面，也是他殺虎除蛟以至改造
自新的内在因素，只是由於當時周處年少無知，對自己又缺
乏正確認識。因而「凶強」的一面占了主導地位，逞強使氣、
侵暴鄉里，使人皆患之。因此用「凶強俠氣」來概括其性格
特徵比《晉書・周處傳》中用二十來字一味講消極一面，當然
要全面和準確一些。其次，從結構上看，這樣的概括也可與
後文形成相互照應，符合周處性格發展的規律。正因爲周處
年少無知，而且性格上又有内在積極的一面，所以當他發現
鄉人竟盼其死時，感到異常震驚：「始知爲人情之所患。」
「始知」二字點明了周處以往的作爲並不是有意爲之。「任
俠」二字也證明了他不是一個不可救藥的惡少，而是一個年
少無知、誤入歧途的失足者。這樣他後來才有可能幡然改悟、
棄舊圖新。因此，從結構上看，用「凶強俠氣」來概括其性
格特徵，可與後文相照應，也符合人物性格發展的内在規律。
再次，本文的重點是要讚揚周處勇於改過的精神，也就是說
重心應在後半部分。因此開頭記述得簡略，不作過多渲染，
這樣也可以突出重點，更好地表現主題。總之，以上三點長
處都是《晉書・周處傳》的作者所不及的，短短四字超過了二
十來字的作用。

　　在鄉人對其態度這一段，我們從《世說新語・周處》與《晉

書・周處傳》的不同之處，也可以看出《世説新語》的作者在材料剪裁和情節安排上的功力。《晉書・周處傳》的作者在寫這段時，首先寫周處先已有「改勵之志」，然後通過他與父老的一段對話，交待義興「三害」和周處的慨然承諾：「若此為患，吾能除之。」《世説新語・周處》中則把他的悔悟放到殺虎斬蛟之後，首先直接交待義興三橫，指出「而處尤劇」，然後用「或説」一句把《晉書・周處傳》中周處與父老的大段對話加以概括，並點破鄉人勸周處殺虎斬蛟的目的是「實冀三橫唯餘其一」。這樣處理在選材和結構上至少有以下三個好處：

第一，使故事的發展更符合事理。《晉書・周處傳》中父老面對強暴的周處，公然説他是三害之一，而周處又居然不以為忤，欣然答應去除害，這不太符合周處本身的性格特徵。而《世説新語・周處》中只説白額虎和義興蛟兩害，鄉人利用周處性格中「俠氣」的一面，慫恿他去除害，其目的是害中取小，希望三橫唯餘其一，這樣就較為符合事理。另外文中説「三橫」而不説「三害」，這與周處「凶強俠氣」的性格特徵，與後來的慨然許諾除去兩害的舉動和幡然悔悟的行為都保持了一致性，符合故事情節和人物性格的發展規律。

第二，把大段對話改成直接交待的概述方式，使故事更為簡略，中心更為突出。作者不去細述少年周處給鄉人帶來的危害，而是用側面烘托的手法，交待義興有三橫，「而處尤劇」。一個「尤」字，既突出了周處在鄉人眼中的位置，為下文殺虎斬蛟，鄉人「更相慶」埋下了伏筆，同時又為鄉

人懲愚其去殺虎斬蛟，希望害中取小提供了思想基礎。所以
這種寫法既節約了筆墨，又把周處的行為，鄉人對其態度和
心理活動都交待得既簡約精當又生動傳神。明胡應麟說《世
說新語》「讀其語言，晉人面目氣韻，恍然生動，而簡約玄澹，
真致不窮」①，這種藝術風格從《世說新語‧周處》中也可見
其一斑。

　　第三，使文章迭宕、富有波瀾。《晉書‧周處傳》中首先
交待他「自知為人所惡，乃慨然有改勵之志」，然後又寫他
殺蛟而返，聞鄉里相慶，「始知人患己之甚」，這樣不但文
意顯得重複，而且開頭已說他「自知」，後來又說他「始
知」，這就顯得自相齟齬了。而《世說新語‧周處》的開頭不
提他知道別人的態度，這不但符合他年少無知，並不是有意
作惡的性格特徵，而且與後來的鄉人相慶形成一個迴旋，顯
得波瀾起伏。因為周處除兩害歸來，滿以為會獲得鄉人的讚
許，但萬料不及的是鄉人竟慶賀他的死去，這個毫無思想準
備的強烈刺激，使他猛然醒悟，「始知為人情之所患」，然
後才有尋師改悔的種種舉動。這在結構上顯得奇峯突起，迭
宕多姿，比《晉書‧周處傳》那種平直的寫法要高明一些。

　　關於周處殺虎斬蛟一段，兩文都作為重點來寫，內容上
也相近，但文字上亦有高下。如《世說新語‧周處》中寫周處
殺虎斬蛟的情態是「即刺殺虎，又入水擊蛟」。這種「即
……又」遞進句式，既突出了周處慨然許諾、雷厲風行的英

---

①見《少室山房筆叢》。

雄氣概，又寫出了他格殺猛虎時的輕鬆敏捷，不費氣力，從而突出了他「凶強俠氣」的性格特徵，回應了前文，這比《晉書・周處傳》中同樣描述其殺虎斬蛟的一段文字：「乃入山射殺猛獸，因投水搏蛟」要顯得高明一些。另外，在寫到周處「殺蛟而返」時，《晉書・周處傳》用「果」字：「處果殺蛟而返」；《世說新語・周處》則用「竟」字：「竟殺蛟而出。「果」是表示早在意料之中，「果……返」是在平直地敍述一個早在意中的事件發展過程；而「竟」則是意外之事，「竟……出」是表現此事的偶然性和突發性，這與前面敍述的「經三日三夜，鄉里皆謂已死」的估計正好相反。這樣，就使文章出現了波瀾，而且也正因爲周處突然出現在毫無思想準備的鄉人面前，也更能看清鄉人對他的真正態度，這更使他震驚，催他猛醒，這種語言上的功力是《晉書・周處傳》所不及的。

最後一段是寫周處的改過自新。兩文的内容相似，只是文字上稍有出入和詳略的程度有所不同。《世說新語・周處》中寫周處的顧慮是「年已蹉跎，終無所成」，《晉書・周處傳》中是「年已蹉跎，恐將無及」。這在追求的目標上有所不同。「恐將無及」只是擔心來不及改正錯誤，表現了周處急於改正錯誤的急迫心情；「終無所成」是不但要改正錯誤，還想將來成就一番事業，追求的目標要遠大一些。從史實上看，周處改正錯誤後，進入仕途任御史中丞，後在邊境作戰中英勇獻身，因此寫他當時顧慮「終無所成」，具有遠大抱負，可能更符合人物當時的思想狀況和性格發展趨勢。至於文章

的結尾，《世說新語‧周處》只用十字：「處遂改勵，終爲忠臣孝子」，顯得較爲簡略。而《晉書‧周處傳》卻用了十九字：「處遂勵志好學，有文思，志存義烈，言必忠信克己」，顯得較爲詳備，不但對改過自新這件事進行讚揚，而且對人物一生行爲的其他方面作了介紹，並作出總的評價。《世說新語‧周處》的結尾只對事件的本身作出評價，文字簡潔而精當。魯迅先生在評價《世說新語》記事特色時曾説：「記言則玄遠冷峻，記行則高簡瑰奇。」②簡潔精當和奇偉多變，也正是《世說新語‧周處》在記敍人物上的主要特色。

②見《中國小說史略》。

同為英雄辯誣　筆下各顯神通

三篇《張巡傳》比較

　　臣聞聖主哀死難之士，育死事之孤，或親推輴車，或追建封邑，厚死有以慰生，撫存有以答亡，然後君臣之義貫，以死生激勸之道著於存亡。君所以不遺於臣，臣所以不背其君，君恩臣節於是乎立伏見。故御史中丞贈揚州大都督張巡生於昌時，少習儒訓，屬逆胡構亂，凶虐滔天，挺身下位，忠勇奮發，率烏合之眾，當漁陽之鋒。賊時竊居洛陽，控引幽朔，驅其猛銳，吞噬河南。巡前守雍丘，潰其心腹，及魯靈以十萬之師棄甲於宛葉，哥舒以天下之眾敗績於潼關，兩宮出居，萬國波蕩，賊遂僭盜神器，鴟峙兩京，南臨漢江，西逼岐雍，羣師遷延而不進，列郡望風而出奔，而巡獨守孤城，不爲之卻。賊乃繞出巡後，議圖江淮，巡退軍睢陽，扼其咽領，前後據守，自春徂冬，大戰數十，小戰數百，以少擊眾，以弱制強，出奇無窮，制勝如神，殺其凶醜凡九十餘萬，賊所以不敢越睢陽而取江淮，江淮所以得保全者，巡之力也。孤城糧盡，外救不至，猶奮羸起病，摧鋒陷堅，俾三軍之士啖膚而食，知死不叛，及城陷見執，終無撓詞，顧叱凶徒，精貫白日，雖古之忠烈何以加焉。

伏以光天文武大聖孝皇帝陛下，聰明文思，睿哲神武，提一旅之衆，復配天之業，賞功哀節，大賚羣臣，遂贈揚州官及其子，此誠陛下發德音之美也。而議者或罪巡以食人，愚巡以守死，臣竊痛之，今特詳其本末以辨巡過，以塞衆口，唯聖聰鑒焉。

臣聞人稟教以立身，刑原情而定罪，故事有虧教，則人道不列；刑有非罪，則王法不加。忠者臣之教，恕者法之情。今巡握節而死，非虧教也；析骸而爨，非本情也。春秋之義，以功覆過；咎繇之典，容過宥刑。故大易之戒，遏惡揚善，爲國之體錄用棄瑕。今衆議巡罪，是廢君臣之教，絀忠義之節，不以功掩過，不以刑恕情，善遏惡揚，錄瑕棄用，非所以獎人倫，明勸戒也。且逆胡背德，人鬼所仇，朝廷衣冠沐恩累代大臣將相從逆比肩，而巡朝廷不登，坐宴不與，不階一伍之衆，不假一節之權，感肅義旅，奮身死節，此巡忠義大矣。賊勢憑陵，連兵百萬，巡以數千之衆橫而制之，若無巡則無睢陽，無睢陽則無江淮，賊若因江淮之資，兵彌廣，財彌積，根結盤據，西向以拒王師，雖終於殲夷，而曠日持久。國家以六師震其西，巡以堅壘扼其東，故陝鄢一戰，而犬羊北走，王師因之而制勝。聲勢才接而城陷，此天意使巡保江淮以待陛下之師，師至而巡死也，此巡之功大矣。

古者列國諸侯或相侵伐，猶有分災救患之義，況諸侯同受國恩，奉辭伐罪乎？巡所以固守者，非惟懷獨克

之志，亦以恃諸軍之救。救不至而食盡，食既盡而及人，乖其本圖，非其素志，則巡之情可求矣。設使巡守城之初，已有食人之計，損數百之衆以全天下，臣猶曰功過相掩，況非其素志乎？在周典之三宥，其一曰宥過失。故語巡之忠則可以敦世教，議巡之功則可以繫中興，原巡之情則可以宥過失。

昔夫子作《春秋》，明哀賢，齊桓公將封禪，略而不書；晉文公召王河陽，書而諱之，蓋以匡戴之功大可以掩僭禪之過也。今巡蒼黃之罪輕於僭禪，興復之功過於匡戴，罪疑惟輕，功疑惟重，聖人之訓昭然可徵，臣故謂巡者足可以爲訓矣。臣又聞罰不及嗣，賞延於世，此三代所以直道而行。今巡子亞夫雖受一官，不免饑寒之患，江淮既巡所保，戶口充完，臣謂宜封以百戶，俾食其子。臣又聞强死爲厲，遊魂爲變，有所歸往則不爲災，巡既身首支離，將士等骸骼不掩，臣謂宜於睢陽城北擇一高原招魂，葬送巡並將士，大作一墓而葬，使九泉之魂猶思效命，三軍之衆有以輕生，既感幽明，且無冤厲，亦國家志過旌善，垂戒百世之義也。

臣少與巡遊，巡之生平臣所悉知，今巡死大難，不睹休明，惟期令名，是其榮祿，若不時記錄，日月寢悠，或掩而不傳，或傳而不實，而巡生死不遇，誠可悲焉。臣敢采所聞，得其親睹，撰傳一卷，昧死獻上，伏惟陛下大明在上，廣運臨下，仁惠之德洽於艱難，有善必記，無微不錄，倘以臣所撰編列史官，雖退死邱壑，骨而不

朽。臣瀚誠惶誠恐，頓首頓首，死罪死罪！

——李瀚《進張巡中丞傳表》

元和二年四月十三日夜，愈與吳郡張籍閱家中舊書，得李瀚所爲《張巡傳》。瀚以文章自名，爲此傳頗詳密，然尚恨有闕者：不？許遠立傳，又不載雷萬春事首尾。遠雖材若不及巡者，開門納巡，位本在巡上，授之柄而處其下，無所疑忌，竟與巡俱守死，成功名。城陷而虜，與巡死先後異耳。兩家子弟才智下，不能通知二父志，以爲巡死而遠就虜，疑畏死而辭服於賊。遠誠畏死，何苦守尺寸之地，食其所愛之肉，以與賊抗而不降乎？當其圍守時，外無蚍蜉蟻子之援，所欲忠者，國與主耳。而賊語以國亡主滅，遠見救援不至，而賊來益衆，必以其言爲信。外無待而猶死守，人相食且盡，雖愚人亦能數日而知死處矣，遠之不畏死亦明矣。烏有城壞，其徒俱死，獨蒙愧恥求活？雖至愚者不忍爲，嗚呼，而謂遠之賢而爲之耶？

説者又謂：遠與巡分城而守，城之陷自遠所分始。以此詬遠，此又與兒童之見無異。人之將死，其臟腑必有先受其病者；引繩而絕之，其絕必有處。觀者見其然，從而尤之，其亦不達於理矣。小人之好議論，不樂成人之美如是哉！如巡、遠之所成就，如此卓卓，猶不得免，其他則又何説？

當二公之初守也，寧能知人之卒不救，棄城而逆遁？

苟此不能守，雖避之他處何益？及其無救而且窮也，將其創殘餓羸之餘，雖欲去，必不遠。二公之賢，其講之精矣。守一城，捍天下，以千百就盡之卒，戰百萬日滋之師，蔽遮江淮，沮遏其勢，天下之不亡，其誰之功也？當是時，棄城而圖存者，不可一二數，擅強兵坐而觀者，相環也，不追議此，而責二公以死守，亦見其自比於逆亂，設淫辭而助之功也。愈嘗從事於汴徐二府，屢道於兩府間，親祭於其所謂雙廟者，其老人往往說巡、遠時事雲。

　南霽雲之乞救於賀蘭也，賀蘭嫉巡、遠之聲威功績出己上，不肯出師救，愛霽雲之勇且壯，不聽其語，強留之，具食與樂，延霽雲坐。霽雲慷慨語曰：「雲來時，睢陽之人不食月餘日矣，雲雖欲獨食，義不忍，雖食，且不下咽。」因拔所佩刀，斷一指，血淋漓以示賀蘭，一座大驚，皆感激為雲泣下。雲知賀蘭終無為雲出師意，即馳去，將出城，抽矢射佛寺浮圖，矢著其上磚半箭，曰：「吾歸破賊，必滅賀蘭，此矢所以志也。」愈貞元中過泗州，船上人猶指以相語。城陷，賊以刃脅降巡，巡不屈，即牽去，將斬之。又降霽雲，雲未應，巡呼雲曰：「南八，男兒死耳，不可為不義屈。」雲笑曰：「欲將以有為也，公有言，雲敢不死？」即不屈。

　張籍曰：有於嵩者，少依於巡，及巡起事，嵩常在圍中。籍大曆中於和州烏江縣見嵩，嵩時年六十餘矣。以巡初嘗得臨渙縣尉，好學無所不讀。籍時尚小，粗問

巡、遠事，不能細也。云巡長七尺餘，鬢髯若神，嘗見
嵩讀《漢書》，謂嵩曰：「何爲久讀此？」嵩曰：「未熟
也」。巡曰：「吾於書，讀不過三遍，終身不忘也。」
因誦嵩所讀書，盡卷不錯一字。嵩驚，以爲巡偶熟此卷，
因亂抽他帙以試，無不儘然。嵩又取架上諸書，試以問
巡，巡應口誦無疑。嵩從巡久，也不見巡常讀書也。爲
文章，操紙筆立書，未嘗起草。初守睢陽時，士卒僅萬
人，城中居人戶，亦且數萬，巡因一見問姓名，其後無
不識者。巡怒，鬢髯輒張。及城陷，賊縛巡等數十人坐，
且將戮。巡起旋，其衆見巡起，或起或泣，巡曰：「汝
勿怖，死，命也。」衆泣不能仰視。巡就戮時顏色不亂，
陽陽如平常。遠寬厚長者，貌如其心，與巡同年生，月
日後於巡，呼巡爲兄，死時年四十九。嵩貞元初死於亳、
宋間，或傳嵩有田在亳、宋間，武人奪而有之，嵩將詣
州訟理，爲所殺。嵩無子。張籍云。

——韓愈《張中丞傳後敍》

　　天授之謂才，人從而成之之謂義，發而著之事業之
謂功。精敏辯博，拳捷趫勇，非才也；驅市井數千之衆，
摧胡虜百萬之師，戰則不可勝，守則不可拔，斯可謂之
才矣。死黨友，存孤兒，非義也；明君臣之大分，識天
下之大義，守死而不變，斯可謂之義矣。攻城拔邑之衆，
斬首捕虜之多，非功也；控扼天下之咽喉，蔽全天下之
大半，使其國家定於已傾，存於既亡，斯可謂之功矣。

嗚呼！以巡之才如是，義如是，功如是，而猶不免於流
俗之毀，況其曖曖者邪？

——司馬光《張巡》

中唐的安史之亂，使天下波盪，人民輾轉溝壑、失業流
離，爲禍極巨，唐王朝亦從此由盛轉衰。在安史之亂中，湧
現了不少可歌可泣的人物和事跡，張巡就是其中傑出的代表。
唐玄宗天寶十四年（公元 755 年）安祿山在范陽起兵叛亂，
很快渡過黃河，進逼河南。此時洛陽失守、長安危急。唐玄
宗逃往西蜀，各路軍馬或是舉城以降，或是望風披靡，或是
遷延不進。就在這唐帝國生死存亡關頭，張巡與許遠合守睢
陽，孤軍奮戰，一少擊眾，扼其咽喉，堅持一年之久，力挫
叛軍銳氣，遮蔽了唐王朝財賦的主要來源：江淮地區，爲以
後的官軍反攻、收復失地，創造了有利的時機和條件。一年
以後，終因援軍始終未至，彈盡糧絕，城陷死節。平定叛亂
後，唐政府決定追封死事的有功之臣，論及張巡時，卻引起
了爭議。張巡據守睢陽的義舉遭到非議，使明於大義的時人
與後人都深感不平，紛紛著文予以辯白，這裏擷選的李瀚《進
張巡中丞傳表》、韓愈《張中丞傳後敍》和司馬光的《張巡》即
是其中的代表之作。李瀚的《進張巡中丞傳表》是篇帶有辯誣
性質的奏議，韓愈的《張中丞傳後敍》則是對李瀚之文的補記
和補議，司馬光則是以史學家的身分，對這段歷史公案發表
評論和感慨。三篇文章的體裁不同、具體目的各別，再加上
三人的行文風格各異，因而造成了同一歷史事件的不同表述。

下面通過比較可以看出，根據創作的需要，可以通過選材、結構和不同的論述方式，對同一歷史事件進行不同角度、不同側重點的表達，從而達到不同的創作目的。

一

如上所述，在安史之亂中，像張巡這樣的忠義才能之士並不多，大多數官員皆怯懦苟安、遷延畏戰，甚至望風而潰，這些人在戰後惟恐朝廷嘉恤張巡的忠義行爲，從而形成一種不利於他們的輿論氛圍，再加上一些迂腐的封建道德衛士，不能從大局大節出發看待事物，因此橫加干預，反對褒揚張巡。他們所持的理由是：一，張巡力單勢薄，在靖亂中的作用並不大，其據守孤城，是自不量力的愚蠢行爲。二，在守城糧絕時，張巡等竟然殺人充糧，大悖人倫，更不能褒揚於天下。朝廷中的這種洶洶囂囂、混淆視聽的説法，確實蒙蔽了不少不明實情、不明大節大義之人，針對這幫試圖抹殺張巡抗亂功勳的人，擔負挽回張巡聲譽，從而重塑社會道德大義的責任，李瀚義無返顧地爲張巡立傳，力闢邪議，澄清事實，並向皇帝呈上了這篇《進張巡中丞傳表》。

李瀚在當時甚負文名，本文就充分反映了其行文謀篇的功力，其特色表現爲層層以進、節奏鮮明，以論爲主、以敍爲輔，正面切入、直奔主題，引經據典、力駁謬論。下面就全文作具體的分析。

第一段旨在鋪陳，提綱挈領，申明忠義之道，概要敍述了張巡抗擊叛軍的整個過程及其重要意義，使皇上對過去的

事有一個全面的了解。本段分三個層次：第一層開門見山，
力敍君臣忠義之道，說明只有君主厚恤忠義之士，「不遺於
臣」，臣子才能有所激勸，感於君恩，才會「不背其君」。
這裏也暗示皇帝，大亂之後，只有厚揚忠義，才能籠絡忠義
之士爲其效命，心懷叵測的亂臣賊子才不敢有所妄爲。第二
層歷陳當安祿山發動叛亂時，朝廷大將紛紛敗績，唐玄宗被
迫逃往四川，各路大軍畏縮不前，各地官員望風而逃的事實，
以對比手法突出張巡「獨守孤城，不爲之卻」的忠義。第三
層著重敍述張巡力抗叛軍、「以弱制強，出奇無窮」、「殺
其凶醜凡九十餘萬」的業績，和據守睢陽、翼全江淮的戰略
意義，以及糧盡無援，將士「啖膚而食，知死不叛」的艱苦
慘烈的事跡。最爲特出的是張巡，城陷被俘後猶「顧叱凶徒，
精貫白日」，因此作者以「雖古之忠烈何以加焉」作豹尾之
勢，表達了強烈的公理人情之慨。

　　文章的第二段由正面入筆，肯定了皇帝「賞功哀節」、
襃恤張巡的英明，同時也羅列了反對派的觀點，相形之下，
以力贊皇帝英明，來反襯反對派的荒謬，這種手法還是比較
巧妙的。最後點出作者的觀點，與寫作此篇的意旨。

　　當然，張巡守城殺敵無可非議，但在糧絕時殺人以食的
行爲從倫理角度來説總有錯，試看作者如何處理這個矛盾。
作者首先提出了「忠者臣之教，恕者法之情」這個封建綱義，
然後一一論證，強調張巡「握節而死」，沒有違背忠君這個
教義，而殺人以食也非其所願，而是迫於事勢而然，因此，
可以原諒，在法律上應以寬恕之情待之。接著作者又搬出儒

教經典，以《春秋》之義「以功覆過」作為解決這一矛盾的根
據，並力舉事實，剖析事理，以定取捨。首先，還是運用對
比手法，以地位崇高、受恩深重而又投降叛軍的朝廷大臣，
來襯托這位職位低微、受恩寡薄的張巡，言明其忠義之實。
再以演繹推理的筆法，指出張巡的事功之大，點明正因為張
巡拒守重鎮睢陽，牽制了大量敵軍，保全了富庶的江淮地區，
才使朝廷在西線進兵頗為順利。作者甚至認為，這一切都是上
天的安排，那麼在守城過程中的不合情理之事，也無可非議了。

　　第四段重點分析張巡「食人」這一事件。作者並不糾纏
於就事論事，迂迴入筆，首先擺明天子有難各方義不容辭救
援的道理，然後說明張巡非天生的孤膽英雄，也希望四面八
方同心協力，特別是那些擁軍自重的友鄰能伸出援助之手，
共制叛軍，然而事實並非如此，張巡孤軍奮戰，求援無應，
才導致了糧盡食人的悲劇，那麼責任只能算在張巡頭上嗎？
實際上，值得追究的應該是那些坐視苟安、惟恐因出援而招
致敵軍來犯的人。接著作者又以退為進的筆法，先假設張巡
為守城計，有意殺人充糧，其功過也可互相抵消，接著又否
定張巡有殺人初衷，只是為抗敵大業迫不得已而為，從而使
張巡得到開脫。此段最後三句是本文的中心：「語巡之忠則
可以敦世教」，意在提醒君主，大亂之後，在人心浮動、皇
權渙失的現狀下，只有旌表張巡的忠義，才能固繫人心。
「議巡之功則可以繫中興」，對張巡的英雄事跡和忠義功勳
不功反過，則讓天下有功志功之士寒心，不思效力，則國家
重新興盛的希望就無從談起。「原巡之情則可以宥過失」，

這也是非常必要的，寬宥張巡的食人之過，則能顯示皇恩的浩蕩和國家法度的寬容，這在亂後統治力薄弱的情況下，有著籠絡人心的作用。這三句旨在陳明表彰張巡的現實意義與必要性，在前文的鋪墊下，極具説服力。

接下來是補敍，引《春秋》舊典以昭「興復之功」大於「蒼黃之罪」，以及「罪疑惟輕、功疑惟重」的原則。並提出旌揚張巡的一些具體措施，一、善待張巡的後代，二、善葬死難將士，以激勸世人。最後，作者表明自己對張巡生平熟知，具有爲其立傳的條件，點明時人對張巡的誤解，這是爲其立傳的原因，並希望自己的觀點與意見能得到皇帝的重視。但從後來李瀚《張巡傳》佚失的情況看，雖然原因有待細察，但也足以間接反映出晚唐統治者對張巡的忠義之舉和感人事跡並不是非常重視，甚至不感興趣，這正是晚唐政治的荒弊之處。

二

到了韓愈時代，雖然歲月浸潤，安史之亂已成了悠悠往事，然而世人還深濡於戰爭的陰影，不能忘懷於張巡等人的壯舉。有所褒，必然有所貶，在張巡功績被政府肯定後，無法異議翻案，於是時有小人蓄意教唆張巡之子，以攻誹同時死於王事的許遠，又挑起一場張巡許遠守睢陽的是非之爭。韓愈感於這些浮言妄議，爲了説明事件之真相，寫了這篇《張中丞傳後敍》，繼李瀚的《張巡傳》之後，再駁小人無恥之讕言，再次爲英雄樹碑立傳。這在藩鎮割據，唐王朝的中央政權受到威脅的中唐時代，更有其現實意義。

　　在韓愈之前，張巡事跡已有李瀚爲其立傳，故此文稱爲「後敍」，此文一開始即點明意旨，要補李傳之憾闕，這是文章的引領。本文的成功之處在於塑造了一個羣體形象，使以張巡爲首的忠義之士互相輝映，得以血肉豐滿。在這個羣體形象中，韓愈非常明智地不再長篇累牘地描繪張巡的抗戰壯舉，這些事跡在李瀚的《張巡傳》中應有詳盡的記載，而是著眼於論敍許遠與南霽雲的功跡，而張巡事跡的補敍主要是一些軼事。對三人的著墨方式也不完全一致。記許遠爲虛，爲議，爲闕疑；寫張巡、南霽雲爲實，爲軼事，爲旌揚。綜觀全文，最大特點是時敍時議，敍議結合。議論時層層駁詰，如江河之瀉；敍事時或波瀾迭起，或娓娓以進，從容極至。其筆下人物栩栩如生，如聆其聲，如見其人。

　　本文圍繞讚頌英雄、駁斥誹謗這個中心，結構上分爲五段。前三段爲議論，後兩段爲敍事。議論主要爲許遠辯誣，集中針對以下三點：一是説許遠「畏死辭服於賊」，二是説「城陷從遠所分始」，三是説許遠、張巡死守睢陽毫無意義。

　　對第一點，作者運用假設推理，從許遠困守危城、食其所愛之肉而不降，來證明許遠並不畏死。然後反詰對方：如果連一個愚人都知道活不了幾天的人還在危城死守，又怎麼能設想他在城破之後卻蒙恥求活呢？正因爲這個假設推理的大小前提都是不容置辯的史實，其結論也就不可動搖。駁斥「城陷自遠所分始」則用人們所熟悉的日常之事爲喻，使人們感到這種攻訐的荒唐可笑、不近常理。第三點則延及張巡、許遠兩人，實際上也是對抗擊叛亂、以身殉國的英雄行爲如

何評價的大是大非。對這點，作者針鋒相對，層層駁詰，並在此基礎上進一步指出：這些人不去追究當時棄城而逃者和擅強兵坐觀者的罪責，反而責怪張、許不該死守睢陽，其實質是爲判亂者張目。這段議論，逐層深入，義正辭嚴，有種凜然不可犯的鋒芒。同時在句式上或長或短，聲調上或抑或揚，更顯出一種壯盛搖曳、奇橫傑出的風格。它與第一、二兩種假設推理、設喻反詰等論辯方式結合起來，更形成一種渾浩流轉的論辯氣勢，及摧枯拉朽的邏輯力量。

前三段是議論，並未涉及張巡的軼事。按清代學者方苞的說法，可叫做「讀張中丞傳」。下面的第四、五段是敍事，補記張巡、許遠、南霽雲等英烈在危城中的遺聞軼事，來讚頌他們臨危不懼、忠貞愛國的高風亮節。爲了塑造光輝照人的英烈形象，作者選擇了一些生動感人的細節來表現人物的性格特徵。如南霽雲，就選用了「拒食」、「齧指」和「抽矢射塔」三個細節。前兩個細節表現其不受籠絡、忠國重義的凜然正氣，後一個細節把南霽雲當時的憤怒、爲人的勇銳表現得極爲生動，同時也回應了議論部分對「擅強兵，坐而觀者」的譴責。寫張巡也通過兩個細節：一是誦讀《漢書》，「盡卷不錯」，寫文章未嘗起草，操紙筆立就。這是在塑造張巡的另一面：不光忠勇，也富才華。這就使形象更豐滿、更完備。另一個細節是表現張巡視死如歸，也反映了部下對張巡的崇敬和擁戴。當然，選用細節來表現人物，這種處理題材的方式，也適合「後敍」、「補記」這種體裁的特徵。

　　除了選擇生動感人的細節來表現人物外,作者還讓張巡、許遠、南霽雲互相映襯,使危城三傑英雄羣像愈顯其光彩。如張巡就義前對南霽雲的囑咐和南霽雲的笑諾,既表現了張巡對南霽雲的關心,反映這種友誼是建立在忠義的基礎上;也反映了南霽雲對張巡的尊敬,這又反襯出張巡的威望、號召力和兩人視死如歸的精神。

　　結構上,前三段議論的後兩段敍事互爲表裏,渾然一體。前三段議論是據理力駁,觀點鮮明,爲全文主旨立下不可動搖之根本;後兩段記敍細微生動,感人至深,爲前三段提供了有力的佐證。前三段議論可叫「讀張中丞傳」,後兩段敍事可叫作「記張中丞軼事」,兩者結合起來就是《張中丞傳後敍》。這種精妙的結構,正如方苞所讚歎的那樣:「截然五段,不用鈎連而神氣流注,章法渾成,惟退之有此」。

三

　　司馬光是位著名的史學家,《張巡》則是篇非常有特色的史論。行文之中緊湊跳蕩,寥寥數語,卻能擒縱自如,鞭辟入裏。用語豪健,不枝不蔓,結構精妙,層次分明,情理俱備,神氣貫注。綜觀之,的確爲史論中的上品。試觀之《致王介甫書》的委婉周至的風格,似乎此文不屬司馬光的手筆,可見司馬光不僅習於政論文書,而且工於史論短策,否則怎能寫出《資治通鑒》這樣的宏篇鉅著,又怎能寫出本文這樣的珠璣辭章。試想此論應當是在讀史之餘,慨然於懷,信筆所至,實爲意氣之作。

　　關於張巡的事跡與爭議，李瀚的《進張巡中丞傳表》與韓愈的《張中丞傳後敍》已有詳盡闡議，這裏不必重蹈舊轍，作畫蛇之著，因此，司馬光不再備述其中曲折緣由，而簡括其事，以論爲綱，直貫首尾。篇中以「才、義、功」爲論綱，力舉「非才」與「才」、非義「與」義、「非功」與「功」之辨，橫排堅比，成經緯之勢，這也是本篇結構的謹嚴之處。排比的意旨在於突出張巡的「才、義、功」。文中，作者並沒有回避張巡「食人」的事實，亦承認「死黨友，存孤兒，非義也」，但也指出「明君臣之大分，識天下之大義，守死而不變」的大節，小不掩大，故司馬光認爲，張巡乃有義之人。最後，作者發出對張巡遭受非議的不平與無可奈何的慨歎。世人好責人以備、毀人以譽，千古同此。反之，這也說明了張巡遭到訾議也是正常現象，非議並不能貶低張巡的才德功義。

四

　　這三篇文章的宗旨是一致的，都是爲了旌揚張巡等人的忠義行爲。但三文的寫作背景與環境卻不盡一致。李瀚面對的是張巡等人事跡被攻毀的一股狂潮，來勢洶洶；韓愈所處的是一股詆滅張巡、許遠的邪流，用意陰譎；司馬光是感於史議時論，有所闡發。不同的背景決定了他們不同的寫作目的：李瀚是爲了促使皇帝認清事實，避免爲浮議所惑，表彰張巡，以則世風。其文體爲奏表，旨在呈事勸諫；韓愈是爲了端正視聽，辯明事理。同時，傳記後敍的體裁也決定了補

敍事跡的寫作主旨；司馬光的史論主要目的在於表明個人見
解，以救世人偏執之見，並不針對具體的背景之事而發，重
在議而不在於具體事件和過程的敍述。

　　寫作背景與具體目的的差異，以及文體的不同也決定了
文章行文方式上的差別，當然其中也有各人文章風格不同的
原因。李瀚文意在剖明事實，勸諭君主，故行文委婉周至，
情理兼具；韓愈意在辨斥浮議，拾遺補闕，故敍議結合，議
論嚴密，敍事生動；司馬光意在史論，故題旨宏遠，恣意揮
放。

韓愈和袁枚兩篇祭文的抒情特色

　　年月日，季父愈，聞汝喪之七日，乃能銜哀致誠，使建中遠具時羞之奠，告汝十二郎之靈：

　　嗚呼！吾少孤，及長，不省所怙，惟兄嫂是依。中年，兄殁南方，吾與汝俱幼，從嫂歸葬河陽；既又與汝就食江南，零丁孤苦，未嘗一日相離也。吾上有三兄，皆不幸早世，承先人後者，在孫惟汝，在子惟吾：兩世一身，形單影隻。嫂嘗撫汝指吾而言曰：「韓氏兩世，惟此而已！」汝時尤小，當不復記憶；吾時雖能記憶，亦未知其言之悲也。

　　吾年十九，始來京城。其後四年，而歸視汝。又四年，吾往河陽省墳墓，遇汝從嫂喪來葬。又二年，吾佐董丞相幕於汴京，汝來省吾，止一歲，請歸取其孥。明年，丞相薨，吾去汴州，汝不果來。是年，吾佐戎徐州，使取汝者始行，吾又罷去，汝又不果來。吾念汝從於東，東亦客也，不可以久；圖久遠者，莫如西歸，將成家而致汝。嗚呼！孰謂汝遽去吾而殁乎！吾與汝俱少年，以爲雖暫相別，終當久相與處，故舍汝而旅食京師，以求斗斛之祿；誠知其如此，雖萬乘之公相，吾不以一日輟

汝而就也。

　去年，孟東野往，吾書與汝曰：「吾年未四十，而視茫茫，而髮蒼蒼，而齒牙動搖。念諸父與諸兄，皆康彊而早世，如吾之衰者，其能久存乎？吾不可去，汝不肯來，恐旦暮死，而汝抱無涯之戚也。」孰謂少者殁而長者存，彊者夭而病者全乎？嗚呼！其信然邪？其夢邪？其傳之非其真邪？信也，吾兄之盛德而夭其嗣乎？汝之純明而不克蒙其澤乎？少者、彊者而夭殁，長者、衰者而存全乎？未可以爲信也。夢也，傳之非其真也？東野之書，耿蘭之報，何爲而在吾側也？嗚呼！其信然矣！吾兄之盛德而夭其嗣矣！汝之純明宜業其家者，不克蒙其澤矣！所謂天者誠難測，而神者誠難明矣！所謂理者不可推，而壽者不可知矣！雖然，吾自今年來，蒼蒼者或化而爲白矣，動搖者或脫而落矣，毛血日益衰，志氣日益微，幾何不從汝而死也！死而有知，其幾何離？其無知，悲不幾時，而不悲者無窮期矣！汝之子始十歲，吾之子始五歲，少而彊者不可保，如此孩提者，又可冀其成立邪？嗚呼哀哉！嗚呼哀哉！

　汝去年書云：「比得軟腳病，往往而劇。」吾曰：「是疾也，江南之人，常常有之。」未始以爲憂也。嗚呼！其竟以此而殞其生乎？抑別有疾而至斯乎？汝之書，六月十七日也，東野云，汝殁以六月二日，耿蘭之報無月日。蓋東野之使者，不知問家人以月日，如耿蘭之報，不知當言月日，東野與吾書，乃問使者，使者妄

稱以應之耳。其然乎？其不然乎？

今吾使建中祭汝，弔汝之孤與汝之乳母，彼有食，可守以待終喪，則待終喪而取以來；如不能守以終喪，則遂取以來。其餘奴婢，並令守汝喪。吾力能改葬，終葬汝於先人之兆，然後惟其所願。

嗚呼！汝病吾不知時，汝歿吾不知日，生不能相養以共居，歿不得撫汝以盡哀，斂不憑其棺，窆不臨其穴，吾行負神明，而使汝夭，不孝不慈，而不得與汝相養以生，相守以死；一在天之涯，一在地之角，生而影不與吾形相依，死而魂不與吾夢相接，吾實爲之，其又何尤！彼蒼者天，曷有其極！自今以往，吾其無意於人世矣！當求數頃之田，於伊、潁之上，以待餘年，教吾子與汝子，幸其成；長吾女與汝女，待其嫁，如此而已！嗚呼！言有窮而情不可終，汝其知也邪？其不知也邪？嗚呼哀哉！尚饗！

       ——韓愈《祭十二郎文》

乾隆丁亥冬，葬三妹素文於上元之羊山，而奠以文曰：

嗚呼！汝生於浙而葬於斯，離吾鄉七百里矣。當時雖觭夢幻想，寧知此爲歸骨所耶？

汝以一念之貞，遇人仳離，致孤危託落，雖命之所存，天實爲之；然而累汝至此者，未嘗非予之過也。予幼從先生受經，汝差肩而坐，愛聽古人節義事；一旦長成，遽躬蹈之。嗚呼！使汝不識詩書，或未必艱貞若是。

余捉蟋蟀，汝奮臂出其間，歲寒蟲僵，同臨其穴。今予殮汝葬汝，而當日之情形，憬然赴目。予九歲，憩書齋，汝梳雙髻，披單縑來，溫《緇衣》一章。適先生㧅戶入，聞兩童子音琅琅然，不覺莞爾，連呼則則，此七月望日事也。汝在九原，當分明記之。予弱冠粵行，汝掎裳悲慟。逾二年，予披宮錦還家，汝從東廂扶案出，一家瞠視而笑，不記語從何起，大概說長安登科，函使報信遲早云爾。凡此瑣瑣，雖爲陳跡，然我一日未死，則一日不能忘。舊事填膺，思之淒梗，如影歷歷，逼取便逝。悔當時不能罄娓情狀，羅縷紀存，然而汝已不在人間，則雖年光倒流，兒時可再，而亦無與爲證印者矣。

汝之義絕高氏而歸也，堂上阿嬭，仗汝扶持；家中文墨，眹汝辦治。嘗謂女流中最少明經義、諳雅故者；汝嫂非不婉嫕，而於此微缺然。故自汝歸後，雖爲汝悲，實爲予喜。予又長汝四歲，或人間長者先亡，可將身後託汝；而不謂汝之先予以去也。前年予病，汝終宵刺探，減一分則喜，增一分則憂。後雖小差，猶尚殗殜，無所娛遣。汝來牀前，爲說稗官野史可喜可愕之事，聊資一懽。嗚呼！今而後，吾將再病，教從何處呼汝耶？

汝之疾也，予信醫言無害，遠弔揚州。汝又慮戚吾心，阻人走報。及至綿惙已極，阿嬭問：「望兄歸否？」強應曰：「諾已！」已予先一日夢汝來訣，心知不祥，飛舟渡江。果予以未時還家，而汝以辰時氣絕；四肢猶溫，一目未瞑，蓋猶忍死待予也。嗚呼痛哉！早知訣汝，

則予豈肯遠遊？即遊，亦尚有幾許心中言，要汝知聞，共汝籌畫也。而今已矣！除吾死外，當無見期。吾又不知何日死，可以見汝；而死後之有知無知，與得見不得見，又卒難明也。然則抱此無涯之憾，天乎，人乎！而竟已乎！

汝之詩，吾已付梓；汝之女，吾已代嫁；汝之生平，吾已作傳；惟汝之窆窆，尚未謀耳。先塋在杭，江廣河深，勢難歸葬，故請母命而寧汝於斯，便祭掃也。其旁葬汝女阿印，其下兩冢，一爲阿爺侍者朱氏，一爲阿兄侍者陶氏。羊山曠渺，南望原隰，西望棲霞，風雨晨昏，羈魂有伴，當不孤寂。所憐者，吾自戊寅年讀汝哭姪詩後，至今無男；兩女牙牙，生汝死後，纔周晬耳。予雖親在，未敢言老，而齒危髮禿，暗裏自知，知在人間，尚復幾日？阿品遠官河南，亦無子女，九族無可繼者。吾死我葬，我死誰埋！汝倘有靈，可能告我？

嗚呼！身前既不可想，身後又不可知；哭汝既不聞汝言，奠汝又不見汝食。紙灰飛揚，朔野風大，阿兄歸矣，猶屢屢回頭望汝也！嗚呼哀哉！——袁枚《祭妹文》

正統的祭文，往往是鋪排死者家世，稱讚死者功德，所謂「兼讚言行，以寓哀傷之意」①，從西漢賈誼的《弔屈原賦》到六朝王僧達的《祭顏延年文》大率類此。到了唐代，祭文這

①徐師曾《文體明辨序說·祭文》。

種形式在「唯陳言所務去」的文章革新家韓愈手中卻出現了新的變化。他的《祭十二郎文》打破了一般祭文爲死者歌功頌德的陳腐舊套，結合家庭、身世和發生在身邊的一些生活瑣事，來反複抒寫他悼念亡侄的悲痛情懷，文章悲哀淒楚、婉轉曲折，不但出色地反映出他們叔侄間深厚而真摯的情誼，被喻爲「祭文中千年絕調」，而且在選材、章法、表現手法上都開拓了一個新的領域，給人以新的啓示，因而引起了後來許多古文家的仿效和追攀。清初袁枚的《祭妹文》可算是其中的佼佼者，他有意仿效《祭十二郎文》的手法，通過一些富有情趣的生活片斷，和這位年近半百的兄長抒發強烈的追悔和懊喪之情來描敍三妹坎坷辛酸的一生和她捨己爲人的高尚品格。當然，我們從作者老淚縱橫的目光和他絮絮不已的自譴自責中，也看到了兄妹間的手足深情。這兩篇文章都無一淚字，但讀後皆催人淚下；都無意於感人，卻使人情動於中、蕩氣迴腸。因此，研究一下這兩篇散文的抒情手法及承續關係，對我們今天抒情散文的閱讀和寫作，是不無幫助的。

一

這兩篇文章都是祭文，著重抒發對亡者的懷念之情。寫懷念文字，可以直接言情，也可以寓情於事。寓情於事，雖比較含蓄隱蔽，但通過具體事件的描敍可以使抽象的情感變得形象感人，也讓讀者在絮絮不已的敍說中有種親歷其境之感。這兩篇祭文的作者皆深知行文之道，在文章中主要採用寓情於事之法。但記事，如記得過細，就會變成記敍性文體，

同時可記之事也很多，這就需要選擇和剔除。兩文的作者採取記片斷的方法，著重選擇一些發生在日常生活之中又能體現親人之情的平凡小事，以作者同亡者的親人情誼爲線索，把不同時期、不同方面的材料串連起來，構成一個基本上是以時間順序爲主體的整體。這樣，不但每一個片斷都成爲這條情感的河流中一朵閃光的浪花，而且這浪花又流淌在日常生活的河流中，給人一種既熟悉又親切的感覺。兩文作者對生活片斷的選擇，主要是圍繞下面兩個創作目的：

一是著力表現親人間的親密無間，以此來表達作者的深深追悼懷念之情。兩文中都有經過精心選擇的生活片斷，這些片斷雖細小並不平庸；雖尋常卻很動人，通過它們把死者的音容笑貌、言談舉止、思想情操生動而逼真地浮現出來。如此細小之事，作者竟能記得如此清晰，描繪得如此感人，作者對死者的真摯深厚之情也就不言而喻了。袁枚的《祭妹文》記了以下四件生活瑣事：一是捉蟋蟀。三妹「奮臂出其間」，這個富有形象性的動作活畫出童年三妹的活潑可愛之狀；「歲寒蟲僵，同臨其穴」這八字又形象地描繪出這兩個小兒女的天真爛漫之態。接著，作者由葬蟋蟀聯想到葬三妹，這個跨時間、跨物類的大幅度跳躍，只能說明作者手足間的一往深情，以至把一切事物都與三妹的死聯繫起來。以上是寫童年時代的三妹。二是同溫書，作者描繪三妹「梳雙髻，披單縑」來到哥哥的書房共同背誦《詩經》。一個年僅五歲的小女孩，學習如此主動，同哥哥又如此友愛，難怪老師要莞爾而笑，連呼「則則」了。這個童年時代小妹妹的形象大概

已深深印入作者記憶的深處，以至四十多年後作者筆下的這一幕，從小妹的裝束到讀的課文，從兩人的琅琅然到老師的則則聲記得竟如此清晰，寫得如此栩栩如生。三、四兩件事發生在青年時代。前者是悲兄遠行，我們從三妹「搤裳悲慟」這個牽衣頓足的動作，看到了兄妹之間深厚的情誼；後者是喜兄登科，我們從三妹「從東廂扶案出」這個持重的動作，感到三妹已成爲一個端莊的大姑娘了，而「一家睽視而笑」，則又透露出親人之間的情感仍同往年一樣。以上四件事都是發生在日常生活中，皆是作者親身經歷的平凡小事，它們深深印在作者的記憶深處，並且隨著三妹的逝去，印象也越來越清晰，越來越頻繁地浮現在作者的眼前。當然，我們說這些事件瑣屑平凡，並不意味著作者是不加選擇的信手拈來，恰恰相反，卻是經過精心選擇，仔細編排的。如寫童年時的兩件事，選擇的角度就各不相同：第一件事是記玩耍，突出三妹的天真活潑，後一件事是記讀書，突出三妹的友愛、用功。作者突出三妹從小愛讀書、主動學習，這不僅是通過往事回憶來突出兄妹之情，也是在暗示三妹長大後之所以墨守禮教以至抱撼終生，所埋下的不幸種子。三、四兩件事也是一樣，一是悲，一是喜，但不同中也有同——手足深情始終如一。作者把如此平凡但又經過精心選擇的生活片斷編排在一起，圍繞著追悼亡妹這個中心，滿含著深情絮絮敍出，因而就具有了強烈的抒情色彩和濃郁的傷感氣氛。

袁枚的這種抒情方式實際上是師法韓愈的結果。在《祭十二郎文》中，韓愈首先採用了這種藉平凡生活片斷抒深厚

叔侄之情的抒情方法。作者圍繞當年說過的一句家常話或一封家信來反複描繪叔侄倆孤危的身世和兩人之間深厚的情感，藉以抒發自己無限傷感的悼亡之情。例如文中提到叔侄小時韓愈的嫂嫂（也就是韓老成的母親）對他倆說過的一句話：「韓氏兩世，惟此而已！」這雖是句平常的家常話，卻內含著無盡的辛酸。因爲韓愈三歲喪父，由大哥韓會及大嫂鄭氏撫養成人，但後來大哥、二哥和二哥的兒子百川都相繼去世，兩代人中兄弟輩只剩下韓愈，子侄輩只剩下老成。在祭文中當韓愈再提起這句話時，韓老成和鄭氏又已逝去，這就更增加辛酸和凋零之感。再如，作者扣住侄兒生前來信中的一句話「比得軟腳病，往往而劇」反複加以揣測和詠嘆。先是揣測病亡之因：是由軟腳病而喪生，還是由其他疾病導致腳軟？然後再抒己懊喪之情：侄兒已告訴病情，居然未引起自己的重視而導致夭亡。人已去世還在反複探索病因，並自譴自責，這不更能說明叔侄間的情誼深厚，和作者對侄兒的關懷備至嗎？

二是選擇一些關鍵事件來表現死者的身世和人品。《祭十二郎文》的主題是悼亡。侄兒的早逝、家族的零弱，是作者心肺摧裂的主要原因，也是這篇祭文的主旨所在。爲突出這一主題，作者在選材時不光是選擇一些生活瑣事來反映叔侄間的深情，同時也選擇兩人一生中一些至關重要之事來抒發家門的不幸。作者著重圍繞這三方面：一是他們長輩長兄的情況，二是他們叔侄的情況，三是他們後輩的情況。文章一開始，作者就滿含悲愴敘述了他們長輩父兄相繼過世的情

形，最後總括一句：「承先人後者，在孫惟汝，在子惟吾；兩世一身，形單影隻。」這其中家門的不幸、作者的傷感自不待言，更何況還有更深一層的含蘊：今日這「在孫惟汝」的姪兒又已逝去，「兩世一身」也不能保全，這時與其說是痛亡姪，還不如說是悲家運了。寫他們叔姪也是圍繞這個主題來抒發。作者用書信的方式交待兩人身體都不佳，老叔是「年未四十，而視茫茫，而髮蒼蒼，而齒牙動搖」，作者對前途異常悲觀，因爲諸父兄的身體比他強都早死了，他這個衰病之身還能保全嗎？那麼，姪兒比他年輕，按說可以比他活得長久，這樣至少可以保全一代人了。事實又不然，姪兒來信說他已患軟腳病，並且不時加劇，孟郊的來信更告訴他一個可怕的消息：姪兒已死。本來叔姪兩人，兩代一身，已如涸轍之魚，現在姪兒已死，老叔也只好奄奄待斃了。一旦老叔也死去，韓氏一門將會如何？讀者不敢再想下去，作者也不願再寫下去，只是以強烈的感慨再來寫他們的後代。這又是兩個煢煢孑立的兩代人：韓愈之子五歲，其姪之子十歲，作者感嘆說：「少而強者不可保，如此孩提者，又可冀其成立邪？」常人的心理狀態是希望自己的孩子強健長壽，而作者卻說他們的後代不可能長大，可以說是種反常心理狀態，這種心理是作者對不公平的命運一種悲愴的反抗，也是作者憤世違常的一種心理反映，帶著一種傷感的抒情色彩和濃郁的絕望氣氛。以上是作者著意選擇的三個關鍵事件來表現叔姪的身世，有力地突出了主題，在表現角度上又各有不同：寫父兄是作者直接悲愴地敍述，寫叔姪則是通過來往的書信，

寫後輩則又是強烈的抒情，反常的發問，作者著意通過不同的渠道來噴發自己感情的洪流。

袁枚的《祭妹文》在選擇關鍵事件來表達題旨上亦承續了韓愈，只不過不是用來感慨家運，而是用來頌揚亡妹的人品。作者著意選擇兩件事，一是「義絕高氏」，二是照顧兄病。前者是褒其侍親理家的勞績和才幹，後者是頌其捨己為人、不顧辛勞的品德。至於義絕高氏的原委和經過，作者沒有提及，因為這是作者深深自疚，也是包括三妹在內全家忌諱的事。作者只寫三妹歸家後扶持母親、辦理文墨、千方百計照顧兄病。須知在當時情況下，三妹能夠如此是極為難能可貴的，因這時三妹剛從高家離異歸來，心中正在流血，但她把這一切隱忍不提、放置一邊，而把全部心力放在侍候母親、協助嫂嫂、照顧哥哥上，甚至還強作笑容和輕鬆之狀為病中兄長「說稗官野史可喜可愕之事」，這需要多大的毅力和自我犧牲精神啊！作者把三妹所做的一切放在「義絕高氏」這個背景之下，又以嫂嫂王氏作為陪襯，後來又以自己對三妹之病的態度和三妹病中對己的態度作為反襯和對比，就更加顯示出三妹品格的高尚、忘我精神的可貴。作者的詠嘆、感佩等種種情感也就從這兩個典型事例中盡情地流露了出來，從而使這篇祭文帶有濃厚的抒情色彩。

二

這兩篇祭文作者哀傷的情感不光是通過寓情於事這個管道盡力地向外噴湧，有時也衝破了情感的閘門直接向外傾瀉。

這種直接抒情的方法，在兩文中主要表現在以下三個方面：

一是作者強烈的内疚而產生的自譴自責。對方病故，作者卻把責任歸於己，這本身就是一往情深的反映，如果這責任本不應歸於作者或根本不存在這個責任，作者還要一味地自譴自責，這更是一種對亡者疼愛備至而產生的極端心理了。在《祭妹文》中作者寫了一連串的内疚和自責。首先，作者對三妹的身後處理感到遺憾，認爲她生於浙而葬於寧，孤魂飄零異鄉，因此深感内疚。其實，這種自責是過分了。因葬於寧之羊山既是三妹生前所願也是遵母命所爲，因爲家鄉距此七百多里，江廣河深，歸葬實無可能，況且，三妹的女兒阿印，作者及父親的侍妾亦葬於斯，因此也説不上是孤魂飄零。作者如此的深深自責，只能説明他對三妹的關懷憐愛，不想在她身後留下任何一點遺憾。

其次，是對三妹讀詩書的追悔。作者認爲三妹之所以「孤危託落」以致含恨早逝，是因爲幼時愛讀詩書，「愛聽古節義事」，一旦長成便效法烈女節婦，以「一念之貞」造成終生苦痛。三妹自幼許於江蘇如皋高氏之子，後因高氏子惡劣無賴，高家自請解除婚約，但三妹因受封建禮教毒害太深卻堅決不允，自願身蹈火坑。這本是三妹自己所爲，根源也應是吃人的封建禮教，但作者卻爲此痛切責己，認爲當年如不讓三妹讀詩書就不會產生這樣遺禍了。袁枚是個有名的詩人學者，他二十三歲中舉，二十四歲又「泥金掛壁」高中進士第五名，這個終生矻矻於詩書間的學者現在卻怨恨起詩書來，這不能説不是一種因痛悼亡妹而產生的極端心理。當

然，從作者對導致三妹早逝的原因分析中，我們也可以看出作者出於兄妹之情而產生對封建禮教的本能的反抗，正像他在另一首哭妹詩中所控訴的那樣：「少守三從太認真，讀書誤盡一生春」②，這也正是本文思想上進步性之所在，聯想到袁枚其他的一些批評封建理學的詩：「六經盡糟粕，大哉此言歟」，「瑣瑣角毛鄭，空空談程朱」③，我們似乎可以看到經過亡妹這一記重擊，在他的思想深處和創作道路上掀起了久久難以平息的波瀾。最後，是對未能與亡妹訣別的内疚和終生遺憾。三妹病重時怕哥哥擔心不讓人去報信，而作者又相信醫生的話，認爲此病無妨，於是去揚州應酬。等到病危時，三妹意識到留下的時間已不多，這時才答應告兄，而作者由於朝夕牽掛妹病而形諸夢寐造成警覺,也飛舟渡江。但等到家時妹已氣絕，只是「四肢猶溫，一目未瞑，蓋猶忍死待予也」。作者邊敍事、邊抒情，把兄妹之間互相體貼、互相關心的深情，通過這使人不忍卒讀的死別場面，淋漓盡致地表現了出來。當然，作者這時會想到己病時三妹日夜侍奉的情形，也會想到三妹病時不讓人報信的體貼之心，這樣就會更加責怪自己的粗心，就會更加追悔未能見上一面，就會爲三妹彌留之際未能盡一份兄長之情，而深深内疚，而我們從這追悔和内疚中所感受到的，當然不是對作者的責怪，而是由此而引起的深深嘆息和傷感。

---

②袁枚詩《哭三妹素文》見《小倉山房文集》。

③袁枚詩《感懷》，見《小倉山房文集》。

　　《祭十二郎文》中也有類似的追悔和懊喪，它主要表現在兩件事上：一是兩人爲生活奔波，以至生前未能見上一面，作者對此深以爲悔。其表現方法是先不厭其煩地寫兩人爲生活奔波，人生錯過的情形，作者是由汴到徐，由徐而至京師，姪兒或是不能來，或是來了作者又不在，因此始終未能見上一面。然後再以抒情的筆調直陳内心的後悔和懊喪。因爲作者起先對此分別並不在意，認爲兩人俱年少，今「雖暫相別，終當久相與處」。哪知暫別竟變成了永別，作者久相與處的願望也從此成泡影，於是作者由此產生强烈的自譴自責，深悔自己打錯了主意，造成了終生遺憾。早知如此「雖萬乘之公相，吾不以一日輟汝而就也」。把叔姪相聚放在一切名利之上，恐怕是十分看重骨肉之情的人，才會產生這種價值觀念。第二件事是責己所謂「不慈不孝」，這是以强烈的自譴自責方式直接加以抒發的。作者認爲，不知老成什麼時候得的病，也不知老成死的具體日期；活的時候不能相聚，死的時候又不能執手訣別，這都是自己不可饒恕的罪過，也是一生不可追悔的遺憾。作者甚至認爲是自己不慈不孝有負神明的行爲，在姪兒身上遭到報應，致使韓氏門中的長孫，與己相濡以沫的唯一親人中途夭折。這種一層進一層的自譴自責，產生了强烈的抒情效果。再加上這段採用俳偶句式，讀起來一字一頓、一呼一應、聲淚俱下，更富有感人的藝術效果。

　　這兩篇祭文直接抒情的第二個手法是，用呼天搶地的不平之聲，來抒發心中的百般怨望。三妹是個不多見的賢達聰慧女子，生活卻讓她受盡百般折磨；老成是韓愈唯一的親人，

命運又把他從作者身邊奪走；年歲大的居然活著，年歲小的反先死去；明明是無妨的小病，卻導致夭亡；明明是相依相伴的至親骨肉，臨終前又居然不在身邊。這一切的一切，在兩位痛定思痛的作者看來都是世事的顛倒、命運的播弄、天地的不公，因此他們壓抑不住內心的怨望，對天地、對命運發出了強烈的呼喊。韓愈在《祭十二郎文》中對不公正的命運發出一連串的責問和指陳：「吾兄之盛德而夭其嗣乎？汝之純明而不克蒙其澤乎？少者、彊者而夭歿，長者、衰者而存全乎？」在韓愈看來，既然長兄有盛德，就不應無嗣；既然老成純明，就不應夭折。同樣地，少者、彊者不應歿，長者、衰者則不應全。作者把兩種相對立的矛盾現象，放在一個句子之中，雖然還是詢問句式，但結論已自明：這是命運的顛倒，是非的混淆。同樣地，在文章的最後部分，作者在強烈的自譴自責之後，又把滿腔的悲憤直接向蒼天傾訴：「吾行負神明，而使汝夭，不慈不孝……吾實為之，其又何尤！彼蒼者天，曷其有極」，這悲愴的而又不可能得到回答的質詢和責問，把作者內心深處的強烈不平和對不公正天地的怨憤，非常感人地抒發了出來。

袁枚的《祭妹文》也是如此，三妹死前未見兄面，以致「四肢猶溫，一目未瞑，忍死而待予也」；作為兄長的也有許多內心話要同妹籌畫，現在卻無由相告。這表面是在懊喪輕信醫言遠去揚州，造成了無涯之憾，實質上作者卻是在暗暗埋怨造化小兒的淺薄，無常命運的播弄。作者終於抑制不住內心的怨恨而大聲地呼天搶地：「天乎！人乎！而竟已

乎！」

值得指出的是，這種用怨望天地、大聲呼喊的方法來抒
發心中的不平，是我國古典抒情詩詞中常用的手法。如蔡文
姬在《胡笳十八拍》中埋怨天地造化對她命運的播弄：「爲天
有眼兮，何不見我獨飄流；爲神有靈兮，何事處我天南海北
頭。」《竇娥冤》中的竇娥對天地的責問：「地啊，你不分好
歹何爲地？天也，你錯勘賢愚枉做天。」兩篇祭文的作者把
抒情詩詞中的這種抒情方式移植到散文之中，爲這兩篇祭文
增加了詩一般的抒情效果。

這兩篇祭文直接抒情的第三個辦法就是在文章的結尾處
都絮絮不已，顯得「言有窮而情不盡」。《祭妹文》的作者明
知「哭汝既不聞汝言，奠汝又不見汝食」，但還是滿懷著深
情在那裡絮絮不已。先說三妹身後之事都已妥爲處置，再敍
墳墓未遷的種種原因，最後又盡情訴說自己蕭條的身後之事，
企望死者能給自己安慰和指點。在作者心中，死去的三妹還
像生前那樣端坐在眼前，作者的祭文，也彷彿在和三妹娓娓
敍說家常。但這一切，對清醒的讀者來說，更會引起酸痛之
感。

《祭十二郎文》在結尾處也是絮絮不已的訴說後事，像作
者所說的那樣：「言有窮而情不可終。」同時，這絮絮不已
的自言自語又和前面強烈的自譴自責結合起來，因而使人感
到此時的韓愈已是心肝俱裂，在痛悼亡侄之中已經心迷神亂，
以至怨天尤人、絮絮叨叨，更增强了文章的感人效果。

三

　　這兩篇祭文的抒情特色不光表現在寓情於事和直接抒情這兩個表現手法上，同時在結構上也是回旋曲折、一詠三嘆，顯出很濃郁的傷感色彩。韓愈的《祭十二郎文》表現得尤爲突出。作者接到孟郊的書信得知老成已死，心內百感俱生，文字上表現得異常曲折回旋。此時的感情大體經歷了四個過程：首先是震驚恍惚、如在夢中，這是一個人在精神上受到猛烈打擊後常見的生理現象，繼而是懷疑，出於對侄兒的疼愛，作者寧信其無，不願承認眼前的事實，但「孟郊之書、耿蘭之報」，白紙黑字俱在眼前，使他不得不承認這既成的事實，於是作者由此抒發出內心強烈的悲痛和感慨。但在一番痛定思痛之後又來思索侄兒病亡之因，揣測導致侄兒病故的真正原因究竟是什麼？內中又挾雜著強烈的自譴自責，摻和著追悔莫及的無盡傷感，最後又由侄兒之死追究起死亡之日，我們通過作者顛來倒去的推測孟郊誤報月日和耿蘭不寫月日的原因，不但把一位老叔對亡侄的痛悼之情表現得淋漓盡致，而且在文勢上也曲折回旋，像作者黯然神傷的百結迴腸一般。

　　袁枚的《祭妹文》中也有類似的手法。作者撫今思昔，一詠三嘆，文勢上顯得蕩氣迴腸。如文章開頭作者寫童年三妹和自己一道讀書，差肩而坐、朗朗而誦，先生莞爾而笑，兄妹也怡然自得。但到後來，正是這幼小喜讀的經書戕害了三妹，使她死守節義、抱恨終生。於是當年的樂事又變成終生

的憾事，在文勢上也爲之一變。三妹義絕高氏歸家，從三妹
來説當然是泣血酸楚之事，但母親從此有人扶持，家事從此
有人治理，兄長也從此得到細心照顧，因此作者在不幸中得
到大幸：「雖爲汝悲，實爲予喜」，至此文勢上爲之再變。
但正當母親欣慰、闔家安寧，兄長打算將身後之事託付給她
時，三妹卻溘然長逝，於是作者感嘆道：「予長汝四歲，或
人者長者先亡，可將身後託汝，而不謂汝之先予以去也」，
至此文勢上三變。這多變的文勢不但表露出世事的滄桑、命
運的莫測，同時也使作者的感情更顯得蕩氣迴腸。至於反複
詠嘆，在文章的五、六兩段表現得尤爲充分。第五段寫三妹
永訣，自己未見一面時悔恨交加的心情，第六段寫作者臨風
哭祭的種種懸想和哀告，都是採取身前、身後；天意、人謀；
三妹、作者這不同的側面，不同的角度反複詠嘆、反複抒情，
直接把那種痛心疾首的喪親之情，表現到無以復加的地步，
從而表現出極爲濃郁的抒情特色。

青勝於藍　冰寒於水
談《岳陽樓記》對《黃岡竹樓記》的繼承和創新

　　黃岡之地多竹，大者如椽。竹工破之，刳去其節，用代陶瓦。比屋皆然，以其價廉而工省也。

　　子城西北隅，雉堞圮毀，蓁莽荒穢。因作小樓二間，與月波樓通。遠吞山光，平挹江瀨，幽闃遼夐，不可具狀。夏宜急雨，有瀑布聲；冬宜密雪，有碎玉聲；宜鼓琴，琴調虛暢；宜詠詩，詩韻清絕；宜圍棋，子聲丁丁然；宜投壺，矢聲錚錚；皆竹樓之所助也。

　　公退之暇，被鶴氅衣，戴華陽巾，手執《周易》一卷，焚香默坐，消遣世慮。江山之外，第見風帆沙鳥，煙雲竹樹而已。待其酒力醒，茶煙歇，送夕陽，迎素月，亦謫居之勝概也。彼齊雲、落星，高則高矣；井幹、麗譙，華則華矣；止於貯妓女，藏歌舞，非騷人之事，吾所不取！

　　吾聞竹工云：「竹之爲瓦，僅十稔，若重覆之，得二十稔」。噫！吾以至道乙未歲，自翰林出滁上；丙申，移廣陵；丁酉，又入西掖；戊戌歲除日，有齊安之命；己亥閏三月到郡。四年之間，奔走不暇，未知明年又在何處；豈懼竹樓之易朽乎？幸後之人與我同志，嗣而葺

之，庶斯樓之不朽也！

咸平二年八月十五日記。——王禹偁《黃岡竹樓記》

慶曆四年春，滕子京謫守巴陵郡。越明年，政通人和，百廢具興。乃重修岳陽樓，增其舊制，刻唐賢今人詩賦於其上。屬予作文以記之。

予觀夫巴陵勝狀，在洞庭一湖。銜遠山，吞長江，浩浩湯湯，橫無際涯；朝暉夕陰，氣象萬千。此則岳陽樓之大觀也。前人之述備矣。然則北通巫峽，南極瀟湘，遷客騷人，多會於此，覽物之情，得無異乎？

若夫霪雨霏霏，連月不開；陰風怒號，濁浪排空；日星隱耀，山岳潛形；商旅不行，檣傾楫摧；薄暮冥冥，虎嘯猿啼。登斯樓也，則有去國懷鄉，憂讒畏譏，滿目蕭然，感極而悲者矣。

至若春和景明，波瀾不驚，上下天光，一碧萬頃；沙鷗翔集，錦鱗游泳；岸芷汀蘭，郁郁青青。而或長煙一空，皓月千里，浮光躍金，靜影沉璧，漁歌互答，此樂何極！登斯樓也，則有心曠神怡，寵辱偕忘，把酒臨風，其喜洋洋者矣。

嗟夫！予嘗求古仁人之心，或異二者之為。何哉？不以物喜，不以己悲；居廟堂之高，則憂其民；處江湖之遠，則憂其君：是進亦憂，退亦憂。然則何時而樂也？其必曰：「先天下之憂而憂，後天下之樂而樂乎」。噫！微斯人，吾誰與歸？

時六年九月十五日。　　　——范仲淹《岳陽樓記》

　　在宋初的文壇上，王禹偁是個革新派的代表人物。在理論上，他公開反對當時風靡一時的西崑派的浮泛文風，慨嘆「可憐詩道日已替，風騷委地何人收」①，旗幟鮮明地主張復古：「誰憐所好還同我，韓柳文章李杜詩」②。在創作實踐上，他寫了《唐河店嫗傳》、《待漏院記》、《畬田調》、《感流亡》等骨力遒勁的詩文，關心現實，同情民生疾苦，揭露統治者的荒淫，實踐自己的文學革新主張，特別是他的《黃岡竹樓記》③，把省工廉價的竹樓極力渲染詩化，以此來表達自己雖遭貶斥但卻恬然自適的曠達情懷，和對統治者豪華奢侈的樓臺宮館的鄙棄。文章寫得有骨力，有情采，是北宋早期散文一篇不可多得的佳作。

　　值得指出的是，在王禹偁等人開創的這條宋代文學革新道路上，范仲淹是個承前繼後的關鍵人物。他繼承了王禹偁等人提出的「重道、致用、宗唐、反浮華」等一系列革新主張，進一步提出「國之文章、應於風化；風化厚薄，見乎文章」等文以明道的觀點，大聲疾呼要「救斯文之弊」。在創作實踐上，更是以他那梗概多氣又極富文采的詩文爲革新主張，進一步開拓和廓清了道路，給歐陽修、王安石、蘇軾等

————————

①《還揚州許書記家》，見《小畜集》。
②贈朱嚴，見《小畜集》。
③有的題爲《新建黃州小竹樓記》。

後來的古文大家,直接的啓發和深遠的影響。他的《岳陽樓記》可以説是他文學主張的最好實踐。我們從《岳陽樓記》中可以明顯地看到《黃岡竹樓記》對他的影響,也可以清楚地看出它對《黃岡竹樓記》的創新和發展。

一

《黃岡竹樓記》與《岳陽樓記》在創作思想、文章主旨以及表現手法上有不少共似之處。

首先,在創作思想上,它們雖然都是樓記,但主旨並不在記樓,而是要藉此來抒發謫居中的人生感慨,表白自己不苟且、不沮喪的開闊胸襟和堅貞節操。

《黃岡竹樓記》寫於宋太宗咸平二年(公元999年)王禹偁貶官黃州之時。貶官的原因表面上是由於他編寫《太祖實錄》直書趙匡胤篡周之事,但真正的原因是由於他給太宗上的《端拱箴》,在箴中直接指責「聚民膏血」的統治者「一裘之費、百家衣裳」;「一食之費、千人口腹」的宮廷奢侈生活,因而招來當權者的忌恨,所以藉《太祖實錄》之事在除夕之夜將他貶往黃州,而且一直沒有召還,使這位正直而有才華的政治家困頓老死於黃州。在《黃岡竹樓記》中,王禹偁形式上是在記樓的興建始末,竹樓的特色和樓前的美景,但實質上卻是藉此來強調謫居中樂趣;用飲酒烹茶、送夕陽、迎素月的樓內生活來表白自己不干謁求取的清白之志;用竹瓦易朽但不及人事播遷之速,來抒發自己「八年而三遭貶」的憤懣不平的人生感慨。特別是文章中提到帝王們竟豪奢而築

245

起的齊雲、落星、井幹、麗譙諸樓閣，認爲它們「華則華矣，
止於貯妓女，藏歌舞，非騷人之事，吾所不取」，這更是直
接指斥最高統治者，明確表明自己的政治態度，這與貶前所
上的《端拱箴》在精神上是一脈相承的，反映了這位政治家並
沒有因屢遭打擊而改變初衷，有著堅貞的政治操守和毫不動
搖的追求目標，這也正是本文主旨之所在。這種創作手法對
范仲淹的《岳陽樓記》有著很大的影響。范仲淹作記時也在貶
中，宋仁宗景祐年間，范知開封府，因上《百官圖》譏諷保守
派領袖呂夷簡而被貶饒州，康定元年改任陝西經略安撫副使，
戍守在千嶂孤城之中。慶曆三年後回朝執政，因提出十項改
革主張又遭到守舊派的攻訐，結果一年不到又出爲陝西、河
南安撫使，後又貶邠州，就在這時接到了遭同樣命運的朋友
滕子京的請求、爲重建的岳陽樓作記，所以他在記中所表白
的主旨並不在於岳陽樓的興建始末，也不是爲了描繪岳陽樓
頭的秀麗風光和洞庭湖上的萬千氣象，更不是庸俗地歌頌滕
子京的德政,給朋友捧場,而是通過樓記回答這樣一個問題：
在連續的政治打擊面前應該保持一種什麼樣的情懷和心胸？
在處江湖之遠、蒙受屈辱時又應採取什麼樣的人生態度？他
通過這篇樓記作了公開的表白。作者用洞庭湖霪雨霏霏和春
和景明時兩種不同的景象作喻，表白自己不管在逆境和順境
中都「不以物喜，不以己悲」，並公開表白自己要向古仁人
學習無論在野在朝都要憂國憂民，先天下之憂而憂，後天下
之樂而樂。這是作者的自勉，也是與滕子京的共勉，當然也
是對天下人的表白和對政敵們的宣戰。所以文中洋洋灑灑描

敘的，並非要旨；三言兩語道出的，卻是關鍵。這種明記樓
而實明志，重議不重記的創作方法，明顯是對《黃岡竹樓記》
的學習和借鑑，並對後來的詠物散文產生了極大的影響，如
歐陽修的《醉翁亭記》，不重記亭而重在寫「樂」，藉此表白
作者在貶謫之中恬然自樂的曠達情懷。王安石的《遊褒禪山
記》甚至連褒禪山的景色、山勢都未觸及，主要闡發「入之
愈深，其進愈難而其見愈奇」這個人生哲理和學者必須「深
思慎取」的爲學之道。蘇軾的《石鐘山記》也著重於發「事不
耳聞，目睹不可臆斷其有無」之類的議論和感慨。由此看來，
宋代散文大家的這種創作傾向，是以王禹偁爲濫觴，而在范
仲淹的手中加以繼承和推廣的。

　　其次，這兩篇樓記都善於選擇典型景物，渲染環境氣氛、
借景來抒情。

　　王禹偁《黃岡竹樓記》很善於捕捉景物，製造氣氛。王禹
偁爲了表現竹樓的美妙，著意從竹樓本身和竹樓主人這兩個
方面來選景和製造氣氛。在對竹樓本身進行描繪時，又著重
從樓的位置和樓的特色這兩個角度來詩化。作者寫樓的位置
是「遠吞山光，平挹江瀨，幽闃遼夐，不可具狀」，這是遠
景，是從視覺上寫的；寫樓的特質是「夏宜急雨，有瀑布聲；
冬宜密雪，有碎玉聲；宜鼓琴，琴調虛暢；宜詠詩，詩韻清
絕；宜圍棋，子聲丁丁然；宜投壺，矢聲錚錚然」，這是近
景，是從聽覺上寫的。這樣就把竹樓所處的清幽而曠遠的環
境，竹樓所獨有的清韻和音響描繪得生動而又細膩，而我們
透過這幅山光水色的自然風光和琴棋詩射的生活圖畫，主人

公那種恬淡高雅的情趣和博大坦蕩的胸懷就自然地流露和表現了出來。至於描繪竹樓主人這一段，則是把眼中所見、心中所思，生活起居的敘述和生活情趣的感慨交融在一起，渲染一種清幽寧靜的環境氣氛來襯托主人公的清心寡欲和高潔恬淡。主人公的形象是「被鶴氅衣，戴華陽巾，手執《周易》一卷，焚香默坐」；主人公所見的是「風帆沙鳥，煙雲竹樹」；主人公的起居是飲酒烹茶「送夕陽，迎素月」；主人公的情趣是自甘澹泊、鄙棄建築的華貴、生活的驕奢。通過這段描述和抒情，一個堅貞操守、自甘澹泊又極力排遣雜慮，力求內心平和寧靜的被貶政治家形象就活生生地浮現在我們的眼前。

在《岳陽樓記》中，范仲淹也極力追摹這種手法，把情感的抒發、主觀的議論都建立在精當而又形象的描繪之中。這種環境描繪和氣氛渲染占據了文章的主要部分。文章一開始，作者在扼要地記敘修樓經過和寫作緣起後，就用精妙的描繪勾畫出洞庭湖的全貌：「銜遠山、吞長江，浩浩湯湯，橫無際涯；朝暉夕陽，氣象萬千。」景象何等雄偉，境界如此壯闊，只有一副開闊的胸襟，才配得上欣賞如此的美景，但洞庭湖朝暉夕陰的萬千氣象，又會勾惹起登臨者的不同感受。所以下面自然引起兩種不同景象的描繪和兩種不同感情的抒發。作者是位描景的高手，在佈局和設色上很爲精到。佈局上兩幅圖畫都是先寫白日之景，後描夜晚之貌，再抒內中所生之情。重點都是天氣、星辰、禽鳥、人物這四個方面，層次都是先寫天空，繼而湖岸，再寫湖面，旁及禽獸人物。這

樣佈局合理，重點突出，層次參差有致，很見其描景上的功力。王維在論山水畫佈局時曾說：「高峯最宜高聳，客山須是奔赴……山崖合一水而瀑瀉，泉不亂渡，渡口只宜寂寂，橋梁只宜高聳。」④看來，《岳陽樓記》景物描寫的佈局，是深得畫法要旨的。另外，在畫面的設色上也很精到，作者善於運用色調來形容環境、渲染氣氛，如在描繪洞庭風雨圖時作者儘量運用冷色，使光線陰暗，色調灰冷，給人一種陰森之感，愁苦之態。作者用「日星隱耀，山岳潛形」這種陰暗的色調來形容霪雨陰風帶來的晦暗和恐懼，又用「薄暮冥冥，虎嘯猿啼」使光線陰暗了再陰暗，色調灰冷了再灰冷，並在暮色蒼茫、景物莫辨、視覺功能失去作用時，又讓聽覺發揮作用：潛形的山岳中傳來聲聲虎嘯、陣陣猿啼，這樣就爲我們繪聲繪形地勾畫出一個淒風苦雨、陰冷險惡的客觀環境，再來抒發去國懷鄉之悲，憂讒畏譏之愁，就顯得自然而協調，很容易引起讀者的共鳴。《岳陽樓記》千百年來之所以深深打動了千百萬讀者的心扉，我想與文中出色而精當的景物描寫是分不開的。

　　最後，這兩篇樓記在結構上都善於運用對比手法，以此來增加文章的力度和深度。

　　《黃岡竹樓記》在結構上運用對比的方法。首先，王禹偁把竹樓與齊雲、落星等名樓作一對比。作者所建的竹樓工省而價廉，而帝王們所建的齊雲、落星則費民力、耗錢財；作

---

④王維《山水訣》，見《歷代論畫名著彙編》30 頁。

者所建的竹樓宜密雪、宜鼓琴、宜咏詩、宜投壺，總之宜於助清興、消憂愁，這又是奢華、富麗的齊雲、落星等高樓所不具備的。通過對比，把兩種不同的居住條件，兩種不同的品格和人生觀表現得很鮮明，從而使作者自甘澹泊、關心民瘼的高尚品格凸現出來。其次，作者把樓中的主人作一對比。竹樓的主人是焚香默坐，消遣世慮、追求內心的恬淡和平。他在樓內的行止是觀景、飲酒、品茗、賞月，顯得高雅而曠達，而齊雲、落星等樓的主人卻是在樓內「貯妓女，藏歌舞」、追歡買笑、醉生夢死。王禹偁明確地表示，此非騷人之事，吾所不取。如果說，作者在進行兩樓對比時還只是一種暗示，所抒發的情感還只是從選取的景物中暗暗流露出來的話，那麼這段對比則是直接抒情、公開表白自己的生活情趣和政治態度。王禹偁除了把兩樓和兩樓的主人進行對比外，還把竹瓦的易朽與人事播遷之速作一對比。王禹偁藉竹工之口指出竹瓦只能維持十年，加雙層也只能維持二十年左右，作者於是感嘆到：人事的播遷比竹朽的速度還要快。作者於至道元年由翰林學士貶爲滁州太守，在滁因有人誣他買馬虧價又調任揚州，後回朝不到一年又被貶黃州。四年之中三遭貶斥，正如王禹偁所云：「四年之間，奔走不暇，未知明年又在何處；豈懼竹樓之易朽乎？」儘管王禹偁曾表白過「屈於身兮不屈其道，任百謫而何虧」⑤。但我們從這竹樓與人事的對比中，還是可以清楚地感覺出作者在貶斥之中升沉冷暖的滄

---

⑤《三黜賦》，見《小畜集》。

桑之感。

這種對比法，在范仲淹的《岳陽樓記》中得到了更加充分的運用。文章的第二段寫岳陽樓的地理位置，就是運用視覺上的遠與近、時間的早與晚、方位的南與北等對比來概括岳陽樓的大觀，描繪岳陽樓獨得山川之秀的地理位置。第三段描繪洞庭湖的景色更是出色的對比。寫天氣：一面是霪雨霏霏，連月不開，另一面是春和景明，波瀾不驚；寫湖面：一面是陰風怒號、濁浪排空，另一面是上下天光，一碧萬頃；寫人物活動：一面是商旅不行，檣傾楫摧，另一面是漁歌互答，其樂何極；寫人物心情：一面是去國懷鄉，憂讒畏譏，滿目蕭然，感極而悲，另一面是心曠神怡，寵辱皆忘，把酒臨風，其喜洋洋。通過對比，把洞庭湖面朝暉夕陰的萬千氣象，把不同人物的不同心理感覺和思想境界更加鮮明地襯托出來。文章的最後一部分，作者又把古仁人之心與前兩種人的心理行爲作一對比，又把古仁人在進與退不同處境下的心理行爲作一對比，通過對比把作者深深仰慕的古仁人思想行爲的崇高點凸現出來，整篇文章也就在對比之中結束。

二

《岳陽樓記》之所以成爲千古名篇，絕不僅僅是因爲是借鑑和繼承《黃岡竹樓記》而來的，更重要的是他在前人成就的基礎上還有創新和發展。

首先，范仲淹的胸襟顯得更開闊，思想境界也更高尚。

王禹偁的《黃岡竹樓記》思想意義有兩個方面；一是指斥

封建帝王的荒淫奢侈，大造樓閣臺亭的可鄙，表現了王禹偁自甘澹泊，安於貧賤的高潔之志；另一方面是通過竹樓生活的種種情趣來表現自己處貶斥之中的恬淡心緒。這種情趣的主調是健康的，是應該肯定的，這也是《黃岡竹樓記》千百年來流傳不衰的一個重要原因，但不能說這種情趣中就沒有某種消極的東西。作者寫自己的竹樓生活是手執《易經》、焚香默坐，江山之外只見風帆沙鳥、煙雲竹樹，世慮已不在其胸，這固然表現了作者同惡勢力不妥協、不合作清白自守的人生態度，但不慮世事、追求超脫，這就帶有消極的成分了，這與《岳陽樓記》中范仲淹的「居廟堂之高，則憂其民；處江湖之遠，則憂其君」的積極進取精神相比就有了一定的差距。《岳陽樓記》范仲淹的人生態度已不光是對黑暗勢力的不妥協，也不光是自甘澹泊、清白自守，更重要的還有對理想的執著追求，還有種忘我的獻身精神。正是從這點出發，他對春和景明時心曠神怡和霪雨霏霏時的憂讒畏譏這兩種情感都持否定態度，他公開聲明，他所追求的思想境界是異於二者之為的古仁人之心。而《黃岡竹樓記》的作者對送夕陽、迎素月、無思無慮，悠哉游哉的謫中生活是頗為自許的。這一肯定，一否定，自然顯示出了他們境界上的高下。同時，也正出於上述精神，《岳陽樓記》中絲毫看不出衰憊之氣，既沒有仕途多艱的嘆息，也沒有無端遭貶的不平，所看到的只是范仲淹處江湖之遠還要心憂天下的政治家風範和「先天下之憂而憂，後天下之樂而樂」的忘我獻身精神。這與王禹偁在《黃岡竹樓記》中抒發的四年之間奔走不暇的嘆息和人比竹樓易

朽的遲暮之感相比較，更覺前者抱負的遠大和人格的高尚。
我想，這可能是近千年來，《岳陽樓記》詠嘆不絕於人口的最
主要原因。

其次，《岳陽樓記》駢散相間、錯落有致，更能代表北宋
早期散文革新成果。

王禹偁在理論上提倡復古崇散，重道致用，認爲文是
「傳道而明心」的工具，是「古聖人不得已而爲之」的產物，
這對當時西崑體專講聲律、粉飾太平的形式主義文風是個有
力的攻擊，但也暴露出他偏頗的一面：即不注重文章形式的
精美，盲目地排斥駢體這種文學樣式。其實，散文和駢文是
中國語言文學中兩種各有特色的文體，散文不拘長短，自由
靈活而又突兀不偶，顯得很有骨力，駢體則講究排偶、聲韻、
藻飾，有一種漢語特有的音韵美和節奏美。在《岳陽樓記》中，
范仲淹採用駢散相間、韻白雜陳的方式，把這兩種文體的特
點都充分發揮出來。在敘述議論時多用散文，在描景時多用
駢體。在結構上駢文用在中間，散文用在首尾。這種駢散相
間的形式，使全文既整飭嚴密又錯落有致，再加上想像、誇
張等修辭手法所造就的精句美詞，所以使全文顯得句麗辭暢，
極富於文學的感染力。這種文學樣式，既是對王禹偁文學革
新主張的繼承、發揚，也是對其主張的創新和改進，而且對
後來的散文大家產生了不可估量的影響。如歐陽修的《秋聲
賦》，王安石的《祭歐陽文忠公文》，蘇軾的《記承天寺夜遊》
都是採取這種駢散相間，韻白雜陳的寫法。清代的桐城派代
表作家姚鼐在編《古文辭類纂》時有意不收此文，認爲它語近

對偶，不合「古文義法」，這也從反面說明了《岳陽樓記》在文體革新上的功績和影響。

最後，《岳陽樓記》比起《黃岡竹樓記》來，文勢更曲折、章法更多變，因而也更富有文學的感染力。

《黃岡竹樓記》中，王禹偁歌頌什麼、追求什麼，摒棄什麼，否定什麼，都直截了當地告訴了我們。讀了上句，就知下句要說什麼；讀了描景，就知要抒發什麼樣的情感，顯得較爲平直。「文如看山不喜平」，《岳陽樓記》在這方面變化就多一些。它全文不到四百字，但文中跌宕騰挪，曲折多變；結構嚴謹而不板滯，條理清晰又有波瀾。如范仲淹在描繪洞庭湖景色時，鋪叙它「銜遠山，吞長江，浩浩湯湯，横無際涯，朝暉夕陰」的萬千氣象，看來似乎要淋漓盡致地描繪一番了，哪知他卻用「此則岳陽樓之大觀也，前人之述備矣」一句帶住，戛然而止。相反地，當作者大段地描述洞庭湖陰晴不同的景象和人們登覽的不同感慨後，讀者以爲是淋漓盡致、無話可説了，但范仲淹筆鋒一轉又來了第三大段，極力摹寫「或異二者之爲」的古仁人之心。在本文中，洋洋灑灑揮寫的，卻非要旨；三言兩語道破的，往往是關鍵，范仲淹要否定的，卻先一本正經地道出；而范仲淹極力追求的，又用假設否定的方式出現。這都表現了此文的變幻奇譎、曲折騰挪的行文特色。這也是它在手法上對《黃岡竹樓記》的發展和創新。

三篇《六國論》比較

六國破滅，非兵不利、戰不勝，弊在賂秦，賂秦而力虧，破滅之道也。或曰：「六國互喪，率賂秦耶？」曰：「不賂者以賂者喪，蓋失強援，不能獨完。故曰，弊在賂秦也。」

秦以攻取之外，小則獲邑，大則得城。較秦之所得，與戰勝而得者，其實百倍；諸侯之所亡，與戰敗而亡者，其實亦百倍。則秦之所大欲，諸侯之所大患，固不在戰矣。思厥先祖父，暴霜露，斬荆棘，以有尺寸之地。子孫視之不甚惜，舉以予人，如棄草芥。今日割五城，明日割十城，然後得一夕安寢。起視四境，而秦兵又至矣。然則諸侯之地有限，暴秦之欲無厭，奉之彌繁，侵之愈急。故不戰而強弱勝負已判矣。至於顛覆，理固宜然。古人云：「以地事秦，猶抱薪救火，薪不盡，火不滅。」此言得之。

齊人未嘗賂秦，終繼五國遷滅，何哉？與嬴而不助五國也。五國既喪，齊亦不免矣。燕、趙之君，始有遠略，能守其土，義不賂秦。是故燕雖小國而後亡，斯用兵之效也。至丹以荆卿爲計，始速禍焉。趙嘗五戰於秦，

二敗而三勝。後秦擊趙者再，李牧連卻之。洎牧以讒誅，邯鄲爲郡，惜其用武而不終也。且燕、趙處秦革滅殆盡之際，可謂智力孤危，戰敗而亡，誠不得已。向使三國各愛其地，齊人勿附於秦，刺客不行，良將猶在，則勝負之數，存亡之理，與秦相較，或未易量。

嗚呼！以賂秦之地，封天下之謀臣，以事秦之心，禮天下之奇才，並力西向，則吾恐秦人食之不得下咽也。悲夫！有如此之勢，而爲秦人積威之所劫，日削月割，以趨於亡。爲國者，無使爲積威之所劫哉！

夫六國與秦皆諸侯，其勢弱於秦，而猶有可以不賂而勝之之勢。苟以天下之大，而從六國破亡之故事，是又在六國下矣。

——蘇洵《六國論》

愚嘗讀六國世家，竊怪天下之諸侯，以五倍之地，十倍之衆，發憤西向，以攻山西千里之秦，而不免於滅亡。常爲之深思遠慮，以爲必有可以自安之計；蓋未嘗不咎其當時之士，慮患之疏，而見利之淺，且不知天下之勢也。

夫秦之所與諸侯爭天下者，不在齊、楚、燕、趙也，而在韓、魏之郊。諸侯之所以與秦爭天下者，不在齊、楚、燕、趙也，而在韓、魏之野。秦之有韓、魏，譬如人之有腹心之疾也。韓、魏塞秦之衝，而蔽山東之諸侯；故夫天下之所重者，莫如韓、魏也。

昔者范雎用於秦而收韓，商鞅用於秦而收魏。昭王

未得韓、魏之心，而出兵以攻齊之剛壽，而范睢以爲憂。然則秦之所忌者，可以見矣！秦之用兵於燕趙，秦之危事也。越韓過魏，而攻人之國都，燕、趙拒之於前，而韓、魏乘之於後，此危道也。而秦之攻燕、趙、未嘗有韓、魏之憂，則韓、魏之附秦故也。夫韓、魏諸侯之障，而使秦人得出入於其間，此豈知天下之勢耶？委區區之韓、魏，以當強虎狼之秦，彼安得不折而入於秦哉？韓魏折而入於秦，然後秦人得通其兵於東諸侯，而使天下遍受其禍。

夫韓、魏不能獨當秦，而天下之諸侯，藉之以蔽其西，故莫如厚韓親魏以擯秦，秦人不敢逾韓、魏，以窺齊、楚、燕、趙之國，而齊、楚、燕、趙之國，因得以自安於其間矣。以四無事之國，佐當寇之韓、魏，使韓、魏無東顧之憂，而爲天下出身以當秦兵。以二國委秦，而四國休息於內，以陰助其急。若此可以應夫無窮，彼秦者將何爲哉？

不知出此，而乃貪疆場尺寸之利，背盟敗約，以自相屠滅，秦兵未出，而天下諸侯已自困矣！至使秦人得閒其隙，以取其國，可不悲哉？　　——蘇轍《六國論》

宋二蘇氏論六國徒事割地賂秦、自弱，取夷滅；不知堅守縱約；齊楚燕趙不知佐韓魏以擯秦：以爲必如是，而後秦患可紓。

夫秦後世之所以惡秦者，豈非以其暴耶？以余觀之，

彼六國者皆欲爲秦所爲，未可專以罪秦也。當是時，山東諸侯之立國也，未有能逾於秦者也。其溺於攻伐，習於虞詐，弱肉而強食者，視秦無異；兵連禍結，曾無虛歲。向使有擅形便之利如秦者，而又得天助焉，未必不復增一秦也。惟其終不克爲秦所爲，是以卒自弱，而取夷滅。當蘇秦之始出也，故嘗欲用秦，而教之吞天下矣，誠知其易也。使秦果用之，彼其所以爲秦謀者，一猶夫張儀也。惟其不用，而轉而説六國以縱秦，彼豈不逆知夫縱約之不可保哉？其心特苟以弋一時之富貴，幸終吾身而約不敗。其激怒張儀而入於秦，意可見也。洹水之盟，曾未逾年，而齊、魏之師已爲秦出矣。夫張儀之辯説，雖欲以散縱而就衡，顧其言曰，親昆弟同父母尚有爭錢財，而欲持詐僞反覆，所以狀衰世人之情，非其謬也。彼六國相圖以攻取，相尚以詐力，非有昆弟骨肉之親，其事又非特財用之細也。而衡人方曰挾強秦之威柄，張喙而恐嚇之，即賢智如燕昭者，猶且俯首聽命，謝過不遑，乃欲責以長保縱親，與相佐助，豈可得哉！

所以然者，何哉？則以誤於秦之所爲也。六國皆欲爲秦之所爲，而秦獨爲之，而遂焉者，所云得天助云爾。嗟夫！自春秋以來，兵禍日熾；迄乎戰國，而生民之荼毒，有不忍言者。天之愛民甚矣，豈其使六、七君者肆於人上，日趨無辜之民，胼手胝足，暴骸中野，以終於乎？其必不爾矣！是故秦不極強，不能滅六國而帝，不帝，則其惡未極；其惡未盈，亦不能以速亡。凡此者，

皆天也，亦秦與六國之自爲之也。後之論者，何厚於六國，而必爲之圖存也哉！

曰：「若是，則六國無術以自存乎？」曰：「奚爲其無術也？爲獨存，雖王可也。孟子嘗以仁義説梁齊之君矣，而彼不用也，可嘆也夫！」　——李楨《六國論》

戰國後期，山東的齊、楚、燕、趙、韓、魏六國合縱，對抗函谷關西的秦國，當時無論是内在力量還是外表聲勢，六國都大大超過偏於西隅的秦國，但其結局恰恰是六國縱散約敗，一個個被秦國蠶食鯨吞。公元前 221 年，嬴政終於橫掃六合，登上始皇帝的寶座。中國歷史上這一引人注目的歷史現象，一直引起歷代學者的深思，他們紛紛探究其中的原因，力圖對此作出正確的解釋，以作史鑒。北宋蘇氏父子和元代李楨的《六國論》，就是其中很有代表性的三篇。由於他們立場、觀點不同，觀察問題的角度不同，所以同一歷史事件在他們的筆下卻得出了不同的結論。但值得注意的是，他們對同一歷史事件雖然結論不同，但又都能言之成理，史論雖不全面卻又都能持之有故，而且選材典型、論證周密，具有極強的説服力。因此，比較一下他們在確立論點、選擇材料、組織論證時的不同方法，分析一下他們之間差異產生的原因，對我們今天論説文的教學與寫作，是有幫助的。

一

蘇洵的《六國論》認爲六國敗亡的原因主要是在賂秦，

「賂秦而力虧，破滅之道也」。全文就圍繞這樣一個中心論點來選擇材料、進行論證的。

文章一開頭就緊扣題目，一語破的：「六國破滅，非兵不利、戰不勝，弊在賂秦。」這裡採用不相容的選言判斷：「非兵不利、戰不勝」，目的就在於要把「弊在賂秦」這個中心論點突顯出來。然後，作者從兩個方面來說明賂秦之害：一是從賂秦者來說，「賂秦而力虧」，這是破滅之道也；另一是從不賂秦者來說，「蓋失強援，不能獨完」，結果「不賂者以賂者喪」。全文就是圍繞這兩個方面來組織材料、進行論證的。

首先，作者從敵我雙方的利弊來分析論證「賂秦而力虧」。從秦國方面來看，它擴大領土、增強力量的渠道，不是靠戰爭而是靠受賂，從受賂中所獲得的好處超過戰勝而得的百倍；從賂方來看，他們想通過割地賂秦的方法來苟安，這是不可能的，因為「諸侯之地有限，暴秦之欲無厭，奉之彌繁，侵之愈急」，等到力量消耗殆盡，再想抗秦，已是心有餘而力不足，結果只有束手待斃，所以「故不戰而強弱勝負已判矣」。在分析賂者破亡之因後，作者再分析不賂者為什麼也會破滅的原因。因為從史實來看，當時割地賂秦的只有韓、魏等少數國家，要想使六國破滅──「弊在賂秦」這個論點得以成立，這個解釋是迴避不掉的。作者是個善於論事的文章大家，為了除去人們心中的疑問，他對當時未割地賂秦的齊、燕、趙三國逐一分析、論證，毫無吞吐含糊之態，避重就輕之意。他把不賂秦的國家分為三類：

　　一是齊國，它不賂秦卻附秦，「與嬴而不助五國也」，這樣自挖牆角的結果，是唇亡齒寒，「蓋失強援，不能獨完」，於是「五國既喪，齊亦不免矣」。在手法上，他採取設疑的方法：「齊人未嘗賂秦，終繼五國遷滅，何哉？」這就把人們對此的疑問毫不迴避地點出來，然後通過條分縷析得出使人信服的結論，以設疑起而以釋疑終，正顯示出這位文人大手筆的不凡。

　　二是燕國，作者首先讚揚它能守其土，義不賂秦，指出該國雖小卻後亡，這正是用兵之效。但它後來卻採取行刺這種希圖僥倖的方式，放棄了武備、用兵這個堅實的國策，這就必然導致禍患。

　　三是趙國，它的敗亡則是由於「用武而不終」，聽信讒言，殺掉了良將李牧。

　　在對不賂者破亡之因作了上述三方面分析後，作者再從兩點加以總結：一是從現實出發，稱讚「燕、趙處秦革滅殆盡之際」，仍義不賂秦，堅持用兵，「可謂智力孤危，戰敗而亡，誠不得已」，這就從正面重申了「不賂者以賂者喪，蓋失強援，不能獨完」這個論點；二是從假設出發：假使韓、魏、楚三國不賂秦，齊人不附秦，燕君不用荊卿，趙國李牧仍在，那麼究竟誰滅掉誰，還不一定呢！這是從反面再次重申「六國破滅，弊在賂秦」這個中心論點。

　　從結構上看，文章至此，論點明確、論據充實，論證也完備了，但作者為了增強說服力，又增加了一層主觀感慨的抒發，認為六國如能招賢納士，並力西向，那麼秦人就會愁

的連飯都吃不下，而他們卻未能認識到這一點，反爲秦人積威之所劫，採取割地賂秦的方法，結果日削月割，以趨於亡。作者用「嗚呼」和「悲夫」這些嘆詞來表達他對賂秦之弊的深沉感慨，又用「爲國者，無使爲積威之所劫哉！」這個感嘆句式作進一步的重複和強調，使「弊在賂秦」這個中心論點得到進一步的論證和發揮。從內容上看，這段是以上論據的重複和擴大；從效果上看，也使文章變得更加感人和富有說服力。

最後一段是從六國談到當前北宋的對外政策，慨嘆北宋以天下之大，而從六國破亡之故事，所以連六國還不如，這是對本文論點的引申，也是本文創作主旨之所在。

從以上分析可以看出，本文的中心論點是「弊在賂秦」，而且開篇就予以確定，以下幾段則圍繞賂秦的兩個弊端，選擇典型事例從正反兩個方面加以論述，最後再引申到當今統治者要引以爲戒，點破本文的創作意圖。

二

蘇轍的《六國論》雖然同是探討六國破亡之因，但得出的結論和論證的方式都不同於他的父親。他認爲六國的敗亡之因在於他們不明白天下之勢，不能全力保住韓、魏，失去這個屏障和緩衝地帶，因而導致滅亡。其論證方法也不同於蘇洵：它不是圍繞中心論點分別從幾個方面加以論證，而是採取演繹的方法，逐層推進、步步深入。

文章一開頭，蘇轍就提出一個很奇怪的歷史現象：六國

以五倍之地、十倍之衆發奮西向，以攻山西千里之秦，結果卻以失敗而告終，六國亦相繼滅亡。作者以此引起讀者的注意，和他一道來思索這個問題。蘇轍的結論是：六國破滅，是由於他們慮患之疏見利之淺，且不知天下之勢。至於這個天下之勢是什麼，爲什麼不知天下之勢就會破亡？作者並不急於馬上告訴我們，而且也沒有直接作答。他首先著眼於六國與秦的軍事態勢，分析韓、魏在其中的重要作用，從而讓我們知道齊、楚、燕、趙的失策之處，在於他們不了解這個天下之勢。這樣層層推進、步步演繹，使我們對六國破滅是由於不知天下之勢這個中心論點一步步明確起來。首先，作者從韓、魏的地理位置來闡明他們在諸侯紛爭中的重要位置：魏國東有淮潁，與宋、齊爲鄰；南有鴻溝，與楚爲鄰；北有酸棗，與趙爲鄰；西有函谷，與秦爲鄰。韓國西當秦的函谷要衝，更是秦吞併六國的第一個障礙。蘇轍認爲，從這個軍事態勢來看，無論是秦還是六國要爭天下，都要在韓、魏郊野發生衝突。對秦來說，韓、魏是他的心腹之疾；對山東諸國來說，韓、魏卻是他們的翼蔽，作者由此得出結論：「故天下之所重者，莫如韓、魏也。」

以上是從地理位置來分析天下之勢，接著，作者又從歷史事實、秦與六國的國策來分析齊、楚、燕、趙等不審天下之勢，從而導致六國破滅，蘇轍從秦、山東諸國和韓、魏這三個方面逐一加以剖析：首先分析秦國。秦如不先吞併韓、魏，而去貿然進攻山東諸國，就會造成「燕、趙拒之於前而韓、魏乘之於後」這樣一個兩面夾擊之勢，這是「危道也」；

而秦之所以敢於攻燕、趙，未嘗有韓、魏之憂，也正是由於韓、魏已依附了秦國。這樣一反一正，就把韓、魏在秦吞併六國中舉足輕重的地位明白地擺到讀者的面前。在列舉史實時也是如此：秦孝公用商鞅之策，先擊敗魏，逼魏從安邑遷都大梁，這樣秦就可以憑藉黃河、函谷天險，出兵進擊山東諸國，從孝公到始皇都執行這個既定國策。秦之所以能統一天下，與這個正確的方略是有一定關係的。至於范睢說昭王收韓也是出於同樣的戰略考慮：韓國山地多、平原少、物產貧乏、人口稀疏，在七國中最爲貧弱，易於擊破。更重要的是，它扼守函谷大門，秦要東攻齊、魏，北擊燕、趙，都必須先吞併韓。所以范睢認爲「秦之有韓如木之有蠹，人之有心腹之病也」。蘇轍在此段引用范睢、商鞅先收韓、魏的言論，就在於說明商鞅等人明天下之勢，他們採取先收韓、魏的方略是正確的，所以能吞併六國。與此相反，山東諸國卻不明白韓、魏是他們的屏障，輕易地讓秦人得以出入其間。作者反問一句：「此豈知天下之勢耶？」

最後，再分析韓、魏。他們是強秦窺覬的對象，又加上本身弱小，被吞併是在所難免的，而韓、魏一旦被吞併，秦人就可以此爲跳板去進攻山東諸國，使天下遍受其害。在這裡，作者表面上爲韓、魏開脫，實際上是在強調韓、魏被吞併的嚴重後果，這樣就愈能顯示出韓、魏的重要，愈能讓人們感到燕、趙諸國不助韓、魏，不明天下之勢的愚蠢和不可原諒。

文章至此，是著重分析韓、魏在軍事位置上的重要，告

訴人們六國破滅之因主要在於他們不明白這個天下之勢。那麼，怎樣做才算是明白天下之勢呢？作者認爲，正確的做法應該是齊、楚、燕、趙諸國厚韓、魏而摒秦。爲什麼必須這樣做呢？作者仍從三個方面來分析：對秦國來說，它不敢逾韓、魏以窺齊、楚、燕、趙諸國；對齊、楚、燕、趙來說，它可以得以自完於其間；對韓、魏來說，有四國之佐就可以有強大後盾，放心地與秦國抗衡。總之，六國之間如能「以二國委秦，而四國休息於內，以陰助其急」，那麼就可以應對萬變，不至於爲秦所亡。這樣，作者就從正面闡明了六國救亡圖存的根本之道，實際上也就是要明天下之勢。

正面闡述之後，作者再從反面指出六國沒有採取上述做法，而是爲著尺寸之利背盟敗約，自相屠滅，這正是六國的可悲之處，再次點明六國破亡的主要原因是「慮患之疏，而見利之淺，且不知天下之勢也」。所以從本文的結構上看，它是圍繞上述的中心論點，採取一正一反的手法，從秦、齊楚燕趙、韓魏這三個方面逐層演繹、步步深入下去的。因此，無論是論點、論據還是論證方法都不同於乃父的《六國論》。

三

元代李楨的《六國論》也是探討六國敗亡原因的專論，但他認爲二蘇之說都是厚六國而薄秦的偏頗之論。他認爲六國和秦，都是暴虐無異。六國之亡，就亡在他們力量弱小而又欲爲秦所爲；要想免於滅亡，只有行仁義。在論證方法上，他也不同於二蘇：不是開門見山提出論點，圍繞論點選擇材

料進行論證，而是首先排除對六國敗亡的不正確解釋，然後再闡明自己的看法，直到文章結尾時，才點明論點。

文章一開頭，李楨先簡要地提出二蘇的論點，這論點對不對，他先不置可否；本人的論點是什麼，他也隻字未提，而是筆鋒一轉，去駁世人對秦的偏頗看法。作者採用設問的方法：「夫秦後世之所以惡秦者，豈非以其暴耶？」然後針鋒相對地指出：「以余觀之，彼六國者皆欲爲秦所爲，未可專以罪秦也。」爲了證明這個論點是正確的，作者從六國本性、六國謀士、秦國謀士言行等三個方面加以論證。李楨認爲六國本性與秦國無異，也是「溺於攻伐，習於虞詐，弱肉而強食」，如果他們得逞，未必不是又增加一個暴秦。作者又以六國的主要謀士蘇秦的言行加以證明：蘇秦掛六國相印，力倡合縱，好像誓與六國共存亡，合縱之法也似乎真可抑秦，其實並非如此。作者指出：蘇秦爲人朝秦暮楚，惟利是圖，他起初投秦，因爲他知道秦必將統一天下，只是秦不用他，他才轉而去倡合縱、說六國的。況且，他也並非不知道縱約之不可保，只不過靠其來沽名釣譽、謀取財富罷了。這樣就會使人覺得六國合縱之不可靠，蘇秦爲人之不可信。

最後，作者又以秦國謀士張儀的言行來證明：張儀認爲父母手足之間尚要爭錢財、耍手段，更何況六國之間呢？再說國家興亡又遠非錢財之類小事可比，又加上秦國的威脅利誘，縱散約敗是不可避免的。作者認爲張儀之說雖然露骨，但卻道破了衰世之人情。作者通過以上三方面的論證，無非是要得出一個結論：六國與秦無異，合縱之術違反人情，只

不過是蘇秦之類朝秦暮楚之士，攫取名利的一種手段罷了。

　　在論證方法上，作者的安排也是很巧妙的。他的本意是要說明六國破滅之因在於他們力量弱小卻又欲爲秦所爲，但在上面兩段中卻大談六國本性，毫未提及上述論點是否離題，顧左右而言他呢？不是的！這是採取側面進擊、迂迴包抄之法。因爲作者要指責包括二蘇在內的後人對六國的袒護、對秦的偏頗，就必然要證實六國與秦一樣都很暴虐；作者要論證六國必然破亡，當然也必須首先論證六國的所爲是違背了天道人情。作者開始不提自己的論點，而首先論述六國的本性，正是要排除人們對六國與秦的偏頗看法，這樣才便於接受作者關於六國敗亡之因的正確解釋。

　　那麼，六國敗亡的真正原因是什麼呢？作者終於在第三段開頭加以點破：「誤於秦之所爲也」，六國都想稱帝，只不過秦得天助得以成功罷了。那麼，天意爲什麼要助秦呢？作者接著解釋道：春秋以來，兵連禍結；迄乎戰國，百姓更受其荼毒。蒼天是愛民的，不願再任其下去了，這是其一；如果讓六國也稱帝，那麼百姓頭上就有六、七個君主肆虐於其上，那就更加不能忍受的，這是其二；不讓秦極強，它就不能滅六國而稱帝；秦不稱帝，就不能讓其惡貫滿盈，加速滅亡，這是其三。作者從這三方面代天立言，認爲秦滅六國是天意，也是秦於六國各自行爲的必然結果，因此，後人關於六國敗亡的議論，是站在六國立場上的偏頗之言，這樣就與第一段二蘇的言論暗相對照，只不過未點出二蘇而以「後之論者」泛言之，這樣，論及的範圍顯得更爲寬泛。

　　最後一段，作者以設問設答的方式指出六國要想自存，只有實行仁義，這樣不但可存，甚至可王。可惜的是，六國之君不能施行此道，這是令人感慨不已的。最後一段雖短，確是本文主旨所在，作者無論強調天意助秦，還是指責六國欲秦所爲，都是從這個主旨出發的；作者否定包括二蘇在內的後人偏頗之言，也是以此爲立論根據的。另外，這段雖只有四十多字，章法上卻極富變化：首先它採取設問設答之法來設疑釋疑，強調「其術」極爲重要，但究竟是何術並未點破，這是一變；用孟子以仁義說梁、齊之君，暗示「其術」就是施行仁義，這是再變；梁、齊之君不用，終遭破亡下場，叫人感慨萬端，這是三變。通過如此曲折變化，使作者在篇末點破的主旨，深深地印入讀者的腦中。

　　以上，我們把三篇《六國論》的論點、論據以及主要的論證方法分別加以闡述，從中可以看出他們是如何爲各自的論點選擇論據、組織材料的。爲明確計，把他們各篇主要的不同之點列表如下：

	蘇洵	蘇轍	李楨
論點	弊在賂秦 1.賂秦而力虧 2.不賂者蓋失強 援	不明天下之勢，失韓魏這個重要屏障	六國皆欲爲秦所爲不施仁義

論據	1.韓魏賂秦先亡 2.齊國附秦，蓋失強援，不能獨完	1.韓魏舉足輕重的地理位置； 2.秦與六國對天下之勢的不同分析和所導致的不同結果	1.六國本性與秦無異； 2.六國謀士蘇秦言行； 3.秦國謀士張儀言行
論證	1.開頭點明論點 2.圍繞「賂秦力虧」「蓋失強援」這兩點進行論證 3.用抒情方式對上述論據進行重複和發揮 4.從歷史聯繫到現實，點明題旨	1.開頭點明論點 2.先分析韓魏重要的地理位置，再論述秦、韓魏、其他四國這三方面對此天下大勢的不同認識及其不同結局 3.正面提出六國免遭覆滅的正確做法 4.指出六國由於沒有這樣做而終遭滅亡	1.引用二蘇論點作開頭 2.從六國本性、六國與秦的謀士這三方面來說明六國與秦無異，合縱之法根本行不通 3.正面指出六國敗亡是由於他們欲秦所爲，天意不助的結果 4.最後點題：六國只有施行仁義才能圖存

四

同一個歷史事件，不同的作者爲什麼會得出不同的結論呢？這當然與作者觀察問題的角度有關，而這個角度又是由作者所生活的時代和對這個時代不同認識和主張分不開的。蘇洵的《六國論》表面上是探討六國破亡之因，但真正的意圖則在於藉古諷今，告誡北宋統治者要牢記歷史教訓，不要走賂敵求和的歷史老路。蘇洵生活的時代，宋朝的邊患主要是北方的遼和西北的西夏。在强敵面前，北宋統治者採用六國故技，賂敵求和，換取苟安的局面。宋真宗景德元年（公元1004年）與遼簽定澶淵之盟，每年向遼輸銀15萬兩，絹20萬匹；仁宗慶曆二年（公元1042年）契丹派使者到宋索取晉陽和瓦橋以南十縣土地，結果又只好每年再增加白銀10萬兩，絹10萬匹才算了事①；慶曆三年，宋又每年「贈」給西夏白銀10萬兩，絹10萬匹，茶3萬斤。這雖不像六國那樣割地賂秦，但資敵若己，己財有限而敵欲無窮，其中的道理和結局是一樣的。所以蘇洵在「賂」字上做文章，希望改賂爲戰，這樣才能救亡圖存。

蘇轍《六國論》的背景雖與乃父相似，但在觀察問題的角度和具體認識上與乃父卻不盡相同，因此文章的主題也就不一樣。蘇洵是從國策上抨擊投降路線，主張對遼和西夏用兵，因此他認爲六國亡就亡在「賂」上，今天要借鑑這一歷史教

---

①《宋史》卷7〈眞宗紀〉。

訓，變「賂」爲戰，才能消弭邊禍。蘇轍則是從如何用兵、
如何加強邊備這個角度來古爲今用的：他認爲六國亡就亡在
沒有認清天下之勢，失去韓魏這個重要屏障，從而使秦長驅
直入。北宋初年，趙匡胤片面接受唐末藩鎮割據的歷史教訓，
採取「虛外實內」的軍事部署，天下勁旅駐守京師和通衢要
道，邊境上卻是羸弱之卒，而且又由皇帝遙控，節度使無任
何調兵之權，因此邊境之戰一敗再敗，京都受到威脅。宋真
宗景德元年（公元 1004 年）9 月，遼聖宗率大軍南下直趨
澶州，威脅東京，參知政事王欽若力主避寇遷都金陵，另一
個參知政事陳堯叟甚至主張遷都成都②。蘇轍對朝廷「邊備
之計漸弛」向來痛心疾首，此時對大員們以遷都來避敵的主
張，更不以爲然，提出要加強邊備，禦敵於國門之外③。他
在《六國論》中強調韓魏在戰略上的重要地位，認爲失去屏障
是六國破亡的主要原因，正是他的國防主張在史論中的折
射。

　　李楨生活的時代和他的主張都不同於二蘇，因此對六國
破亡原因的分析也自然與二蘇不同。李楨是西夏國族子，後
入質於蒙古，作爲元太宗的文學近臣，並隨皇子闊、大將察
罕等數次南下，攻占河南、襄樊等地。由於才能特異，戰功
卓著，深受窩闊台父子的倚重，終身榮耀。宋理宗紹定 2 年

②《續資治通鑑》卷 30〈宋紀〉。
③《蘇東坡全集》卷 4〈上神宗皇帝書〉、《蘇東坡全集》卷 6〈辯試館
　職策問答子〉。

（公元 1229 年）在隨皇子闊伐金時，元太宗窩闊台就交待
説：「凡軍中事，須訪楨以行。」宋理宗嘉熙三年（公元
1239 年）李楨隨大將察罕攻宋淮甸時，「楨以功佩金符」，
後又「以功賜銀五千兩」；宋理宗淳祐六年（公元 1246
年）攻南宋襄樊，元定宗貴由由賜他「虎符，授襄陽軍民萬
戶」。④如此的榮寵地位，這樣的生活道路，使他必然站在
元蒙統治者的立場上講話。既然要爲蒙古入侵辯解，首先就
要打破侵略與防衞、正義與非正義的界限，並且改變蒙古貴
族是殘暴入侵者這一形象。但是蒙古入侵者野蠻殘暴，這又
是抹殺不掉的事實，所以李楨在《六國論》中，只好竭力強調
六國與秦無異，也是溺於攻伐，習於虞詐，只是天意不助，
不能稱帝而已。這樣雖不能改變蒙古入侵者的形象，卻可以
讓人們丟掉對金和南宋的幻想。況且，元蒙入主，這又是
「天意」所在，是使百姓避免「六、七君者肆於人上」的唯
一辦法。另外，李楨之前，又有蘇洵父子的《六國論》，特別
是蘇洵的《六國論》影響很大，立論又很有説服力，若不推倒
此論，對元蒙入主中原則很不利，但如針對二蘇論點就事論
事進行反駁，又很難駁倒對方，所以作者選擇這樣一個角度：
把包括二蘇在內的「後人」對六國敗亡原因加以分析，都説
成是偏頗之言，這是實現自己創作主旨的最好辦法。

　　既然如此，李楨爲什麼又要把「仁義」當作本篇的主旨
呢？這也與當時的背景和作者思想有關。眾所周知，蒙古貴

④《元史》卷 114〈李楨傳〉。

族對占領地區的掠奪是極其野蠻殘酷的，就以李楨隨行的皇子闊南侵爲例：宋理宗靖平二年（公元 1235 年），皇子闊攻郢州，擄掠人畜數萬；宋理宗端平三年（公元 1236 年），皇子闊在陽平關打敗宋軍，宋將曹友聞敗死，蒙古軍長驅入蜀在成都大肆擄掠後返回陝西。這種野蠻的擄掠，當然會激起漢族民衆更加堅決的抵抗，這對蒙古貴族的南進政策是極爲不利的。對此，隨軍征討又通曉歷史的李楨是深有體會的。所以，在征討之處，儘量賑恤安撫，以仁義來消弭敵對情緒，如在隨元軍攻河南諸郡時，當時唐鄧二州「兵餘歲凶，流散十八、九。楨至，賑恤飢寒，歸者如市」。隨大將察罕下淮甸時，「楨奏尋訪天下儒士，全所在復瞻之」。察罕圍壽春時，天雨不止，李楨對察罕說：「頓師城下，暴雨疫作，將有不利。且城久拒命，破必屠之，則生靈何辜？請退舍數里，身往招之。」察罕答應他的請求後，李楨「遂單騎入敵壘，曉以利害。明日，與其二將率衆來歸，以功賜銀五千兩。」⑤他在《六國論》中宣揚仁義，一方面指出宋齊之君不接受孟子的仁政主張而終招滅亡，實爲可嘆，這是從反面爲蒙古貴族提供歷史借鑑；另一方面，又指出天意王秦，但秦稱帝後更加暴虐，結果加速滅亡，這亦是天意，這是從歷史的角度正面諷諫，要蒙古貴族改弦更張，施行仁義。這是他寫《六國論》的目的之所在，也是他不同意二蘇論點的原因之所在。

---

⑤《元史》卷 114〈李楨傳〉。

景美才能情切

談歐陽修與蘇轍的兩篇亭記

環滁皆山也。其西南諸峯，林壑尤美，望之蔚然而深秀者，琅邪也。山行六七里，漸聞水聲潺潺，而瀉出於兩峯之間者，釀泉也。峯回路轉，有亭翼然臨於泉上者，醉翁亭也。作亭者誰？山之僧智僊也。名之者誰？太守自謂也。太守與客來飲於此，飲少輒醉，而年又最高，故自號曰醉翁也。醉翁之意不在酒，在乎山水之間也。山水之樂，得之心而寓之酒也。

若夫日出而林霏開，雲歸而巖穴暝，晦明變化者，山間之朝暮也。野花發而幽香，佳木秀而繁陰，風霜高潔，水落而石出者，山間之四時也。朝而往，暮而歸，四時之景不同，而樂亦無窮也。

至於負者歌於塗，行者休於樹，前者呼，後者應，傴僂提攜，往來而不絕者，滁人遊也。臨谿而漁，谿深而魚肥；釀泉爲酒，泉香而酒冽；山肴野蔌，雜然而前陳者，太守宴也。宴酣之樂，非絲非竹，射者中，弈者勝，觥籌交錯，起坐而諠譁者，衆賓懽也。蒼顏白髮，頹然乎其間者，太守醉也。

已而夕陽在山，人影散亂，太守歸而賓客從也。樹

林陰翳，鳴聲上下，遊人去而禽鳥樂也。然而禽鳥知山林之樂，而不知人之樂；人知從太守遊而樂，而不知太守之樂其樂也。醉能同其樂，醒能述以文者，太守也。太守謂誰，廬陵歐陽修也。　　——歐陽修《醉翁亭記》

　　子瞻遷於齊安，廬於江上。齊安無名山，而江之南武冒諸山，坡陁蔓延，澗谷深密。中有浮圖精舍。西曰西山，東曰寒谿，依山臨壑，隱蔽松櫪，蕭然絕俗，東馬之跡不至。

　　每風止日出，江水伏息，於瞻杖策載酒，乘漁舟亂流而南。山中有二三子，好客而喜遊，聞子瞻至，幅巾迎笑，相携徜徉而上，窮山之深，力極而息。婦葉席草，酌酒相勞，意適忘返，往往留宿於山間。以此居齊安三年，不知其久也。

　　然將適西山，行於松柏之間，羊腸九曲而獲少平，遊者至此必息，倚怪石，蔭茂木；俯視大江，仰瞻陵阜，旁矚溪谷。風雲變化，林麓向背，皆效於左右。有廢亭焉，其遺址甚狹，不足以席衆客。其旁古木數十，其大皆百圍千丈，不可以加以斧斤。子瞻每至其下，輒睥睨終日。一旦大風雷雨，拔去其一，斥其所據，亭得以廣。子瞻與客入山視之，笑曰：「茲欲以成吾亭耶。」遂相與營之，亭成而西山之勝始具。子瞻於是最樂。昔予少年從子瞻遊，有山可登，有水可浮，子瞻未嘗不褰裳先之。有不得至，爲之悵然移日。至其翩然獨往，逍遙泉

石之上，擷林卉，拾澗實，酌水而飲之，見者以爲仙也。
蓋天下之樂無窮，而以適意爲悅，方其得意，萬物無以
易之，及其既厭，未有不灑然自笑者也。譬之飲食，雜
陳於前，要之一飽，而同委於腐臭。夫孰知得失之所在？
惟其無愧於中，無責於外，而姑寓焉。此子瞻之所以有
樂於是焉。
　　　　　　　　　　　　　　——蘇軾《武昌九曲亭記》

　　歐陽修和蘇轍是宋代兩位著名的散文大家，在他們的創
作生涯中都曾寫過著名的「亭記」。歐陽修的叫《醉翁亭記》，
寫於滁州太守任上，作者通過滁州西南瑯邪山上的醉翁亭朝
暮、四時秀麗景色的生動描繪，抒發他寄情山水的閑適而優
雅的情致，也反映了這位北宋政治家在遭貶後不戚戚於心的
曠達情懷。蘇轍寫的叫《武昌九曲亭記》。九曲亭在武昌（今
鄂城縣）縣西的九曲嶺上，其兄蘇軾貶於黃岡時所建。作者
通過對建亭始末的描述和對其兄往事的追憶，讚頌蘇軾在無
端遭貶後恬然自適的曠達胸襟，當然也表現了作者的仰慕和
不平的複雜感情。
　　作爲出色的「亭記」，兩文有著不少共通之處。
　　首先，在立意上它們都是明記亭而實記人，記亭是手段，
記人才是目的。在《醉翁亭記》中，亭子周圍的景色固然是美
妙的，但如果離開了「歌於途」的負者，「休於樹」的行者，
「前呼後應，傴僂提攜，往來不絕」的遊人，恐怕此亭也就
黯然失色；瑯邪的山水是清幽的，但如離開「臨谿而漁」的
漁者，「釀泉爲酒」的酒工，離開「射者」、「奕者」，

「起坐而諠譁」的衆賓，恐怕也就絕少生氣；當然在這個絕
妙的美景佳境之中，最爲生動的形象，也是作者著力要表現
的是作者的自我形象。這位太守年僅四十歲卻自號醉翁，不
能飲酒卻自稱醉，這本身就具有非常鮮明的性格特徵，他設
宴於泉香而酒洌的醉翁亭旁，頹然於起坐而諠譁的衆賓之間，
蒼顏白髮映照於綠水青山，這幅圖畫異常生動形象。更何況
作者是用第一人稱的手法，通過作品主人公「醉翁」對景物
和宴遊的讚嘆來直接抒情，這樣給人感覺就更加直接和强烈。
所以讀過《醉翁亭記》後，讀者對瑯邪的深秀，溪亭的清幽，
山間的朝暮、四時的美景既然會深深地讚賞，而對處於這美
景之中的滁州風情，山中往來的滁人，雜然而陳的「太守
宴」，「起坐而諠譁」的「衆賓歡」將會留下更爲强烈的印
象，特別是那位緣俗而往，隨遇而安，恬然自適的太守和他
那雖頹然乎其間但又不同於衆樂的獨特内心感受，更能深深
打動讀者的心扉，而這正是作者創作主旨之所在，所以是明
寫景而實記人。蘇轍的《武昌九曲亭記》也是如此：作者記西
山和寒谿的深幽隱蔽，車馬之跡不至，是爲了襯托蘇軾貶中
的清高和絕俗，表現他徜徉山間「適意忘返」的恬淡曠達的
情懷；作者記九曲亭的興建始末，也是爲了突出蘇軾的獨具
慧眼，胸中自有丘壑，所以才看中這塊「俯長江，仰瞻陵阜，
旁矚谿谷，風雲變化，林麓相背，皆效於左右」的不尋常的
亭址，甚至這種慧眼還得到天助。至於文章的最後一段，則
乾脆撇開九曲亭，直接謳歌蘇軾終生怡情於山水，一貫不以
得失爲意的高尚情趣和曠達胸懷，從而也表現了作者對乃兄

的仰慕之情和共同的生活志向。所以讀過以後，對九曲亭的
建築風光的印象遠不如對蘇軾爲人印象之深，對山水名區的
嚮往之情遠不如對蘇軾高風亮節仰慕之強。當然這也是由作
者的創作意圖所決定的，它也是借亭來寫人，記亭描叙是手
段，記人抒情才是目的。

這兩篇散文的第二個相似之處是它們所抒之情相類，都
是恬然自適，曠達而自放。兩篇文章中的主人公都在遭貶之
中。《醉翁亭記》的作者歐陽修因「慶曆新政」失敗，被保守
派逐出京師貶爲滁州太守；《武昌九曲亭記》中的蘇軾也是因
爲「烏台詩案」貶到黃州任團練副使，蘇轍追隨其兄來到黃
岡，並爲乃兄所建的「九曲亭」作記。一個人在忠而見疑，
無端遭貶之際，所產生的情感可能是多種多樣的，有的可能
是憤懣，有的可能是怨恨，也有的可能是不變初衷，「雖九
死其猶未悔」。這兩篇亭記中主人公的情感皆是怡情於山水
之間，寄興於林泉之上，不以貶斥爲意，也不與在俗爲伍。
在《醉翁亭記》中，作者明確地道破：「醉翁之意不在酒，在
乎山水之間也，山水之樂，得之心而寓之酒也。」也就是說，
飲酒只是他的外在形式，與他內心交融的則是山水之樂，而
且他的樂趣又不同於禽鳥之樂、衆人之樂，而是另有所感悟。
這種感悟作者雖未道破，但從文章的一系列描述和抒情來看，
是指對世俗和榮辱的摒棄，對內心約束的解脫，把自己的內
在精神和蔚然深秀的山水林泉融爲一體，合而爲一。蘇轍的
《武昌九曲亭記》也是如此，文中不止一次提到「意適忘返」、
「以適意爲悅」，以此來強調蘇軾兄弟所追求的是內心的曠

達和自放，貶斥和屈辱是不存芥蒂於心的。至於文中所描述的蘇軾行蹤是「杖策載酒，乘漁舟亂流而南」，「翩然獨往，逍遙於泉石之上」，更是直接表現主人公的追求和精神寄託之所在。當然，這兩篇文章的基調雖都樂觀曠達，但形式上的歡樂絕不意味著内蘊上的輕鬆，情懷上曠達也不能摒除他思想深處的眷念。歐陽修在遭貶後寫的《歸田錄》中說：「既不能因時奮身，遇事發憤，有所建明，以爲補益；又不能依阿取容，以絢世俗。使怨疾謗怒叢於一身，以受辱於羣小。」這很能説明他遭貶時的心境。在滁州任上他寫過一首《題滁州西澗》，亦道破了他自號醉翁的動機，詩中寫道：「四十未爲老，醉翁偶題篇。醉中遺萬物，豈復記吾言……豈不類絲竹，絲竹不勝繁。所以屢携酒，遠步就潺湲。」實際上，他是在借酒以自放，借山林泉亭來排遣他政治上的失意之情，借遊人衆賓之歡來烘托他的曠達和大度。《武昌九曲亭記》中雖然沒有蘇軾本人内心世界的直接自白，但我們從蘇軾在黃州寫的一些詩文中可以看出相類的情感，如《卜算子》詞中那個「獨往來」的縹緲的孤鴻；《送沈逵赴廣南》詩中「我謫黃州四五年，孤舟出没煙波裡。故人不復通問訊，疾病飢寒疑死矣」的深沉感慨，都很能説明當時的心境。這種心境我們從《武昌九曲亭記》中也可以看出一斑，文中強調九曲亭址是「依山臨壑，隱蔽松櫪，蕭然絕俗，車馬之跡不至」，主人公是「每至其下，輒睥睨終日」，甚至「意適忘返，往往留宿於山上」。蕭然絕俗，這意味著什麼？睥睨之中，思索的是什麼？流連忘返，專注的又是什麼，作者儘管没有説，但

內在的情緒恐怕絕非「歡樂曠達」四字所能概括，情感上恐怕也是不太輕鬆的。至於亭名「九曲」，表面上看是由於亭前「羊腸九曲而獲小平」，但是九曲的恐怕也不僅是羊腸小道，可能也暗合了作者的迴腸百結，曠達之中也還是有寄寓的，所以這兩篇亭記情感上都有其深沉的一面，思想上也有其複雜的一端。

二

儘管這兩篇亭記的作者都是古文大家，但他們的文學價值卻是不同的。歐陽修的《醉翁亭記》是我國古典散文中的神品，千百年來眾口交譽，幾乎是婦孺皆知，而蘇轍的《武昌九曲亭記》儘管也是名篇，但無論在本身的精美和流傳的深廣上都不及《醉翁亭記》。究其原因，我以為主要是由於在景與情的關係上兩文採取了不同的態度和處理方法。《醉翁亭記》很注意醉翁亭以及亭周圍的景色描繪。作者首先用美的景色來感染讀者，然後再以美的情趣打動讀者，景美才能情切，作者正是通過美的景色交融著美的情趣，使這篇散文具有了千古不滅的美學價值。作者的這種高超寫作技巧，主要表現在以下兩個方面。

第一，作者以亭為中心，講究構圖的精美和景色的搭配。作者為了表現醉翁亭以及瑯邪山的美景，在構圖上進行了精心構思，著意從空間位置、時間變換、動靜搭配三個方面把瑯邪山與醉翁亭變成一幅有生命的山水畫，有色彩的散文詩。

在空間位置上，作者不是孤立地去寫山、寫泉、寫亭，

而是把它們交織在一起組成一個統一的整體。它們各有特點、各盡其妙；瑯邪是蔚然而深秀——渲染其色；釀泉是潺潺於兩峯之間——形容其聲；醉翁亭是翼然臨於泉上——描摹其態。它們又互相映襯、互爲表裏：無羣山爲背景，釀泉則成爲無源之水；無釀泉點綴峯間，瑯邪則少靈氣；釀泉若不流於亭下，醉翁亭則無音響和活力；醉翁亭若不翼張於釀泉之上，釀泉則顯得空寂和單調。所以山、泉、亭相依相襯，共同構成一幅有聲有色清幽而秀美的瑯邪山水圖，給讀者一種綜合的美感。

在時間變換上，作者從一天之中，一年之際兩個角度來描繪醉翁亭周圍不同的景色和氣象，給人一種目不暇接的美學享受，使讀者時時都能領略到新鮮而又變幻著的美景。宋代著名畫家郭熙論山水畫法時說：「山春夏看如此，秋冬看又如此，所謂四時之景不同也。山朝看如此，暮看又如此，所謂朝暮之變態不同也；如是一山而兼數十百山之態，此畫之意外之妙也。」(《林泉高致》)歐陽修的《醉翁亭記》在構圖上也是深得畫法上這意外之妙的：寫一天之景，作者抓住雲氣的變化，運用不同的色調寫出朝暮的不同景象。日出時霧氣漸漸散開，青翠的林木顯露出來；傍晚時煙雲慢慢聚攏，山谷也隨之昏暗。在這幅圖畫之中，紅艷的朝日，青翠的林木，幽暗的山谷以及澄鮮的朝霧和昏暗的暮靄，給這幅朝暮圖塗上了不同的色彩，形成了不同的情調，反映了作者在色調運用上的高度技巧。如果說，作者在寫一天之景時主要是抓住了朝暮的不同色調，那麼，作者在寫一年之景時則主要

是抓住了四季的不同特徵：春天寫花，夏天寫葉，秋天寫風霜，冬天寫水石。作者扣住景色的典型特徵來加以形容描摹，以顯其變化多端之姿，如寫春花是摹其形——剛開放，達其味——有幽香；寫夏木是強調木秀——顯其枝繁，濃郁——明其葉茂。同樣地，霜重是秋的典型特徵，水淺是冬的突出景象，而霜重必然是天高雲淡，百草凋零，作者用「高潔」二字來概括；水淺的結果必然是石露，作者用「落」、「出」兩動詞來形容。這樣，作者就把各具特色的四個畫面構成一組美妙的山中四季條屏。首先從景色上使瑯邪山和醉翁亭深深打動了讀者的心。

在動靜搭配上，作者也是煞費苦心。無論是景與景、景與人、人與人，作者都注意一動輔以一靜，靜極生動，動極生靜，相輔相承，相映成趣。「蔚然而深秀」的瑯邪是靜穆的，但兩峯之間卻瀉出了潺潺的釀泉；陰翳的林木是幽寂的，但活潑的禽鳥卻「鳴聲上下」；醉翁亭四周是寂靜的，但滁人又在此歌於途，休於樹，前者呼，後者應，傴僂提携，往來不絕。就是寫人物，也是動中有靜，在往來不絕的遊人之中，在觥籌交錯、起坐而諠譁的眾賓之間，太守卻蒼顏白髮，頹乎其間，這種動靜相生相承之法，使畫面既充滿生機又不顯得紛擾和雜亂，又一次顯示出作者在景色描繪上的高超技巧。

第二，作者以「樂」爲主線，講究景與情的交融和照應。作者在「景美」的前提下，進一步做到了「情真」，把美景與真情貫穿交融在一起，來感染讀者，打動讀者的心扉。這

個交融與貫穿的主線就是一個「樂」字，通過它來表達作者
對山水美景的強烈感受和集中抒發作者被貶之後，恬然自適
的曠達情懷。《醉翁亭記》全文四大段，無不寓一「樂」字。
第一段寫醉翁亭命名的原由，解釋「醉翁」的含義，點出了
醉翁得之心而寓之酒的「山水之樂」；第二段寫山間朝暮與
四季的美景，以示其「樂亦無窮」；第三段寫遊人之樂、宴
酣之樂，其中也暗寓了太守的「與民同樂」；第四段寫禽鳥
之樂，正面點出太守樂在其中，是樂萬物之所樂。縱觀全篇
結構，以「樂」字爲中心，從山水、禽鳥、遊人、賓客、太
守五個方面來敘其樂，最後點出醉翁之樂正是包容在以上各
種樂趣之中。這樣就把前面所描之景與所抒之情總體上加以
綜合和昇華，使一個政治家面對挫折應有的曠達和大度，生
動而形象地表現了出來。

　　其次，作者善用移步換形、層層縮小之法來寫景色和人
物，從而使所描之景和所抒之情最後集中到一點，給人強烈
而突出的印象。本文的題目是《醉翁亭記》，但作者一開始並
不去寫醉翁亭，而是敷設了四層鋪墊：環滁皆山也，一層；
林壑尤美的西南諸峯，二層；蔚然而深秀的瑯邪，三層；瀉
出於兩峯之間的釀泉，四層；最後才點出翼然臨於泉上的醉
翁亭。這樣把取景框漸漸縮小，最後集中到醉翁亭上形成一
個特寫鏡頭，使讀者對醉翁亭的四周環境以及此亭在整個滁
州的地理位置，留下清晰而準確的印象。在抒情上也是如此：
作者先大範圍廣角度地寫山水之樂，接著再長鏡頭地寫歌於
途、休於樹的遊人之樂，然後把焦距定在一個宴席的場面上

專寫眾賓之歡，最後再完成一個特寫鏡頭：蒼顏白髮的太守頹然乎其間，這樣步步縮小、層層剝筍，把要表現的主要人物和情感集中而鮮明地表現了出來。

最後要指出的是，本文還很講究章法上的伏筆和照應，這對整個畫面的精美和抒情之集中強烈也起了很好的輔助作用。如開頭說太守飲少輒醉而年又最高，後面記太守宴時就描寫他「蒼顏白髮，頹然乎其間」，使前後形成照應。再如後面描述的「夕陽在山，人影散亂，太守歸而賓客從也」，和前面所記「朝而往、暮而歸」也是一種照應。另外，文章一開頭只云醉翁，只說是太守自號，但太守是誰，並不點破，以下幾段也只反覆用太守作為稱代，直到最後一句才點破：「太守謂誰，廬陵歐陽修也」，這都增加了行文的妙趣，也使人物形象更加生動感人。

蘇轍的《武昌九曲亭記》在結構上、語言上也有不少精到之處，但所缺少的正是上述諸點，因而也就缺少《醉翁亭記》那種使人心醉神怡的藝術力量。

首先，他缺少對景物出色而精妙的描繪，在構圖上，他也注意到了層層縮小，由武昌諸山而西山，由西山而九曲亭，使九曲亭顯得集中而突出，顯出了作者構圖上的匠心，但在對亭和亭四周的描繪時，沒有注意四周的景色及景色的變化，構圖上顯得平直和板滯；也沒有注意山與亭交錯描繪和景物動與靜的搭配，在設色上也顯得單一和蒼白。特別是他在描景時用一種敘述的方式，把秀美之景作為人物品格的陪襯，重點都落到對人物舉止和品格的激賞之上，這樣也容易使讀

者忽略了九曲亭本身的美感，不容易由景生情，使讀者從對九曲亭周圍自然之景的嘆賞，轉而對蘇軾峻潔品格和恬淡情懷的欽佩。

另外，在以情感人這一點上，也不及《醉翁亭記》。誠然，作者很注意把人物的活動都放在西山和九曲亭的典型環境中加以表現，而且所描之景也是蕭然絕俗，這與主人公的內在精神是一致的，這是此文的感動之處，也是它成爲散文中名篇的一個重要原因。但若與《醉翁亭記》相比，就似不如《醉翁亭記》來得含蓄。《醉翁亭記》中主人公那種自放於山水之間，不以貶斥爲意的曠達情懷，並沒有直接點破，主人公對滁州山水怡悅之情，通過「樂」來含蓄地加以表現。文中大談山水之樂、遊人之樂、賓客之樂，而太守之樂即寓於其間，至於這位太守之樂究竟是什麼，作者一直未點破，只是在結尾處加了個意味深長的感慨：「禽鳥知山林之樂，而不知人之樂；人知從太守遊而樂，而不知太守之樂其樂也。」其弦外之音是，太守像禽鳥愛山林那樣追求著林泉之樂，並從眾人的快樂之中感到寬慰和滿足，這實際上是在宣稱自己雖遭貶卻不以爲意，從山水林泉中獲得了更大的慰藉和陶醉，亦是在表白自己是與民同樂。這種含蓄的表現方法使文章顯得更加蘊藉深厚，也更能獲得讀者心領神會的默許。蘇轍的《武昌九曲亭記》中雖同樣寫了秀美的山水，抒發了同樣之情，但作者不是讓人們從其描寫的山水之美中去體察主人公的高雅之趣，領悟主人公的曠達之情，而是直接把主人公的情趣點破表露出來，告訴讀者，乃兄蘇軾貶居之中，情懷非常曠

達，在山水中獲得了極大的慰藉和滿足，所以「居齊安三年，不知其久也」。文中直接描寫蘇軾或在九曲亭下睥睨終日，或褰裳先渡可浮之水，或逍遙於泉石之上。這給人的形象雖然很突出，但正如孔子所云：「過猶不及」，直接抒情、議論多了，缺少衆人的襯托和山水之美的領悟，反而不如《醉翁亭記》採取的含蓄手法來得深沉和雋永。

參與現實政治和著眼長治久安

歐陽修與司馬光《朋黨論》比較

臣聞朋黨之說，自古有之，惟幸人君辨其君子小人而已。大凡君子與君子，以同道爲朋；小人與小人，以同利爲朋。此自然之理也。然臣謂小人無朋，惟君子則有之。其何故哉？小人所好者祿利也，所貪者財貨也。當其同利之時，暫相黨引以爲朋者，僞也。及見其利而爭先，或利盡而交疏，則反相賊害，雖其兄弟親戚，不能相保。故臣謂小人無朋，其暫爲朋者，僞也。君子則不然，所守者道義，所行者忠信，所惜者名節。以之修身，則同道而相益；以之事國，則同心而共濟，始終如一。此君子之朋也。故爲人君者，但當退小人之僞朋，用君子之真朋，則天下治矣。

堯之時，小人共工、驩兜等四人爲一朋，君子八元、八愷十六人爲一朋。舜佐堯，退四凶小人之朋，而進元、愷君子之朋，堯之天下大治。及舜自爲天子，而皋、夔、稷、契等二十二人並列於朝，更相稱美，更相推讓，凡二十二人爲一朋，而舜皆用之，天下亦大治。

《書》曰：「紂有臣億萬，惟億萬心；周有臣三千，惟一心」。紂之時，億萬人各異心，可謂不爲朋矣，然

紂以亡國。周武王之臣三千人爲一大朋，而周用以興。後漢獻帝時，盡取天下名士囚禁之，目爲黨人。及黃巾賊起，漢室大亂，後方悔悟，盡解黨人而釋之，然已無救矣。唐之晚年，漸起朋黨之論，及昭宗時，盡殺朝之名士，或投之黃河，曰：「此輩清流，可投濁流」。而唐遂亡矣。

　夫前世之主，能使人人異心不爲朋，莫如紂；能禁絕善人爲朋，莫如漢獻帝；能誅戮清流之朋，莫如唐昭宗之世；然皆亂亡其國。更相稱美、推讓而不自疑，莫如舜之二十二臣，舜亦不疑而皆用之，然而後世不誚舜爲二十二人朋黨所欺，而稱舜爲聰明之聖者，以辨君子與小人也。周武之世，舉其國之臣三千人，共爲一朋，自古爲朋之多且大，莫如周。然周用此以興者，善人雖多而不厭也。嗟乎！治亂興亡之迹，爲人君者，可以鑒矣。

　　　　　　　　　　　──歐陽修《朋黨論》

　黃介夫作《壞唐論》五篇，以爲壞唐者非巢、溫與閹豎，乃李宗閔、李德裕朋黨之弊也，是誠得其本矣。雖然介夫知其一未知其二：彼盜賊之興由閹豎，閹豎之橫由輔相，則信然矣。噫！輔相樹立私黨，更相排壓而不能正，又誰咎哉？

　夫朋黨之患不專在唐，自古有之。以堯之明，共工、驩兜相薦於朝。舜臣堯，既流共工，又放驩兜，除其邪黨，然後四門穆穆，百工咸熙。仲虺數夏之惡曰：「簡

賢附勢，實繁有徒」；武王數商之惡曰：「朋家作仇，
脅權相滅」。是則治亂之世，未嘗無朋黨。堯舜聰明，
故能別白善惡而德業昌明；桀紂昏亂，故不能區處是非
而邦家覆亡。由是言之，興亡不在朋黨，而在昏明矣！

《洪範》皇極曰：「無偏無陂，遵王之義；無有作好，
遵王之道，無有作惡，遵王之路。無偏無黨，王道蕩蕩；
無黨無偏，王道平平；無反無側，王道正直」。周公戒
成王曰：「孺子其朋，孺子其朋，其往無若火始焰焰，
厥攸灼敘，弗其絕。」是以舜誅禹父而禹爲舜佐，伊尹
放太甲而相之，周公放蔡叔而封蔡仲，公之至也。夫宗
閔、德裕雖爲朋黨，由文宗實使之。文宗嘗曰：「去河
北賊易，去朝中朋黨難。」殊不知爲朋黨，誰之過也？
由是觀之，壞唐者文宗之不明，宗閔、德裕不足專罪也。
　　　　　　　　　　　　　——司馬光《朋黨論》

在國家政治生活中，「朋黨」之說似乎是自古有之，從
成語「黨同伐異」到今日的政黨政治，朋黨之爭在國家的歷
史長河中留下了一條長長的痕跡。中國歷代的政治家和哲人，
不管他們實際上如何行事，但在言論上和著作中對朝廷中的
朋黨大都極爲厭惡。我國第一部史書《尚書》就把「無偏無
黨」、「無黨無偏」作爲王道政治的標準；自孔子以後，
「君子羣而不黨」不僅是朝政清明的標誌，也成了衡量人際
關係的尺度。只是到了北宋仁宗年間，一前一後出現了兩篇
《朋黨論》，皆一反成說，提出不同流俗的見解和主張。一篇

是當時慶曆新政的積極襄助者歐陽修，他認爲應該對朋黨加以區別對待，作爲人君，應當用同道的君子之真朋，退同利的小人之僞朋，這樣朋黨不但無害，而且可以天下大治。另一篇的作者是著名的史家司馬光。他認爲追究朋黨的危害不在朋黨的本身，而在於君主的昏庸。因爲「興亡不在朋黨，而在昏明」。他雖持傳統之見否定朋黨，但看的更遠、更透徹。如果把這兩篇新論再加以比較，就可以發現：作爲一種新見，兩文有一些類似的思考；但由於論點不同，兩文在史料的選擇和改造，論述的方式和結構，都有所不同並形成了各自的特色。而造成這種對同一問題的不同結論，又與他們不同的創作目的和所處的時代有極大的關係。

一

作爲反傳統的新論,兩文都有著類似的思考和論證方式。

首先，兩文都認爲國家亡亂的最根本原因在君主而不在朋黨。司馬光的論點是由黃介夫的《壞唐論》所引發的。黃介夫認爲，唐亡的原因不在於黃巢起義、朱溫篡唐，也不在於宦官專權，而是由牛李黨爭所造成的。牛李黨爭是指中唐時代，以牛僧孺、李宗閔爲首的朝臣集團與李德裕爲首的朝臣集團互相排斥和傾軋。從穆宗長慶元年（公元821年）起，中經文宗、武宗、直至宣宗，前後延續了四十多年，歷史上稱之爲「牛李黨爭」。牛李黨爭、宦官專權和藩鎮割據是唐亡的三大原因，其中又以牛李黨爭危害最大、最難以解決，這是史家的一般看法。唐文宗曾把朝中朋黨與河北藩鎮作一

比較，説：「去河北賊易，去朝中朋黨難」。①但司馬光卻
認爲壞唐之根由在於君主的不明。其理由是朋黨乃歷朝歷代
皆有，關鍵在於君主是否能對此明察決斷。堯之時，共工、
驩兜在朝中結黨，舜果斷地流放了共工、驩兜，「除其邪黨，
然後四門穆穆，百工咸熙」。所以「宗閔、德裕雖爲朋黨，
由文宗實使之」因此，壞唐者是由於「文宗之不明，宗閔、
德裕不足專罪也」。

　　歐陽修也認爲亡國的主要原因是君綱的昏暗，不能進君
子之真朋，退小人之僞朋，其中有的例證也與司馬光文相類，
如歐文也舉堯時小人共工、驩兜在朝中結黨，被舜斥退，以
説明「朋黨之説，自古有之，惟幸人君辨其君子小人而已」，
這與司馬光的論點「夫朋黨之患不專在唐，自古有之」是一
致的。

　　其次，兩文皆以史料和聖賢之言來證明自己的論點。司
馬光舉舜果斷處置共工、驩兜等朝中朋黨，以及仲虺對夏桀
和武王對商紂朝中朋黨的批判來證明：無論治世還是亂世，
朝廷皆有朋黨。區別在於「堯舜聰明，故能別白善惡」而
「桀紂昏亂，故不能區處是非而邦家覆亡」。所以國家的興
亡不在朋黨，而在於君主的昏明。在此之後,作者又引《尚書‧
洪範》和周公對成王的告誡來證明朋黨的危害，爲君之道應
該無偏無黨，才能王道昌明。歐陽修所要導致的結論雖與司
馬光有差異，但同樣是採用史料和聖賢之言來證明自己

①《舊唐書》卷17下「文宗紀」。

291

的論點。他也以舜除共工、驩兜朋黨爲例，來說明君主應該明察，應黜退小人結成的朋黨；又舉漢末的黨錮之禍和唐末朱全忠誅殺清流爲例，從反面證明朋黨不但不是亡國之因，相反卻是君主不明、黜退誅殺君子之朋，才導致了亡國。歐陽修在文章中也同樣引用了《尚書·泰誓》中的一段話，能不能用君子之朋，正是紂亡周興的分野所在。

　　最後，兩文都採取了正反結合、首尾呼應的論證方式。司馬光的《朋黨論》一開頭就擺出黃介夫《壞唐論》的觀點：壞唐者非巢、溫與閹豎，乃李宗閔、李德裕朋黨之弊也。然後從正反兩方面舉例，來證明黃介夫的觀點是只知其一未知其二：盜賊之興、閹豎之橫固然是因「輔相樹立私黨，更相排壓而不能正」所造成的，但輔相之所以能樹立私黨、更相排壓，則是由於君主不明所造成的。作者舉舜除共工、驩兜爲例，從正面闡明君明則無朋黨之禍；然後再以仲虺對夏亡、武王對商亡原因的分析，從反面論證君昏則造成朋黨肆虐、國破家亡。正反兩例之後，再下一結論：「是則治亂之世，未嘗無朋黨。堯舜聰明，故能別白善惡而德業昌明；桀紂昏亂，故不能區處是非而邦家覆亡。由是言之，興亡不在朋黨，而在昏明矣！」

　　得出上述結論之後，作者又進一層，指出無黨無偏是王道昌明的標誌，也是君主時刻應該警惕的，其方法仍是從正反兩方面進行：舉《尚書·洪範》篇，是從正面提出「皇極」之道；引周公告誡成王的一段話，是從反面說明朋黨的危害：它就像火焰一樣，開始沒有什麼，甚至還會覺得暖洋洋

的，一旦成了燎原之勢，就悔之晚矣了。正反兩例後，作者
再作一結論：「夫宗閔、德裕雖爲朋黨，由文宗實使之」。
作者要表達的主旨，通過以上正反兩方面而且是反複的論述，
已令人信服地且深刻地告訴了世人，按說可以收束了。文章
妙在收束處又來了個回環，與開篇形成了呼應：「由是觀之，
壞唐者文宗之不明，宗閔、德裕不足專罪也。」由此看來，
司馬光此文之所以傳世不衰，不僅是由於觀點不同流俗，而
且也由於寫法之妙。

　　歐陽修的《朋黨論》採用了類似的結構和論證方法。全文
圍繞「朋黨之說，自古有之，惟幸人君辨其君子小人而已」
這個中心論點，從正反兩方面反複論證，同樣也是首尾呼應。
作者首先闡明朋黨有君子與小人之別，判別他們在結黨原因
和追求目標上的對立，完全採用對比、比較的方法，如小人
是「所好者祿利也，所貪者財貨也；君子則是「所守者道義，
所行者忠信，所惜者名節」。對比之後，作一小結：「故爲
人君者，但當退小人之僞朋，用君子之真朋，則天下治矣」。
接下去的例證也是從正反兩方面進行。首先引《尚書·泰誓》
篇，以證明明君、昏君皆用朋黨，只不過有君子、小人之別
而已。這是從正面論述；然後舉漢末和唐末誅殺黨人和清流，
從而導致國家敗亡，這是從反面論證。例證之後又來個小結，
把反面的史例紂、漢獻帝、唐昭宗與正面的史例舜、周武王
加以對論：「夫前世之主，能使人人異心不爲朋，莫如紂；
能禁絕善人爲朋，莫如漢獻帝；能誅戮清流之朋，莫如唐昭
宗之世；然皆亂亡其國」；「後世不誚舜爲二十二人朋黨

所欺，而稱舜爲聰明之聖者，以辨君子與小人也」，「自古爲朋之多且大，莫如周，然周用此以興者」。同上一個小結不同的是，它把上一個小結的結論「故爲人君者，但當退小人之僞朋，用君子之真朋，則天下治矣」也包含在內，因而帶有總結的性質。最後，作者再次強調人君對上述的興亡治亂之跡要引以爲鑒，與開頭的「惟幸人君辨其君子小人而已」形成呼應。

上述三點，就是兩文在思考和論證方式上的相似之處。

二

歐陽修和司馬光的《朋黨論》，在觀點上也存在著明顯的差異：司馬光之文雖認爲國家亡亂的最根本原因在君主而不在朋黨，這是他的新意所在，但他在對朋黨的具體看法上則延續了傳統之見，是全盤否定的。他也認爲「盜賊之興由閹豎，閹豎之橫由輔相」，朋黨是導致國家政治生活敗亂的主要禍根。正是基於此，他雖也承認黃介夫的結論「壞唐者非巢、溫與閹豎，乃李宗閔、李德裕朋黨之弊也，是誠得其本矣」，但只是「只知其一不知其二」的偏頗之論。歐陽修之文在對朋黨的看法上與司馬光有很大的不同。他認爲對朋黨不可一概而論，應分清君子之朋和小人之朋。爲君者，「當退小人之僞朋，用君子之真朋」，這樣則可以天下大治；相反，如果排斥、殺戮君子之朋則會亂亡其國。文章的重點不是放在朋黨之害，而是在不用君子之朋的危害上。

下面即對造成如此不同的原因，以及由此不同而帶來的

兩文在選材、結構乃至表達手段上的不同略加分析：

　　㈠兩文的創作動機有別，這是造成兩文觀點不同的主要
　　　原因。

　　歐陽修的《朋黨論》主要是爲現實政治鬥爭服務的。仁宗
景祐年間至慶曆初（公元1034～10424年）的十年，是北宋
黨爭最爲激烈的一個時期。當時遼和西夏步步進逼，宋軍的
屢戰屢敗和繼之的輸銀輸絹，使積貧積弱的北宋王朝內外衝
突進一步加劇。爲此，朝內的一些不滿於現狀的有識之士，
如范仲淹、余靖、尹洙、歐陽修等主張通過改革尋求出路，
引起了主政的保守勢力代表人物呂夷簡、夏竦等的不滿，從
而兩派勢力不斷在朝中發生正面衝突。景祐三年（公元1036
年）剛調回京師權知開封府的范仲淹就上書仁宗，指責當局
因循守舊，不能選賢任能，被宰相呂夷簡誣爲「越職言事、
離間君臣」，②貶往饒州。余靖、尹洙等上疏論救，亦遭斥
逐。左司諫高若訥不盡言責，反而落井下石，歐陽修寫了篇
著名的《與高司諫書》，斥責他不復之人間有「羞恥」二字，
結果由館閣校勘貶爲夷陵令。同爲館閣校勘的蔡襄爲此寫了
首《四賢一不肖》詩，稱頌范、余、尹、歐爲四賢，斥高若訥
爲不肖，一時「都人爭相傳寫，鬻書者市之得厚利」，③在
當時引起了極大的轟動和震動。

　　由於守舊派主政的無能，國事日蹙，改革的聲浪日強，
到了慶曆三年（公元1043年）終於出現了轉機。這年三月，

─────────────

②③《宋史紀事本》卷29。

呂夷簡罷相；七月，夏竦也被免去樞密使，代之以改革派的
杜衍；歐陽修也奉調回京知諫院，不久又擢爲知制誥。歐陽
修一到任，便立即上書，揭露呂夷簡、李淑等守舊大員，建
議重用范仲淹、富弼、韓琦等人，力主「絕僥倖因循姑息之
事」，以「救數世之弊」。④到了七月，改革派終於占據了
各路要津，此時杜衍爲樞密使，富弼爲樞密副使，范仲淹爲
參知政事，歐陽修、蔡襄、余靖等同知諫院，形成了很整齊
的革新派執政集團。國子監直講石介爲此作《慶曆聖德詩》來
詠歌這君子同朝的國之盛事。這個君子執政集團的形成，歐
陽修在其中起了關鍵作用，范仲淹獲參知政事的任命，就是
他和蔡襄、余靖上書仁宗，指責參知政事王舉正「懦默不任
職，請以范仲淹代之」。由於他一心謀國，「一意徑行，不
避嫌疑」，⑤所以成爲在野派的首攻物件。這年七月，被徙
往亳州任知府的夏竦剛出國門就上章指責歐陽修、范仲淹、
杜衍等結黨，並指使內侍藍元震上疏說：當年歐、范、余、
尹被逐出京師，蔡襄寫詩稱之爲四賢；現在「四人得時，遂
引蔡襄爲同列。以國家爵祿爲私惠，膠固朋黨，遞相提攜，
不過二、三年，佈滿要路，則迷朝誤國，誰敢有言？⑥儘管
「帝不信」，但作爲首當其衝的歐陽修必須爲自己，也是爲
整個革新集團辯解。所以他的《朋黨論》不是全盤否定朋黨，

---

④《論乞主張范仲淹、富弼等行事箚子》見《歐陽文忠公集》。

⑤《續資治通鑒》「宋紀」卷45。

⑥《續資治通鑒》「宋紀」卷46。

而是強調要區別君子之朋和小人之朋,這是人君的主要責任。同時,他又提出歷代朋黨之說都不曾有的一個新見:人君只有任用君子之朋,國家才能興旺;如誅戮君子之朋,國家就會衰亡。由此可見,歐陽修在他的《朋黨論》中的觀點,是完全從革新集團的政治前途出發。

司馬光作為一個傑出的歷史學家,在觀察一種社會現象時,往往會出於縱向的史學考察;對「自古有之」的朝廷朋黨,他更擅長從歷代朋黨之爭的得失和國家長治久安這個更為久遠和縱深的角度加以評估,給予涵蓋面更加寬泛的總體結論。早在先秦時代,「黨」和「黨人」大都意味著阿附、偏私或為著某種政治私利的結合。所以《尚書》中把「無偏無黨」、「無黨無偏」作為王道政治的標準;屈原在《離騷》指責黨人導致國家的危亡:「惟黨人之偷樂兮,路幽昧以險隘」;孔子則提出「人之過也,各於其黨」,慨歎「吾黨小子之狂簡,斐然成章,不知所以裁之」,並把「君子不黨」作為「知禮」的標準。⑦自孔子以後,「君子羣而不黨」不僅是朝政清明的標誌,也成了衡量人際關係的尺度。司馬光在他的《朋黨論》中正是承續了這一傳統看法,只不過他進一步追究本源:黨人為什麼會在朝廷搶占要津,互相攻訐,以肆其志?根本原因在於君主不明,姑息養奸所造成的。所以「宗閔、德裕雖為朋黨,由文宗實使之」,「壞唐者文宗之不明,宗閔、德裕不足專罪也」。這是司馬光觀點的新意所

---

⑦《論語》「里仁」篇第四、「公冶長」篇第五、「述而」篇第七。

在，也是此文比其他的論朋黨之文，如范曄《後漢書‧黨錮傳》，劉昫《舊唐書》中李德裕、牛僧孺等傳，唐人李絳的《對憲宗論朋黨》深刻和高明之所在。這裏要指出的是：司馬光此論，雖立足於歷史，但也有現實的關注，就在司馬光進入政壇前不久，就有過以胡旦、趙昌言爲首的宋初第一代朋黨。這批太平興國三年（公元978年）進士以同榜爲號召，公開樹黨，勾結宦官、暗通宮闈，甚至操縱儲君的廢立，一直到仁宗景祐元年（公元1034年）胡旦去世後才算消彌，五十多年間，把朝政搞得烏煙瘴氣。胡旦去世四年後，司馬光即中寶元元年進士甲科，進入政壇，因此對此事不可能不留下深刻的印象，在他的《朋黨論》中也應含有對現實政治的思考，只不過他的觀察方向不同於歐陽修罷了。

　㈡由於創作動機的不同，造成了兩文在史料選擇上的各別。

　歐陽修《朋黨論》的例證包括兩方面的史料，一是小人之朋和君子之朋，另一是明君和昏君對君子之朋和小人之朋的不同態度。相比而言，作者更強調兩種君主對君子之朋的不同態度及所導致的不同結果。對小人之朋，作者僅舉一例：「堯之時，小人共工、驩兜等四人爲朋」，而用約占全文一半的篇幅從正反兩個方面來列舉君子之朋的作用：堯之時，舜進元、愷君子之朋，使堯之天下大治；舜自爲天子時，皋、夔、稷、契等二十二人爲一朋，亦使天下大治；周武王之臣三千人爲一大朋，周亦以此興旺；與此相反，紂王不讓臣結朋，「紂有臣億萬，惟億萬心」，然紂以亡國；後漢獻帝時，

盡取天下名士囚禁之，目爲黨人，造成無可挽救的崩潰局面；
唐昭宗時，盡殺朝之名士，而唐遂亡。通過大量史例來説明，
用君子之朋可以興邦，黜退、殺戮君子之朋則會亡國，這也
正是作者創作的主要動機所在。必須指出的是，爲了更加強
化這個創作動機，作者還有意識地對史料進行了取捨和改造，
例如紂王時是有朋黨的，司馬光在文章中就引用了周武王數
商之惡是：「朋家作仇，脅權相滅」。但歐陽修是要強調昏
君、明君對君子之朋的不同態度及所造成的後果，所以他另
用了《尚書》中的一段話：「紂有臣億萬，惟億萬心；周有臣
三千，惟一心」，以此來説明「夫前世之主，能使人人異心
不爲朋，莫如紂」，然而卻亂亡其國；「自古爲朋之多且大，
莫如周。然周用此以興」這個主旨。再如，漢獻帝囚禁黨人
和唐昭宗盡殺朝之名士這兩段史料，與史實有很大出入。東
漢末年的黨錮之禍發生在桓帝、靈帝時代，具體説來是從桓
帝延熹九年（公元166年）下令郡國大捕「黨人」，到光和
二年（公元179年）靈帝解黨人之禁，大赦天下，前後約十
四年時間，與末代皇帝獻帝毫無關係。唐朝的黨爭向來是指
牛李黨爭，它是從穆宗長慶元年（公元821年），經文宗、
武宗，至宣宗朝而結束，此時距唐亡還有四十多年，歷懿、
僖二帝方至昭宗。更何況，將清流投入黃河的也不是唐末昭
宗李曄，而是後唐昭宣帝李柷時發生的事。昭宣帝天祐二年
（公元905年），權臣朱全忠受李振唆使，將裴樞等大臣殺
死並投入黃河，説這些人自詡爲清流，現在定讓他們入濁流
（黃河水很混濁）。過去人們把這解釋爲歐陽修的誤記，我

想，這當中有誤記的成分，如將唐昭宣帝時事誤記到唐昭帝名下，但也不排除其中有作者的有意爲之。因爲作者要以此證明誅戮君子之黨會導致國亡，而漢代的桓靈「黨錮之禍」和唐代的「牛李黨爭」距國亡都有較長的一段時間，其間的君主也不是亡國之君。尤其是牛李黨爭，談不上誰是君子誰是小人，實際上是兩個出身不同（一以進士爲主，一以世家爲主）的士大夫集團的門戶之爭，與作者要證明的論點有段距離，相比之下，如是漢獻帝和唐昭帝作如此處置則能有力地支撐主題，我想這是作者對史料加以改造的主要原因。

　　司馬光從他的創作動機出發，只選擇一種史料：朋黨形成的原因以及給國家政治生活到來的危害。至於明君任用君子之朋使國興，昏君誅君子之朋使國滅這正反兩方面事例，司馬光則一個也沒有採用。如論及堯舜時，只提舜退共工、驩兜等小人之朋，不提其進八元、八愷等君子之朋；論及周武王時，也只說他指責商紂王讓小人在朝廷結黨，而不提「周武王之臣三千人爲一大朋，而周用以興」。同樣地，桓靈時誅殺正直的黨人、後唐昭宣帝時誅殺清流這些導致國滅的反面例證，也一個沒有提及。但從歷史史實來看，正直之臣們爲抗擊邪惡、革新吏治，卻也合力同心，互相支援，這是不爭的事實。如舜時就有八元、八愷，周時就有周公、召公，漢末就有清流，就是倡導「君子不黨」的孔子，門下也有三千弟子，七十二賢，「更相稱美，更相推讓」，司馬光爲什麼對君子之黨隻字不提呢？因爲在司馬光看來，這些史實只是君子的同道之行，而並非朋黨。因爲君子同遵聖賢之

教，又皆直道而行，在朝堂之上自然會有相近的見解和行為，
這是道相同所至，而非有意結黨。這種看法也是傳統之見，
唐憲宗時的賢相李絳有篇《對憲宗論朋黨》就道破了這點。李
絳對憲宗說：歷來帝王最惡朋黨，所以小人要讒毀君子，就
把他們說成是朋黨。其實，「聖賢合跡，千載同符」，「忠
正之士直道而行，是同道也，非為黨也」。作者舉孔子和漢
末名節之士為例：「孔子聖人也，顏回以下十哲，希聖也，
更相稱讚，為黨乎？為道業乎？」況且孔子祖述堯舜、憲章
文武，難道孔子和堯舜、周文王、周武王也是一黨嗎？至於
「後漢末名節骨鯁忠正儒雅之臣，盡心匡國，盡節憂時」，
並不存在什麼朋黨，只是「宦官小人憎嫉正道，同為構陷，
目為黨人」。⑧正因為如此，司馬光在《朋黨論》中才沒有
「君子之朋」這一提法，當然也就不會引用這方面的史料了。

　　要指出的是：司馬光雖不認為有君子朋黨，但並不否認
這批同道之人在朝廷和國家政治生活中的作用，也不排除他
對同道君子遭到小人之黨攻擊排擠的同情。景祐末至慶曆初
的五年間，司馬光或是因母親、父親去世在家守孝，或是在
外地擔任一個微不足道的代理縣令，因而僥倖沒有被捲入慶
曆黨爭。慶曆五年冬，司馬光奉調入朝任大理評事，此時正
值「慶曆新政」由於保守派的破壞而流產，范仲淹、尹洙、
歐陽修等被以「朋黨」之名相繼排擠出朝。司馬光由於剛入
朝，官職又卑微（從七品），所以未被保守派納入視野，官

---

⑧《全唐文》卷645。

職反而有所升遷——由大理評事至國子直講、大理寺丞，直至館閣校勘同知太常禮院。但他對這場鬥爭的是非有著非常明確的判斷，對范仲淹等同道君子也流露出十分的仰慕，這從他當時寫的一些詩文，如《留別東郡諸僚友》、《和范純仁縡氏別後見寄》中即可看出。特別是和范仲淹的第二子范純仁，兩人交誼深厚，留下了大量唱和之作，互相服膺其令德，實際上也是同道之朋。他在《和范純仁縡氏別後見寄》中藉仁宗追復堯舜古樂，表達他對慶曆君子匡復古道的稱賞，以及對小人搬弄是非、從中破壞的憤慨：「至樂存要眇，失易求之難。昔從周道衰，疇人曠其官。聲律久無師，文字多漫缺。仁皇閔崩壞，廣庭集危冠。紛紜鬥筆舌，異論誰能彈？」⑨後來范純仁因儻論被逐出朝廷，司馬光又不避嫌疑，仗義執言，要求將范純仁召回，他稱讚范純仁說：「如純仁者，忠義勁正，乃陛下耳目之官，嘗以言被逐而志無所奪，輕利通道，不爲苟且計。求之今日，豈易得哉？」⑩。在他擔任知制誥後所草的不准歐陽修辭職的詔書中，又稱讚歐陽修說：「卿格素高，華夏所服，中外備更，文武咸遞。並部氣俗沈鷙，和一方感懷，二敵牧伯之任，豈易其人？」⑪這雖然是朝廷的意思，但也有司馬光的看法，不然就會像宋代中書舍人通常所做的那樣封交題頭，不草此詔了。司馬光的這種不避嫌疑，稱美范純仁、歐陽修，實際上也印證李絳所說的

⑨司馬光《傳家集》卷4，卷16、卷15。
⑩「乞召還范純仁狀」。見《傳家集》卷15。

302

「忠正之士直道而行，是同道也，非為黨也」，與他在史料
選擇上的觀點是一致的。

　　㈢如前所述，兩文在結構和論證方式上有相似之處，但
　　　由於觀點和選材不同，兩文在結構和論證方式上也有
　　　差異。

　　司馬光的《朋黨論》由於只選擇小人之朋這一種材料，所
以呈現的是一種對比的單線結構：明君能逐朋黨使王道正
直，昏君用朋黨使國亡亂——「興亡不在朋黨，而在昏明
矣！」歐陽修的《朋黨論》卻是雙線結構，他有兩種對比。一
是君子之朋和小人之朋：君子與君子，以同道為朋；小人與
小人，以同利為朋。二是明君與昏君對君子之朋和小人之朋
的不同態度，及其導致的不同結果：紂、漢獻帝、唐昭宗誅
戮君子之朋，「皆亂亡其國」；舜、周武王用君子之真朋，
則天下大治。為了替朋黨正名，歐陽修還在文章的前部加了
一段專論：只有君子才有朋，小人是無朋的，採取的也是對
比的方式：小人以利暫相黨引，「及見其利而爭先，或利盡
而交疏，則反相賊害」，所以小人無朋；君子則是道義、忠
信、名節為追求目標，「同道而相益」、「同心而共濟」，
這才是真朋。這與司馬光所說的同道君子的內涵是一致的，
只不過司馬光不認為這是朋黨，歐陽修不但承認是朋黨，而
且肯定這才是「始終如一」的真朋。

─────────────

⑪「賜新除宣徽南院使特進檢校太保判太原府歐陽修辭免恩命不
　允詔」，見《傳家集》卷15。

在論證方式上,兩文雖都採取正反對比和首尾照應之法,但在具體運用上亦有差異。

歐陽修之文雖是駁斥小人對君子之朋的污衊攻擊,但採取的是正面立論的方式,即正面闡釋朋黨有君子小人之別,人君應退小人之僞朋,用君子之真朋,這樣就可天下大治。文中沒有涉及小人的讕言,更沒有對此駁斥。在論證方法上則是先提出論點,再分別列舉史實、聖賢之言加以論證,最後再重覆此結論,與開頭形成呼應。

司馬光之文則由黃介夫的《壞唐論》而引發,其論證方式是逐層推演:盜賊之興由閹豎,閹豎之橫由輔相,那麼,輔相的朋黨又是由什麼造成的呢?司馬光沒有像歐陽修那樣直接點破,而是引一些史料:堯時,舜流共工、驩兜小人朋黨,然後四門穆穆、百工咸熙。仲虺、周武王數夏、商之惡是:「簡賢附勢,實繁有徒」,「朋家作仇,脅權相滅」。然後再得出結論:治亂之世,皆有朋黨,關鍵在於君主能否別白善惡、區處是非,最後再點出論點:「興亡不在朋黨,而在昏明」由此再聯繫到《壞唐論》中專罪李宗閔、李德裕這個「知其一未知其二」的偏頗之論,作一總結:「壞唐者文宗之不明,宗閔、德裕不足專罪也」,亦與開頭形成呼應,但這呼應的形成,明顯不同於歐陽修之文。

史學與文學人物處理方式的異趣
歐陽修和司馬光筆記人物李漢超、張美比較

　　太祖時，以李漢超爲關南巡檢使捍北虜，與兵三千而已。然其齊州賦稅最多，乃以爲齊州防禦使，悉與一州之賦，俾之養士。而漢超武人，所爲多不法。久之，關南百姓詣闕訟漢超貸民錢不還，及掠其女爲妾。太祖召百姓入見便殿，賜以酒食慰勞之，徐問曰：「自漢超在關南，契丹入寇者幾？」百姓曰：「無也。」太祖曰：「往時契丹入寇，邊將不能禦，河北之民歲遭劫虜，汝於此能保全其貲財婦女乎？今漢超所取，孰與契丹之多？」又問訟女者曰：「汝家幾女？所嫁何人？」百姓具以對。太祖曰：「然則所嫁皆村夫也！若漢超者，吾之貴臣也，以愛汝女則娶之，得之必不使失所。與其嫁村夫，孰若處漢超家富貴！」於是百姓皆感悅而去。太祖使人語漢超曰：「汝需錢何不告我，而取於民乎？」乃賜以銀數百兩，曰：「汝自還之，使其感汝也。」漢超感泣，誓以死報。
　　　　　　　　　　　　　　　　——歐陽修《李漢超》

　　張美爲滄州節度使，民有上書告美強取其女爲妾及受取民財四千緡。太祖召上書者諭之曰：「汝滄州，昔

張美未來時，民間安否？」對曰：「不安」曰：「既來，則何如？」對曰：「既來，則無復兵寇。」帝曰：「然則張美全汝滄州百姓性命，其賜大矣！雖取汝女，汝安得怨？今汝欲貶此人、殺此人，吾何愛焉？但愛滄州之人耳！吾今戒敕美美宜不復取，汝女值錢幾何？」對曰：「值錢五百緡」。帝即命官給美所取民錢並其女直而譴之，乃召美母告以美所爲。母叩頭謝罪曰：「妾在闕下，不知也。」乃賜其母錢萬緡，令遺美，曰：「語汝兒，汝欲錢，當從我求，無爲取於民也。善遇民女，歲時贈遺其家。」數撫慰之。美惶恐，折節爲廉謹，頃之以政績聞。美在滄州十年，故世謂之滄州張氏。

——司馬光《張美》

歐陽修與司馬光生活在同一個時代，其道德文章又同爲一代風範，兩人都有一本筆記文集：歐陽修的名爲《歸田錄》，成于英宗治平四年（公元1067年）；司馬光的名爲《涑水記聞》，成於元豐年間，比《歸田錄》約遲十年左右。司馬光爲史學名家，其代表之作《資治通鑒》是我國歷史上第一部編年體通史，爲後人樹立了以古鑒今的典範；歐陽修雖也是良史，他主修的《新五代史》、《新唐書》也是彪炳千秋，但更以文學大家知名於世，他所發動和領導的詩文革新運動，以及《醉翁亭記》、《秋聲賦》等一篇篇精美詩文更爲世人所樂道。就是他的史書，人們熟讀成誦的也多是《五代伶官傳序》等充滿文學色彩的贊序。正因爲如此，所以《歸田錄》和《涑水記聞》

雖同爲筆記文集，皆雜有小說的成分，所選擇的人物、事件
等題材亦間有相同之處，但由於創作思想不同，體裁畛域相
異，再加上兩人的擅長和愛好各異，所以即使是同一個人物
事件、同一個故事情節，在兩人的筆下，也會有不同的處理
手法，由此而導致人物形象、風格意趣及創作傾向上的各別。
下面即以《歸田錄》中的「李漢超」和《涑水記聞》中的「張美」
爲例，比較一下它們在處理方式上的異同。

一

　《涑水記聞》是作者在神宗元豐年間所作的一部筆記。熙
寧年間，神宗任用王安石推行新法，時爲翰林學士的司馬光
因與王政見不合而極力求去，在經歷一番外任後，司馬光終
於得到神宗同意，去洛陽西京留守司御史臺。從熙寧三年
（公元1070年）起，司馬光居洛十五年，絕口不言政事，專
心從事《資治通鑑》的編纂，《涑水記聞》亦寫於這個時期。作
者當時的打算是：在《資治通鑑》完成後再寫一部《資治通鑑
後記》，《涑水記聞》則是爲這部《資治通鑑後記》所準備的資
料集，因此，《資治通鑑》記宋以前史事，《涑水記聞》則專記
當代之事。作者把平時所見所聞的宋代帝王、公卿、朝政、
典章、文物等資料隨手記下，以備將來寫《資治通鑑後記》之
用。「張美」即見於《涑水記聞》的第三卷，主要記敍張美任
滄州刺史時，強娶民女、民財受到宋高祖的責備，最後折節
爲廉的故事，頌揚了高祖御下的寬緩和高超的統治技巧，也
反映出作者對君德、臣節的看法。只是因爲《資治通鑑》成書

後不到一年，神宗即去世，元祐更化中司馬光被重新起用，從此又捲入繁忙的政務之中，不到兩年即病逝，不僅編《資治通鑑後記》成了遺願，就連這部雜記也未來得及整理和刊行。直到南宋紹興十年（公元1140年），才以民間坊本形式流傳。作爲一部史書的備用資料集，它有幾個明顯的特點，這幾個特點在「張美」中表現的都很突出。

其一就是它的真實性。大概從孔子的《春秋》起，「秉筆直書」就成爲「良史」們的職業道德標準，司馬遷更是把「不虛美、不隱惡」作爲寫《史記》時一種自覺要求。史稱司馬光是「自少至老，語未嘗妄」，他處世亦以此自詡：「吾無過人者，但平生所爲未嘗有不可對人言者」。①據《宋史》本傳：中官麥允言去世時，仁宗欲封贈三公官誥並賞一品鹵簿，司馬光上疏說：當年孔子連繁纓以朝尚且不允，何況麥允言還是個太監，怎麼能給予如此厚賜呢？宰相夏竦去世，仁宗賜諡號文正，司馬光又認爲這是「至美」之諡，夏竦難符此號，建議改諡，最後改爲「文莊」。可見，司馬光評品人物，不管你是近臣還是權臣，皆「據實而論之」。更何況《涑水記聞》是爲《資治通鑑後記》準備史料，「不妄言」更是它的前提和基本要求。所以，《涑水記聞》每一個條目之下皆注明採自何書或何人所言，書名也叫做「記聞」，以示有據。作爲該書中一個條目的「張美」自然也是如此。其真實性表現在以下兩個方面：

①《宋史》卷336〈司馬光傳〉。

　　首先，張美是個真實的歷史人物，他守滄州、平盜寇、有政績，深受太祖倚重皆於史有據。據元宰相脫脫主編的《宋史》本傳：宋建國初，潞州節度使李筠叛亂，太祖親率十萬大軍征討，時爲三司使的張美多方籌措糧餉，做到「經費無缺」，深受太祖賞識，平叛後即擢爲定國軍節度使。張美於乾德五年（公元967年）任滄州節度使，太平興國初（公元976年）改任左驍騎上將軍，前後約十年，這與《涑水記聞》「張美」條所記的「美在滄州十年，故世謂之滄州張氏」也相符。至於張美在滄州索取民財、强娶民女爲妾等事也見於李燾的《續資治通鑑長編》。李燾在該書的乾德五年三月戊戌條下有一補記，即是張美在滄州上述的不法之事受到太祖責問及後來折節爲廉等，可見確有此事，至少也在民間流傳過。其次，太祖在滄州民前祖護張美並代其償債等情節，也符合太祖爲人心性和平日作爲。趙光胤陳橋兵變取得政權，靠的是諸將的擁戴和支援，不像漢高祖、唐太宗那樣在推翻一個政權的長期拼殺樹立起威望和積累起權力，這種先天不足使他在馭下時，就不那麼生殺予奪信心十足。更何況，趙光胤在取得政權以後，鑑於唐末和五代藩鎮割據的教訓，又採取計謀將軍權集中於自己一人之手，史稱爲「杯酒釋兵權」，這樣他在臣下尤其是武臣面前也許會覺得理虧，更要採取一種撫慰的手段，即使迫於國體和吏治的需要，往往也不採取正面衝突，而是採用某種策略和權術，這在史書和筆記中多有記載。例如《涑水記聞》就記載了「杯酒釋兵權」中君臣之間的一段對話。趙光胤爲了奪取兵權，首先卻是感謝諸將

爲他奪取了政權:「我非爾曹之力不得至此,念爾之德無有窮矣」。只是當了皇帝以後反而睡不著覺,整天在考慮如何防止政變。石守信等宿將説:「今天命已定,誰敢復有異心?」趙威脅説,你們是沒有異心,但你們敢擔保你們的部下也沒有異心嗎?一旦把黃袍加在你們身上,你們想不幹也不行了。威脅之後再來利誘:「人生如白駒過隙,所以好富貴者,不過多積金銀厚自娛樂,使子孫無貧乏耳!汝曹何不釋去兵權,擇好田宅市之,爲子孫立永久之業。多置歌兒舞女日飲酒相歡以終天年。君臣之間兩無猜嫌,上下相安,不亦善乎?」②正因爲有如此默契,太祖在處理邊帥宿將問題時,也多用權謀並處心積慮地多方回護。如對待西北邊帥郭進就是一例,趙光胤一再告誡其部屬不要冒犯他,説:「有罪我尚能赦汝,郭進殺汝,不可犯也」。郭進有個部下告郭進謀反,太祖盤問後知其是誣告,便將其人交給郭進任其處理,③這當中除了權術之外,還有買恩的意味。上述兩條記載,與「張美」皆在《涑水記聞》的同一卷中,其處理問題的手段和人格特徵也非常相近,可見其可信度較高。

其二,體現了司馬光的治國思想和施政主張。知古是爲了鑒今,司馬光撰《資治通鑒》就是爲了「鑒於往事,有資於治道」。④作爲《資治通鑒後記》的史料集,《涑水記聞》不僅注重真實性,而且多記太祖至神宗間的軍國大事,因爲如何

---

②③《涑水記聞》卷1。

④胡三省《新注〈資治通鑒〉序》。

處理這些大事最能體現君德和朝綱，最能「資治」，也最能
反映作者的治國理想和施政主張，我們只要把筆記中的這些
條目與作者的奏章、策論略加對照，就可以發現何其相似乃
爾。「張美」這則筆記主要反映了作者以下一些思想主張：
君主要知權變，馭下宜施恩但「不宜枉法」；爲臣要忠直清
廉，不能擾民以圖私利；人非聖賢，孰能無過，但應知過必
改，這與他在《論君德》、《機權論》、《論致治之道》、《誠明説》
等奏章和策論中是完全一致的。例如他在《誠明説》中就提出
「帝王之德莫大於務學，學莫大於根誠明之性，而蹈乎中庸
之德也」。在處理政務時「不偏不倚」、「知而有爲」。尤
其是侵奪民財，爲司馬光平生最深惡痛絕之事，他極力反對
新法的一個主要原因就是認爲新法「與民爭利」：「天下安
有此理！天地所生財貨百物不在民則在官，彼（指王安石）
設法奪民，其害乃甚於加賦。」⑤但要指出的是：《涑水記聞》
中的「張美」與《宋史》中的本傳有一些相悖之處，例如百姓
告狀一事《宋史・本傳》中不在滄州，而是在同州任上，掠取
民財的也是他州的長吏，張美則是分文未取。本傳中是這樣
記載的：

> 同州歲出數緡錢十萬以假民，長吏十取其一，謂之
> 率分錢，歲至數百萬，美獨不取。未幾，他郡有詣闕訴
> 長吏受率分錢者，皆命償之。

⑤司馬光《傳家集》卷16，《宋史》卷336〈司馬光傳〉。

不是張美之事卻記到了張美的頭上，「獨不取」的廉潔的張美成了強娶民女爲妾及受取民財的唯一被訴者，事主的顛倒和相悖固然可能與民間的流傳方式有關（民間傳說在流傳的過程中常常會顛倒本體，而且也常常會把事件移植到最有影響的人物頭上，例如把《搜神後記》說成是陶淵明寫的，把爲妻殺妻的故事栽到了糟糠相守的陳世美頭上），但更爲確定的因素首先是由司馬光的寫作動機所決定的，司馬光寫《涑水記聞》的目的是爲《資治通鑑後記》準備史料，當然首先要補官方記錄之不足，所以他記下了有關張美的另一種說法，以備將來寫《資治通鑑後記》時參考。其次，與司馬光對張美的看法有關。司馬光認爲張美爲人喜迎合希旨，有虧臣節。張美本是後周的舊臣，周世宗時爲三司使，爲人「強力有心計」，所上奏章每每迎合上意，「以幹敏聞」。世宗當時連歲征討，作爲三司使的張美不但不諫止，相反卻儘量搜刮軍餉，不使匱乏，因而深得世宗倚重。⑥這在司馬光看來，都是貪戀祿位以成君惡的奸佞行爲，所以他在反對王廣淵入值集賢院時，就舉漢景帝時的衞綰和周世宗時的張美爲例，說王與衞、張二人一樣，皆「奸邪不可近」。⑦另外，張美在滄州的一些行爲，也使人對其廉潔產生懷疑。據《宋史》本傳：太宗太平興國初（公元976年），張美改任左驍騎上將軍後，隨即獻出「果園二、蔬圃六、亭舍六十餘區」。他那來的那麼多房屋田產，僅無償獻出的就有兩處果園，六處菜

⑥⑦司馬光《傳家集》卷16，《宋史》卷336〈司馬光傳〉。

地，六十餘區亭舍？而司馬光貴爲朝廷的尚書左僕射兼門下侍郎，妻子去世，卻只好賣掉洛陽的三頃田以葬妻。因此，什麼是真正的廉潔，司馬光是心知肚明的。再說張美爲什麼一調離滄州就獻出房地產？其中的原因和動機是什麼？我想，這可能都是司馬光採記這則史料的原因所在。再次，這則故事中的有關情節，如太祖責備張美「汝欲錢，當從我求，無爲取於民也」，「命官給美所取民錢並其女直」，以及張美的「折節爲廉謹」等與司馬光不能擾民的政見，和知過必改的官箴也是一致的。

其三，《涑水記聞》「張美」條帶有明顯的史料筆記特點，也顯示出未來得及整理加工的原始面貌。司馬光是一代史家和名臣，儘管《資治通鑑》中「赤壁之戰」、「淝水之戰」等篇顯示出作者有高超的敘事技巧和出色的文學才華，但作者並不想以文學名世。神宗即位後，因仰慕司馬光的才華，欲擢其爲翰林學士，司馬光卻極力推辭，甚至以自己不會寫駢文爲由，神宗說：「卿能進士取高第，而云不能四六，何邪？」⑧可見他在著作中自覺地向史筆靠攏，而不把文筆作爲追求，即使在很能顯示語言的精致和敘事的才能的「筆記」中也是如此。加上《涑水記聞》又是作者未來得及整理的原始資料，所以在史筆之外又帶有幾分粗疏。這在「張美」中亦有表現：

首先，作者使用的是史筆，不太注意突出主題、刻畫人

---

⑧《宋史》卷259〈張美傳〉。

物形象和使用性格化語言等文學手段的運用。這篇文章意在宣揚太祖有權謀，他既愛民又愛將，御下既寬但又有法度。當這兩者發生矛盾和衝突時，他使用權謀把這兩者都照顧的很周全。他在上書的民衆面前替張美辯護，使用的是偷換概念的方法，因爲張美拒寇安民，這是他作爲節度使的責任，不能因爲他擾民的程度比兵寇輕，就不但不追究，反而要感謝他。趙光胤正是把兵寇和節度使這兩個性質完全不同的人物放在一起類比，從而得出「張美全活滄州百姓之命，其賜大矣！雖娶汝女，汝安得怨」這一詭辯結論。至於接著的表白：「今汝欲貶此人、殺此人，吾何愛焉？但愛滄州之人耳！」更是爭取民心的權術。這段材料很好地表達了上述主題。但接下來寫太祖命有關部門，代償張美强取的民財和民女的身價，於主題、於人物形象塑造就有點削弱了。因爲比起將錢交給張美，由張美去償還，這種處理方式使張美就由主動變成了被動，百姓也只會感激皇上而不會更改對張美的看法；同時，這使趙光胤對官吏的曲爲回護和其中表露出的權術，也都一定程度地受到削弱。相比之下，歐陽修在《太祖權術》中的處理要精彩得多，這在分析《太祖權術》時將加以論述。

其次，作者注意材料的收集，卻不太注意這些材料的選擇和安排。因爲是爲《資治通鑒後記》積累資料，所以凡是能收集到的，尤其是與官方記錄不同的資料皆儘量收錄，以備將來之用。至於這些材料如何組織到一篇文章之中，做到情節緊湊而集中，作者似乎考慮不多。因此，作爲一篇文章，

它顯得有些鬆散，甚至有齟齬之處。如文章在太祖代償張美
所取民財和民女身價後，又記太祖召來美母告之此事，並要
美母告誡其子毋取民財及善待強娶之民女，這在情節上已顯
得不夠緊湊，因爲君主告誡臣民，是天經地義之事，似乎不
必繞個圈子，讓住「在闕下，不知也」的老母去轉告，這與
司馬光主張的「君德」也有偏離。至於又「賜其母錢萬緡，
令遺美」，傳說中也許有這個情節，但從文學的角度來說，
這個材料宜捨去，因爲這樣一來，張美強取來的錢既無須自
己償還，又得到皇帝的一份賞賜，對趙匡胤來說，這就不是
左右逢源的權術，而是不講法度的私心偏袒了，這當然不是
作者的創作初衷。歐陽修在《太祖權術》中刪去了這個情節，
並把太祖代償改爲賜錢給張美，讓其退還強取的民財，這在
材料處理上要精當、集中一些。筆者在下面將做具體分析。

二

　　《李漢超》是則筆記小說，見於歐陽修的筆記文集《歸田
錄》中。《歸田錄》寫於英宗治平四年作者出知亳州、即將歸
隱之際。其背景在《賣油翁比較》中已作了交待，不在贅述，
這裏要強調的是：其體例雖是仿照唐人李肇的《國史補》，但
其目的並非爲補國史之缺，也不像後來的司馬光《涑水記聞》
那樣以備將來修史之用，而是爲了「備閒居之覽也」⑨，因
而所記之事多爲朝廷遺事、社會風情和士大夫軼聞，作者又

---

⑨《歸田錄》序。

刻意進行加工整理，往往一言一行、一笑一顰，人物情態畢
具。加之作者文筆又好，情節生動，頗富趣味性，所以當時
就被人們傳抄傳誦。其中「李漢超」的基本情節與司馬光的
「張美」並無二致，但他使用的卻不是史筆而是文筆，從材
料取捨、情節安排、人物形象的塑造及修辭手法的運用，都
體現了濃郁的文學色彩。

　　第一，與《涑水記聞》中的「張美」強調真實性有所不同，
《歸田錄》中的「李漢超」則有意識對部分史實進行了改動和
刪削。李漢超在宋史中亦有傳⑩，宋史中記載李漢超在平李
重進叛亂後，由恩州團練使遷爲齊州防禦使兼關南兵馬都監。
防禦使一職爲唐武則天時設立，掌本區軍務，以防禦寇亂，
位置在團練使之下。宋時的防禦使地位升至團練使之上，而
且常由刺史兼領。李漢超既爲齊州防禦使，也即是齊州刺史，
因此，收取當地錢糧就是他份內之事。而歐陽修在筆記中則
把他的職務改爲關南巡檢使，因「齊州賦稅最多，乃以爲齊
州防禦使」。這個改動看似不顯眼，實則很有深意。其一，
突出了趙光胤對李漢超的私愛。宋代的防禦使地位很高又實
掌軍權民政，更何況齊州又是「賦稅最多」，從小説的情節
發展來看，這就爲後來趙光胤祖護李漢超、斥責上訴的民衆，
暗中交待了因果。其二，這也在暗示，李漢超的搶奪民女、
民財與高祖的決策和私心有關。趙光胤任命李漢超爲關南巡
檢使，讓他去抵禦契丹，又不願供給軍需，便又將他任命爲

----

⑩見《宋史》卷273〈李近卿等傳〉。

齊州防禦使讓他就地取財，這就爲他掠取民財提供了合法的
途徑和開了方便之門。所以百姓控告李漢超，也側擊了高祖
以軍閥兼民政的處置。這樣一來，高祖爲李漢超詭辯，未嘗
不是爲自己開脫。這對小說主題和人物形象的深化大有好處。
但從史實來看，不僅前面提及的李漢超任齊州刺史一職與史
實有別，而且李漢超是關南兵馬都監而非筆記中所雲的關南
巡檢使。兵馬都監爲路、州的武官，掌本路、州、府的禁旅
屯戍、邊防訓練。巡檢使則是代皇上巡察軍隊，常以中央部
一級的親信大員充當此任，可以是武將，也可以是文臣，例
如晉同光初，就以尚書右僕射張廷蘊充當魏博三城巡檢使。
⑪歐陽修把關南兵馬都監改爲巡檢使，就是要強調李漢超與
君主之間的關係，從而強化主題和人物形象。

　　筆記中的李漢超與歷史人物李漢超在品格上也有很大的
不同。史稱李漢超在齊州十七年「政平訟理，吏民愛之」、
「善撫士卒，與之同甘苦，死之日，軍中皆流涕」，齊州的
百姓則「詣闕求立碑頌德」，太祖答應了百姓的要求，「令
徐鉉撰文賜之」⑫。並且李漢超在戍邊時也不曾生事擾民。
當時，霸州監軍馬仁禹與李漢超關係很好，「嘗兄事漢超」，
但馬「多自肆，擅發麾下卒入遼境，剽奪人口羊馬，由是二
將交惡」⑬。另外，本傳中雖也提到李漢超在關南強娶民女
爲妾及貸而不償一事，但是用「關南有人訟漢超」這種方式

---

⑪《舊五代史》《晉書·張廷蘊傳》。

⑫⑬見《宋史》卷273〈李近卿等傳〉。

出現的，歐陽修的筆記中則在此之前加一主觀判斷：「漢超武人，所爲多不法」這樣就把「可能是」變成了「肯定是」，而且强娶民女爲妾及貸而不償只是他「多不法」中的一件而已。

第二，作者對史實做如此改動，當然與他的創作思想有關，這也是他與司馬光的「張美」主要的不同之一。司馬光記張美，意在反映他的治國理想和施政主張，這在第一部分已經指出，不再贅述。歐陽修的「李漢超」創作意圖則簡單得多，也集中得多，就是表現趙光胤御下的機變和權術，以助談資。爲了突出這個題旨，「李漢超」和「張美」雖在基本情節上並無二致，但兩者在題材的選取和情節的具體安排上則有很大的不同。

首先，表現物件發生位移，表現的主體由李漢超改爲高祖，反映在題材處理上也相對集中：多寫趙光胤在處理李漢超事件的種種權術，略寫或不寫李漢超在此事件之外的種種事跡。

「張美」中張美是主體，文章開頭就是「張美爲滄州節度使，民有上書告美强娶其女爲妾及受取民財四千緡」，這是紀傳人物的表述方式，而且還有張美在此事以後的行狀甚至整個家族在滄州繁衍的情形：「美惶恐，折節爲廉謹，頃之以政績聞。美在滄州十年，故世謂之滄州張氏」。而在「李漢超」中，記述的主體則是高祖，開頭就是「太祖時，以李漢超爲關南巡檢使捍北虜，與兵三千而已。然其齊州賦稅最多，乃以爲齊州防禦使，悉與一州之賦，俾之養士」。

記述的物件變成了高祖，而且像上面指出的那樣，李漢超的
的搶奪民女、民財與高祖的決策和私心有關，高祖是整個事
件的始作俑者。至於李漢超後來的折節爲廉以及家族在滄州
的情形，因與主體的關係不大，則全部捨去，只留下一句：
「漢超感泣，誓以死報。」「感泣」與「惶恐」，「誓以死
報」與「折節爲廉謹」兩廂比較，前者當然更顯出高祖的權
術，所以有的版本乾脆在爲這個故事加了個標題：「太祖權
術」。

　　其次，爲了突出上述主旨，在情節上也有所取捨和改造。
「張美」中有段高祖與張美母親的問對。這段問對約占全文
的五分之二，在結構上顯得有點鬆散，但從史料的角度也無
不可，況且它也體現了司馬光的君德和臣綱觀。因爲在司馬
光看來，高祖在百姓面前回護張美，這是爲長者諱，體現了
君主御下要寬；在張母面前責備張美，又體現了高祖的愛民
和不廢紀綱，而這正是作者理想中的爲君爲臣之道。歐陽修
的「李漢超」卻意在表現高祖權術，與張母問對這段和此主
旨關係不大，故全部捨去，集中寫高祖與百姓的問對以及事
後的處置，而且在情節上也加以改造，具體表現在以下三點：

　　一是改變了百姓上告的結局。「張美」中是「譴之」，
將百姓打發走完事；「李漢超」中改爲「百姓皆感悅而
去」，那一種更能體現高祖的權術，自不待言。

　　二是改變了李漢超對此事的反映，這在上面已作分析，
不在贅述。這裏只想強調的是：對一個武將來說，「惶恐，
折節爲廉謹」與「感泣，誓以死報」相比，皇上更需要後者。

因此從目的性來説，這種改造更能體現高祖的權術。

三是改變了高祖對此事的處理方式。這是最主要也最能體現作者創作主旨的一點。在「張美」中，高祖兩次出錢：一次是代張美償還所強娶的民女身價錢和受取的民財四千緡；另一次是賜張母錢萬緡。受取民財、強娶民女反而得到萬緡賞賜，這在情理上難説得通，即使是爲了突出高祖對臣下的恩容，也難免有寬縱之憾。另外，當百姓面爲張美代償強取的民財和民女身價，從表現高祖愛民的君德這點來看，是符合司馬光的寫作意圖的。但從表現高祖的機變權術這點來説，就顯得不足了。所以歐陽修從自己的創作意圖出發，將這兩次出錢改爲一次：當百姓的面，儘量爲李漢超辯護，以至分文未給，但「百姓皆感悅而去」；背後再賜錢給李漢超，讓他自己去還給百姓，「使其感汝也」。這樣，既在百姓面前顧全了李漢超的面子，使李漢超「感泣,誓以死報」；又安撫了百姓，使其也「皆感悅而去」；不但平息了這場紛爭，而且表現得既愛民又愛將，既贏得了民心又獲取了臣忠，雙方皆感悅、感泣，這當然顯出高祖高明的統治權術，而這正是歐陽修極力要表達的本文主旨所在。

第三，與《涑水記聞》中的「張美」不同，《歸田錄》中的「李漢超」有著濃郁的文學色彩，人物形象異常生動。應當説，「張美」中高祖與百姓問對一段寫的也是非常生動的，他突出了高祖的機變和權謀。「李漢超」正是在此基礎上更加以強化，運用了反詰、對比、設問等修辭手法和偷換概念等邏輯手段，使人物語言更加生動，人物形象更加鮮明。高

祖與百姓的問對基本上分爲四個層次。

一是召見時，「張美」用的是敍述式，僅九字：「太祖召上書者論之曰」；「李漢超」則在敍述之中加以動作和神態的描寫，擴展成十九字：「太祖召百姓入見便殿，賜以酒食慰勞之，徐問曰」。在便殿召見，顯得隨便一些，也使從未見過此陣勢的百姓不至於過於緊張；賜以酒食並加以慰勞，更使百姓感到寬慰和放心，這也是後來高祖未費一文百姓就「感悅而去」的前提。「徐問曰」是描繪高祖的從容之態，既有居高臨下的優越，也有個人的修養和成竹在胸的勝算。比起「張美」中的九字，文學的形象性增濃了。

二是關於張美或李漢超在關南作用的問對。按説，百姓來上訴，應首先問明事由，再解釋或勸慰。而趙光胤則首先詢問關南的治安情況，誘導百姓説出李漢超鎮關南後，社會安定、「無復兵寇」，讓百姓自己説出李漢超鎮關南的功績；然後再把李漢超的擾民與兵寇的掠奪作一比較，從而得出李漢超在關南所取者少、「其賜大矣！雖取汝女，汝安得怨」這個詭辯式結論。如上所述，趙光胤在此採用了偷換概念的手法，把兵寇和節度使這兩個性質完全不同的人物放在一起類比，把保民的責任置換成擾民的權利。這個手法，最能體現高祖的機變和權謀，所以歐陽修在「李漢超」中也全盤採用，只不過更有一番文學的匠心。例如，在詢問關南的治安情況時，司馬光是直接導入結論：「張美未來時，民間安否？」歐陽修則慢慢詢問事因：「自漢超在關南，契丹入寇者幾？」讓百姓自己得出李漢超來後社會安定的結論。「張

美」中此處只有一個對比——張美與契丹;「李漢超」中又加了一個對比——李漢超與其他邊將:「往時契丹入寇,邊將不能禦,河北之民歲遭劫虜」,惟李漢超鎮關南後,無入寇者。這樣更能使「百姓皆感悅而去」。

三是關於張美或李漢超強娶民女的問對。司馬光用的是訓誡式:「然則張美全汝滄州百姓性命,其賜大矣!雖取汝女,汝安得怨?」,這雖也符合居高臨下的君主口吻,卻不能突出趙光胤的權術。所以歐陽修改爲誘導式,又增加了一個對比:李漢超與村夫的對比:「(汝家幾女)所嫁皆村夫也!若漢超者,吾之貴臣也,以愛汝女則取之,得之必不使失所。與其嫁村夫,孰若處漢超家富貴!」。這當然又是詭辯:農家女嫁於村夫,是雙方自願、情投意合,李漢超則是搶奪民女,以勢壓人;把強娶的手段解釋成出於愛,以推測之詞「必不使失所」來爲這種強盜行爲開脫,這都是混淆了性質根本不同的兩種事物,惟其如此,也更突出了「高祖權術」

四是如何處置張美,司馬光的筆記中高祖對百姓有番推心置腹的表白:「今汝欲貶此人、殺此人,吾何愛焉?但愛滄州之人耳」。可能當時的百姓就有上述要求,作爲史料,司馬光如實的記錄下來。但從人物語言和行爲的前後一致性來看,這種表白方式就不合適了。因爲這番表白的前提是張美確實有過,該貶、該殺,只是從整個滄州人考慮,不能如此罷了。然而高祖在此之前的一番辯解中,張美不但無過,而且「其賜大矣」,對他強娶民女這件事,百姓是不應該埋

怨的：「雖取汝女，汝安得怨？」。更何況，作者要表現的
是高祖既愛民又愛將，臣和民皆感悅、感泣，這裏說「貶此
人、殺此人，吾何愛焉」，顯然不利於這個主旨的表達。所
以在歐陽修的「李漢超」中，這段表白全部刪去，表現了作
者很注意情節和主旨的連貫性，而這正是文學作品的基本要
求。

　　通過以上比較，我們可以發現：「張美」和「李漢超」
雖同爲筆記中的人物，兩者的題材、情節也基本相同，但由
於創作思想不同，體裁畛域相異，再加上司馬氏和歐公的擅
長和愛好各異，所以即使是同一個人物事件、同一個故事情
節，在兩人的筆下，也出現了不同的處理手法，以及由此而
導致的人物形象、風格意趣及創作傾向上的不同。了解這點，
對文學欣賞和文學創作都不無幫助。

不畏先生嗔　卻畏後生笑

歐陽修兩篇《賣油翁》比較

　　往時陳堯咨以射藝自高，嘗射於家圃。有一賣油翁釋擔而看，射多中。陳問：「爾知射乎？吾射精乎？」翁對曰：「無他能，但手熟爾。」陳忿然説：「汝何敢輕吾射！」翁曰：「不然，以吾酌油可知也。」乃取一葫蘆，設於地，置一錢，以勺酌油，瀝錢眼中入葫蘆，錢不濕。曰：「此無他，亦熟耳。」陳笑而釋之。

——《筆説·賣油翁》

　　陳康肅公堯咨善射，當世無雙，公亦以此自矜。嘗射於家圃，有賣油翁釋擔而立，睨之，久而不去，見其發矢十中八九，但微頷之。康肅問曰：「汝亦問射乎？吾射不亦精乎？」翁曰：「無他，但手熟爾。」康肅忿然説：「爾安敢輕吾射！」翁曰：「以吾酌油知之。」乃取一葫蘆，置於地，以錢覆其口，徐乃以勺酌油，瀝之，自錢孔入，而錢不濕。因曰：「我亦無他，惟手熟耳。」康肅笑而遣之，此與莊生所謂解牛、斫輪者何異。

——《歸田錄·賣油翁》

　　歐陽修作爲北宋的文壇領袖，在西崑體浮靡之風盛行之
際，極力提倡「文以明道」、反對「事無用之空言」①，掀
起了一場轟轟烈烈的詩文革新運動；在創作實踐中，他也身
體力行，倡導一種簡潔暢達的文風，給後人留下了無數精美
的詩文。作者在創作這些作品時，並不像有的「天才」那樣，
文不加點，一揮而就，而是仔細推敲，反複修改，留下了許
多佳話。據前人記述：「歐公作文，先貼於壁，時加竄定，
有終篇不留一字者」②。例如那篇傳誦千古的《醉翁亭記》，
據朱熹看到的稿本，其開頭原是個很冗長的鋪敍：滁州的東
面有什麼山，西面有什麼山，南面有什麼山，北面有什麼山，
改到最後，才成爲今天的五個字：「環滁皆山也」③。特別
是到了晚年，更是反複修改乃至淘汰平生所著之文，「往往
一篇至數十過，有累日去取不能決者」④。因「用思甚苦，
其夫人止之曰，『何自苦如此，尚畏先生嗔爾？』公笑曰，『不
畏先生嗔，卻怕後生笑』」⑤。這種怕貽笑後人的高度負責
精神和嚴肅創作態度，不僅表現在《醉翁亭記》、《瀧岡阡表》
這類精心構制的篇章之中，就連《歸田錄》中的一些隨筆，也
是反複修改、精益求精，《賣油翁》的修改就是一個很好的例

①《與樂秀才第一書》見《歐陽文忠公集》。

②《呂氏童蒙訓》。

③《朱子語類》卷129。

④葉夢得《石林燕語》。

⑤沈詰《寓簡》。

證。

　　《賣油翁》是一則筆記，它通過一位賣油老人以其高超的酌油技藝——油從錢孔中瀝入葫蘆而錢不濕——教育以射技自矜的陳堯咨，說明藝無止盡，自然熟能生巧。這則筆記最早見於民間流傳的《筆說》，後來見於《歸田錄》中。《歸田錄》是作者晚年的筆記小說集，寫於英宗治平四年（公元1067年）出知亳州之時，作者時年六十。在此之前，身居參知政事宰輔之位的歐陽修，因受「長媳案」之辱已決意求退、以全晚節，只是擔心一時難以致仕，方求外任，因此知亳州的目的只是歸隱的一個過度，所以將此間寫的筆記名之曰《歸田錄》，即「優游田畝，盡其天年，以備閒居之覽也」⑥。故筆記中所記之事，皆史官所不載的朝廷遺事、社會風情和士大夫軼聞，加之文筆又好，具有極高的史料價值和文學價值，所以當時就被傳誦，以手抄本的形式在社會上流傳，最後連神宗皇帝也知道了這件事，「遽命中使宣取」。既然要呈給皇上御覽，歐陽修做了兩個方面的整理工作：一是「其間所記有未欲廣布者，因而刪去之」；另一則是進行文字上的再加工，使之更規範、更簡潔。這就是後來正式刊布的《歸田錄》⑦。《歸田錄》本來就以文筆生動簡潔、饒有興味贏得世人的喜愛；修改後來要呈御覽，修改增刪之中，這方面的特色更有所增濃，另外還增強了資治訓誡的意味。這兩方面

----

⑥《歸田錄》「序」。

⑦陳振孫《直齋書錄題解》卷11。

意圖，在《賣油翁》的修改中表現得都十分充分。

　　第一、修改以後的《賣油翁》思想性有所增強，更多了一些訓誡意味。我們知道，鑒於唐末五代藩鎮跋扈的歷史教訓，宋初統治者在用人上一直是重文輕武，文人的政治地位比任何一個時代都高，這當然增強了文人的政治責任心和使命感。宋代論兵、論政、論吏道的策論和札子特別多，大概就出於這個原因。歐陽修身爲文壇領袖，宋史本傳卻說他與人言「未嘗及文章，惟談史事」。《賣油翁》的修改稿與初稿相比較，其結尾增加了一句：「此與莊生所謂解牛、斫輪者何異」。作者即是要通過此句來，強調並點破本文的創作意圖：只要勤於練習，反複實踐，就能熟中生巧，乃至掌握事物的規律性。文中說到的「莊生所謂解牛、斫輪者」即莊子《養生主》和《徐無鬼》中「庖丁解牛」、「匠石運斤」的故事。庖丁爲文惠君宰牛，開始時，他眼中所見的是一條整牛；三年後，「未嘗見全牛也」；十九年後，則「以神遇而不以目視」，對牛的筋骨結構一目了然，操刀順孔竅遊走，一把刀用了十八年仍「若新發於硎」，而且動作既輕快又悅耳，就像伴著音樂在舞蹈一樣。匠石是春秋時楚國一位著名的工匠，據說他能揮斤（斧頭）將人鼻子上的白粉削去而鼻子不受絲毫損傷。歐陽修在文章結尾點出賣油翁的酌油技藝與解牛、斫輪者無異，就在於強調掌握事物規律性的重要，而要掌握事物的規律性，又必須反複練習、深入實踐。酌油、射箭是如此，治學、治國亦是如此。《歸田錄》中同時還記載了宋初大學問家錢惟演苦學的故事：錢氏平時手不釋卷，「坐則讀

經史，臥則讀小說，上廁則閱小辭」。作者對此感慨道：
「余平生所作文章，多在三上，乃馬上、枕上、廁上也」，
作者在治學上的這番自我感慨，可以說是對《賣油翁》主旨的
一個最好注解。另外，作者在《論大臣不可親小事》、《准詔
言事上書》⑧等奏議中也反複強調大小機務要親歷，要躬自
檢查，這樣才能深知積弊之所在。這與《賣油翁》結尾的議論
也是完全一致的，因此我們說，修改後的《賣油翁》在思想意
義上要深刻一些，也顯豁一些。

爲了突出上述主旨，作者在人物性格、行爲動作上也作
了一些修改。如描敘陳堯咨的對其射技的自我感覺，初稿上
是「以射藝自高」；修改後爲「善射，當世無雙，公亦以此
自矜」。由「自高」改爲「以此自矜」，並且交待了其原因
是由於「善射，當世無雙」。這就突出了陳堯咨的自負、矜
誇的性格特徵，而這種性格的形成又是由於他對自己射技的
估價過高，看的太重，這樣就爲作者要強調的主旨之一──
有一技之長並不值得誇耀，只要反複練習、不斷實踐，任何
人都可以做得到──從反面作好了鋪墊。有這種鋪墊和沒有
這種鋪墊是不一樣的，因爲對比之下會給讀者留下更爲鮮明
的印象，更加深對主旨的理解。爲了渲染陳堯咨對其射技的
「自矜」，作者對其言行也作了修改：當賣油翁在一旁釋擔
而看時，初稿中爲：「陳問：『爾知射乎？吾射精乎？』」；
修改後爲：「康肅問曰：『汝亦問射乎？吾射不亦精乎？』」

---

⑧《歐陽修全集·奏議集》卷10。

這樣就把詢問對方是否知射，變成誤以爲對方是來向自己學射技的，這更加突出了陳堯咨的自負；而把「吾射精乎？」這個設問句，變成「吾射不亦精乎？」反問句，其矜誇的色彩也就更濃。與之相對應，作者對賣油翁的言行、表情也作了出色的修改。初稿中寫賣油翁觀射是「有一賣油翁釋擔而看，射多中」；修改後爲「有賣油翁釋擔而立，睨之，久而不去，見其發矢十中八九，但微頷之。」多了個表情動作：「睨之」、「微頷」；也多了個時間交待：「久而不去」；對其射技也由概述「射多中」變爲具體的描述：「其發矢十中八九」。睨之，是眼睛微睜且斜視，一種不經意之狀；微頷，則是輕輕點點頭，表示讚許，如果與「睨之」聯繫起來，恐怕是一種不慍不火的平常之心。其中還包含對陳堯咨「自矜」的不以爲然，而這正是作者所極力要表達的。當陳堯咨對賣油翁不以爲然表示「忿然」時，初稿中賣油翁的回答是「不然，以吾酌油可知也。」而修改稿則少了「不然」二字。雖僅二字，卻與主旨的表達關係極大，因爲陳堯咨責備賣油翁輕視他的射技，賣油翁如回答：「不然」，則是對陳堯咨責備的否認。但本文的主旨恰恰是在強調有一技之長並不值得誇耀，只要反複練習、不斷實踐，任何人都可以做得到。賣油翁的否認不但沖淡了這個主旨，也有損於其形象，給人言不由衷的感覺。所以作者在修改稿中刪去了這兩個字，直接回答說：「以吾酌油知之。」這個肯定的回答實際上是對主旨的再次強調，也是對賣油翁人格的肯定。

　　第二、修改後《賣油翁》不僅在思想上得到了深化、題旨

的表達上更加強化，而且人物形象也更加生動，情節關合也更加緊密，更增加了文章的趣味性和可讀性。例如文章的開頭將「以射藝自高」改爲「善射，當世無雙，公亦以此自矜」，其思想深度前面已作簡析，從文學色彩來看，這裏使用了誇張的手法，也多了人物情態和心理的描述，當然增添了文章的形象性和可讀性。又如賣油翁觀射一段，修改後加了句「久而不去」，這使情節前後關合更緊：正因爲賣油翁在旁「久而不去」，陳堯咨才會誤以爲賣油翁仰慕其射技，要向他「問射」；下面的對話和情節的發展也才更爲合理。又如修改後加了句「其發矢十中八九」，這是他「微頷之」的原因，也回應了開頭「陳康肅公堯咨善射，當世無雙」，使文章前後照應，關合更爲緊密。

另外，修改後增添的一個表情動作「睨之」也異常簡潔生動，對此前面已作了分析，這裏要補充的是：它很容易使我們想起《論語》中那篇著名的「子路、冉有、公西華侍坐章」。當子路的言志不合孔子胃口時，文章中也用了兩個字來形容孔子的表情——「哂之」。作者用這個不置可否、含有深意的一笑，把孔子對此回答的不以爲然、又不願當面責備的長者風度，表現得淋漓盡致。歐陽修是北宋詩文革新運動的領袖，其目標就是「將復古道」——恢復先秦諸子散文的優秀傳統。從《賣油翁》的遣詞用語中，我們也可看出《論語》對他的影響。再如，將「爾知射乎」改爲「汝亦問射乎？」，並在「吾射精乎？」中間加上「不亦」二字，這樣行爲的主體就由對方變成了自己，設問也變成了語氣加重的反問，於

是，一個對自己射技異常自負，不覺矜誇於言辭的人物形象，就鮮活地浮現在我們面前。前面已經提及，《歸田錄》在正式刊行前就以文筆生動簡潔、饒有興味贏得世人的喜愛，其中一個很重要的原因就是人物形象生動，而這往往又是通過一、二句簡潔的人物語言或動作來實現的。例如《歸田錄》中有一篇筆記說田元鈞爲人正直但又忠厚膽小，在其任三司使時，常有權貴來走後門。田元鈞不願國法濫用，又不敢嚴辭拒絕，只好強裝笑臉將這些人打發走，他後來對人說：「作三司使多年，強笑多矣，只笑得面似靴皮」。不斷地強裝笑臉，長期以往，臉皮皺得像靴皮一樣。這是何等形象！話中又包含多少無奈！「面似靴皮」短短四字，將人物的處境、性格、肖像表現得何等形象！

　　第三、修改後的語言更加準確、細致、生動。這在酌油過程的描敍中表現得最爲充分。這段描述，修改前爲25字，修改後爲39字，增加了14字，增加比爲56％。這14字主要是加在酌油前、酌油時這兩個階段，使之更具體也更準確。例如酌油前，修改前描述其動作是：「乃取一葫蘆，設於地，置一錢」，其中錢與地，尤其是錢與葫蘆的關係，交待的並不十分清楚。定稿中將「置一錢」改爲「以錢覆其口」，原來錢並不是「設於地」，而是放在葫蘆口上，這就清楚明確了。另外，將「設於地」改爲「置於地」，動作也更準確。酌油時，作者在「以勺酌油」前加了兩個字：「徐乃」，這樣不但多了個酌油過程和時間感，也表現了此翁酌油時的從容之態。作者用詞的精當，於此可見一斑。至於將「瀝錢眼

中入葫蘆，錢不濕」，改爲「自錢孔入，而錢不濕」，字數
反有所減少，簡潔之中更顯精當，因爲前面已說錢是放在葫
蘆口上，油從錢孔入，自然是進入葫蘆中了，不必再贅述
「入葫蘆」。《東坡志林》中有則故事，說歐公在潁州時，有
一天有個秀才告訴他；剛才從街上經過時，見到一匹馬受驚
狂奔，結果把街上的一隻狗踩死了。歐陽修聽後說，你說了
半天，我看就六個字：「逸馬斃犬於道」。可見歐陽修平日
很注意用語的簡潔，厭煩重覆和羅嗦。修改後的《賣油翁》用
語的精當和文學色彩的加濃，不僅表現在酌油那一段，其他
部分也是如此，如將「賣油翁釋擔而看」改爲「賣油翁釋擔
而立」。「立」與「看」相比，不但多了人物的形體感，而
且也寫出了人物的氣度，這與後面的動作「睨之」、「微頷」
在精神上一脈相連。清代文論家劉熙載強調遣詞的精當在全
文中的作用時說：「一字用活而境界全出」⑨。用此來稱贊
歐公以「立」代「看」，誠不爲過。與此相類的還有：改
「汝何敢輕吾射！」爲「爾安敢輕吾射！」；改「此無它」
爲「我亦無它」；改「亦熟耳」爲「惟手熟耳」等，雖皆一
字之差，卻使人物說話的口吻、語氣乃至內在性格，鮮活地
表現了出來。

---

⑨《藝概・詩概》。

一對政治敵手的不同進擊方式
《與王介甫書》與《答司馬諫議書》比較

　　光居嘗無事，不敢涉兩府之門，以是久不得通名於將命者。春暖，伏惟機政餘裕，臺候萬福。孔子曰：「益者三友，損者三友。」光不材，不足以辱介甫爲友，然自接待以來，十有餘年，屢嘗同僚，亦不可謂之無一日之雅也。雖愧多聞，至於直諒，不敢不勉，若乃便辟、善柔、便佞，則固不敢爲也。孔子曰：「君子和而不同，小人同而不和。」君子之道，出處語默，安可同也？然其志則皆欲立身行道、輔世養民，此其所以和也。

　　嚮者與介甫議論朝廷事，數相違戾，未知介甫之察不察？然於光向慕之心，未始變移也。竊見介甫獨負天下大名三十餘年，才高而學富，難進而易退，遠近之士，識與不識，咸謂介甫不起而已，起則太平可立致，生民咸被其澤矣。天子用此起介甫於不可起之中，引參大政，豈非亦欲望衆人之所望於介甫邪？今介甫從政始期年，而士大夫在朝廷及自四方來者，莫不非議介甫，如出一口，至閭閻細民小吏走卒，亦竊竊怨歎，人人歸咎於介甫，不知介甫亦嘗聞其言，而知其故乎？光竊意門下之士，方日譽盛德而贊功業，未始有一人敢以此聞達於左

右者也。非門下之士，則皆曰彼方得君而專政，無爲觸之以取禍，不若坐而待之，不過二三年，彼將自敗。若是者不唯不忠於介甫，亦不忠於朝廷，若介甫果信此志，推而行之，及二三年，則朝廷之患已深矣，安可救乎？如光則不然，忝備交遊之末，不敢苟避譴怒，不爲介甫一一陳之。

今天下之人，惡介甫之甚者，其詆毀無所不至，光獨知其不然。介甫固大賢，其失在於用心太過、自信太厚而已。何以言之？自古聖賢所以治國者，不過使百官各稱其職，委任而責成功也；其所以養民者，不過輕租稅、薄賦斂，已逋責也。介甫以爲此皆腐儒之常談，不足爲思得古人所未嘗爲者而爲之，於是財利不以委三司而自治之，更立制置三司條例司，聚文章之士及曉財利之人，使之講利。孔子曰：「君子喻於義，小人喻於利。」樊須請學稼，孔子猶鄙之，以爲不如禮義信，況講商賈之末利乎？使彼誠君子邪，則固不能言利；彼誠小人邪，則惟民是虐，以飫上之欲，又可從乎？是知條例一司已不當置而置之，又於其中不次用人，往往暴得美官。於是言利之人，皆攘臂圜視，炫鬻爭進，各鬥智巧以變更祖宗舊法，大抵所利不能補其所傷，所得不能償其所亡，徒欲別出新意，以自爲功名耳，此其爲害已甚矣。又置提舉常平廣惠倉使者四十餘人，使行新法於四方。先散青苗錢，次欲使比戶出助役錢，次又欲更搜求農田水利而行之。所遣者雖皆選擇才俊，然其中亦有輕佻狂躁之

人，陵轢州縣，騷擾百姓者。於是士大夫不服，農商喪業，謗議沸騰，怨嗟盈路，跡其本原，咸以此也。《書》曰：「民不靜，亦惟在王宮邦君室。」伊尹為阿衡，有一夫不獲其所，若己推而內之溝中。孔子曰「君子求諸己」，介甫亦當自思所以致其然者，不可專罪天下之人也。

　夫侵官亂政也，介甫更以為治術而先施之；貸息錢，鄙事也，介甫更以為王政而力行之；徭役自古皆從民出，介甫更欲斂民錢，雇市傭而使之。此三者，常人皆知其不可，而介甫獨以為可，非介甫之智不及常人也，直欲求非常之功，而忽常人之所知耳。夫皇極之道，施之於天地，人皆不可須臾離，故孔子曰：「道之不明也，我知之矣，知者過之，愚者不及也。道之不行也，我知之矣，賢者過之，不肖者不及也。」介甫之智與賢皆過人，及其失也，乃與不及之患均，此光所謂用心太過者也。

　自古人臣之聖者，無過周公與孔子，周公孔子，亦未嘗無過，未嘗無師。介甫雖大賢，與周公孔子，則有間矣，今乃自以為我之所見天下莫能及，人之議論與我合則喜之，與我不合則惡之。如此，方正之士何由進？諂諛之士何由遠？方正日疏，諂諛日親，而望萬事之得其宜，令名之施四遠，難矣。夫從諫納善，不獨人君為美也，於人臣亦然。昔鄭人遊於鄉校，以議執政之善否，或謂子產毀鄉校，子產曰：「其所善者，吾則行之，其所惡者，吾則改之，是吾師也，若之何毀之？」蘧子馮

爲楚令尹，有寵於薳子者八人，皆無祿而多馬，申叔豫以子南觀起之事警之，薳子懼，辭八人者。而後王安之、趙簡之有臣曰周舍，好直諫，日有記，月有成，歲有效。周舍死，簡子臨朝而歎曰：「千羊之皮，不如一狐之腋。諸大夫朝，徒聞唯唯，不聞周舍之鄂鄂，吾是以憂也。」子路，人告之以有過，則喜。鄭文終侯相漢，有書過之史。諸葛孔明相蜀，發教與羣下曰：「違覆而得中，猶棄敝蹻而獲珠玉。」然人心苦不能盡，唯董幼宰參書七年，事有不至，至於十反。孔明嘗自校簿書，主簿楊顒諫曰：「爲治有體，上下不可相侵，請爲明公以作家譬之：今有人使奴執耕稼，婢典炊爨，雞主司晨，犬主吠盜，私業無曠，所求皆足。忽一旦盡欲以身親其役，不復付任，形疲神困，卒無一成，豈其智之不如奴婢雞狗哉爲失爲家主之法也。」孔明謝之。及顒卒，孔明垂泣三日。呂定公有親近曰徐原，有才志，定公薦拔至侍御史，原性忠壯，好直言，定公時有得失，原輒諫爭，又公論之，人或以告定公，定公歎曰：「是我所以貴德淵者也。」及原卒，定公哭之盡哀，曰：「德淵，呂岱之益友，今不幸，岱復於何聞過哉。」此數君子者，所以能功名成立，皆由樂聞直諫，不諱過失故也。若其餘驕亢自用、不受忠諫而亡者，不可勝數，介甫多識前世之載，固不俟光言而知之矣。孔子稱有一言而可以終身行之者，其恕乎？《詩》云：執柯伐柯，其則不遠。言以其所願乎上交乎下，以其所願乎下事乎上，不遠求也。介

甫素剛直，每議事於人主前，如與朋友爭辯於私室，不
少降辭氣，視斧鉞鼎鑊無如也。及賓客僚屬謁見論事，
則唯希意迎合、曲從如流者，親而禮之；或所見小異、
微言新令之不便者，介甫則艴然如怒，或詬詈以辱之，
或言於上而逐之，不待其辭之畢也。明主寬容如此，而
介甫拒諫乃爾，無乃不足於恕乎？昔王子雍方於事上，
而好下佞己，介甫不幸也近是乎？此光所謂自信太厚者
也。

　　光昔者從介甫遊，介甫於諸書無不觀，而特好孟子
與老子之言。今得君得位而行其道，是宜先其所美，必
不先其所不美也。孟子曰：「仁義而已矣，何必曰利？」
又曰：「爲民父母，使民盻盻然，將終歲勤動，不得以
養其父母，又稱貸而益之，惡在其爲民父母也。」今介
甫爲政，首建制置條例司，大講財利之事；又命薛向行
均輸法於江淮，欲盡奪商賈之利；又分遣使者散青苗錢
於天下，而收其息。使人愁痛，父子不相見，兄弟妻子
離散，此豈孟子之志乎？老子曰：「天下神器，不可爲
也，爲者敗之，執者失之。」又曰：「我無爲而民自化，
我好靜而民自正，我無事而民自富，我無欲而民自樸。」
又曰：「治大國，若烹小鮮。」今介甫爲政，盡變更祖
宗舊法，先者後之，上者下之，右者左之，成者毀之，
矻矻焉窮日力，繼之以夜而不得息，使上自朝廷，下及
田野，內起京師，外周四海，士吏兵農工商僧道，無一
人得襲故而守常者，紛紛擾擾，莫安其居，此豈老氏之

337

志乎？何介甫總角讀書，白頭秉政，乃盡棄其所學，而從今世淺丈夫之謀乎？古者國有大事，謀及卿士，謀及庶人，成王戒君陳曰：「有廢有興，出入自爾師虞庶言同則繹。」《詩》云：「先民有言，詢於芻蕘」。孔子曰：「上酌民言，則下天上施；上不酌民言，則下不天上施。」自古立功立事，未有專欲違眾，而能有濟者也。使《詩》、《書》、孔子之言皆不可信則已，若猶可信，豈得盡棄而不顧哉？今介甫獨信數人之言，而棄先聖之道，違天下人之心。將以致治，不亦難乎？

近者藩鎮大臣有言散青苗錢不便者，天子出其議，以示執政，而介甫遽悻悻然不樂，引疾臥家。光被旨？批答，見士民方不安如此，而介甫乃欲辭位而去，殆非明主所以拔擢委任之意，故直敍其事，以義責介甫，意欲介甫早出視事，更新令之不便於民者，以福天下，其辭雖樸拙，然無一字不得其實者。竊聞介甫不相識察，頗督過之，上書自辯，至使天子自？手詔以遜謝，又使呂學士再三諭意，然後乃出視事。出視事誠是也，然當速改前令之非者，以慰安士民報天子之盛德，今則不然，更加忿怒，行之愈急。李正言言青苗錢不便，詰責使之分析；呂司封傳語祥符知縣，未散青苗錢，劾奏乞行取勘。觀介甫之意，必欲力戰天下之人，與之一決勝負，不復顧義理之是非、生民之憂樂、國家之安危，光竊？介甫不取也。

光近蒙聖恩過聽，欲使之副貳樞府，光竊惟居高位

者不可以無功，受大恩者不可以不報，故輒敢申明去歲
之論，進當今之急務，乞罷制置三司條例司，及追還諸
路提舉常平廣惠倉使者，主上以介甫爲心，未肯俯從。
光竊念主上親重介甫，中外羣臣無能及者，動靜取捨，
唯介甫之爲信，介甫曰可罷，則天下之人咸被其澤，曰
不可罷，則天下之人咸被其害。方今生民之憂樂、國家
之安危，唯繫介甫之一言，介甫何忍必遂己意而不恤乎？
夫人誰無過，君子之過如日月之食，過也，人皆見之，
更也，人皆仰之，何損於明？介甫誠能進一言於主上，
請罷條例司，追還常平使者，則國家太平之業皆復其舊，
而介甫改過從善之美愈光大於日前矣，於介甫何所虧喪
而固不移哉？

　　光今所言正逆介甫之意，明知其不合也，然光與介
甫趣向雖殊，大歸則同：介甫方欲得位以行其道，澤天
下之民；光方欲辭位以行其志，救天下之民。此所謂和
而不同者也，故敢一陳其志，以自達於介甫，以終益友
之義，其舍之取之，則在介甫矣！《詩》云：周爰咨謀。
介甫得光書，倘未賜棄擲，幸與忠信之士，謀其可否，
不可以示諂諛之人，必不肯以光言爲然也。彼諂諛之人，
欲依附介甫，因緣改法，以爲進身之資，一旦罷局，譬
如魚之失水，此所以挽引介甫，使不得由直道行者也，
介甫奈何狥此曹之所欲，而不思國家之大計哉？孔子
曰：「巧言令色，鮮矣仁。」彼忠信之士，於介甫當路
之時，或齟齬可憎，及失勢之後，必徐得其力；諂諛之

士，於介甫當路之時，誠有順適之快，一旦失勢，必有賣介甫以自售者矣，介甫將何擇焉？國武子好盡言以招人之過，卒不得其死，光常自病似之，而不能改也。雖然，施於善人，亦何憂之有？用是故敢妄發而不疑也。屬以辭避恩命，未得請，且病膝瘡，不可出，不獲親侍言於左右，而布陳以書，悚懼猶深。介甫其受而聽之，與罪而絕之，或詬詈而辱之，與言於上而逐之，無不可者，光俟命而已。

——司馬光《與三介甫書》

某啓：

昨日蒙教，竊以爲與君實遊處相好之日久，而議事每不合，所操之術多異故也。雖欲强聒，終必不蒙見察，故略上報，不復一一自辯。重念蒙君實視遇厚，於反覆不宜鹵莽，故今具道所以，冀君實或見恕也。

蓋儒者所爭，尤在於名實，名實已明，則天下之理得矣。今君實所以見教者，以爲侵官、生事、征利、拒諫，以致天下怨謗也。某則以謂受命於人主，議法度而修之於朝廷，以授之於有司，不爲侵官；舉先王之政，以興利除弊，不爲生事；爲天下理財，不爲征利；闢邪說，難壬人，不爲拒諫。至於怨誹之多，則固前知其如此也。人習於苟且，非一日，士大夫多以不恤國事、同俗自媚於衆爲善。上乃欲變此，而某不量敵之衆寡，欲出力助上以抗之，則衆何爲而不洶洶？然盤庚之遷，胥怨者民也，非特朝廷士大夫而已，盤庚不爲怨者故改其

度。度義而後動，是而不見可悔故也。

如君實責我以在位久，未能助上大有爲，以膏澤斯民，則某知罪矣；如曰今日當一切不事事，守前所爲而已，則非某之所敢知。

無由會晤，不任區區向往之至。

——王安石《答司馬諫議書》

王安石變法是北宋中後期的第一大事，時人盡側其目，圍繞變法，擁贊與反對兩派展開了激烈的論辯及鬥爭，司馬光的《與王介甫書》和王安石的《答司馬諫議書》就是其中的一段公案。過去，處於現實政治的考慮，有的人將司馬光畫爲大官僚大地主等豪强貴族的代表，將他的《與王介甫書》說成是對新法的無端責難；而王安石的《答司馬諫議書》則是「針對司馬光强加於新法的種種罪名，觀點鮮明、要言不煩、理直氣壯地加以駁斥，表現了一個改革家的坦蕩胸懷和高度自信」。其實，司馬光此信絕非謀少數人的私利，此公人品更如光風霽月，絕非王安石在信中所云的那種「壬人」，他對新法的批評也並非都是「邪說」。可以這樣說：他們都是在爲國而謀，只是他們思考問題的方法不同；《與王介甫書》與《答司馬諫議書》都是據實而發、言之成理，但又都從自己的目出發而回避了一些要害問題。

因此，把兩封書信加以比較，看看他們是如何從自己有利的角度進擊，又如何進行避讓，不僅使我們瞭解當時的真實情況，不會以今代古，同時也讓我們在文章的立論和駁論

技巧上得到一些教益。下面首先看看兩文產生的時代背景。

一

宋朝，是中國歷史上有名的積貧積弱的朝代，國力衰弱的問題暴露得特別早，冗官冗吏、冗軍冗費一開始就成爲不治之症。北宋立國之初，鑒於唐末五代軍政割據的狀況，設立了不少新機構，分奪宰相及地方長官的財賦、軍事之權，使政治機構與官僚之間相互牽制，防止藩鎮割據乃至分土立國，確保皇權的地位。這樣，國家機構虛胖的弊病就無可避免。宋王朝爲了鞏固統治，於多年兵禍之後，採取崇文抑武的策略，籠絡文人士子，開科大批取士，濫賞官爵，供養了大批冗官，官多位少，待遇相對低薄，於是想方設法搜刮，吏治因此敗壞。開國初，爲了收奪將領兵權，挫喪天下銳志，公然鼓勵官僚購置土地田產，及時行樂，導致土地兼併急劇加速。宋朝的民族衝突自始至終是一個嚴峻的問題，遼國、西夏、吐蕃，環伺邊境，軍費和買安費驚人。再加上軍隊戰鬥力差，屢戰屢敗，只得一味擴充軍隊，至仁宗慶曆年間，兵員已達 1259000 名，直接導致財政入不敷出，產生赤字，於是人民負擔更爲沈重。這些因素，致使國內社會矛盾一直很大，開國數十年，就爆發了王小波、李順起義，慶曆、嘉祐年間，農民和士兵更是紛紛起事。這些社會政治、經濟等問題，使得一些不甘因循守舊的有識之士發出改革的呼聲，在王安石之前的慶曆新政正是以范仲淹爲代表的一批人發動的。在苟安的保守勢力的極力阻撓下，庸祿無爲的仁宗先自

動搖，不可能給予新政派以堅決的支援，因此，新政不到一年，即告失敗。

慶曆新政雖然失敗，但其影響還是巨大的，各地根據具體情況，或多或少地進行了一些改革。慶曆八年至皇祐年間，陝西轉運使李參爲了解決軍糧，在農民青黃不接時，「令自度穀麥之入，予貸以官錢，穀麥熟則償，謂之青苗錢。」效果非常不錯。兩浙轉運使李復圭、明州知府錢公輔等曾將差役中的衙前改爲募役，以方便民衆。均輸、民戶代官養馬等改革也在個別地區施行過。可以說，這些嘗試爲後來的王安石變法提供了借鑒作用，也作了一定的輿論準備工作。

王安石，北宋著名的政治改革家，其自幼隨父親輾轉南北，歷見民間困苦的現狀，在《感事》詩中曾寫道：「賤子昔在野，心哀此黔首。豐年不飽食，水旱尚何有？」自此，「慨然有矯世變俗之志」。慶曆七年（公元 1042 年）任鄞縣知縣，利用冬閒，大興水利，在青黃不接之際，將官倉糧食貸與縣民，規定利息，秋後歸還，既使貧者免於高利貸的剝削，又可使官倉儲穀新陳相易。除此之外，還興辦學校，建立保甲制度，做了不少實事，爲以後變法打下了實踐基礎。王安石任官愈久，愈警覺北宋政治制度的窳敗，嘉祐三年（公元 1058 年），寫成了著名的《上仁宗皇帝言事書》，指出了王朝內部潛伏的矛盾和危機，並提出了改革的要求和方法。雖然這些呼籲沒有得到當政者的重視，但王安石通過有策略地影響朝野名士，引起了人們的注意，博得同僚們的推許。這些人中就有司馬光，其學生劉安世言：「當時天下之

論，以金陵（即王安石）不作執政爲屈。」可見王安石在變法前已深負衆望，許多人把除弊振弱的理想寄託在他身上。

神宗即位，銳意革舊布新，冀圖盡掃貧弱頹廢，於是立即起用久享聲譽的王安石。一開始，神宗對改革的必要性還認識不清，存在「本朝有百年無事」的疑問，王安石上《本朝百年無事箚子》，分析開國以來的情勢，指出「累世因循之弊」導致「農民壞於徭役」、「兵士雜於疲勞」，理財不得法導致「民不富」、「國不強」，苟且偷安，得過且過，只是「賴非夷狄昌熾之時，又無堯湯水旱之變」，所以百年無事。王安石繼而分析這種狀況「雖曰人事，亦天助也」，認爲「天助之不可靠恃」。可見王安石所理解的「天助」實質就是偶然性，這些話隱示著一旦情形有變，王朝將生不測之患，據此，王安石認爲「大有爲之時，正在今日」，堅定了神宗的改革決心。

熙寧二年，王安石開始陸續推行新法，熙寧七年，王安石第一次罷相，次年復出復罷，自此，變法停頓並走向敗廢。應該說，王安石變法的本意和構思是有合理因素及積極意義的，是針對時弊而發的，但世事往往難致一途而同歸，宋朝各地具體情況差別很大，同一政策不可能同時適用於任何地區。現在看來，王安石變法的失措之處在於：

一、新法本身不夠完善，不能適用於全國各地。

二、沒有處理好同其他政治集團的關係，不能團結大多數，而在政治上陷於孤立。

三、推行新法過於急躁，輿論宣傳工作做得不夠，沒有

得到人民的普遍理解和支援。

四、任用非人，給改革帶來許多惡劣的負面影響，也直接破壞了改革集團內部的團結一致。

五、不能及時聽取反饋意見和不同建議，而進行適當的調整，甚至因此打擊排擠正直有識之士。

其中青苗法加重了農民的負擔和改革隊伍的嚴重不純更是引起朝野的普遍不滿。正因爲如此，批評乃至反對新法的不僅是維護既得利益的權貴和王安石所說的「壬人」，還包括曾經主張或支援過改革的韓琦、張方平、蘇軾和拔識過王安石的恩師歐陽修。蘇軾曾多次上書，指責王安石等人「求治太急，進人太銳，」，強調要擇吏任人，認爲「欲速則不達」，「輕發則多敗」；歐陽修在晚年不顧「老病昏忘」之身，兩次上書，指責「青苗法取利於民」以及造成穀賤傷農等種種之弊。司馬光的《與王介甫書》正是在這一背景下寫成的。

二

《與王介甫書》是一篇出色的論諫類文章，開篇司馬光即擺明自己的身分，是朋友，而非同僚，這樣寫的好處在於使對方有一種親近感，利於說諫。那麼君子益友之道又是什麼？是「和而不同」，即君子「立身行道，輔世養民」的宏旨是一致的，但爲人處世的具體態度以及看待處理問題的方法是不盡一致的，但君子不會因此而放棄自己做人原則和政治立場。這爲作者關於變法的不同見解作了理論說明，也爲下文

揭批小人作了論點準備。接下來盛讚王氏的才學人望，歷陳
君主恩信，表面上是在頌揚，實際上隱隱含有切責之意，即
執政一年來，爲什麼不能有孚衆望，而致四方怨言紛騰？作
者認爲原因在於奸佞之士無人敢以此相告，王安石不能瞭解
到實情，作爲君子益友，因此不避譴怒，以實布聞。這幾段
委婉遞進，但文脈極其清晰。

　　司馬光主張在理想治道的大方向下，在祖宗舊法的基礎
上掌握好用人和養民兩個基本要素，反對全盤更新，「治天
下譬如居室，敝則修之，非大壞不更造也。」姑不論這種治
政之道是否弊在保守，但就王安石的變法而言，其弊正如司
馬光所指出的「用心太過」、「自信太厚」。王安石以爲新
法利國利民，恨不得一下子施行天下，這就是「用心太過」；
又認爲自己有把握能做到這一點，這就是「自信太厚」。爲
了避開來自舊體制的阻撓，王氏設立三司條例司這一新機構，
盡奪原機構之權，觸動了整個舊體制和官僚集團的利益，激
起了軒然大波；又爲了順暢地貫徹自己的改革意圖，而不加
選擇地任用資歷不深的新進人士，其中不少是投機者，見風
使舵，並沒有多少學養和才能，只知一味迎合王氏，蠻橫地
推行新法，影響很壞。歐陽修在奏章中就列舉提舉常平使者
到處作威作福，雖然朝廷不准將青苗錢抑配百姓，聽民自領，
但在提舉的督促下，必須散盡規定的錢數，方可罷休。一般
勤勞殷實者不願領錢，而貧困無賴之人又無償還能力，爲避
免拖欠虧空，又限定保伍相坐，由鄰戶代爲繳還。因此，老
百姓深受其害，非常不滿。作者認爲正是這些輕佻狂躁之徒

導致士大夫不服、農商喪業，以至謗議沸騰、怨嗟盈路。實際情形也確實如此，王氏舉拔之人確有一些奸佞之徒，如被王極爲信任重用的呂惠卿後來竟背叛構陷王安石，這些人在哲宗、徽宗時期多把持朝政，因此不少人把北宋後期的政治風氣的敗壞歸咎於王安石。事實上，奸人臉上並無奸字，他們像變色龍一樣，有很強的僞裝本領，如蔡京，一開始追隨變法派，元祐初又投靠司馬光，時任開封知府，依限在五日內，首先廢募役爲差役，以至司馬光稱讚道：「使人人奉法如君，何不可行之有？」紹聖初，他又搖身一變爲變法派，當宰相章惇打算重新實行募役法，而遭到異議時，蔡京又建議道：「取熙寧成法施行之爾，何以講爲？」這樣一個人，徽宗朝有名的「六賊」之一，竟然騙得了司馬光的信任，可見小人難於一時識別。司馬光建議王氏多聽聽大多數人的呼聲和意見，不要爲小人所誤，指出這是防小人得逞的有效之法，確爲推心置腹之論。

接下來，作者緊扣上文提出的「用心太過」、「自信太厚」，爲王氏剖析其中的原因，正在於背棄了儒學的宗旨——中庸。爲了佐證己說，作者援引儒家經典《尚書·洪範》中的皇極之說。皇，指上天；極，指中正。皇極也即「天之中道」。在論證「自信太厚」中，不同於論證「用心太過」時偏重於理論分析，而採取以史例爲據，引子產、趙簡子、子路、諸葛亮等人的具體事例，進行勸諭，來說明人孰能無過，關鍵在於納諫改過。這裡用意懇切，但語氣很重，起到了振聾發聵的效果。

　　封建士大夫標榜仁義，恥於言利，而新法的重要內容就是理財。神宗曾憂國用不足，王安石認爲應該任用善於理財之人，司馬光指出善於理財的辦法不過是加緊搜刮而已，王安石辯稱善於理財在於不必加賦而國家財用充足，司馬光認爲這只不過是化明爲暗，比加賦的禍患更大。可見王安石的理財之法只能投合神宗的心意，而爲士大夫所不齒，因此在政治理念上阻力非常大。更何況保守腐朽的王朝體制不容任何較大的改革，慶曆新政失敗之後，士大夫們更深諳這種體制，再不願作更張的打算，而尚於空談，時人曾批評道：「天下之事似乎舒緩，萎靡不振。」在這種政治氛圍中，變法出現偏差後，被洶洶圍攻就不足爲奇了。對於士大夫這種偏激的態度，事後反對變法的程頤曾反省道：「熙寧初，王介甫行新法，並用君子小人。君子正直不合，介甫以爲俗學不通世務，斥去；小人苟容諂佞，介甫以爲有材能知變通，用之。介甫性狠愎，衆人以爲不可，則執之愈堅。君子既去，所用皆小人，爭爲刻薄，故害天下益深。使衆君子未用與之敵，俟其勢久自緩，委屈平章，尚有聽從之理，俾小人無隙以乘，其爲害不至此之甚也。」持論頗公。王安石罷相後也有悔意，其日記中對變法有較詳細的記載，對反對者也多有詆毀之語，曾於衰病中命其侄焚毀。執政之初，王氏還甚是注意團結同僚名士，如呂公著，曾推薦爲御史中丞，後呂氏攻擊新法頗力，關係才決裂。作爲王安石也想籠絡有聲望的正人君子，但君子好黨同伐異，其新法中不符合正統觀念的，往往被不加辯識地窮追猛打。回顧王安石上臺時的輿情順洽，

以及上臺後的衆違羣逆，這些恐怕是王安石、司馬光所始料
不及的。

　　王安石與司馬光在某些方面是一致的，都是以國事爲己
任，《邵氏聞見錄》載：「荊公、溫公不好聲色、不愛官職、
不殖貨利皆同。」同氣相求，因此，在變法前，他們還是相
互推重的，司馬光對王安石曾寄予很大的希望，王氏被任命
爲參政後，一日在朝堂上，司馬光與呂誨相遇，呂誨告知欲
彈劾王安石，司馬光驚愕地問：「王介甫素有學行，命下之
日，衆皆喜於得人，奈何論之？」但後來新法在推行中出現
了的偏差，造成了不良後果，士大夫羣起反對，而王安石執
意不改，如司馬光所言「必欲力戰天下之人，與之一決勝負，
不復顧義理之是非、生民之憂樂、國家之安危。」這時，司
馬光自覺應挺身而出，秉義相勸，於是引儒學經典，幫助王
氏尋找思想意識上的原因，在於「盡棄其所學」，背離政道
宗旨，「獨信數人之言，而棄先聖之道，違天下人之心」。
並提醒在這種局面下，新法想取得理想的成效是不可能的。

　　改革一開始就陷於困頓之中，一些元老重臣或諫爭，或
抗命，如韓琦就拒絕推行青苗法，並上奏歷陳新法之弊。在
反對派的巨大壓力下，神宗開始動搖，表揚韓琦是真正的忠
臣。執政曾公亮、陳升之等乘機附和，王安石雖多方辯駁，
神宗仍然認爲應聽取各方面的建議。次日，王安石就稱病在
家，繼而辭職。在此關鍵之機，神宗確實想就此罷休，並已
「諭執政罷青苗法」，但他又心有不甘，想有所作爲，於是
又挽留王氏。代擬詔書的司馬光非常不滿王安石的任氣與自

蔽，在詔旨中以神宗的口氣嚴厲指責王氏不應不負責任，而以辭職了事。王安石立即上章抗辯，神宗隨即下手詔道歉，又令呂惠卿諭旨，王氏才復職視事。司馬光認爲這種以退爲進的要挾手段與「方於事上」的態度不合爲臣之道，方即方棱杵人，態度不圓轉。當時，神宗對司馬光也很賞識，曾打算任命其爲樞密副使，司馬光趁機請求罷停新法，神宗沒有答應，司馬光也堅決不履高職，不願與變法派苟且虛與共事，這種政治品性與王安石是相近的。後來，變法益深，見自己的意見不被重視，請求閒職，在洛陽半仕半隱十五年，潛心編著《資治通鑑》。這裡司馬光申明作爲一個大臣應具備的政治道德，公開要求撤銷條例司、追還常平使者，言語懇切之至，無以復加，可謂言至義盡。

最後，司馬光還是重申益友之義，苦口婆心，不過希望王安石聽取他的建議，儘管自知可能性很小。針對王氏的性格弱點，作者再一次提醒其防範諂諛小人，這正是君子成人之善之處，事實後來證明作者所料不錯。應該説，司馬光給王安石寫這封信以及後來的兩封信，都是出於公心公義，因此並不計較可能招致的不測之禍，在此，作者引國武子以自譎，表明了爲公道民心而無所畏懼的坦蕩胸懷，令人肅然起敬。

本文長達四千字，但言之有物，並不顯得繁冗拖遝。行文層次鮮明：開始緒以朋友之義，繼而提出問題，復之以剖析問題，指出王安石患在「用心太過」與「自信太厚」，並分別予以闡述，緊接著從理論高度申明聖人之義與爲政之道，

指出新法違離正道，實踐上無可行性，再論及近事，指出王氏失德之處。行文快要結束時，經過前文充分的鋪墊，正面點出作者的建議與要求，最後又照應開首的君子「和而不同」之義。因此，全文雖然很長，但鳳首豹尾，渾然一體，並無渙亂失度之處。在措辭謀意上，本文也有獨到之處。總體上看，全文迂迴往復，用意委婉，這樣的好處在於能較好地表達誠摯懇切之情，有較強的勸諭說服效果，這也是針對王安石難於聽諫的個性而採取的方式。全文雖有再三委屈申論之實，但並無低氣哀求之嫌，委婉中有剛意，如論「自信太厚」時，盡言人「孰能無過」，並未直言王氏有過，但言之已在意中，其意在於抨擊王氏不能自覺有過，故論之「自信太厚」。作者在文中持低調態勢，但低調中激蕩著正義正氣，有抑而復揚之勢，因此文章具有很強的內力，雖然大多數批評之語較為圓轉，但批評之意非常嚴厲，所以王安石讀後所感句句公理，無從一一具體作出反駁，因此沒有立即作出答覆。本文的另一個特點是大量引經據典，不僅顯示了作者豐厚的學識，而且大大增強了說服力。

三

讀了司馬光的第一封信，王安石頗不高興，出於禮節，只回了一封短信，沒有就司馬光的意見作實質性答覆。司馬光心有不甘，又寫了第二封信，進一步闡明青苗法的不當之處，其意仍在說教。王安石接信後，又回了封信，就司馬光第一信作了較為具體的答覆，這就是後來聞名於世的《答司

馬諫議書》。

本文是篇書信體的駁論文章，其反駁的方法比較巧妙，也反映了王安石一貫的勁峭簡潔的文風及堅執不屈的爲人特性。

其一，先確立一個對方無法否定的立論原則，即「蓋儒者所爭，尤在於名實，名實已明，則天下之理得矣。」然後以此爲根據，針對司馬光的觀點，作一一反駁。

其二，作者以高度概括的語言，把對方的觀點歸納爲「侵官，生事，徵利，拒諫，以致天下怨謗也。」這短短的十五個字從五個方面，牢牢扣住對方的論點。

其三，駁斥中不是一一列舉事實，細加辨駁，以免糾纏，而是抓住內核，三言兩語擺明自己的觀點。在方法上採取先破後立，先反駁對方開列的四條罪狀，使其結論「以致天下怨謗也」無從立論，然後再辨明「天下怨謗」的真正原因，在辨明之中擺明了自己的觀點，說明了自己的態度，即「度義而後動，是而不見可悔故也。」

其四，駁斥中雖針鋒相對，堅決果斷，但文中用語卻相當謙恭，剛柔有節，顯藏有度。如文首用語委婉，中間兩段駁論則毫不退讓，自信自是。

最後則承前文氣脈，剛柔相雜，有退有進，如「責我以在位久，未能助上大有爲，以膏澤斯民，則某知罪。」這一句有兩層意義，表面上退守，實際上在進攻，既然作者認爲自己的政綱是正確可行的，那麼反對者就是錯的。爲什麼其認爲正確的未能產生應有的效果呢？作者顯然認爲這是反對

派的壬人邪説極力阻撓所導致的,因此這句話表面似在自責,實際上還是在責人。二,表明自己並非拒絕一切批評,但有前提,即對方站在自己的政治立場上,肯定變法改革,然後進行批評。「如曰今日當一切不事事,守前所爲而已,則非某之所敢知。」這一句柔韌之極,更爲厲害,實質上是在抨擊反對派的因循苟且、無所事事,不以國家富強爲己任,而同俗同流,自媚於世。表明若對方否定改革的必要性,則一切免談,自己決不苟同。

從文學角度看,本文是一篇非常成功的作品,在文理上也有其可圈可點之處,但聯繫歷史事實來參看,本文在論據和論證上卻非常偏頗。

首先,作者不分青紅皂白,將反對意見統統斥爲邪説,把反對者視爲壬人,而作爲不必聽納的理由,如此説來,司馬光、歐陽修、蘇軾等不都成了所謂巧言令色的人。這説明了作者主觀認識上的偏激錯誤,以及爲人氣度上褊狹刻薄。諸如歐陽修、司馬光等人的建議也並非毫無採納之處,作爲一個執政者,應虛懷若谷,多方聽取意見,然後參酌而行,這樣才能把事辦好。而王安石在各方面、各階層人士都對改革還不太瞭解的情況下,蠻橫地推行改革,最終結果必然是失敗。

其次,所引典故證據並不能完全説明現實所行的合理性與正確性。北宋中後期,積弊很深,改革是必須進行。但改革的成功與否,則繫於改革的具體内容是否合理,改革前期準備工作是否充分,改革過程中的措施是否適度,改革用人

是否稱職，改革中能否有效協調各方面利益，團結大多數人士，這些因素在王安石變法中都沒有很好地做到。由於沒有協調好各方面關係，以致上任伊始四方支援的大好局面，在一年後竟然轉爲反對的局面，面對這種變化，王安石不能立即進行反省自察，反而視不同意見爲邪説，反對者爲壬人。又引商王盤庚遷都之事作爲辯護證據，而不細察其中的差異，因此，蘇軾曾以晉武帝平定東吳因堅持己見而成功、符堅伐晉因獨斷專行而亡國、齊桓公重用管仲而稱霸諸侯、燕王專信子之而敗亡等史實，來説明「事同而功異」的道理。盤庚遷都歷史證明是因明成功的，王安石變法雖應時而生，卻是失敗的。

改革是需要堅定的政治立場，但不需要剛愎自用、獨斷專行。王安石的個性以當時人的評論，是「狠愎」、「强忮」，而且不通人情。王安石不喜修飾，以致衣服髒了不換洗，也不常洗臉，很多人視之爲賢，也有人認爲這是不近人情，是奸惡的表現。王安石年輕時曾爲韓琦的僚屬，因勤於讀書，常至深夜，次日上班往往不及盥洗，韓琦以爲夜飲放縱，就語重心長地勸其趁年輕多讀書，好好把握自己，王安石一言不發，離開後抱怨韓琦不瞭解他，從此一直心存疙瘩。後來韓琦瞭解其賢名，欲予以提拔，王安石堅辭不屈。變法時，因政見不合，王安石在日記中多次詆毀韓琦。王安石的反目之快是時人所不能容忍的，如歐陽修、韓琦、富弼都是他的師長輩，對他也多有賞拔之恩，是當時士林的旗幟，變法伊始就被王安石統統斥爲奸人，激起了士大夫們的普遍不滿。

可見，王安石性格中的鬥爭不協和性注定只能激化矛盾，使改革面臨更大的阻力。《邵氏聞見錄》記載了一件趣事，司馬光曾回憶，王安石與其曾同爲包拯的下屬，一日牡丹盛開，包公置酒賞花，舉杯相勸。司馬光不喜飲酒，但强迫自己迎酬，王安石則始終不飲，沒有給包公面子。這件事對司馬光有震觸，他感歎自此以後，才了解到王氏的倔强不屈。王安石的這種性格注定在中國傳統的政治環境中，不適合擔任宰相這樣的職位。因此，當神宗就命相事作諮詢時，韓琦就認爲王安石不合適，而適合作翰林學士。

在治政閱歷經驗上，《邵氏聞見錄》認爲王安石也有不足之處，分析王氏的政術能治理好一個地區，但不能治理一個國家，其原因在於不了解全國各地的差異。而且司馬光也有同樣的缺點，都是年輕考取進士，很早就作了顯官、京官，沒有周歷各地。蘇軾、章惇等則不同，因此政見較爲實際可行，如關於雇役、差役之爭，司馬光上臺後，盡廢新法，蘇軾就持不同意見，認爲新法中也有可取之處，募役法不宜廢。章惇爲人雖惡劣，但反對驟廢募役法卻是正確的，他認爲當初改差役爲募役太過急迫，產生了很多後遺症，現今再作更張，應研究透徹，而五日內盡廢募役，必然留下後患。看來司馬光也犯了其批評王安石的「用心太過」的毛病，本來治理國家就是件難事，千頭萬緒，很難做到中庸之道。

王安石變法的歷史意義是巨大的，值得後人悉心研究。王安石的洞察時弊的政治敏銳性、革舊布新的勇氣，以及堅定不移的政治立場是應該肯定的，新法中也多有合理可行的

内容，但是什麼導致了改革的失敗？摒除王朝政治體制的局限等外部因素，其本人的缺點也不少，其弟王安禮在神宗詢及外界對王安石的評介時說：「恨知人不明，聚斂太急耳。」這句話非常尖銳，既批評改革中用人不當，又批判了改革本身，即聚斂之患，難怪神宗聽了很不高興。問題的關鍵在於，封建改革的根本出發點何在？不在於拯民於水火，而在於挽王朝於頹勢。作爲王安石，他必須首先迎合神宗的心意，才能獲得有力的支援。年輕的神宗一心所求的無非是財政豐足、國勢強盛，而這些都離不開錢這個字。雖然王安石變法是一個系統的改革，涉及到政治、經濟、軍事、社會組織、教育等，圖旨宏大，制定之初也曾考慮到老百姓的利益，開闢合理的財路，但在施行中多有偏差，又不顧人民的意見，只考慮怎樣滿足皇帝的富國強兵之夢，一心旦夕成事，這就不僅喪失了改革的羣衆基礎，而且違背了事物發展的規律，最終必然失敗。

高山仰止　各有心儀

王安石與蘇軾祭歐陽修文比較

　　夫事有人力之可致，猶不可期，況乎天理之溟漠，又安可得而推？惟公生有聞於當時，死有傳於後世，苟能如此足矣，而亦又何悲？

　　如公器質之深厚，智識之高遠，而輔學術之精微，故充於文章，見於議論，豪健俊偉，怪巧瑰奇。其積於中者，浩如江河之停蓄；其發於外者，爛如日星之光輝。其清音幽韻，淒如飄風急雨之驟至；其雄辭閎辯，快如輕車駿馬之奔馳。世之學者，無問乎識與不識，而讀其文，則其人可知。

　　嗚呼！自公仕宦四十年，上下往復，感世路之崎嶇，雖屯邅困躓，竄斥流離，而終不可掩者，以其公議之是非。既壓復起，遂顯於世。果敢之氣，剛正之節，至晚而不衰。

　　方仁宗皇帝臨朝之末年，顧念後事，謂如公者可寄以社稷之安危。及夫發謀決策，從容指顧，立定大計，謂千載而一時。功名成就，不居而去。其出處進退，又庶乎英魄靈氣，不隨異物腐散，而長在乎箕山之側與潁水之湄。

　　然天下之無賢不肖，且猶爲涕泣而噓唏，而況朝士大夫，平昔從遊，又予心之所向慕而瞻依？

　　嗚呼！盛衰興廢之理，自古如此，而臨風想望，不能忘情者，念公之不可復見，而其誰與歸？

　　　　　　　　　——王安石《祭歐陽文忠公文》

　　維元祐六年，歲次辛未，九月丙戌朔，從表侄具位蘇軾，謹以清酌肴果之奠，昭告於故太師袞國文忠公、安康郡夫人之靈。

　　嗚呼！軾自齠齔，以學爲嬉，童子何知，謂公我師，盡誦其文。夜夢見之，十有五年，乃克見公。公爲拊掌，歡笑改容：「此我輩人，餘子莫羣，我老將休，付子斯文。」再拜稽首，過矣公言，雖知其過，不敢不勉。契闊艱難，見公汝陰，多士方譁，而我獨南。公曰：「子來，實獲我心，我所謂文，必與道俱，見利而遷，則非我徒。」又拜稽首，有死無易，公雖云亡，言如皎日。元祐之初，起自南遷，叔季在朝，如見公顏，入拜夫人，羅列諸孫，敢以中子，請婚叔氏，夫人曰：「然」。

　　師友之義，凡二十年。再升公堂，深衣廟門，垂涕失聲。白髮蒼顏，復見潁人，潁人思公。曰此門生，雖無以報，不辱其門。清潁洋洋，東注於淮，我懷先生，豈有涯哉。尚饗。

　　　　　　　　——蘇軾《祭歐陽文忠公文》一首(潁州)

　　歐陽修不但是一位傑出的政治家，其高風亮節，爲後人
所仰，也是北宋文壇的宗師。他發起並領導了一場聲勢浩大
的詩文革新運動，從理論和實踐兩個方面爲這場運動確立了
標杆。他還喜歡獎掖後進、識拔人才，曾鞏、三蘇、王安石，
唐宋八大家中的五大家皆出其門下。正因爲如此，他逝世後，
祭文如動地銀山，滾滾而來，其中比較特出的是王安石和蘇
軾的兩篇祭文。這兩篇祭文雖皆傾訴對歐陽公的仰慕和懷念
之情，但謳歌的角度、表達的方式乃至語言風格皆有很大的
差異。歐陽修雖是王安石的恩師，但也是王安石熙寧變法的
堅決反對者，所以王安石在祭文中一方面客觀公允地評價了
歐陽修一生的豐功偉業，其高山仰止的道德文章，表現了一
位政治家的公正和坦蕩；但其中也攙雜了自己政治生涯之中
的種種感慨：既有對改革進程一波三折的傷歎，也有對改革
難致所期的感悟；既有自己的種種努力卻不被世人理解的灰
心，更有再也無法獲得恩師首肯的沮喪；既有對歐陽修達到
「三不朽」這一人生最高境界的仰慕和豔羨，也有反照自身
由此而產生的悲涼。蘇軾的祭文卻與此不同，蘇家與歐家是
通家世好，齠齔學文，即耳濡目染；長大以後言傳身教，道
同文亦同，一生爲師爲友。蘇軾踏上仕途與文名的播顯皆是
歐陽修的慧眼識拔、大力揄揚的結果。所以，王安石的祭文
從歐陽修的道德文章作出評價，蘇軾的祭文多敍兩人間的私
誼；王安石的祭文立論客觀公允，力避因政見不合而造成評
價不公；蘇軾之文則盡敍歐陽修對他的扶植和眷顧，不避私
嫌；王安石之文中有悲，但多爲自嗟自辯，動輒人事天理、

盛衰興廢，似乎在無可奈何之際恰逢故人棄世，傷感突發；蘇軾之文中亦有悲，則多爲喪親之痛、親眷之悲，是一垂垂老人在回憶當年，對扶持自己走上人生道路的一位長者逝去的慨歎。

下面即對兩篇祭文在謳歌角度、表達方式和語言風格上的差異，以及產生這些差異的原因進行一些具體的分析。

一

王安石爲文，立意超卓，議論新特，語言簡練樸素，筆力健勁峭刻，以爲世所公認，這些風格在這篇祭文中就有充分的體現。但分析文章，僅僅耽於詞句篇章顯然是不夠的，應深入剖析其中的思想精髓，因此，必須了解寫作背景與目的。

史載王安石議論高奇，是一個矢志務於實事、以天下爲己任的人，這一點也是不少中國士大夫的同一特性，譬如歐陽修，《宋史》載：「學者求見，所與言，未嘗及文章，惟談吏事，謂文章止於潤身，政事可以及物。」然任於事者必遭物議，必被攻訐，上下沈浮，仕途坎坷，皆不免之事。這正是王安石慨歎悼惜歐陽修之處，以歐陽修自引自譬，乃本文的精意所在。王安石於熙寧二年執政，推行新法，遭到了元老大臣包括歐陽修的反對，其他政治勢力也紛紛阻撓，神宗時有動搖妥協之意，改革集團內部也駁雜不純，時有背叛，在各地又遭到百姓的抵觸，因此改革進行得非常艱難。歐陽修棄世於神宗熙寧五年，正是改革進行得比較深入，實際問

題暴露得較多，阻力較大之時，此後不久，熙寧七年四月，王安石罷相。

稽故以言，歐陽修與王安石的關係甚爲近密，史載歐陽修「獎引後進，如恐不及，賞識之下，率爲聞人。曾鞏、王安石、蘇洵、洵子軾、轍，布衣屛處，未爲人知，修即遊其聲譽，謂必顯於世。」歐陽修於王安石有獎掖之誼，他的人品與文章也影響激勵了王安石等一代人。

從這一點說，王安石是很尊重歐陽修的，但熙寧變法之後，歐陽修反對施行靑苗法，王安石深爲不滿。當歐陽修申請退休時，神宗有意慰留，王安石則認爲歐陽修附麗韓琦，「如此人，在一郡則壞一郡，在朝廷則壞朝廷，留之安用？」宋朝對待文臣極爲寬厚，因此文臣多任氣，王安石如此議論雖過分，但也不足爲怪。

至歐陽修去世，就政事引發的矛盾不復存在，這時對一個人的評價是較爲客觀的，如這篇祭文。祭文比較重情，本文又是如何抒情？一開始，念及舊日之誼，還顧自身處境，思及故人遭際，鬱積之氣又所藉以抒發，因此開篇即有「事有人力之可致，猶不可期」之歎，這正是其改革難致所期的感悟。後以一句「況乎天理之溟漠，又安可得而推？」表達了王安石一貫的思想，即「天變不足懼，人言不足恤，祖宗之法不可守」。世人在遭遇挫折時，容易苟且信於天命天理，然而作者卻認爲天理溟漠虛無，無從推及，可信的還是人生自我。既然事不可期，天理不可信，那麼人生的價值又何以體現，作者在連續否定之後，認爲「生有聞於當時，死有傳

於後世」是人生價值的標準，歐陽修正是這個標準的典範。行文中，作者著重從三個方面加以評介：

一，文章學術上的成就與功績。歐陽修的文章，「天才自然，豐約有度，其言簡而明，信而通，引物連類，折之於至理，以服人心。超然獨騖，衆莫能及，故天下翕然師尊之。」在文中，作者以一系列的排比對偶句形象生動地描述了歐文的精妙之處，也點明了歐陽修在當時文苑中的地位。北宋立國近百年，還承襲五代文章的陋習，文式駢偶，文風委靡。歐陽修之前，也有不少人有志於文學改革，但都沒有成功，至歐陽修，始師法韓愈，開創了一代新風。《宋史‧歐陽修傳》評論：「唐之文，涉五季而弊，至宋歐陽修又振起之。挽百川之頹波，息千古之邪說，使斯文之正氣可以羽翼大道，扶持人心。」

二，褒贊歐陽修的政治道德。歐陽修自仁宗天聖八年中進士，任西京留守推官，至神宗熙寧四年退休，其間約四十年。在政治上，歐陽修「天資剛勁，見義勇爲」，「放逐流離，至於再三，志氣自若也。」仁宗時，社會問題已非常嚴重，以范仲淹爲首的一批先識人士主張新政的呼聲很高，得到了歐陽修等青年官員的支援，紛紛抨擊因循守舊的政治勢力。景祐三年，范仲淹被貶謫，司諫高若訥攻擊頗力，歐陽修「貽書責之，謂其不復知人間有羞恥事」，因此也被貶爲夷陵令。這批呼籲新政的人士當時被斥爲朋黨，一時無人再敢言事。這時，歐陽修又挺身而出，寫了《朋黨論》進呈仁宗，認爲君子有朋黨，小人則無，呼籲君主應毫無疑忌地任用君

子之朋黨。此後，又上書要求改革吏治。直至慶曆三年，在內外交困的情況下，仁宗不得不起用范仲淹、韓琦等執政，歐陽修主持諫院，進行了一些有限的改革，然而又遭到守舊派的極力阻撓。次年，范仲淹被構陷，引退出朝，慶曆五年，歐陽修等也先後被貶出朝。本文褒揚其仕途雖然崎嶇，但不畏不屈，忠於國事，敢於公論，代表了當時先進人士的政治意願，因此爲世人所共仰，而「終不可掩」，最終得到重用。在寫歐陽修的不屈精神時，作者這樣用語：「既壓復起，遂顯於世。果敢之氣，剛正之節，至晚而不衰。」這一點與王安石的政治風格有相似之處，作者不也是銳意革新，而遭受攻沮，又傲然不屈嗎？這幾句出自肺腑，同聲共鳴，錚錚有聲。

　　三，彰揚歐陽修的事功。仁宗後期，歐陽修漸登要樞，先後任樞密副使、參知政事，仁宗突然病死後，與韓琦等當機立斷，擁立英宗。作者對此事以豪健的筆法予以肯定，認爲歐陽修在緊急之機從容建立了千古功勳，封建社會建儲立君畢竟是第一等大事。「功名成就，不居而去」，指的是英宗後期、神宗初年，歐陽修力求引退。過去，士大夫常推崇老子的「功成、名遂、身退、不敢爲天下先」的思想，所以這裏以此相譽。英宗時期，歐陽修任執政，得罪了很多人，因此怨誹四起，歐陽修不自安，曾上書請退不獲，又爲蔣之奇構陷，神宗即位後，信以爲真，「欲深譴修」，歐陽修閉門不出，請求調查推究，後雖然得以昭白，但以風節自持的歐陽修年已六十，已無意仕宦，於是辭職請退。在作者的筆

下，歐陽修是一個守節氣、知進退，超然物外的高士，因此其英魄靈氣不隨出仕隱處、進升退黜而挫磨變化，人雖故去，但精神長存於箕山潁水之間。這裏引用了一個典故，上古時，堯欲傳位許由，許由不受，逃往潁水之陽、箕山之下，許由因此成爲高士的代表人物。潁水、箕山，宋時在潁州一帶，歐陽修曾任潁州知府。古來文士好於林泉之樂，歐陽修、王安石也不例外，都寫了不少優美的散文。在作者來說，把故世之人寄託於山水，正如陶淵明所言，「託體同山阿」，對死者是一種敬思，對生者也是一種慰藉。這幾句不同於前文讚頌歐陽修文章的對偶句，句式長短參差，節奏張弛有度。

最後一段抒發作者的緬懷嚮往之情，頗爲真摯，這種情分兩個層次，先是向慕瞻依之情，繼之以臨風不見的悵然若失之情，前一種情是後一種的基礎，前者較單純，後者則複雜得多。悵然若失既因不見故人所致，也因「盛衰興廢之理，自古如此」而發，這句對應文首慨於人事之意，既表達了作者深切痛悼之情，也抒發了抱負難濟的感慨。

歐陽修的道德文章爲天下範，死後門生蘇軾等也有祭文，各有特色，但歷來以此篇評價爲高，究其大端有三。

一是客觀公正，排除私念。

歐陽修晚年與王安石政見不合，曾批評青苗法失措，王安石也曾因此抨擊過歐陽修，但在寫作這篇祭文時，王安石卻能盡拋前嫌，重懷舊誼，不但客觀公正地評價了歐陽修一生的人品操守、道德文章，而且也抒發了景仰緬思之情。與蘇軾等人的祭文相比，王安石並沒有強調師生私恩，而是從

天下之義的高度上評價歐陽修。

　　二是抓住一生大節，突現歐陽修的主要風貌。

　　中國士大夫歷來講究「立德、立功、立言」，所謂三不朽，作者也以此入手，並沒有陷於枝節末事的是非辨白，在這點上，比起韓愈的祭柳宗元文，要輕靈灑脫。立言：就歐文，作者從「積於中」、「發於外」入筆，不但既形象又準確地概括出歐文的特色，也分析了其風格形成的原因，即「器質之深厚、智識之高遠、學術之精微」，這樣的內質外充於文章，才能「豪健俊偉，怪巧瑰奇」。立德：作者概括歐陽修的四十年宦海生涯不畏壓制排擠、堅持正義的高風亮節，並能一貫終始。立功：寫其當機立斷，擁立英宗，僅此足以名世。這一段要言不煩，不爲絮事聒耳，這就是王安石勁潔的文風。

　　三是寫作技巧精妙，堪稱祭文中的典範。

　　一則以襯托的筆法，用天下人之悲，烘托朝中與歐陽修交遊之士更悲，進一步襯顯自己的悲不自勝。二則以欲擒故縱之法增加文勢的變化，全文圍繞一「悲」字層層轉折，展開議論抒情。文首言歐陽修雖死而可以無憾無悲，下面幾段順承無悲發展開去，論證確乎可以無悲。這些都是「縱」，目的是爲了「擒」，極力寫「無悲」，是爲了更好地「抒悲」。末段文勢忽起轉折，言歐陽公本人盡可以無憾無悲以去，但天下人卻爲之涕泣噓唏，何況作者從此失去了平生所敬仰的師長，因此格外悲痛了。這就是由縱到擒。想一想自古盛衰興廢之理，人生不免於此，似乎又不足以悲，然而又

想到死者長逝，不可復見，臨風悵惘，不由得悲從中來。從而縱擒交替，開闔張弛，變化無窮。

歐陽修在中國文學史上的地位自然不必多言，他的政治道德與人格人品也是非常出色的。正如王安石所頌揚的「智識高遠」，在政治思想上，歐陽修並不保守，勇於言弊，主張除弊布新，以致「人視之如仇」。在治政方法上，歐陽修極力講求，崇尚寬簡，不為苛急，不為繁瑣。這一點與包拯的嚴峻苛急不同，繼包拯之後，歐陽修也出任過開封知府，「承包拯威嚴之後，簡易循理，不求赫赫之名，京師亦治。」他還反對矯情僞詐，講求自然平實，當包拯彈劾三司使張方平，致使其罷職，又劾罷繼任者宋祁而自代時，歐陽修上奏章予以批評，認為包拯應自避嫌疑，自愛令名，不應「逐其人而代其位」。對比之下，當其因論救范仲淹而被貶時，范仲淹在陝西任事，請其掌書記之職，歐陽修卻推辭道：「昔者之舉，豈以為己利哉？同其退不同其進，可也。」從這些事例中可以看出歐陽修風節高亮，不愧於王安石「器質之深厚」的定語，也可以佐證其議論的公正精確。

二

王安石的祭文寫於歐陽修去世之際，蘇軾的祭文則寫於歐陽修死後二十年以後，星移斗轉、滄海桑田，在這二十年中，作者歷經仕途坎坷、宦海浮沈，此時已垂垂老矣。熙寧二年，蘇軾丁父憂還朝，正值王安石變法，蘇軾數為異論，公開反對王安石改革科舉學校制度，得神宗嘉許，詢及為政

得失，蘇軾指陳：「但患求治太急，聽言太廣，進人太銳。」深爲王安石所忌，蘇軾請求外任，遂通判杭州，中間歷知密州、徐州、湖州。神宗欲加起用，又爲宰相王珪所阻，徙知常州。哲宗即位，元祐初，始起爲起居舍人，又反對司馬光盡廢新法，元祐四年，因論事爲當軸者所恨，出知杭州，頗有作爲。元祐六年，蘇軾被召爲吏部尚書，旋改爲翰林承旨。僅數月，又被讒傷，出知潁州，在潁州寫下了這篇祭文。

　　蘇軾與歐陽修的情誼非常深厚。溯此，蘇軾父親與歐陽修就有很深的交誼，當蘇洵沈淪於布衣時，歐陽修就讀過蘇洵的《几策》、《權書》等，並大加推許，呈獻朝廷，請求擢用，並在士大夫中廣爲傳閱。嘉祐二年（公元1057年），蘇洵攜二子蘇軾、蘇轍進京應試，其中蘇軾尤得歐陽修的激賞，史載：「方時文磔裂詭異之弊勝，主司歐陽修思有以救之，得《刑賞忠厚論》，驚喜，欲擢冠多士，猶疑其客曾鞏所爲，但置第二。……後以書見修，修語梅聖俞曰：『吾當避此人出一頭地』，聞者始嘩不厭，久乃信服。」就一個剛剛走上社會的青年來說，其文名的播顯與歐陽修的慧眼識拔、大力揄揚是不分開的。不僅在文學上，歐陽修給了蘇軾以榜樣之資與獎掖之助，而且在仕途上，歐陽修也大力引薦，嘉祐五年，丁母憂歸朝的蘇軾被朝廷委派爲福昌主薄，歐陽修卻以「才識兼茂，薦之祕閣」。歐陽修之於蘇軾，既是長輩，又是老師，正因爲這層關係，蘇軾以一個晚輩與學生的身分寫這篇祭文就是非常自然的事了。

　　本文略分三段。

第一段交待時間和自己的身分，這是正規祭文的標準起式。

第二段全以寫實筆法，回憶昔事，一一羅列。從中，我們可以瞭解到作者在五歲左右，就以歐陽修爲神往之師，誦讀其文章，這也從一個側面表述了歐文在當時廣爲流傳的事實。及至作者長至青年，面見歐陽修後，歐陽修的讚賞識拔令作者奮勉向上，以繼承歐陽修的事業爲己任。「契闊艱難，見公汝陰，多士方嘩，而我獨南。」寫的是熙寧四年，王安石等人正得神宗信任，大力推行新政，而蘇軾每每議論新政之失，見王安石獨斷專任，便在進士考題中出了一道論策，名爲《晉武平吳以獨斷而克，符堅伐晉以獨斷而亡；齊桓專任管仲而霸，燕噲專任子之而敗，事同而功異。》王安石大怒，指使御史謝景溫彈劾蘇軾，蘇軾於是請求外調，任杭州通判。「多士方嘩」，指的就是遭王安石等人的圍攻，「獨南」，指赴杭州任職。趄杭州途中，作者於汝州見到了已退休的歐陽修，並得到了歐陽修的稱讚與勉勵，「我所謂文，必與道俱，見利而遷，則非我徒」。歐陽修認爲爲文猶如爲人，首先必須堅持做人的道理，蘇軾不苟於利而附從王安石等人，這是歐陽修所欣慰的。元祐之初，作者被召回京城，得到重用，見到了歐陽修的夫人及兒子，「叔季」指歐陽修的中子與少子，歐陽修長子歐陽發，字伯和，此時已經謝世，中子歐陽棐，字叔弼，此時任朝官。「諸孫」，指作者的兒子，相對於歐陽修是孫輩。「請婚叔氏」，指欲與歐陽棐聯姻。

最後一段從追憶之中回到現實，第一句「師友之義，凡

二十年」，是對上文的綜括，也是一種複沓筆法，以重申情
誼之厚。「再升公堂」，指作者來到潁州，登上歐陽修曾經
住過的庭堂，不免有物是人非之慨。竟然悲涕不已，痛哭失
聲，想一想自己也已白髮蒼顏，彷彿自己就是當年的歐陽公，
又看到潁州的士民，潁州的人民還在深深懷念歐陽修，這就
更加觸發了蘇軾的想望之情。作者在這裏以搖曳的筆致，淋
漓地描寫了自己的悲不自勝，以致恍兮惚兮的精神狀態。從
追想的情思中醒來，面對潁州人民，作者慨然誓允：「雖無
以報，不辱其門」。最後幾句以東逝之水表達了作者清悠無
盡的緬懷之情，筆調淡古，飄蕩著一縷絮絮哀思，與王安石
的「臨風想望，不能忘情」相比，更有一種古雅情致。

　　蘇軾散文代表了北宋古文運動的最高成就，他發展了歐
陽修平易舒緩的文風，形成「文理自然，姿態橫生」的特色。
蘇軾的散文成就與歐陽修是密不可分的，歐陽修把蘇軾看作
繼承自己衣缽的後來者。而蘇軾對歐陽修的人品文章都非常
敬重與仰佩，蘇軾在歐陽修文集的序文中評介道：「論大道
似韓愈，論事似陸贄，記事似司馬遷，詩賦似李白。」評介
非常之高，雖然事實不可能盡然如此，但從一個心懷崇敬的
學生的角度來看，這些評語雖不盡事實，卻盡情理。在本文
中，作者並沒有囿於舊窠，而一味正面頌揚，實際上，全文
短短三百餘字，沒有一句明頌之詞，而是從細微處入筆，從
平實處著墨，以抒發個人情誼為重心，低迴往復，極盡悲慟
之能事。本文雖然篇幅短小，但涵量卻很大，有敘事，有抒
情，只寥寥數筆，就生動地刻畫了一位忠厚風發、授人以文、

誨人以德的長者，又以穎人懷念之事曲寫歐陽修政德卓著，因此，雖無頌揚之辭，卻有頌揚之實。在抒情方面，本文也具特色，敍事娓娓而進，情愫默濡其中，隨著敍事節奏發展而愈濃愈烈。如童子時爲仰慕之情，青年時爲知遇恩情，遷謫時爲理解勉勵之師友情，通過一拜、二拜、三拜，浮翔於懷憶之中，猶如江河之水，源源不絕，波波相送，具有很强的感染力。

三

　　這兩篇祭文，都是文苑中的妙品，各有特色。相同之處在於，他們對歐陽修的看法是差不多的，如在文學革新中的貢獻、爲人處世的風骨氣節，以及對逝者的敬仰懷念之情，但兩人所處的角度和具體環境的不同，還有個人性格、文風的差異，造成了兩文截然異趣的風格。

　　祭文的意旨當然是以抒悲來追念死者，但王安石之悲顯然與蘇軾不同，王安石多自嗟之悲，動輒人事天理、盛衰興廢，似乎在無可奈何之際恰逢故人棄世，傷感突發。蘇軾則多親眷之悲，畢竟齠齔學文，耳濡目染，長大言傳身教，半老人生師友，因此，蘇軾的悲相比之下，顯得醇郁自然。就技巧辭章上來看，王安石文以氣勝，蘇軾文以情勝。王安石文峭拔俊彩，氣勢雄健，蘇軾文則平實無華，筆勢沈鬱。王安石文頌揚之意明燦，蘇軾文則暗伏。王安石寫悲先縱後擒，蘇軾則先抑後揚，前兩段無一寫悲文字，但字裏行間隱抑著悲傷，至第三段始如決堤之水，點明「垂涕失聲」。王安石

文中無瑣細事，只有大節概括，而蘇軾文則重於敍述平生細實之事，如泣如訴，如家常語，但每件事都是一個時期中具有代表性的，足以小中見大，因此全文瑣細而不碎，平實而不滯，不枝不蔓，非平常人筆力所能致，這樣寫有助於烘托出細膩真實的情感。

獨樂樂和與眾樂樂

《黃州快哉亭記》與《喜雨亭記》比較

亭以雨名，志喜也。古者有喜，則以名物，示不忘也。周公得禾，以名其書；漢武得鼎，以名其年；叔孫勝狄，以名其子。其喜之大小不齊，其示不忘，一也。

余至扶風之明年，始治官舍，爲亭於堂之北，而鑿池其南，引流種木，以爲休息之所。是歲之春，雨麥於歧山之陽，其占爲有年。既而彌月不雨，民方以爲憂。越三月乙卯，乃雨，甲子又雨，民以爲未足；丁卯大雨，三日乃止。官吏相與慶於庭，商賈相與歌於市，農夫相與忭於野，憂者以樂，病者以愈，而吾亭適成。

於是舉酒於亭上以屬客，而告之曰：「五日不雨，可乎？」曰：「五日不雨則無麥。」「十日不雨，可乎？」曰：「十日不雨，則無禾。」「無麥無禾，歲且薦饑，獄訟繁興，而盜賊滋熾。則吾與二、三子雖欲優游以樂於此亭，其可得耶？今天不遺斯民，始旱而賜之以雨，使吾與二、三子，得相與優游而樂於此亭者，皆雨之賜也，其又可忘耶？」

既以名亭，又從而歌之。歌曰：使天而雨珠，寒者不得以爲襦；使天而雨玉，饑者不得以爲粟。一雨三日，

繫誰之力？民曰太守，太守不有；歸之天子，天子曰不然；歸之造物，造物不自以爲功，歸之太空；太空冥冥，不可得而名，吾以名吾亭。

——蘇軾《喜雨亭記》

　　江出西陵，始得平地，其流奔放肆大，南合沅、湘，北合漢、沔，其勢益張，至於赤壁之下，波流浸灌，與海相若。清河張君夢得謫居齊安，即其廬之西南爲亭，以覽觀江流之勝，而余兄子瞻，名之曰「快哉」。

　　蓋亭之所見，南北百里，東西一舍，濤瀾洶湧，風雲開闔；晝則舟楫出沒於其前，夜則魚龍悲嘯於其下。變化倏忽，動心駭目，不可久視。今乃得玩之几席之上，舉目而足。西望武昌諸山，岡陵起伏，草木行列；煙消日出，漁夫樵父之舍，皆可指數。此其所以？「快哉」者也。至於長江之濱，故城之墟，曹孟德、孫仲謀之所睥睨，周瑜、陸遜之所騁騖，其風流遺跡，亦足以稱快世俗。昔楚襄王從宋玉、景差於蘭臺之宮，有風颯然至者，王披襟當之曰：「快哉！此風。寡人所與庶人共者耶？」宋玉曰：「此獨大王之雄風耳，庶人安得共之？」玉之言蓋有諷焉。夫風無雄雌之異，而人有遇與不遇之變。楚王之所以爲樂，與庶人之所以爲憂，此則人之變也，而風何與焉？

　　士生於世，使其中不自得，將何往而非病爲使其中坦然，不以物傷性，將何適而非快？今張君不以謫爲患，

竊會計之餘功，而自放山水之間，此其中有以過人者。將蓬戶甕牖，無所不快，而況乎濯長江之清流，挹西山之白雲，窮耳目之勝，以自適也哉？不然，連山絕壑，長林古木，振之以清風，照之以明月，此皆騷人思士之所以悲傷憔悴而不能勝者，烏睹其爲快也哉！元豐六年十一月朔日，趙郡蘇轍記。

——蘇轍《黃州快哉亭記》

「獨樂樂，與衆樂樂，孰樂？」自從孟子提出這個著名的命題以來，「與人樂樂」幾乎成了不二法門。其實，「獨樂」何嘗不是一種境界？特別是身處逆境之時，「獨樂」更是一種品格和胸懷的體現；它是對現實環境的超越，也是堅持既定操守的一種形式。孔子稱讚顏回説：「賢哉，回也！一簞食，一瓢飲，在陋巷，人不堪其憂，回也不改其樂。賢哉，回也！」①另外，「獨樂樂」和「與衆樂樂」也不是冰炭不同器，水火不相容，一個人既可以與民同樂，也可以同時保持愉悦的個人心態，就像杜甫在《聞官軍收河南河北》中所表現的那樣：既爲内亂平息、百姓免遭戰亂之苦而高興，也爲自己能結束漂泊、返回故鄉而放歌。這樣的人物在文學史上也絕非杜甫一人，在蘇軾身上表現得也很充分。他的《喜雨亭記》和他弟弟蘇轍寫的《黃州快哉亭記》，就分別表現了集於他一身的這兩種「樂」。

---

①《論語·雍也》。

　　《喜雨亭記》寫於宋仁宗嘉祐六年（公元1061年），蘇軾在鳳翔府任簽判之時。文章記敍了他修亭得雨的經過和以雨名亭的原因，表現了他與百姓憂樂與共的情懷；《黃州快哉亭記》則寫於元豐六年（公元1083年）蘇軾被貶於黃岡之時，文章通過讚揚張夢得不以貶謫爲意的曠達樂觀情懷，來表達蘇軾兄弟在逆境中「獨樂樂」的人生態度。下面將兩文加以比較，藉以看出「獨樂樂」和「與眾樂樂」在同一個人身上的所表現出的不同和共通，以及由這種不同和共通，所帶來的文章結構和手法上的相似和差異。

　　一、兩文的情感基調皆是「樂」，但在內涵上有差異

　　《喜雨亭記》在情感上突出一個「喜」字。文章一開始就列舉古人如何以喜名物，自己以雨作亭名也是「志喜」；接著便敍述自己建亭的經過及亭成之日落雨之喜。文章通過鋪排：「官吏相與慶於庭，商賈相與歌於市，農夫相與忭於野」，強調這是「眾樂」，因而自己的「志喜」也就非「獨樂樂」而是「與人樂樂」；在此基礎之上，作者以雨爲契機，在「己樂」與「眾樂」的關係上大發議論：五日不雨則無麥，十日不雨則無禾。無麥無禾，就會造成年歲薦饑，獄訟繁興，盜賊滋熾。一旦出現這種局面，作者和他的同僚們就不可能「優遊而樂於此亭」，最後的結論雖然是「吾與二、三子，得相與優遊而樂於此亭者，皆雨之賜也」，但從中亦可看出作者此時對「獨樂」與「眾樂」之間關係的認識：只有年歲豐饒，才會有社會安定；只有社會安定，才有官員的優游——「眾樂」是「己樂」的基礎和前提。這種觀點，實

際上是孟子「與人樂樂」觀的繼續和延伸。

《黃州快哉亭記》在情感上也是突出「快哉」二字。首先交待乃兄蘇軾將張夢得在黃州所建之亭命名爲「快哉亭」的原因，是因爲登此亭可以居高臨下，飽覽山川美景；然後再由自然之樂轉入人生之樂，藉宋玉對楚襄王「快哉此風」的解釋，得出一個愉快人生的處世結論：「士生於世，使其中不自得，將何往而非病？使其中坦然，不以物傷性，將何適而非快？」但與《喜雨亭記》強調「衆樂」有所不同，儘管它也談到了大王之雄風與庶人之雌風兩種不同的憂樂觀，但作者強調的是逆境中的「獨樂」，是蓬戶甕牖中的無所不快，是一種不以謫爲患、自放山水之間的人生領悟與曠達，它與前面提到的孔子的「一簞食，一瓢飲」「回也不改其樂」屬於同一種內涵。由此看來，兩文雖同是寫樂，也都肯定首先要有衆樂，但兩文的立足點是不同的：前者強調的是「與衆樂樂」，後者的側重點則是「獨樂樂」。

上述差異的產生與作者的人生經歷和作品的創作背景有關。蘇軾的《喜雨亭記》寫於宋仁宗嘉祐六年，時年二十六歲。嘉祐二年，蘇軾應進士試，「以春秋對議居第一」，但因母親去世而未任職。②到了嘉祐六年，又由歐陽修舉薦，應試才識兼茂明於體用科，其對策判爲三等，這是個極高的榮譽，因爲自宋朝開國以來至嘉祐年間的九十多年中，只有他和吳育二人獲此殊榮。入選後，蘇軾被任命爲大理評事簽書鳳翔

---

②《宋史·本傳》。

府節度判官，此是他踏入仕途，一生事業剛開始之時，此時的蘇軾，胸中滿懷儒家的積極入世精神，他在寫給弟弟蘇轍的詩中就說：「丈夫重出處，不退當要前」，甚至鼓勵蘇轍「千金買戰馬，百寶妝刀環」，去奔赴抗擊西夏的前線。③他自己在任上則是不辭辛勞、東奔西走去蘇解民困。例如到任不久，他就到下屬的寶雞、虢、郿等四縣作調查，以「減決囚禁」；當時鳳翔一帶由於元昊作亂，民貧役重，尤其是輸南山之木入京，水工們常搞得家破人亡。蘇軾「訪其利害，爲修衙規，使自擇水工，以時進止」④。他在當時爲「鳳鳴驛」所寫的題記，很能表現他此時的克己以厚民的苦樂觀。當時的鳳翔太守宋公爲了方便公人食宿，到任後，不是先替自己治官舍，而是先整修鳳鳴驛。整修中又不擾民，「五十有五日而成」，「而民未有知者」。作者就此發議論說：「古之君子，不擇居而安；安則樂，樂則喜從事；使人而皆喜從事，則天下何足治歟？」⑤這與他在《喜雨亭記》中所說的「余至扶風之明年，始治官舍，爲亭於堂之北」，以及先有民之樂，才有官吏之樂的民本思想完全可以相互映證、互爲表裏。都是他此時的積極用世精神和一心安邦定國之志所決定的。

但在蘇轍寫《黃州快哉亭記》時，蘇軾的政治環境和人生

---

③《和子由苦寒見寄》見《蘇東坡全集·前集卷一》。

④《宋史·本傳》。

⑤《鳳鳴驛記》見《蘇東坡全集·前集卷三》。

態度都發生了巨大的逆轉。宋神宗熙寧二年（公元1069年），蘇軾守父喪期滿入京，改任殿中丞、直史館、差判官誥院。此時正是王安石大力推行新法，也正是遭到保守派極力抵制之時，蘇軾也捲入了這場鬥爭。他在改任開封府代理推官時兩次上書反對新法，並將新法比作「毒藥」，「小用則小敗，大用則大敗。若力行不已，則亂亦隨之」。蘇軾如此的政治態度當然會遭到新派的反擊，王安石的連襟侍御使謝景溫出面彈劾蘇軾在守喪期間販賣私鹽，事後雖查無實據，但蘇軾已感到朝堂險惡、風波莫測，因而力求外任，終於在熙寧四年被任為杭州通判。但在密州、徐州等地的八年外任生活中，蘇軾也更接近了民眾、更了解了民情，因而也更看清了新法的流弊，所以他在這個時期所寫的抨擊新法的一些書信和政論，如《上韓丞相論災傷手實書》等也更能擊中要害，因此也必然招致新派人物更厲害的打擊。元豐二年（公元1079年）七月，御使舒亶、權御使中丞李定等先後四次上章彈劾蘇軾「愚弄朝廷」、「指斥乘輿」，神宗下令御使臺審理。七月二十八日，蘇軾被從湖州鎖拿至京，押於禦使台獄。舒亶等人羅織罪名、嚴刑逼問，與將蘇軾置之於死地。但由於仁宗妻曹太后、退職宰相張方平以及范鎮等元老重臣的營救，連已退居鍾山的革新派領袖王安石也站出來為其說話：「豈有聖世而殺才士者乎？」⑥於是「一言而決」，蘇軾被「從輕發落」，貶到黃州任團練副使，開始了為期五年的貶斥生活。

---

⑥周紫芝《「詩讞」跋》。

黃州之貶和接踵而來的一系列打擊，對蘇軾的人生目標和處世態度不可能不產生影響，早就潛藏在蘇軾性格深處的老莊思想，此時逐漸浮出水面，成爲蘇軾人生態度的主導，使他在逆境之中仍能處之坦然，在大多數場合仍能優遊自得，所謂「禍福苦樂，念念遷逝，無足留胸中者」，⑦做到「竹杖芒鞋輕勝馬，誰怕？一簑煙雨任平生」。⑧但另一方面，這番貶謫也使他不會再向昔日那樣的熱情和張揚，對自我、對交遊都有一番審視和更張，他在到黃州後寫給參政章子厚的信中，說自己過去對章子厚的告誡是「強狠自用，不以爲然」，此刻是「深自感悔，一日百省」此時的蘇軾「惟佛經以遣日，不復近筆硯」⑨，「遮眼文書原不讀」，⑩而把目光更多地轉向大自然，更多地去追求內心的自適和自快，他在此時寫的《前赤壁賦》中勸客曰：「且夫天地之間，物各有主，苟非吾之所有，雖一毫而莫取。惟江上之清風與山間之明月，耳得之而爲聲，目遇之而成色，取之不禁、用之不絕，是造物者無盡藏也，而吾與子所共適」，這番話是對人生虛幻感的「客」的勸慰，又何嘗不是自己排解？這與他在《黃州快哉亭記》徜徉於山水之間以求其「快哉」，與記中的一段議論：「士生於世，使其中不自得，將何往而非病？使

---

⑦《與孫志康書》見《蘇東坡全集·續集》卷11「書」。

⑧《定風波·莫聽穿林打葉聲》見《東坡樂府》。

⑨《與章子厚書》見《蘇東坡全集·續集》卷11「書」。

⑩〈侄安節遠來夜坐三首〉見《蘇東坡全集·前集》卷12「詩」。

其中坦然，不以物傷性，將何適而非快」，更是異曲而同工。

　　至於蘇轍，他在政治上、文學上乃至生活上是一步步追隨乃兄。元豐二年（公元1079年），蘇軾因「烏臺詩案」被捕入獄，蘇轍義無反顧，上書營救，結果被貶往筠州監鹽酒稅。蘇轍到筠州後不久，便沿贛水、入鄱陽、溯大江，到黃州探望乃兄，「千里到齊安，三夜語不足」。⑪弟兄倆一道遊覽了包括快哉亭在內的武昌西山勝跡，共同抒發了貶斥之中對自然、對人生的種種思考。「惟我與兄，出處昔同」。⑫所以《黃州快哉亭記》中蘇轍對乃兄以「快哉」名亭所作的詮釋，不僅在披露乃兄的襟胸，也是蘇轍的夫子自道。

　　二、結構上，兩文皆以「喜」爲經，但導入和表達的方
　　　　法不同

　　《喜雨亭記》是以喜爲經，以雨爲緯，交織著作者與百姓憂樂與共的情懷；《黃州快哉亭記》則圍繞乃兄將亭題名爲「快哉」，來解析自己對此的理解，藉以抒發兄弟倆在貶斥之中自適、自愉的曠達樂觀情懷。

　　兩文的情感基調雖相近，但導入和表達的方法卻各不相同。

　　首先，兩文的導入方法不同。《喜雨亭記》開篇即點題：「亭以雨名，志喜也」，然後以古證今，列舉古人古事如何以喜事名物，以示不忘：「周公得禾，以名其書；漢武得鼎，

⑪《黃州陪子瞻遊武昌西山》見《欒城集》。

⑫《再祭亡兄端明文》見《欒城集》。

以其名年；叔孫勝狄，以名其子」，然後得一結論：「其喜之大小不齊，其示不忘一也」。一番議論之後，再敍述建亭的經過和亭成落雨之喜。《黃州快哉亭記》開篇即描敍赤壁之下，大江「波流浸灌，與海相若」的氣勢，然後引出張夢得謫居齊安，爲觀覽江流盛景而建「快哉亭」，並扼要交待快哉亭的地理位置和得名的由來，接著再描寫憑亭遠眺所見的江山美景，以及由此而引發的所思、所感，寫足了「快哉」。

其次，兩文情感表達的渠道也不盡相同。《喜雨亭記》給人的感覺是議論風生，文章中雖有敍述和描寫，但只是爲議論作好鋪墊和提供前提。全文四個層次：第一層是列舉古人古事，來說明自古以來人們皆是以喜事命物名，自己以雨名亭也是「志喜」；第二層則是積建亭經過和亭成雨落之喜；第三層則大談雨在農業生產和社會生活中的作用，藉以表現雨落之喜和「與衆樂樂」之志；第四層是慷慨高歌，表面上看是抒情，實則在議論，推許大自然的造化之功。這段議論，使本文的主題更得以深化。因爲傳統之說祈雨之功，是太守的德政感動了上蒼，更是皇恩浩蕩的結果。而本文卻說：「民曰太守，太守不有；歸之天子，天子曰不然」，最後歸結爲大自然的造化之功。這與後來在《黃州快哉亭記》中所表現的對大自然的熱愛和從中所得到的愉悅、快慰，在本質上是一脈相連，只不過由於處境的不同，前者表現爲兼濟天下，後者表現爲獨善其身罷了。由此看來，四層之中只有第二層是敍事描景，其餘皆是議論，而且敍事描景也是爲議論提供張本的。

　　《黃州快哉亭記》則是以描景敍事爲主，内中雖有議論抒情，也是寄情於景、因物著議。全文分爲三層：第一層先敍述長江出西陵峽後在赤壁一帶「奔放肆大」之壯偉之景，然後交待貶謫之中的張夢得爲觀覽江流勝景而修建「快哉亭」，以及亭的位置和得名之因。第二層更是集中寫景，描繪了憑亭遠眺，所見的「南北百里，東西一舍，濤瀾洶湧，風雲開闔」江山美景，以及「晝則舟楫出没於其前，夜則魚龍悲嘯於其下」讓人「動心駭目」的倏忽變化。其中對赤壁之戰「流風遺跡」的描敍，更將「快哉」的内涵由山川景物拓展至歷史人事。第三層則由今到古，藉宋玉隨楚襄王遊蘭臺對「快哉此風」的解釋，指出人雖有遇與不遇之别，但只要「其中坦然，不以物傷性」，就能「何適而非快」。然後以張夢得不以貶謫爲患爲例，讚揚了超然物外，不以榮辱爲懷的曠達樂觀情懷。這層以議論抒情爲主，也是本文的主旨所在，但與《喜雨亭記》的直接發論不同，它是因物著議，建立在上兩層大量的描景、敍事之上的。

　　再次，兩文的結構方式也不同。《喜雨亭記》採用主客問答的方式。用主人的接連發問和客人的一一回答，來雨在農業生產和社會生活中的作用，就連「吾與二、三子，得相與優遊而樂於此亭者，皆雨之賜也」。這種結構方式起到了兩個作用：一是强調了「雨」是主人、客人乃至萬民「樂」的根源，皆因雨而喜，緊緊扣住《喜雨亭記》的「喜雨」二字；二是把作者要議論的主旨集中而又反複地提及，以引起人們注意，同時又活潑多變。

　　作者在進行主客問答時，還採用了漸進層深的反推法：「五日不雨可乎？」曰：「五日不雨則無麥。」「十日不雨可乎？」曰：「十日不雨則無禾」；一旦無麥無禾，歲且薦饑，就會獄訟繁興，而盜賊滋熾；而一旦「獄訟繁興，而盜賊滋熾」，包括作者在內的大大小小官員就不可能「優游而樂於此亭」。這樣就使作者所要得出的結論：「吾與二、三子，得相與優游而樂於此亭者，皆雨之賜也」更具有說服力。

　　《喜雨亭記》中漸進層深的結構方式，不僅表現在反推法中，還表現在前後句相蟬聯的頂針格上。文章最後的喜雨歌就是如此：「一雨三日，繄誰之力？民曰太守，太守不有；歸之天子，天子曰不；歸之造物，造物不自以爲功，歸之太空；太空冥冥，不可得而名」這樣不但使文意漸進層深，把作者由喜雨而引發的思考，一步步推向更深更廣的空間，而且也使文章環環緊扣，既活潑又緊湊。

　　《黃州快哉亭記》在思想上也是漸進層深，但採取的結構方式卻不同於《喜雨亭記》。作者被亭前遠眺所飽覽的江山美景所觸發，由眼前之景所包含的歷史往事所牽動，圍繞「快哉」二字開始思索：「武昌諸山，岡陵起伏，草木行列；煙消日出，漁夫樵父之舍，皆可指數」，得以盡情地觀風賞景，「其所以爲快哉者也」，這是其一；回顧歷史遺跡，「曹孟德、孫仲謀之所睥睨，周瑜、陸遜之所騁騖，其風流遺跡，亦足以稱快世俗」，這是其二；如果一個人能做到「其中坦然，不以物傷性」，那麼，即使在貶謫之中，也會自放山水於之間，「將何適而非快」？即使是生活清苦，「蓬戶甕

牖」，也會「無所不快」，這是其三。本文就是這樣由自然到人生，由古到今，由人及己，從事業到生活，漸進層深，出色地表達了作者兄弟自放於山水，超然物外，不以榮辱爲懷的曠達樂觀之情。

《黃州快哉亭記》在構思上還採用了以實寫虛之法。如上所述，本文的主旨是要表達作者兄弟自放於山水，超然物外，不以榮辱爲懷的曠達樂觀之情。但在文中處處寫的則是張夢得：亭是張夢得建的，讚揚的也是「張君不以謫爲患，竊會計之餘功，而自放山水之間，此其中有以過人者」。但實際上，卻是藉寫張君來寫乃兄，因爲謫居齊安的不僅是張夢得，還有蘇軾；建亭者是張夢得，名之曰「快哉」的則是蘇軾。因此，讚揚張夢得不以謫爲患，而自放山水之間，更是對乃兄的揄揚。另外，正如前面所指出的，蘇轍對乃兄以「快哉」名亭所作的詮釋，不僅在披露乃兄的襟胸，也是蘇轍的夫子自道。由此看來，此文寫張夢得是爲了寫蘇軾，明寫蘇軾又在暗寫自己。

三、兩文都採取了比較的方法來突出題旨，但比較的物件有所不同

蘇軾兄弟的散文都喜歡採用比較之法。例如蘇軾在黃州所寫的兩篇文章《前赤壁賦》和《方山子傳》就都採用了對比之法來突現主題。在《前赤壁賦》中，作者運用大量的對比來表現自己曠達的處世態度：主人的超脫和客人的沮喪，古代的一世之雄與今日的漁樵之人，天地的闊大與世人的渺小，明月江水的永恒與人生的短暫。《方山子傳》更是通過作者與方

山子的兩次相遇形成強烈的對比：前一次相遇，方山子是少年任俠、意氣風發；十九年後相遇，方山子是隱而不仕、心境恬然；前者爲俠士，後者爲隱士，一前一後，判若兩人。作者有意通過這種強烈的對比，顯示人物性格的變化，突出方山子「異人」的特質。蘇轍在《上樞密韓太尉書》中，以嵩華之高、黃河之浩瀚、天子宮闕之壯麗與韓太尉的人品聲望形成比襯；在《孟得傳》中用深山的虎狼毒蛇與孟得的浩然之氣形成對比，也都有力地突出了主題。在《喜雨亭記》和《黃州快哉亭記》中，更是多用對比之法：《喜雨亭記》中的雨與不雨，五日不雨與十日不雨，雨與珠玉，未雨之憂與得雨之喜，萬民之樂與「吾與二、三子之樂」等；《黃州快哉亭記》中的遇與不遇，古與今，自然與社會，大王之雄風與庶人之雌風，其中不自得與其中坦然，何適而非快的張夢得與悲傷憔悴而不能勝的騷人思士等。蘇軾兄弟著意通過這些對比來強化主題，突出作者所做出的人生選擇。

但是，兩文的比較物件、範疇和手法卻有所不同。《喜雨亭記》比較的基點是「雨」和「不雨」，在自然範疇之內分爲六個層次：其占爲有年然而實際上彌月不雨，這是第一層；不雨時「民方以爲憂」與大雨三日後的「官吏相與慶於庭，商賈相與歌於市，農夫相與忭於野」的萬衆歡騰，這是第二層；「五日不雨則無麥」與「十日不雨則無禾」，這是第三層；雨麥與社會的安定、官吏的優游之樂；這是第四層；一雨三日與雨珠雨玉，這是第五層；太空造物之功與太守天子之功，這是第六層。從以上六層對比中，可以看出以

下幾個特點：

一是敍事與議論結合。一、二兩層對比在敍事中進行，三至六層對比雖皆在議論之中進行，但方式又有所不同：三、四層用對話、問答的方式；五、六層用詠歌的方式，顯得活潑多樣。二是採用反比，即如果不雨則會如何，如「五日不雨則無麥」與「十日不雨則無禾」；「使天而雨珠，寒者不得以爲襦；使天而雨玉，饑者不得以爲粟」等，以此來加深對雨重要性的認識。三是作者與民同樂的「與衆樂樂」觀，以及關心國計民生的政治進取意識，文章中並沒有點破或特別加以説出，而是通過他的以雨名亭和對大雨三日的喜極而歌流露出來的，或者説是讀者感受到的。

《黃州快哉亭記》中的對比則不同於此。它完全集中在第三段的議論之中，而且以人的「遇」和「不遇」爲基點，在社會的範疇中分爲四層：第一層引用古事，用宋玉從楚襄王遊蘭臺之宮，關於大王之雄風和庶人之雌風的一番議論，指出「玉之言蓋有諷焉」；第二層緊接上文，由古到今，指出風雖無雄雌之異，但人卻有遇與不遇之變。然後將兩種士大夫的兩種處世態度和兩種不同結果作一鮮明對比：「士生於世，使其中不自得，將何往而非病？使其中坦然，不以物傷性，將何適而非快？」第三層則由對士大夫的泛泛而論轉入對具體人物張夢得的讚譽，與悲傷憔悴而不能勝的騷人思士形成對比，而對張夢得的讚譽又分爲兩點：一是其政治操守，「不以謫爲患，竊會計之餘功，而自放山水之間，此其中有以過人者」；另一是生活態度，「將蓬戶甕牖，無所不快」。

以上三層是明比，實際上還有一層暗比，即蘇軾兄弟的政治操守和人生態度與張夢得的類比，與悲傷憔悴而不能勝的騷人思士的反比。這種手法，在討論本文結構時已經論及，不再贅述。由此看來，小蘇的這段在議論中展開的對比，由古及今，由泛論到具論，由明到暗，由人及己，漸進漸深，比起乃兄，雖手法不及其多樣，但似乎更謹嚴和深入一些。劉熙載在比較二蘇文章異同時說：「大蘇文一瀉千里，小蘇文一波三折」⑬。可見曲進層深，正是蘇轍散文的特色所在。

⑬《藝概》卷一。

寓真情於瑣屑平淡之中

談《項脊軒志》和《蒼霞精舍後軒記》的共同風格

　　項脊軒，舊南閣子也。室僅方丈，可容一人居。百年老屋，塵泥滲漉，雨澤下注；每移案顧視，無可置者。又北向，不能得日，日過午已昏。余稍爲修葺，使不上漏；前闢四窗，垣牆周庭，以當南日，日影反照，室始洞然。又雜植蘭桂竹木於庭，舊時欄楯，亦遂增勝。借書滿架，偃仰嘯歌，冥然兀坐，萬籟有聲。而庭階寂寂，小鳥時來啄食，人至不去。三五之夜，明月半牆，桂影斑駁，風移影動，珊珊可愛。

　　然余居於此，多可喜，亦多可悲。先是庭中通南北爲一，迨諸父異爨，內外多置小門牆，往往而是。東犬西吠，客逾庖而宴，雞棲於廳。庭中始爲籬，已爲牆，凡再變矣。家有老嫗，嘗居於此。嫗，先大母婢也，乳二世，先妣撫之甚厚。室西連於中閨，先妣嘗一至。嫗每謂余曰：「某所，而母立於茲。」嫗又曰：「汝姊在吾懷，呱呱而泣；娘以指扣門扉曰：『兒寒乎？欲食乎？』吾從板外相爲應答。」語未畢，余泣，嫗亦泣。余自束髮，讀書軒中。一日，大母過余曰：「吾兒，久不見若影，何竟日默默在此，大類女郎也？」比去，以

手闔門，自語曰：「吾家讀書久不效，兒之成，則可待乎！」頃之，持一象笏至，曰：「此吾祖太常公宣德間執此以朝，他日汝當用之！」瞻顧遺跡，如在昨日，令人長號不自禁。

軒東，故嘗爲廚；人往，從軒前過。余扃牖而居，久之，能以足音辨人。軒凡四遭火，得不焚，殆有神護者。

項脊生曰：「蜀清守丹穴，利甲天下，其後秦皇帝築女懷清台。劉玄德與曹操爭天下，諸葛孔明起隆中，方二人之昧昧於一隅也，世何足以知之？余區區處敗屋中，方揚眉瞬目，謂有奇景；人知之者，其謂與坎井之蛙何異？」

余既爲此志，後五年，吾妻來歸。時至軒中，從余問古事，或憑几學書。吾妻歸寧，述諸小妹語曰：「聞姊家有閣子，且何謂閣子也？」其後六年，吾妻死，室壞不修。其後兩年，余久臥病無聊，乃使人復葺南閣子，其制稍異於前。然自後余多在外，不常居。

庭外有枇杷樹，吾妻死之年所手植也，今已亭亭如蓋矣。

——歸有光《項脊軒志》

建谿之水，直趨南港，始分二支。其一下洪山，而中洲適當水衝。洲上下聯二橋，水穿橋抱洲而過，始匯於馬江。蒼霞洲，在江南橋右偏；江水之所經也。洲上居民百家，咸面江而門。

余家洲之北，湫隘苦水，乃謀適爽塏，即今所謂蒼霞精舍者。屋五楹，前軒種竹數十竿，微颸略振，秋氣滿於窗戶，母宜人生時之所常過也。後軒，則余與宜人聯楹而居，其下，為治庖之所。宜人病，常思珍味，得則余自治之。亡妻納薪於竈；滿則苦烈，抽之又莫適於火候。亡妻笑，母宜人謂曰：「爾夫婦呶呶何為也，我食能幾何？事求精爾，烹飪豈有古法耶？」一家相傳以為笑。

宜人既逝，余始通二軒為一。每從夜歸，妻疲不能起，余即燈下教女雪誦杜詩，盡七、八首始寢。亡妻病革，屋適易主，乃命輿至軒下，藉轎輿中，扶掖以去，至新居十日卒。

孫幼穀太守、力香雨孝廉，即余舊居為蒼霞精舍，聚生徒課西學，延余講《毛詩》、《史記》，授諸生古文。閒五日一至，欄楯樓軒、一一如舊，斜陽滿窗，簾幔四垂，鳥雀下集，庭墀闃無人聲。余微步廊廡，猶謂太宜人晝寢於軒中也。軒後嚴密之處，雙扉閤焉。殘針一已鏽矣，和線猶注扉上，則亡妻之所遺也。嗚呼！前後二年，此軒景物已再變矣。余非木石人，寧能不悲！歸而作《後軒記》。

　　　　　　　　——林琴南《蒼霞精舍後軒記》

有一類作品，它沒有什麼驚心動魄的題材，也沒有什麼扣人心弦的結構和飄風急雨般的節奏，它只是擷取生活中幾朵小小的浪花，滿懷深情地慢慢訴說、細細描繪，因而越是

瑣屑，越是細碎，越感到它真切有味，越能叩動千百萬讀者的心弦。明代歸有光的《項脊軒志》和近代林琴南的《蒼霞精舍後軒記》就是屬於這類作品。歸有光的《項脊軒志》中所記載的都是發生在作者身邊而讀者又異常熟悉的生活小事：塵泥滲漉的老屋，僅容一人居的斗室，諸父分居後雜處的庭院，這是每一個敗落後的大族常有的景象。至於母親的關懷、妻子的依戀，祖母的愛撫和勉勵，這更是一個溫馨家庭常見的情景。它們經過作者似乎是漫不經心地娓娓敍出，彷彿就發生在我們身邊，一切離我們那樣近，一切顯得那樣逼真、那樣感人。而作者對百年老屋的幾經興廢，對物在人亡、兩世變遷的深沉感慨，對親人們深切的懷念之情，也就從這瑣屑細碎的生活小事中自然而真切地流露了出來。林琴南的《蒼霞精舍後軒記》也是如此。林紓，字琴南，號畏廬，是清末明初著名的翻譯家和文章家。蒼霞精舍後軒是作者在福州的故居，作者通過對後軒景色的描繪和母親妻子音容笑貌及生活瑣事的追憶，抒發了作者對物是人非的無盡傷感和他對親人的深深懷念之情。無論在選材上和表現手法上，作者都有意識地追攀明代散文大家歸有光的散文風格，寓真情於瑣屑平淡之中。

對這種文學風格，我們想通過兩文的比較來探討這樣兩個問題：

第一，在選材上，爲什麼這些看來是瑣屑平淡之事，卻能很好地表現出作者的一往情深？

第二，在表現手法上，這些細小散碎的材料又是怎樣貫

串在一起，構成一篇精妙文章的？

一

這兩篇文章的題材看起來皆瑣屑平淡，但這絕不意味著
作者在選材時是漫不經心，相反，這些生活細節貌似平常，
實際上都經過了作者仔細的篩選和剔除。它細小，但很精當；
它尋常，卻很動人，有力地突出了主題，成功地抒發了作者
的思想感情。兩文的作者著重圍繞下面二方面來選取細節、
物色題材的：

第一，選取的細節典型地交待了人物的環境，很好地表
　　　現主人公的生活情趣。

在《項脊軒志》中，作者著意選擇了此軒修葺前後的不同
情景。修葺前，作者突出它的狹小——「僅方丈，可容一人
居」；屋漏——「百年老屋，塵泥滲漉，雨澤下注」；昏暗
——「北向，不能得日，日過午已昏」。修葺後主要突出它
的清幽、雅靜，室內不漏、不暗，室外景色宜人，環境優雅。
所謂白日庭階寂寂，萬籟有聲；夜晚桂影斑駁，風移影動，
更覺珊珊可愛。為了突出項脊軒的清幽雅靜，作者還有意把
它與中庭的廢雜喧鬧作一比較：中庭是諸父異爨共爨之地，
雜亂——「內外多置小門牆，往往而是」；喧鬧——「東犬
西吠，雞棲於廳」；煩擾——「客逾庖而宴」。相比之下，
項脊軒更顯得清幽、雅靜、簡易，當然也更覺其可愛了。

作者著意選擇這些細節來突出項脊軒的可愛，其目的是
以此來表現主人公的情趣。因歸氏家族，自湖州判官歸罕仁

以後一直很潦倒，也就是歸有光祖母所慨嘆的「吾家讀書久不效」。從罕仁的兒子歸道隆起，即移居崑山之項脊涇，歸有光把閣子名爲項脊軒並自稱項脊生，都有「愼終追遠」之意，即紹續祖宗遺德，重振門庭這種歷史責任感。所以他選取種種細節來表現項脊軒的清幽宜人，一方面在於表白作者自甘貧賤、淡泊明志的生活操守，另一方面也反映了作者老祖宗遺德、將有所爲的個人志向。所以他越是強調閣子的破敗狹小，諸父的異炊雜處、家境日下，就越是反映出自己肩上責任重大。這種使命感在第三段「項脊生曰」中，終於以一種壓抑不住的自負正面抒發了出來。

　　林紓的《蒼霞精舍後軒記》也著意學習歸文的表現方法，亦通過典型的細節來交待人物生活環境，並以此來表現人物的生活情趣和志向，只是芟除了對仕宦的熱中，亦不是以環境變化來寄寓家世盛衰、宦海沉浮的感慨，而是專門表現主人公對故居的眷念和對逝去親人的深情。文章一開頭先從閩江寫起，閒閒而敘，由遠而近似覺平淡，於段末才點明題旨：「蒼霞洲，在江南橋右偏；江水之所經也」。先從總貌上點明蒼霞精舍所在的地理位置，然後再描繪精舍周圍的環境：它面江而居，山川風光盡收眼底；它爽塏高朗，無洲上人家湫溢苦水之患。再加上寬敞——有「屋五楹」；清幽——「種竹數十竿，微颸略振，秋氣滿於窗戶」，真是個理想的居息讀書之所。就在這清幽、雅靜的後軒內，作者雖享受過家庭溫馨，品賞過生活甘甜，但更多的卻是吞嚥著人生的苦酒，承受著親人逝去的悲痛。作者的這種人生感受主要是通

過後軒環境的變化來表現的。兩年之間，隨著親人的相繼病逝，後軒的環境也不似當年。兩年後當作者再來後軒時，當年充滿溫馨和笑語的後軒變成「斜陽滿窗，簾幔四垂，鳥雀下集，庭墀闃無人聲」，顯得那麼空曠和寂寥。當然，變化中也有不變，那就是「欄楯樓軒、一一如舊」，這更能使人產生物是人非的無窮傷感。所以作者最後發出感慨：「嗚呼！前後二年，此軒景物已再變矣。余非木石人，寧能不悲！」文中正是通過這些典型細節所提供的場景，把作者的悵惘和愁思，把作者對親人的眷念和深情很好地表現了出來。

第二，選取的細節生動地再現了親人的音容笑貌，集中抒發了作者的情思。

《項脊軒志》描述的主要人物一共有三個：祖母、母親和妻子。作者注意選取不同的細節，通過不同的角度來表現她們不同音容笑貌，顯得情態各別、栩栩如生。寫母親，主要突出她對子女衣食的關懷，當她聽到女兒呱呱而泣時便以指叩門扉，詢問「兒寒乎？欲食乎？」寫的角度是通過老嫗的口中道出。作者年幼喪母，對母親的慈愛不可能有什麼記憶，由老嫗口中道出，顯得更為真切，也更為動人。因為母親聽女兒啼哭急忙趕來詢問，這雖是生活中常有之事，但對於一個幼年喪母的人來說，這種母愛是多麼難得，多麼值得眷念啊！寫祖母時則又變換角度，正面寫其言行，而且內容也由單純的愛撫變成愛撫加上勉勵。作者描繪祖母在一日之間兩次來軒，第一次剛見面就說：「吾兒，久不見若影，何竟日默默在此，大類女郎也？」表面上是責怪，實際上是憐愛，

把祖母寵孫兒的心情描繪得維妙維肖。臨去時「以手闔門，
自語曰：『吾家讀書久不效，兒之成，則可待乎！』」一個輕
輕的掩門動作，幾句喃喃的自言自語，把一個老祖母看到孫
兒發憤讀書時的喜悅、激動的表情動作刻畫得細緻入微。第
二次進軒是在剛離開後不久，祖母「持一象笏」，對孫兒進
行一番勉勵和叮嚀，語雖平淡但分量極重，把一個老祖母的
殷殷之情和一個官宦人家老長輩的持重之態表現得恰如其
分。而這種外表平淡但情感含蘊極深的叮嚀，隨著歲月的流
逝和作者閱歷的加深，對此的體會也愈加深刻，對祖母的思
念也愈加強烈，所以作者說：「瞻顧遺跡，如在昨日，令人
長號不自禁。」不但作者長號，讀者也會跟著悽惻。明人王
錫爵評論歸有光散文時曾說：歸文「無意於感人，而歡愉慘
惻之思，溢於言表之外，嗟嘆之，淫佚之，自不能自已」，
正是道出了這種寫法的動人之處。

　　寫妻子時作者把時間往後推了五年，方法也不再是具體
地描繪其言行，而是採取歸納概述的方法，通過點出的三言
兩語來突出兩人間的一往情深。如說妻子「時至軒中，從余
問古事，或憑几學書」，這幾句似乎是輕描淡寫，但卻把少
年夫妻相依相伴、耳鬢廝磨之狀簡潔而形象地勾勒了出來。
另外如回憶妻子歸寧回來述諸小妹語那幾句，更是表現出夫
妻間的一往深情，以至當年平淡之極的一言一行，現在回想
起來也是親切有味，它牽扯起往日的情思，也牽動了今日的
愁腸，正像元稹《悼亡》詩所說的那樣：「昔日戲言身後事，
今朝都到眼前來。」特別是文章的最後，作者選取妻子當年

手植的枇杷樹今已亭亭如蓋這個細節作爲全文的收束，不但更能誘發讀者同作者一起睹物而思人，而且在結構上顯得絮絮不已、悠悠不盡，更好地抒發出作者無盡的思念之情。

《蒼霞精舍後軒記》在細節的選取上也有類似的手法。作者注意選取細節，使記中的兩個主要人物——母親和妻子的音容笑貌凸現於眼前,從中抒發自己對親人的深深懷念之情。如第二段對母親的回憶，只擷取了他和妻子在竈前給母親烹調佳味這個生活片斷。母親病了，想吃一些可口的食物，小夫妻也想孝順母親，於是親自下廚去備辦，這件事的本身就說明親人之間的互相體貼和關心。更富有生活情趣的是，這對小夫妻雖有孝順之心卻無烹調之術，甚至連燒火也不會：柴填多了光冒烟，柴放少了又不知火候是否合適。作者把當時的情景和心情用一個人物的表情加以高度的概括：「亡妻笑。」一個「笑」字，形象地寫出了妻子當時尷尬、慌亂、無所適從的窘態，也把一個不知治廚但又想孝順公婆的大家閨秀的心理和舉止刻畫得維妙維肖。問題還不止於此，極富情趣的生活小鏡頭還在延續下去：正當這對小夫妻無所措於手足之際，病中的母親也開起了玩笑，問他們：「爾夫婦呶呶何爲也，我食能幾何？事求精爾，烹飪豈亦有古法耶？」火都燒不好，還談得上什麼「食求精」？呶呶不休者是在爭論柴要填入多少，哪裡是在探求烹飪古法？但這玩笑一開，無疑是給這對小夫妻此時緊張的心理來個鬆弛，也是對他倆笨拙的孝順一個寬慰。我們可以想像，在母親故作不解的詢問聲中，這對小夫妻四目相向的窘態，於是「一家相傳以爲

笑」，這個笑當然是善意的訕笑，親人間的嘲謔了。讀到這裡，讀者當然也會發出會心的微笑，但笑過之後再一細想：作者作記時，這兩位親人早已逝去，當年溫馨的家庭氣氛，無間的親人關係亦早已消失，而作者還沉浸在這往事的追憶和當年的情感之中，這時就會笑意頓消，轉爲傷感嘆息，也會更加體察到作者對親人、對舊軒那執著的情、拳拳的心了。

　　如果説憶母親是專取竈前烹調這一細節來表現的話，那麼憶妻子則是選取幾個細節，從不同角度來反複加以抒懷。首先是教女夜誦，這個細節的表現手法與憶母親那節相似：作者憶母親時以妻子作陪襯，並把妻子擺到主要位置；這節記妻子遺事時則以女兒作陪襯，並把女兒放在主要的位置上。作者寫他一天奔波之後還要教女夜讀，誦七、八首杜詩後始寢，這表面上是在寫父親的責任和父女之情，但不要忘記文中還有這樣一句：「妻疲不能起。」妻子臥病，所以教女課讀這件本來應是母親承擔的事，現在才改由父親承擔起來。也正因爲妻子病困床笫，作者才不顧一天勞累教女夜讀，以此來寬慰病中的妻子。我們似乎可以看見在寒夜的秋燈下，作者那辛勞的面孔和女兒那專注的目光，也似乎可以看見、聽到凄子憫憫床簀那凄楚的病容和那輕輕的嘆息聲。這樣就把這對患難夫妻相濡以沫的真摯情感，形象地表現出來。其次，作者選擇了病妻扶掖登輿這個令人傷心側目的細節，來抒發自己的情思。蒼霞精舍後軒，是母親生前常來之地，又是夫妻盤桓，在此度過許多美好的時光，現在要轉售給他人，内中當然含有許多難言的人生酸辛，更何況妻子又在病中，

不宜搬遷，只好勉强扶掖而去，十日以後即卒。作者滿含著情，飽沾著淚，記下了妻子與舊居分別這一令人慘憺心傷的一幕，也留下了作者對故居最後難忘的一瞥，儘管是短暫的一瞬，但已深深地印入作者畢生的記憶，也深深地印入讀者的心中。如果說前兩個細節是通過人物的言行來描寫人物的音容笑貌的話，那麼第三個細節則是通過親人的遺物來讓人懸想，以此來抒發作者的哀思。作者寫他兩年之後回到故居，在緊閉的雙扉上找到一根亡妻所遺的鏽針。兩年時間並不算久，人去室空，舊針已銹，這就充滿了物在人亡、嘆逝傷老的人生感慨。而「和線猶注扉上」這個擬人的句式，更是把夫妻之間一往情深更好地抒發出來。作者連扉上的一根鏽針也盡在目中，可見對後軒搜尋之細、注目之久、眷念之深，從而把作者的內在思念借物在人亡之悲充分表現出來，這也是《蒼霞精舍後軒記》在細節描寫上的成功之處。

二

如上所述，《項脊軒志》和《蒼霞精舍後軒記》在選材上的最大特點是以瑣屑細碎的材料，平淡尋常的細節來表現作者的真情實感。那麼，在結構上，這些細碎的材料是怎樣貫穿起來構成一個統一的整體，形成一幅精緻的畫面，或者如人們常說的那樣做到形散神聚的呢？我認為這主要是通過以下兩種手法來完成的。

首先，作者把經過選擇的零散材料集中到一定的空間中來，緊緊圍繞這個特定的空間來記叙、描寫和抒情。《項脊

軒志》中，作者對昔日家庭溫暖生活的追憶，對逝去親人的懷念以及種種人生傷感都與項脊軒這間小屋密不可分。項脊軒就像是個環狀花序的中心，通過它，把一個個物境、人事、所見、所聞、所感依次向四周放射，形成一個完美的花環。在結構上，《項脊軒志》可分為四個部分，每個部分都和這個室僅方丈的小屋緊密關連：

第一部分主要寫項脊軒修葺前後的不同景況，以及作者在此生活讀書的情趣。作者圍繞此軒的來歷、修葺前後的景況和作者於其中的情趣這四個方面來組織材料、選取細節，這樣就圍繞項脊軒這個空間形成一個幽雅清寂的物境，為人物的活動和作者感情的抒發提供了很好的場景。

文章的第二部分是寫居住在項脊軒周圍的親人的一些活動，通過對他們言行的回憶來抒發作者的懷念之情和滄桑之感，其方法也是圍繞項脊軒這個空間來進行。記諸父時是通過軒周圍的變化來進行：先前為一大家，庭中暢通無阻，後來家道衰落，諸父分居異炊，內外多置小門，牆往往而是。作者一方面用這種四分五裂的雜亂現象與院後的項脊軒作一對比，更顯出項脊軒的雅潔清幽；另一方面也用諸父的平庸無能與自己的獨居發憤作一暗襯，暗示自己肩上重振門庭的歷史責任。記母親遺事是通過老嫗之道出，記祖母遺事則又變換手法，通過祖母過往軒中的言行來表現。老祖母兩次到軒的兩番言語和一個以手闔門的細膩動作，把一個大家族老祖母對後代的關懷期望表現得淋漓盡致，從中既反映出作者對祖母的懷念，也表現出作者的封建家族觀念和功名事業心。

文章的第三部分雖沒有直接寫項脊軒，但其感慨亦由軒而引發。作者由此軒聯想到蜀女清守丹穴，諸葛亮躬耕隴中，都是在待時而動，從而成就一番事業，這是一些鼠目寸光者所無法理解的。這段感慨是作者個人志向的自白，也是這篇軒記思想上的深化。

第四部分寫對亡妻的懷念，更是以此軒爲中心來展開。作者寫妻子時至軒中，或從余問古事，或憑几學書習；妻子歸寧，諸小妹問及的還是這個項脊軒，妻子死後，軒外有妻子當年手植的枇杷樹，今已亭亭如蓋。作者憑藉這個空間，把亡妻的言談舉止、音容笑貌一一展現，越瑣屑，越平淡，就越能見作者的一往深情。因爲如此平淡瑣屑之事尚能歷歷在目，敘述得如數家珍，可見他平日對妻子的關注和愛憐了。總之，由於作者用項脊軒這個空間來收攏彙聚材料，因此儘管這些材料瑣屑平淡，但並不顯得散亂蕪雜，而是緊湊密鍥、意切而情真。

林紓的《蒼霞精舍後軒記》也是如此，作者始終圍繞後軒來描繪環境、表現人物，抒發感情。作者由建溪而馬江，由馬江而蒼霞洲，由蒼霞洲而蒼霞精舍，由蒼霞精舍而後軒，先用層層剝筍之法把後軒突出出來，再寫此軒周圍清幽雅潔的環境，爲人物活動和作者抒情準備好場景。記母親遺事，則通過軒內的廚房，把作者夫婦的孝順之心和笨拙之態，母親的善意嘲謔和親人間的互相關心體貼生動地表現出來，以此來表現作者對母親的懷念。寫亡妻，先是通過軒中教女夜讀和妻子病中離軒這兩個情節，最後通過作者兩年後重返軒

中的所見所感，來抒發物在人亡的無限愁思。總之，作者所抒之情、所描之景、所敍之事都是緊緊圍繞後軒這個空間來進行，因此材料雖散碎，結構上卻很緊湊；言行雖瑣屑，構成的主體卻很完整，這是兩文「形散神聚」的首要原因。

其次，兩文都以時間推移為經，以親身經歷為緯，交織成一篇悼亡追思之文。《項脊軒志》中，隨著時間的推移，物境和人事都在不斷地發生變化。在物境上，由先祖的南閣子變成作者書齋項脊軒，由塵泥滲漉、雨澤下注的百年老屋變成不漏不暗，前有小窗，周有牆垣的起居之所，接著便是妻死之後室壞不修，兩年後又由於久病無聊，乃使人復葺此軒，但其制稍異於前，已不見昔日規模了。作者就是這樣按時間推移為線索，寫出這座百年老屋一變、再變的變遷史，把所有能反映人事滄桑的細節加以搜羅和選取，編織到文章中去，從而形成一個清晰縝密的主線：歲月的流逝引起物境變遷，從而勾惹起作者無限的人事滄桑之感和對逝去親人的深深懷念之情。與這條時間推移的經線交織在一起的還有作者與諸位親人各自交往這條緯線，物境變化也好，人事播遷也好，都是作者親眼所見，親手所做之事，這樣不但更具有親切之感和抒情意味，在結構上也避免散亂。《蒼霞精舍後軒記》也是如此，作者所居的後軒與母親所居的前軒聯楹，夫婦的不善治廚，母親的善意嘲謔，這都是作者親手所做、親耳所聞之事。隨著時間的推移、母親逝去，後軒前軒通而為一，作者又親身經歷了妻病卒、屋搬遷等種種變故。在作者筆下，蒼霞精舍後軒是一變再變，人事也是一變再變，這與《項脊

軒志》在手法上都極其相似，所不同的是，《蒼霞精舍後軒記》
中沒有《項脊軒志》中家世盛衰、宦海沉浮的感慨，也沒有重
振門庭、光宗耀祖的強烈功名事業心，而是單純地叙家常、
憶親人。憶舊之中不是母病就是妻亡，比起《項脊軒志》，情
調也更爲淒苦、低沉。

同是「觀潮」　自有高下

周密、吳自牧兩篇憶舊散文《觀潮》比較

　　浙江之潮，天下之偉觀也，自既望以至十八日爲最盛。方其遠出海門，僅如銀線，既而漸近，則玉城雪嶺，際天而來，大聲如雷霆，震撼激射，吞天沃日，勢極雄豪。楊誠齋詩雲：「海湧銀爲郭，江橫玉繫腰」者是也。每歲京尹出浙江亭校閱水軍，艨艟數百，分列兩岸，既而盡奔騰分合五陣之勢，並有乘騎弄旗、標槍、舞刀於水面者，如履平地。倏而黃煙四起，人物略不相睹，水爆轟震，聲如崩山。煙消波靜，則一舸無跡，僅有敵船爲火所焚，隨波而逝。吳兒善泅者數百，皆披髮紋身，手持十幅大彩旗，爭先鼓勇，溯逆而上，出沒於鯨波萬仞中，騰身百變，而旗尾略不沾濕，以此誇能。而豪民貴宦，爭賞銀彩。江幹上下十餘里間，珠翠羅綺溢目，車馬塞途，飲食百物皆倍穹常時，而僦賃看幕，雖席地不容間也。禁中例觀潮於天開圖畫，高臺下瞰，如在指掌。都民遙瞻黃傘雉扇於九霄之上，真若簫臺蓬島也。

——周密《販觀》

　　臨安風俗，四時奢侈，賞玩殆無虛日。西有湖光可

看，東有江潮堪觀，皆絕景也。每歲八月內，潮怒於常時，都人自十一起便有觀者，至十六日、傾城而出，車馬紛紛。十八日爲最繁盛，二十日則稍稀矣。十八日蓋因帥座出郊教習節制水軍。自廟子頭至六和塔，家家樓屋盡爲貴戚內侍等雇賃作看位觀潮。向有白樂天詠潮詩曰：「早潮才落晚潮回，一月周流六十回。不獨光陰朝復暮，杭州老去被潮催」。又蘇東坡《中秋觀夜潮》詩：「定知玉兔十分圓，已作霜風九日寒。寄語重門休上鑰，夜潮留向月中看。萬人鼓噪駭吳儂，猶似浮江老阿童。欲識潮頭高幾許，越山浮在浪花中。江邊身世兩悠悠，人與滄波共白頭。造物亦知人易老，故叫江水更西流。吳兒生長狎濤瀾，冒利輕生不自憐。東海若知明主意應叫斥鹵變桑田。江神河伯兩醯雞，海若東來氣吐霓。安得夫差水犀手，三千強弩射潮低」。林和靖詠秋江詩云：「蒼茫沙嘴鷺鷥眠，片水無痕浸碧天。最愛蘆花經雨後，一蓬煙火飯魚船」。治平郡守蔡端明詩：「天卷潮回出海東，人間何事可爭雄？千年浪說鴟夷怒，一汐全疑渤海空。浪靜最宜聞夜枕，崢嶸須待駕秋風。尋思物理真難到，隨月虧圓亦未通」。

其杭人有一等無賴、不惜性命之徒，以大彩旗或小清涼傘、紅綠小傘兒，各繫繡色緞子滿竿，伺潮出海門，百十爲羣，執旗泅水上，以迓子胥弄潮之戲，或有手腳執五小旗，浮潮頭而戲弄。向於治平年間郡守蔡端明內翰，見其往往有沈沒者，作《戒約弄潮文》云：「斗牛之

外，吳越之中，唯江濤最雄。乘秋風而益怒，乃其俗習於此觀遊。厥有善泅之徒，競作弄潮之戲。以父母所生之遺體，投魚龍不測之深淵，自謂矜誇。時或沈溺，精魄永淪於泉下，妻孥望哭於水濱。生也有涯，盍終於天命；死而不弔，重棄於人倫。推予不忍之心，伸爾無家之戒：所有今年觀潮，並依常例，其軍人百姓，輒敢弄潮，必行科罰」。自後官府禁止，然亦不能遏也。向有前輩做《看弄潮》詩云：「弄罷江潮晚入城，紅旗展展白旗輕。不因會吃翻頭浪，爭得天街鼓樂迎？」

且帥府節制水軍，校閱水陣，統制部押於潮未來時下水打陣展旗，百端呈拽。又於水中動鼓吹，前面導引，後臺將官於水面舟楫分佈左右，旗幟滿船。上等舞槍飛箭，分列交戰；試炮放煙，捷追敵舟；火箭羣下，燒毀成功。鳴羅放教，賜犒等差。蓋因車駕幸禁中觀潮，殿庭下視江中，但見軍儀於江中整肅部伍，望闕奏喏，聲如雷震。余叩及內侍，方曉其尊君之禮也。其日帥司備牲禮、草履、沙木板，於潮來之際俱祭於江中。士庶多以經文，投於江內。是時正當金風薦爽、丹桂飄香，尚復身安體健，如之何不對景行樂乎？

——吳自牧《觀潮》

南宋滅亡後，隱居不仕的士大夫中出現了兩本有影響的回憶錄：一是周密的《武林舊事》，另一是吳自牧的《夢粱錄》。周密字公瑾，號草窗，又號蕭齋，祖籍濟南，曾祖父在靖康

年間（公元 1126 年）隨宋室南渡，寓居湖州。周密在理宗淳祐年間曾做過義烏知縣，南宋亡國後隱居不仕，以保存故國文獻爲己任，網羅採擷，著述頗豐，今存有《武林舊事》、《癸辛雜識》、《齊東野語》多種，具有較高的史學、文學價值。周密又是南宋著名的詞人，早年詞風清麗，格律精切，與吳文英（號夢窗）並稱「二窗」，中年以後與愛國詞家張炎、王沂孫等結社唱和，詞風轉向低徊婉轉，多故國之思。吳自牧爲錢塘人，生平已無考，但從他把回憶錄定名爲《夢粱錄》，並在序中感歎「緬懷往事，殆猶夢也」，可以看出他也是個滿懷亡國之痛的宋末遺民。這兩本書都是回憶南宋都城臨安一帶的山川風物、都下盛況及典章文物，藉此來抒發故國興亡之感。兩書中都有一篇描述八月錢塘江潮及杭人觀潮盛況的文字，題目都叫《觀潮》，應當說，文字都很優美又貯滿情思，但如從把握生活的準確度以及寄寓感慨的深沈，這些方面來看，周、吳二文卻有高下之分，這從下面的分析比較中即可看出。這些方面來看，周、吳二文卻有高下之分，這從下面的分析比較中即可看出。

　　所謂觀潮，指的是觀賞錢塘江入海處，因海潮倒湧入江內而形成的奇觀。錢塘江古稱浙江，發源於安徽境內的休寧縣板倉山，在安徽境內稱新安江，進入浙江境內稱富春江，過了閘家壩才叫錢塘江。新安江、富春江穿行在崇山峻嶺之中，是天下山水佳麗之處。李白稱讚新安江是「清溪清我心，水色異諸水……人行明鏡中，鳥度屏風裏」；南朝的朱元思說富春江一帶是「奇山異水，天下獨絕」。但其下游的錢塘

江卻是奔湧在浙東平原之上，江面壯闊、浩浩蕩蕩地在杭州灣注入東海。大海潮汐本是受月球引力所形成的一種自然現象，各條江河的入海處皆有，但錢塘江的入海口呈喇叭狀，外寬內窄，寬處超過百里，窄處僅十里左右。海潮自外湧入，受約束越來越緊，浪濤自然會越來越洶湧；況錢塘江流量又大，（它是黃河流程的十一分之一，流域的十五分之一，但流量卻幾乎相等）對其阻遏比別的江河更爲有力，因此掀起的潮頭更高。特別是水流量最大的夏季，海潮與江流搏擊，潮頭可高達三點五公尺，落差可達九公尺，其聲浪如雷霆震怒，倒海翻江。古人形容爲「滄海盡成空，萬面鼓聲中」。錢塘潮以陰曆八月十八日最大，觀潮最理想的地點是海寧縣鹽官鎮。自唐朝以來，海寧觀錢塘大潮已成風俗，白居易就曾在《憶江南》一詞中回憶到：「山寺月中尋桂子，郡亭枕上看潮頭」。南宋在杭州建都，朝廷規定每年八月十八在海寧江面檢閱水師，居時還有「弄潮兒」在驚濤駭浪中表演各種水上技巧。我國古代作家大概從莊子起，就開始了對錢塘潮的詠歌，其中以宋代詞人潘閬的《憶餘杭》最爲出色：

　　　長憶觀潮，滿郭人爭江上望，乃疑滄海盡成空，萬面鼓聲中。弄濤兒濤頭立，手把紅旗旗不濕，別來幾向夢中看，夢覺心尚寒。

　　不難看出，周密的《觀潮》在表現對象和氣氛描繪上，顯然受了這首詞的影響，只不過由於體裁的不同，它表現得更

爲細密、更加準確，同時由於作者意在憶昔懷舊，在自然風光和社會風俗之外，又加上了山中遺民的故國情思，因而在表面的高亢熱烈後面，則是世事滄桑的深沈喟歎。

《觀潮》的開頭一句「浙江之潮，天下之偉觀也」即道破題旨，造成一種先聲奪人之勢。天下山川風物，奇偉瑰麗者不可勝數，但浙江潮卻更覺壯偉，更值得一看。儘管作者此時還未描繪潮來之勢，讀者也未見其地動山搖之景，但已覺其風雨逼人，極爲懸想渴望了。接著，作者又補敍一句：「自既望以至十八日爲最盛」。「望」是陰曆的每月十五日，「既望」是十六日，這裏指八月十六日。浙江潮，本已屬天下偉觀；八月十六日之潮，又是最盛之日，此時觀潮，當然景象更雄奇，場面更壯偉了。通過開頭兩句，把錢塘潮的聲勢，觀潮的時間皆簡潔而準確地做了交待。

相比之下，吳自牧的《觀潮》雖也意在交待錢塘潮給人的感覺和觀潮的最佳時間，但卻較爲拖杳而且沖淡了主旨：

> 臨安風俗，四時奢侈，賞玩殆無虛日。西有湖光可看，東有江潮堪觀，皆絕景也。每歲八月內，潮怒於常時，都人自十一起便有觀者，至十六日、傾城而出，車馬紛紛。

這段敍述，在内容上沒有超出周密《觀潮》的開頭兩句，但周密說得既簡潔又準確：潮水以十五至十八日爲最盛。吳文卻從十一日敍述起，「都人自十一起便有觀者」，一直到

「至十六日、傾城而出」，不但顯得拖沓，也讓人把握不准觀潮的最佳日期。另外，西湖之美，自不待言，但本文是寫觀潮，作者把觀潮與遊湖並舉，也沖淡了錢塘潮「天下獨絕」的魅力。況且，把觀潮歸之於杭人奢侈之俗，「賞玩殆無虛日」，更是削奪了錢塘潮「天下之偉觀」的形象，深沈的故國情思更無從附麗。因此，從開頭來看，周文顯然高於吳文。

在對錢塘潮的描繪上，周密的《觀潮》也表現了較高的藝術技巧。作者為了把錢塘潮的奇觀和觀潮的奇趣準確而又形象地告訴人們，他採取了類似今天電影分鏡頭的手法，從潮來之態、潮上操練、潮頭弄潮兒和觀潮盛況，這四個方面逐一加以描述。這當中有近景，也有遠景；有視覺，也有聽覺；有特寫，也有鋪墊；有具體描繪，也有懸想虛擬，從而構成一立體感、動態感異常強烈的，五音繁會的樂章。

首先是描繪潮來之態，作者是由遠及近：遠處是「僅如銀線」；漸近時，「則玉城雪嶺，際天而來」。「銀線」二字不僅寫出了潮頭在水天相接處的形態，也道出了作者觀潮時的位置──站在高阜，極目遠眺。「玉城雪嶺」這個比喻異常形象和奇特，它既寫出了潮頭向前推湧時排山倒海的氣勢，又使我們看到那如雪的浪花在陽光下閃爍著的光波；同時，「雪嶺」二字也使我們遍體生寒：既有形態，又有色彩，又生寒意，作者善於遣詞命意，於此可見一斑。為了進一步描繪錢塘江潮到來時那種震撼人心的奇景，作者又從聲和勢兩個角度進行渲染：「聲如雷霆，震撼激射」，是寫其震天撼地的巨大聲響；「吞天沃日，勢極雄豪」是寫其包舉宇內、

氣吞萬物的雄渾氣勢。劉勰說「壯詞可以喻其真」。這段描繪，正是在極度的誇張之中使人們領略到錢塘江大潮無與倫比的氣勢：那排山倒海、呼嘯而來的大潮，以它那閃爍的光波，震耳欲聾的聲響和令人戰慄的寒意，使人眼花繚亂，讓人心醉神迷，從而在極大的心理滿足中獲得高度的真實感。我們可以這樣說：《觀潮》這篇憶舊散文之所以能千百年來傳誦不衰，與這段對大潮的出色描繪關係極大。

吳自牧的《觀潮》所缺少的正是這種對大潮的出色描繪，儘管他也細敍了貴戚內侍們在觀潮前爭著租賃觀潮處房屋的情形，並大量地引用了古人的觀潮詩，以此作為鋪墊和烘托。這種鋪墊手法雖有他的長處，古人的觀潮詩也增加了這篇散文的文化底蘊，但從表現大潮的具體效果來看，畢竟隔了一層，不能像周文那樣，通過描述使人錢塘江大潮的形態、聲響、色彩、聲勢產生具體的又是異常深刻的印象。況且，在這篇九百來字的短文中，引用的古人觀潮詩占了二百來字，也有點喧賓奪主，比例失調。而且其中一些詩句並不意在描繪大潮，而是抒發一種人生傷感，如文中所引的白居易《詠潮詩》：「早潮才落晚潮回，一月周流六十回。不獨光陰朝復暮，杭州老去被潮催。」這種人生傷老的低沈調子與文中極力要表現的大潮飛騰激揚的氣勢和觀潮的盛況很不協調，這也是吳文不如周文出名的一個主要原因。

當然，周密的《觀潮》細致而形象地描繪潮來之態，也並非僅僅是讚美錢塘潮之壯美，而是意在通過山河壯美的詠歌來抒發情思，只不過這種情思並非個人傷老的低沈詠歎，而

是一個堅守氣節的南宋遺民對故國山河的眷念，而且這種眷念和情思是通過南宋朝廷當年在潮頭檢閱水師、吳兒弄潮以及觀潮盛況這三個場面表現出來。因爲朝廷最能代表故國，吳兒弄潮和觀潮盛況這些社會風情，也最能反映當年的和平安定景象，也最值得作者回味和留戀。

　　第一個場面是朝廷在潮頭檢閱水師。這個場面吳自牧的《觀潮》中也曾提到，但僅作爲十八日觀潮最盛的原因以一筆帶過：「蓋因帥座出郊教習、節制水軍」，而周密卻將這個部分分成三個側面細描，而且動靜相承、遠近互映，寫得變幻莫測、驚心動魄。這三個側面按進行順序依次是排演戰陣、水軍表演、實戰演習，寫此之前先總括一句：「每歲京尹出浙江亭校閱水軍」。京尹即京兆尹，首都的最高行政長官，因當時的臨安是南宋國都，所以它的太守可稱京尹。「校閱水軍」即包括上述的操練、表演和演習三方面內容。首先是操練戰陣，「艨艟數百，分列兩岸，既而盡奔騰分合五陣之勢。「艨艟」，是大型戰船；「奔騰分合」是形容這些戰船時而進擊、時而防守，時而分散、時而合圍，不斷變換隊型。這是明寫船，暗寫人，戰船如此進退自如，這不是在暗示這支水軍訓練有素嗎？隊型如此變換不停，這不是在暗示指揮者的韜略過人，指揮若定嗎？如果説操練戰陣是暗寫人，那麼水軍表演則是明寫人；操練戰陣是強調整體配合，水軍表演則突出個人技藝。水軍表演分爲乘騎、弄旗、標槍、舞刀等多種技藝，作者把他們寫得一個個龍騰虎躍、各具情態，但不同之中又有一點共同，即皆「如履平地」。須知，這不

是在陸地上騎馬擎旗、舞刀弄棒，而是在水上，更是在怒濤翻捲的十丈潮頭之上，這需要何等高超的技藝，不凡的身手。作者在此運用了對比映襯的手法：一面是玉城雪嶺般捲地而來的大潮，一面是如履平地、盡獻百技的水軍，相襯之下，水軍的高超技藝、勇敢精神和從容裕如之態，得到了充分地表現。接著，作者開始描寫實戰演習，畫面也迅速地變換：「倏而黃煙四起，人物略不相睹，水爆轟震，聲如崩山。煙消波靜，則一舸無跡，僅有敵船為火所焚，隨波而逝」寫水上實戰演習，可以有各種方式，作者只集中寫一次炮戰，而且只寫炮擊時那一瞬間。手法又採取「對面敷粉」，通過觀眾的視覺和聽覺效果進行誇張，讓人們眼中皆是彌漫的硝煙，耳旁俱是水爆的轟鳴。然後，在通過兩種對比交待演習的結果：一是敵我之間的對比，敵船為炮火所焚，隨波而逝，我軍則一舸無跡，迅速撤離戰場，只留下那些被焚的敵船作為這次演習成功的見證，這樣，南宋水軍的卓越作戰技能和優良的軍事素質被很好地比襯出來。二是動靜對比，方才還是水爆轟震、聲如崩山，現在卻是煙消波靜，一舸無跡，這使得觀潮的場面更加變幻莫測，引人入勝。

吳自牧的《觀潮》對水軍操練演習表現的也較充分，如寫演習前，先由「統制部押於潮未來時下水打陣展旗」，「後臺將官於水面舟楫分布左右。上等舞槍飛箭，分列交戰；試炮放煙，捷追敵舟；火箭輩下，燒毀成功」。應當說，凡是周文寫到的內容，吳文也都點到了，但兩文相較，吳文中的此段描敍顯然不如周文能給人們留下那麼深刻的印象，究其

原因，可能於下面三個因素有關：

第一，吳文寫水軍操練演習，只是客觀的記敍，缺少周文的那種視覺和聽覺的交互使用，對比和烘托手法所形成的深刻印象，更缺少周文那種變幻莫測之筆，給人們所留下的廣闊的想象空間，以及由此所產生的戲劇化效果。

第二，吳文缺少周文的那種層次感。周文分層寫了排演戰陣、水軍表演、實戰演習三個側面，而且每個側面的寫法都有所不同，讓人覺得這支水軍無論是個人的技藝還是整體的配合；無論是指揮者韜略還是軍士們的素養都讓人瞠目結舌，匪夷所思。吳文則是寫軍中儀仗處多，寫表演實戰處少；分別敍述處多，整體配合處少，而且沒有撕挪開來，纏夾在一起。

第三，吳文此段的重點，是放在君主也來觀看水上操練，水軍如何整肅軍儀，行尊君之禮的，如「但見軍儀於江中整肅部伍，望闕奏喏，聲如雷震。余叩及內侍，方曉其尊君之禮也」。周文中也提到如雷轟震，但一是形容轟擊敵船的水爆聲，一是形容士兵的山呼萬歲聲，誰更能吸引人，讀者是不難得出結論的。

周密《觀潮》中的第二個場面是吳兒弄潮。作者把弄潮的場面寫得意趣橫生：「吳兒善泅者數百，皆披髮紋身，手持十幅大彩旗，爭先鼓勇，溯逆而上」，這是描述弄潮兒土俗的裝飾、罕見的勇氣和浩大的聲勢。你看，數百名披散著頭髮，身刺著花紋的弄潮高手排成數行，簇擁著十面彩旗逆潮而上。一面是排山倒海、鋪天蓋地而來的大潮，一面是逆潮

鼓擁的弄潮兒；大潮的雷鳴，弄潮兒的吶喊，觀衆的鼓噪，這種勇敢者的搏擊是一幅何等壯闊的畫面，我想大概不會亞於夏威夷的衝浪吧！這些弄潮兒不但膽大，而且藝高，你看他們「出没於鯨波萬仞中，騰身百變，而旗尾略不沾濕，以此誇能」。能在鋪天蓋地的大潮中出没，這就非同尋常；還要手持彩旗，搶水而上，這就難上加難；再要身體保持平衡，高踩於水面使旗尾不濕，這簡直是匪夷所思。作者採用這種曾曾發展、逐層遞進之法寫出這些善泅者的膽略和技藝，確實使人如行山陰道上，美景接踵而來，讓人應接不暇。

吳自牧的《觀潮》也有不少關於弄潮兒的描述，甚至比周文更爲具體豐富，在吳文中，這些弄潮兒手中不僅執彩旗，還有「小清涼傘、紅綠小傘兒、各繫繡色緞子滿竿，伺潮出海門，百十爲羣，執旗泅水上」。他們的動作，也不像周文泛寫的那樣只是「爭先鼓勇，溯逆而上」，而是具體地表演「迓子胥弄潮之戲，或有手腳執五小旗浮潮頭而戲弄」。但問題在於：吳自牧對這種勇敢者的遊戲不是讚歎欣賞而是否定鄙薄，對這種以市民、水手爲主的民間活動表現出一種士大夫偏見，認爲是「一等無賴不惜性命之徒」爲了錢財不顧性命的「矜誇」之舉。爲了證明這點，他又在這篇九百來字的短文中引用了二百二十多字的太守蔡端明《戒約弄潮文》和前輩的《看弄潮詩》，申斥這些善泅之徒「以父母所生之遺體，投魚龍不測之深淵，自謂矜誇」，亦「重棄於人倫」，並下令：今後「軍人百姓，輒敢弄潮，必行科罰」。作者在前面所引的蘇軾《中秋觀夜潮詩》，也意在強調其中的「冒利輕生

不自憐」之意。這樣一來，一面是騰身百變、讓人魂飛魄動的精彩技藝描繪，一面則在鄙棄、蔑視甚至要查禁，兩者的情調、氣氛相悖，讀後讓人喪氣，無法激起對江山勝景的激賞和對這些水上健兒的欽佩仰慕來。

　　周密《觀潮》中的第三幅畫面是觀潮的盛況，作者掉轉筆鋒由江面寫到岸上，由潮上之景寫到觀潮之人。他又採用正側兩種筆法：一是正面描繪，一是側面烘托。「江幹上下十餘里間，珠翠羅綺溢目，車馬塞途」，這是正面描繪觀潮盛況。江幹，就是江堤，不僅堤上是人，堤下也是人，而且迤儷數十里，可見觀潮人之多。珠翠羅綺溢目、車馬塞途，是說觀潮者打扮得十分華麗，而且皆是乘車騎馬而來，可見觀潮在當時是個很隆重的盛會，同時也暗示京都一帶的富裕。如果說當年柳永《望海潮》對杭州富庶美景的詠歌，曾引發了金主完顏亮南侵意圖的話；那麼，周密在此暗示杭州曾經的富庶則是一種遺民的悲歌了。所以，表面上喧鬧熱烈正隱藏著南宋遺民的深沈悲哀，而且越是極寫當年的喧鬧熱烈也越是顯出今日的淒涼落寞，這正是作者構思的精到之處。為了表現當年的觀潮盛況，作者在正面描繪之後，又採用側面烘托，指出觀潮時，「飲食百物皆倍窮常時，而僦賃看幕，雖席地不容間也」。用觀潮處的物價超過平日的百倍，就這樣，人們還是爭著前來，看棚之內、席地之間，都擠得插不下腳。通過這種側面烘托，既寫出了觀眾之多，也寫出了大潮之美。如果大潮不美，怎能吸引如此眾多的觀眾，又怎能使他們在物價騰飛面前在所不惜呢？在如此的正側之筆遞相描繪之

下，江潮之美和觀潮之盛可以說已表現得淋漓盡致了，但出人意料的是作者又加上一段皇上觀潮和人觀皇上：「禁中例觀潮於天開圖畫，高臺下瞰，如在指掌。都民遙瞻黃傘雉扇於九霄之上，真若簫臺蓬島也」。「天開圖畫」，在錢塘江入海口的高坡上，上有一平臺，上書「天開圖畫」四字，這裏是最理想的觀潮之處，當然為皇上所占有。本文奇在題目是觀潮，結尾卻是觀皇上。遠遠看去，皇上的儀仗黃傘雉扇就像在九霄之上，天開圖畫也像是簫臺蓬島，這裏充滿了仰慕緬懷之情，全文也就在這綿綿思念中悄然而止。這種結尾雖出意外，亦在理中，因為作者的創作意圖正如前面所提及的那樣，是藉憶江山勝處來抒故國情思。錢塘江觀潮是昔日南宋都城臨安的盛會，現在它隨著南宋的消失而消失了，盛會難逢，故國難在，作者把他對故國的無限情思都通過對士大夫心目中國家的代表——君主的緬懷，盡情地流露出來。南宋詞人劉辰翁在亡國後寫了一首緬懷故國的詞《柳梢青·春感》，其結尾是：「輦下風光，山中歲月，海上心情」，其手法與周文的結尾是完全一致的。

　　比較起來，吳文的結尾就遠不如周文了。首先，他沒有寫人們觀潮的盛況，這樣，錢塘江大潮之美就缺少另一個角度的烘托和映襯，當時臨安的風俗和富庶也就缺少另一個層面的映證。其次，他也寫了皇上觀潮，但把落筆的重點卻放在朝廷觀潮時的繁文縟節上，如軍儀如何「于於江中整肅部伍，望闕奏喏」；帥司如何「備牲禮、草履、沙木板，於潮來之際」祭江的；士庶又是如何「多以經文，投於江內」祈

求福祐的。這種寫法，自有他的史料價值，但從文學的角度，
尤其是從懷念故國這個創作動機來看，則沒有得到很好地描
繪和突出地表現，尤其他以「對景行樂」作爲文章的收束，
在情調和氣氛上與周密的《觀潮》相比，是有高下之分的。

中國古典詩文㈡——比較篇

著　　　者：陳友冰
發　行　人：許錟輝
責　任　編　輯：李冀燕
出　版　者：萬卷樓圖書有限公司
　　　　　　台北市羅斯福路二段 41 號 6 樓之 3
　　　　　　電話(02)23216565・23952992
　　　　　　FAX(02)23944113
　　　　　　劃撥帳號 15624015
出版登記證：新聞局局版臺業字第 5655 號
網站網址：http://www.wanjuan.com.tw/
E　-mail：wanjuan@tpts5.seed.net.tw
經　銷　代　理：紅螞蟻圖書有限公司
　　　　　　台北市內湖區文德路 210 巷 30 弄 25 號
　　　　　　電話(02)27999490
　　　　　　FAX(02)27995284
承　印　廠　商：晟齊實業有限公司
電　腦　排　版：浩瀚電腦排版股份有限公司
定　　　價：400 元
出　版　日　期：民國 89 年 12 月初版